# 吴中四才子诗文研究

王晓辉 著

哈尔滨工程大学出版社

Harbin Engineering University Press

## 内容简介

在明代中叶的文坛上,吴中四才子无论是理论倡导还是文学创作,都有不同凡俗的表现。理论上,他们开天下风气之先,发起了一场旨在恢复人性和创作自由、肯定情欲和抒写真情的古文辞运动。创作上,他们悖离了古典主义诗歌"兴观群怨"的传统老路,走上了一条以表现个人生活和个性情趣为中心的世俗化之路。

## 图书在版编目(CIP)数据

吴中四才子诗文研究 / 王晓辉著. —哈尔滨 : 哈尔滨工程大学出版社,2019.7
ISBN 978 - 7 - 5661 - 2416 - 6

Ⅰ. ①吴… Ⅱ. ①王… Ⅲ. ①祝允明(1460 - 1527) - 文学研究 ②唐寅(1470 - 1523) - 文学研究 ③文征明(1470 - 1559) - 文学研究④徐祯卿(1479 - 1511) - 文学研究 Ⅳ. ①I206.2

中国版本图书馆 CIP 数据核字(2019)第 157516 号

| 选题策划 | 姜 珊 |
| 责任编辑 | 张忠远 姜 珊 |
| 封面设计 | 佟 玉 |

| 出版发行 | 哈尔滨工程大学出版社 |
| 社 址 | 哈尔滨市南岗区南通大街 145 号 |
| 邮政编码 | 150001 |
| 发行电话 | 0451 - 82519328 |
| 传 真 | 0451 - 82519699 |
| 经 销 | 新华书店 |
| 印 刷 | 北京中石油彩色印刷有限责任公司 |
| 开 本 | 787 mm × 1 092 mm 1/16 |
| 印 张 | 18.25 |
| 字 数 | 332 千字 |
| 版 次 | 2019 年 7 月第 1 版 |
| 印 次 | 2019 年 7 月第 1 次印刷 |
| 定 价 | 67.00 元 |

http://www.hrbeupress.com
E-mail:heupress@ hrbeu.edu.cn

# 前　言

　　在明代中叶的文坛上,吴中文学是一支重要力量,而吴中四才子则是这支重要力量最杰出的代表。吴中四才子无论是理论倡导还是文学创作,都有不同凡俗的表现。它们具体表现在以下两个方面。一是内容上舍家国天下,而取生活日常;二是审美上舍雄浑典厚,而取平淡自然。作为明中期向晚期过渡的代表性人物,吴中四才子以对自我和生活的深情吟唱,为以"复古"为盛的明代文坛注入了一股真实自然的精神活水,尽管这股活水尚不足以掀起巨澜大波,但其透溢出的文学向自身回归的契机已足以令人欣慰。

　　本书共七章。本书主体的第一章、第二章、第七章为总论,侧重对明中叶吴中文学的发展概况、吴中四才子的共性进行综合考察。第三章至第六章为分论,侧重于对吴中四才子的生平、诗文作品、生命意识的把握,并从不同角度切入,对其诗文特性进行了深入的剖析。

　　第一章,明中叶的吴中文学。本章从吴中文学的特征入手,论述了吴中文学与台阁体、茶陵派、前七子派等主流文学之间的关系;分析了吴中文学侧重日常生活和自然山水的创作取向;考察了吴中文人乐于隐逸而又不沉溺于隐逸的"市隐"心态,并对形成这些特征的原因进行了探究。

　　第二章,吴中四才子的共性特征。本章从四个方面入手,分析了吴中四才子的共性。一是论述了吴中四才子共同的才子风度,对他们狂放不羁的个性、自视甚高的秉性进行了深入分析;二是解析了吴中四才子共同的理论倡导,提倡复古而又不拘泥于古学,在复古的同时尊重自己的情感,抒写真心与真情;三是吴中四才子共同的创作风貌,首先分析了题材上的相似性,接下来阐释了其审美上的趋同性;四是吴中四才子共同的仕路心态,一方面是对科举入仕的执着和痴迷,另一方面是对入仕为官的厌恶和逃离,笔者对这种既执着又悖离的矛盾心态进行了分析。

第三章,祝允明——具深湛之思的疏狂者。本章首先阐述了家世教养对祝允明人生态度的影响,进而分析了其悖逆而忠实的思想性格。然后解读了其斑斓多元的诗意世界和古风浓郁的审美取向。最后探析了其力图调和古今的古文观念。

第四章,唐寅——传统价值规范的叛逆者。本章首先主要论述了"科场舞弊"一案对唐寅人生态度和生命意识的影响。然后具体分析了其落花意象和逃禅观念。最后以其前后期的心态变化为线,将其辞采镂金的前期诗风和平白浅俗的后期诗风进行了比较。

第五章,文征明——吴中文化意蕴的体现者。文征明是吴中四才子中人品最为纯正、性格最为温和的一位。本章首先分析了其"和而介"的性格,并以此性格为切入点,分析了其"和"的性格的诗意呈现,侧重于对其诗歌"妥帖温顺"一面的考察。然后着重解读了其"幽人"意象、"石湖"意象、"扁舟"意象。最后分析了其"介"的性格的文意呈现,侧重于对其散文"法度森严"一面的考察。

第六章,徐祯卿——文学"情"素的坚守者。本章首先以一个"情"字贯穿始终,解读了其情感浓郁的早期、中期、晚期诗作。然后从身世之叹、失意之情、生命之痛三个方面入手,重点探讨了其孤苦无依、幽怨悲戚的苦闷心态。最后围绕其北上后诗风是否"改趋"这一问题展开了论述。

第七章,吴中四才子的市民意识及散曲创作。本章首先考察了吴中四才子与明代市井文学的关系。然后分析了他们崇物尚利和追求现实享乐的市民意识,解读了他们雅俗共赏的散曲创作。最后就吴中四才子的历史地位进行了总结性阐释。

**著　者**

2019 年 5 月

# 目　录

吴中四才子诗文研究

# 绪论
# 明初至中叶吴中文学略述①

　　明代所指"吴中"一般是指苏州府所管辖的一州七县,即常熟、长洲、昆山、太仓州、吴县、嘉定、崇明、吴江。吴中地处我国东南,该地区最鲜明的地域特征是处于长江、淮河、钱塘江和太湖为主干构成的水域网络世界中。这一地理优势造就了吴中秀丽的山川、丰富的物产、富饶的土地、旖旎的风光,也潜移默化地影响了吴中人尚真重情的个性气质。文征明在《记震泽钟灵寿崦西徐公》一文中大赞曰:"吾吴为东南望郡,而山川之秀,亦惟东南之望,其浑沦磅礴之声,钟而为人,形而为文章、为事业,而发之为物产,盖举天下莫之与京。故天下之言人伦、物产、文章、政业者,必首吾吴;而言山川之秀,亦必以吴为胜。"②优越的自然环境,发达的经济,孕育并逐步形成了该地区风格独具且前后相承的浓郁的文学创作氛围。先秦有氤氲着浪漫主义气息的楚辞,三国至魏晋有以陆机为代表的词藻华美、对仗工整的诗作,南朝有以艳丽清新而闻名的"吴歌",隋唐有以"吴中四士"(贺知章、张若虚、包融、张旭)为代表的潇洒空灵的诗作。这些不凡的才俊之士和耀眼的诗文创作,在不知不觉中积淀并形成了吴中文学绮丽清婉的格调和唯美气息浓郁的浪漫主义风格。

　　发展到元末,吴中地区长期处于张士诚的管控之下,较少经历战火,加之张士诚对知识分子采取了宽厚重用的政策,因此吴中成为文人士大

---

① 明中叶一般是指明成化、弘治、正德、嘉靖四个朝代,时间约为公元1465—1566年.
② 文征明著.文征明集·记震泽钟灵寿崦西徐公[M].上海:上海古籍出版社,1987:1263.

夫理想的栖身之地,各地流寓文士纷至沓来,与本土文人荟萃一家,吴中文学一时呈天下之盛。杨维桢的"铁崖体"融汇汉乐府及诸家之长,气势雄浑,一改元诗平稳寡淡之习,给人石破天惊之感。稍随"吴中四杰"崛起,成为吴中文坛的风云人物。高启是"四杰"之首,四库馆臣评其曰:"天才高逸,实据明一代诗人之上。"①评其诗曰:"拟汉魏似汉魏,拟六朝似六朝,拟唐似唐,拟宋似宋,凡古之所长无不兼之。振元末纤秾缛丽之习而返之于正,启实有力。"②其他三杰——张羽、徐贲、杨基,也都各有所长,领一代之风骚。"吴中四杰"的崛起标志着吴中文学的中兴。

明朝定鼎,因与张士诚交往等原因,吴中文人惨遭迫害,精英损失殆尽,甚至连天下闻名的刘基、宋濂等人也未能幸免。洪武七年,高启被害;杨基"被谗、夺职,供役卒于工所"③;张羽"以事窜岭表,未半道召还。抵京信宿,知不免,自投龙江以死"④;徐贲惨死狱中。四杰相继殒命,此可视为吴中文学顿衰的标志。

直至景泰、天顺年间,沉寂百年的吴中文学呈复苏迹象。首先吴中文人开始在政坛崭露头角,陆钎、吴宽等相继出仕,王鏊等崭露头角,吴宽、王鏊二人声名显赫,以"文章领袖馆阁"⑤与吴中文学血脉不断。其次文人结社等团体活动增多,继沈愚为首的"景泰十才子"之后,以沈周、朱存理、朱凯为核心的文人团体享誉文坛。他们不但继承了传统的吴中文风,而且兼收并蓄古典文学的精华,成为文学上的佼佼者。

弘治、正德年间,明王朝的发展进入中期。为恢复吴中文学昔日的辉煌,吴中文人以古文辞运动为契机,开始了吴中文学的复兴。他们将尚真重清的文学传统与尚趣重利的时代精神相结合,将审美的目光转向古人,从古人那里觅真性情,做真学问,创作了大量与时文相对的古风浓郁的古文辞。正是得益于这场古文辞运动,局于一域的吴中文学才得以在明代

① 纪昀.四库全书总目提要[M]卷169.北京:中华书局,1997:2272.
② 纪昀.四库全书总目提要[M]卷169.北京:中华书局,1997:2273.
③ 钱谦益.列朝诗集小传[M].上海古籍出版社,1983:76.
④ 钱谦益.列朝诗集小传[M].上海古籍出版社,1983:76.
⑤ 张廷玉.明史[M]卷287.北京:中华书局,1974:7363.

中叶的文坛上崭露头角,与前七子倡导的复古运动一南一北,并辔齐驱,引起世人瞩目。

关于明初到明中叶吴中文学的发展脉络,陆师道在《袁永之文集序》中述曰:

> 吴自季札言游而降,代多文士,其在前古,南镠东箭,地不绝产,家不乏珍,宗工钜人,盖更仆不能悉数也。至于我朝,受命郡重,扶冯王化所先,英奇瑰杰之才,应运而出尤特盛于天下。洪武初,高、杨四隽,领袖艺苑。永宣间,王、陈诸公,矩镬词林。至于英孝之际,徐武功、吴文定、王文恪,三公者出,任当钧治,主握文柄,天下操觚之士,向风景服,靡然而从之。时则有李太仆贞伯、沈处士启南、祝通判希哲、杨仪制君谦、都少卿元敬、文待诏征仲、唐解元伯虎、徐博士昌毂、蔡孔目九逵,先后继起,声景比附,名实彰流,金玉相宣,黼黻并丽,吴下文献于斯为盛,彬彬乎不可尚已。正德、嘉靖以来,诸公稍稍凋谢,而后来之秀,则有黄贡士勉之、王太学履吉、陆给事浚明、皇甫佥事子安,皆刻意述作,力追先哲。①

明中叶吴中文学复兴的代表是"吴中四才子"——祝允明、文征明、唐寅、徐祯卿。作为明中叶吴中文学的代表性人物,他们不甘心做浅陋虚伪的经生俗士,而是敢于公然与时俗对抗,习古学,作古文。难能可贵的是,他们虽然鄙薄时文,力倡古文,但并未因此而走入极端,成为只知吟诵古诗文而不知当下事的迂腐文士。恰恰相反,他们个个皆为通才、全才,大多集诗人、画家、书法家、词曲家等身份于一身。

祝允明出身高贵,家世颇显,然而处在特定的文化氛围中,他最终选择了弃雅从俗的生活。他性格高傲,思想深邃。诗作清秀卓异,散文奇奥深远。在抨击传统、极力反宋上,有廓清雾障、转移风气之功。袁袠称颂

---

他："祝功万夫特,殊质迈古贤",高度评价了他的思想。

唐寅是一个被主流体制抛弃的市井文人。他能够立于体制外,对主流观念进行辛辣的嘲讽。他跨越了传统的伦理观和古典主义文学观,以纯市民的视角审视千百年流传下来的价值体系。吴中文风的市民特色,在唐寅身上表现得最突出、最彻底。他的文才风流在晚明被奉为一种典范,其遗风流韵超出吴中。

文徵明是吴中士人文化性格的主要代表,其诗风淡雅清秀,文风简易畅达。诸子凋谢后,文徵明在吴中文学保持发展势头方面发挥了影响力。嘉靖、隆庆年间吴中诸子多受其提携,所谓"主风雅数十年,与之游者王宠、陆师道、陈道复、王穀祥、彭年、周天球、钱穀之属,亦皆以词翰名于世"①。

徐祯卿诗学思想及诗在明代文坛享有崇高地位。他早期是吴中派的骨干成员,诗作秀出吴中。北上后,加入前七子集团,诗风虽有所改变,但仍保有吴中风韵。他的特殊贡献在于率先突破地域的局限,融入北方七子集团,促进了吴中文学与主流文学的融合。

在吴中四才子身上,凸显着一种昂扬奋发的精神。他们自信自尊,个性天成。虽然有时其行为略显怪僻,但细细品味发现,这种怪僻恰恰是他们的可爱与可贵之处。他们蔑视礼法、疏狂自信、个性张扬、放诞不羁,而这恰好与在程朱理学束缚下唯唯诺诺、循规蹈矩的经生俗士形成鲜明的对比。

---

① 张廷玉.明史[M]卷287.北京:中华书局,1974:7363.

# 第一章
# 明中叶的吴中文学

　　明中叶是明代文学发展过程中的重要时期。弘治、正德年间,台阁体、茶陵派崛起于前,前七子继之于后,文学复古的浪潮风起云涌。在这股文学复古的大潮中,吴中文学的地位尤为特别。一方面,吴中文人以豁达开放的心态与主流文学进行沟通交流;另一方面,又以坚忍执着的心态维护着本域文学的基本特色。在热闹的明中叶文坛上,处在这种格局中的吴中文学似乎有些尴尬。其实文学即是"人"学,吴中文学的矛盾性正是源自吴中文人内心的矛盾状态:身居林泉却心存魏阙;徜徉自然又关注自我。或许正是这种包容而独立、息心又立志的两极状态,成了斑斓多姿而又风韵独具的吴中文学。

## 一、接纳与坚守——吴中文学与明中叶主流文学

### (一)对主流文学的接纳

　　万历时,朱曰藩指出:"弘、德时,海内数君子者出,读书为文,断自韩欧以上,稍变前习,一时学士大夫歙然趋焉,而柄文者顾不之喜,目其文曰'字子股'乃数君子亦抗颜不之恤,各以其志勒成一家之言,行于世。然以天下公器趋舍相消,识者非之。"①朱曰藩所言之"趋舍相消,识者非之"反映出弘治、正德文坛相互抵制、流派纷争的局面。活跃于这一时期的文

---

坛主要流派有以"三杨"为代表的台阁体、以李东阳为首的茶陵派,以及以李梦阳为首的前七子派。三派"你方唱罢我登场",相互承继而又彼此批判,相互学习而又彼此独立。在这种熙熙攘攘的派别纷争的大背景下,吴中文人却能置身其外,以一种极为宽容的心态对待纷争。面对强大的异己文学,他们关注的不是双方的隔阂与冲突,而是彼此间的相通与交融。正是这种豁达的心态和睿智的眼光,使得他们能抛开狭隘的门户之见,积极地与主流文学进行交流,从而使吴中文学在保持本域特色的同时,又能兼采众长,呈现出博雅大气的艺术风貌。

1. 吴中文学与台阁体

明代文学发展到永乐年间,台阁体代表着官方主流意识崛起于文坛,代表人物为三位台阁重臣:杨荣、杨士奇、杨溥。"三杨"资历深厚,颇具威望,主持文坛数十年,天下文风为之一变。钱谦益在《列朝诗集小传》乙集"杨少师士奇"条下称:"国初相业称三杨,公为之首。其诗文号台阁体。"①

作为一个文学流派,台阁体作家的诗文创作呈现出一种趋同特征。其论文重道统,在散文写作上尤推韩愈、欧阳修为代表的唐宋散文。杨士奇称:"至诏韩退之,宋欧阳永叔、曾子固,力于文辞,能反求诸经,概得圣人之旨,遂为学者所宗。"②在诗歌创作上,他们提倡"和而平,温而厚,怨而不伤"的境界,题材多写"爱亲忠君之念,咎己自悼之怀",③风格以"雍容华贵,平正典雅"为宗。台阁体的创作因为"三杨"地位的崇高而影响颇巨,称得上一唱百和,天下风靡,"一时公卿大臣类多能言之士……非独职词翰、官馆阁者为然。凡布列中外、厘政务、理兵刑者,莫不皆然"④。

在这种天下士人皆曰"台阁"的狂热氛围中,吴中士人也欣然参与其

① 钱谦益.列朝诗集小传[M].上海古籍出版社,1983:162.
② 杨士奇.颐庵文选原序[A],文渊阁本四库全书·集部别集类,第 1237 册,台北:台湾商务印书馆,1986:550.
③ 杨荣.文敏集·省愆集序[A]卷 11,文渊阁本四库全书·集部别集类,第 1240 册,台北:台湾商务印书馆,1986:169.
④ 丘濬.丘文庄公集·云庵集序[M]卷 2,清康熙四十七年刻本.

中。明自开国以降,吴人多有人翰林登台阁者,如王璲、陈继、徐有贞、沈涛、吴一鹏、吴宽、王鏊等。他们在思想上尊崇"三杨",创作上积极向"三杨"靠拢。在这些吴中馆阁诸家中,徐有贞、吴宽、王鏊与"三杨"的关系极具代表性。

徐有贞与"三杨"交往甚密。徐有贞(1407—1472),字元玉,号天全,吴县人。宣德八年(1433)进士。景泰八年(1457),因拥立英宗复辟大贵,封武功伯。后为石亨所构,被逮下狱,亨败释归。有《武功集》五卷。徐有贞以"二十八宿"庶吉士的身份步入仕途,聪敏博学的他立刻引起了"三杨"的瞩目。吴宽记曰:"一时前辈若杨文贞、文敏诸公,皆雅知公(徐有贞)名而器重之。"①徐有贞对"三杨"也极为敬重,称杨荣"一代号儒宗";赞杨士奇"文复古风淳"②。在他们各自的文集中,留有诸多唱和之作。《武功集》卷二载有多首徐有贞为杨荣、杨士奇巡边雇从所作的颂词;卷四中的《江乡归趣诗序》为杨溥所作;卷五中的《寿杨东里少师二十韵》和《挽杨文敏公二十韵》为杨士奇、杨荣所作。而杨荣的《文敏集》卷二十四中的《徐处士墓志铭》为徐有贞的父亲徐孟声所作,同时杨士奇也在其文集中为徐父丧作《徐孟声甫墓表》。可见徐有贞与"三杨"交往频繁,"三杨"对这位吴门才子也颇为垂青。

继徐有贞之后,吴宽和王鏊二人相继进入台阁,成为新一代吴中文士的馆阁领袖。吴宽(1435—1504),号匏庵,字原博,长洲人,成化八年(1472)举进士,授修撰,十六年(1480)进礼部尚书;王鏊(1450—1524),字济之,吴县人,成化十一年(1475)举进士第一,授编修,正德元年(1506)升任户部尚书、文渊阁大学士,少傅兼太子太傅。《明史·文征明传》载曰:

① 吴宽.家藏集·天全先生徐公行状[A]卷58,文渊阁本四库全书·集部别集类,第1255册,台北:台湾商务印书馆,1986:538.
② 徐有贞.武功集·挽杨文敏公二十韵[A]卷5,文渊阁本四库全书·集部别集类,第1245册,台北:台湾商务印书馆,1986:216.

吴中自吴宽、王鏊以文章领袖馆阁，一时名士沈周、祝允明辈与并驰骋，文风极盛。徵明及蔡羽、黄省曾、袁褒、皇甫冲兄弟稍后出，而徵明主风雅数十年。与之游者王宠、陆师道、陈道复、王穀祥、彭年、周天球、钱穀之属，亦皆以词翰名于世。①

吴宽、王鏊二人位居台阁，位高权重，声名远播，吴中后劲视之为领袖。可以说明中期吴中文学的繁荣与远播，吴宽、王鏊二人居功甚伟。

吴宽、王鏊二人对"三杨"敬仰之至，奉他们为文坛宗主。王鏊赞杨士奇："明兴，作者代起，独杨文贞公为第一，为其醇且则也。"②吴宽称杨士奇："言文章者，无问其人之高下，必颙颙焉以巨擘推公，六七十年无问言。"因为吴宽、王鏊二公乃吴门后起之秀，文学活动主要在成化、弘治年间，故他们对"三杨"的崇拜更多地体现在创作上。吴宽、王鏊二公的诗文在诸多方面呈现出台阁体的基本特征，即以道统自任，文学上尊奉韩欧为正宗，如吴宽之文"纡馀有欧之态，老成有韩之格"③。四库阁臣称其为"学有根底，为当时馆阁巨手。学宗苏氏，字法亦酷肖东坡；缣素流传，赏鉴家至今藏弄"④。他在《送周仲瞻应举诗序》中明确表示文学当以"欧、苏、曾"为正宗：

今之世号为时文者，拘之以格律，限之以对偶，率腐烂浅陋可厌之言。甚者指摘一字一句以立说，谓之主意。其说穿凿牵缀若隐语然，使人殆不可测识。苟不出此，则群笑以为不工。……呜呼，文之弊既极，极必变，变必自上之人始。吾安知今日无若宋之欧阳、永叔者，而一振其陋习哉！吾又安知无若苏、曾辈出于其下，而还其文于

① 张廷玉.明史[M]卷287.北京:中华书局,1974:7363.
② 王鏊.震泽集·匏庵家藏集序[A]卷13,文渊阁本四库全书·集部别集类,第1256册,台北:台湾商务印书馆,1986:272.
③ 王鏊.震泽集·匏庵家藏集序[A]卷13,文渊阁本四库全书·集部别集类,第1256册,台北:台湾商务印书馆,1986:272.
④ 纪昀.四库全书总目提要[M]卷174.北京:中华书局,1997:2343.

古哉！①

　　吴宽将官方推崇备至的八股文称之为"腐烂浅烂"之文，批评其"穿凿附会""弊端已极"。他希望有如欧阳修、苏轼、曾巩这样的贤人出现，掀起一场古文运动。可以看出吴宽极力倡导更新时文之弊，主张以古文替代时文，而这种古文写作的榜样则是欧阳修、苏轼为代表的唐宋散文。这种对欧阳修、苏轼散文的推崇很可能受到台阁体重文统、崇唐宋文风的影响。

　　王鏊在文学创作上也积极地向"三杨"靠拢。霍韬序其文曰："早学于苏，晚学于韩，折中于程朱。"②王鏊也自云："近世文章家，要以昌黎公为圣"。③ 他对韩愈、欧阳修的散文亦极为崇拜，云：

　　　　所为文必师古，使人读之不知所师，善师古者也。韩师孟，今读韩文，不见其为孟也；欧学韩，今读欧文，不觉其为韩也。若拘拘模仿，如邯郸之学步，里人之效颦矣，所谓师其神，不师其貌，此最为文之真诀。④

　　字里行间饱溢着对韩愈、欧阳修的赞誉之词，难怪王阳明评价他："文规模昌黎，纯而不流于弱、奇而不涉于怪，雄伟俊洁、体裁截然，振起一代之衰。"⑤

　　吴宽、王鏊二人不仅在散文写作上跟随"三杨"推崇韩愈、欧阳修，在诗作风貌上也颇有"三杨"之风。

　　杨士奇《从游西苑》诗云：

　　　　宫城西畔接蓬莱，金饰飞楼玉饰台。辇路前瞻双凤引，銮舆中驾

　　① 吴宽.匏庵家藏集·送周仲瞻应举诗序[M]卷39.上海古籍出版社,1991:342 – 343.
　　② 霍韬.震泽集序[A],文渊阁本四库全书·集部别集类,第1256册,台北:台湾商务印书馆,1986:120.
　　③ 王鏊.震泽集·孙可之集序[A]卷12,文渊阁本四库全书·集部别集类,第1256册,台北:台湾商务印书馆,1986:264.
　　④ 王鏊.震泽长语·文章[M].北京:商务印书馆,1937:27 – 28.
　　⑤ 王阳明.王阳明全集·太傅王文格公传[M]卷2.上海古籍出版社,1992:454.

六龙来。时康道泰韶音奏,雪净天清瑞景开。何幸群臣皆侍从,山呼捧献万年杯。①

王鏊《春日应制》诗云:

奉天朝罢晓瞳昽,敕使传宣御苑东。好雨晴时三月里,銮舆遥过百花中。东皇默运无言化,南国新收不战功。归坐明堂还布德,豫游分与万方同。②

吴宽《庆成宴》诗云:

阁门传诏下琼筵,许傍文楼坐列仙。凤历纪元初满十,玉杯称寿定过千。颂钟应律歌工起,阶盾成行卫士联。即醉小臣思寸补,拟书无逸献新年。③

此三首具备典型的台阁之风:歌颂的是帝王的圣德伟绩,宴饮享乐;描写的是宫城的富丽堂皇,壮丽伟奇。琼筵、阶盾、金玉、龙凤、明堂、銮舆、百花等一系列迷离惝恍的意象,显现出一派富贵景象。三首诗艺术上词气安闲,雍容典雅,极具太平宰相之风度。

吴宽、王鏊秉承"三杨"创作之风,高居馆阁,领袖明中叶吴中文坛,其取向好,必然会影响到诸多吴中后劲,杨循吉便是深受影响者之一。杨循吉,成化二十年(1484)举进士,授礼部主事,性狂傲,好持人短长,对"三杨",吴宽、王鏊等馆阁大家极为仰慕。他平生酷爱唐宋散文,尤其推

① 杨士奇.东里集·从游西苑[A]卷59,文渊阁本四库全书·集部别集类,第1239册,台北:台湾商务印书馆,1986:491.
② 王鏊.震泽集·春日应制[A]卷1,文渊阁本四库全书·集部别集类,第1256册,台北:台湾商务印书馆,1986:126.
③ 吴宽.家藏集·庆成宴二首[A]卷3,文渊阁本四库全书·集部别集类,第1255册,台北:台湾商务印书馆,1986:23.

崇韩、柳、欧、苏四大家散文。刘凤的《续吴先贤赞》评其:"文学韩愈氏,似之,而时有恢调,若所善,则有明以来,莫之先矣。"①他在《彭文思公文集后序》中表明自己的创作态度:

> 自古以文章观时化,盖一代之兴,必有人焉。夫辅圣主,典制作,秉笔铺张,则昭宣皇猷,裨翼史碟,而以风示天下,此非宗工硕儒不能为。……而前代立国,率有文章家传世,其不可忽如此。唐兴至贞元,韩始出,宋兴至庆历,欧始出,其有所俟又如此。……其述作深厚严密,非仁义道德之懿不陈诸口,盖粹如也。由我圣明言之,则文人之盛,宜在今日,有任其责而无愧者,其非公乎?②

　　杨循吉认为,文学的主要作用就是"观时化",因此文学必须担负起"昭宣皇猷"、宣传"仁义道德"的使命;至唐宋两朝,能以文章传世的名家,当属韩愈和柳宗元,其作品起到了"风示天下"的教化作用,发挥了"文以载道"的重要功能。杨循吉的这一理论与"三杨""吴王"之主张几无异处。
　　无论是在取法对象上还是创作风格上,吴宽、王鏊、杨循吉都明显地流露出追模"三杨"的痕迹。这固然有后起之辈尊重文坛前辈、地域文学折服主流文学的因素,但更为重要的是吴中文学在传统的延续上本来就具有类似"台阁体"的因素。例如吴中诗风平淡和婉,与台阁敦厚雍容的诗风相近。更重要的是,吴中与台阁皆有欲脱离正统诗风的倾向,有意识地回避政治,沉溺于个体的自由生活中,文学的批判性大为减弱。正是因为这些方面的不谋而合,吴中文人才会折服于"三杨"的领导,才会在创作上或隐或现地体现出台阁之风。而这种台阁之风的隐现,一部分是吴

---

人刻意学习的结果,一部分是吴中文学自身特性的体现。

2.吴中文学与茶陵派

茶陵派发轫于明中叶成化年间,因其领袖李东阳为湖南茶陵人而得名。李东阳弱冠之年便极负文学盛名,有神骏祥鸾之誉。成化年间崛起文苑,弘治七年(1494)入内阁,以宰臣的身份倡导文学。正德后,由于宫廷政治的冲击和文坛风气的转移,茶陵派走向衰退。李东阳的《麓堂诗话》是茶陵派的理论纲领。茶陵派的主要成员有两批,一批是与李东阳同年中进士并同入翰林院的人,主要有谢铎、张泰、陆釴、陈音等人;另一批是李东阳的门生,即他担任乡试、会试考官和殿试读卷官时所录取的举子,主要有邵宝、顾清、鲁铎、何孟春、陆深等人。这些人多为翰林出身,后来也多在馆阁任职,创作上多"以其和平易直之心发为治世之音",雅音泏泏,气度雍容,几乎步趋于"三杨"台阁体,所以茶陵派在某种意义上仍是台阁体的延续。

吴中文学与茶陵派有着很深的渊源。在茶陵派第一批成员中,出身吴中的陆釴、张泰(二人皆为太仓人,曾与陆容合称"娄东三凤")是早期茶陵派的骨干力量。《麓堂诗话》写道:"原博(吴宽,字原博)之诗,浓郁深厚,自成一家。与亨父、鼎仪,皆脱吴中习尚,天下重之。"①张泰,字亨父;陆釴,字鼎仪。两人同为吴中人士,诗歌又皆脱吴中习尚,李东阳将他们合而论之,既体现出李东阳对古雅诗风的要求,也体现出其对吴中文人转向茶陵派的肯定。

陆釴、张泰二人作为吴中文人的代表,在茶陵派中的地位突出、成就显著,这使李东阳对吴中文人产生了某种程度的认同感。自此以后,吴中士人一旦进入京师,很快就会被茶陵派所笼络,成为茶陵派的骨干成员。例如邵宝(无锡人)、吴宽(长洲人)、钱福(华亭人)、杨循吉(吴县人)、陆深(上海人),等等。成化八年(1472)会试前,吴宽献诗,李东阳阅后大赞:"场屋中有此人,不可不收。"不久吴宽金榜题名,高中魁首。后吴宽

① 李东阳.麓堂诗话[A],丁福保辑.历代诗话续编.北京:中华书局,1983:1393.

吴中四才子诗文研究

入翰林院,与李东阳共事。闲暇之余,二人你酬我唱,相交甚欢。两人互相酬赠问答的唱和诗可谓多矣!例如《原博诗来戏予还故步再次韵》《原博和章不至四叠韵督之》《次韵原博新庐有作》《戏效原博坡书辱诗见遗因次韵》《原博诗有"雪堂独立"语五叠韵谢之》《三叠韵答原博》等,仅从诗的数量上就能看出两人相交之深。成化二十年(1484),杨循吉参加会试,当时主持会试的人就是李东阳。登第之后,杨循吉经常出入吴宽府邸,而李东阳也是吴宽海月庵中的座上宾,二人由此相识。李东阳为先祖李祁重刻《云阳集》,杨循吉为李东阳搜寻、整理文献资料。李东阳《敬书云阳集后》载曰:"会礼部主事杨君谦来自苏州,以录本见遗,因得补其残并。"至于王鏊,他在翰林院时,与李东阳也有交往。王鏊能进入内阁,正是得益于李东阳的举荐。

王鏊身居馆阁,与李东阳同朝为官,相互间宴饮酬唱、交流互赠,这对于身在京师的吴中文人来说并非难事。难能可贵的是,吴中的在野文人与李东阳也交往频繁。

沈周世隐吴中,终生未仕,但其却凭借精湛的画艺、高雅的品行名闻天下。沈周仰慕李东阳盛名,对其敬仰之至;李东阳也折服于沈周的画技,对其赞叹不已。两人虽分处京师、吴中两地,难得一见,但通过吴宽、吴一鹏等在籍吴中官员的往来沟通,两人得以保持长久的联系。

李东阳以台阁宿主领袖诗坛,弘奖群英,"天下翕然宗之"。对于这位被天下文人奉为"砥柱"的文坛盟主,身为在野文人的沈周自是甚为敬仰。他曾恳请李东阳为其诗集题跋作序,李东阳记曰:"右石田沈君启南诗稿若干卷……予欲有所序述。尝观拟古诸歌曲,爱其醇雅有则。忽忽三十余年,闻石田年益高诗益富,至若干卷,总之共若干首,间始刻于苏州,而文定已捐馆,会翰林吴编修南夫来自苏,则以石田之意速予。"①甚至他的私人收藏品也由吴宽等人带到京师,请李东阳鉴赏题跋。例如在《书宋诸贤墨迹后》中写道:"右宋李忠定公书一张……姑苏沈启南氏所

---

① 李东阳.怀麓堂集·书沈石田诗稿后[A]卷74,文渊阁本四库全书·集部别集类,第1250册,台北:台湾商务印书馆,1986:777.

藏者,吴太史原博携至京师,予得而观之。"①李东阳对沈周的画作赞叹不已,常为之赋诗,例如《沈启南墨鹅》《沈石田山水》《题沈启南画二绝》等;或为之题跋,例如《书杨侍郎所藏沈启南画卷》,并声称:"吾爱启南之诗,见其屋乌,若无不可爱者。"②此外还有《题沈启南所藏郭忠恕雪霁江行图真迹》《题沈启南所藏林和靖真迹追和坡韵》等。后者有"石田诗人亦清士,居不种梅翻种竹。他时并作隐君论,何似周莲与陶菊"之句,可明显看出李东阳对沈周的折服与称赞。

一个是享誉天下的文坛宿主,一个是仆居乡间的在野隐士,二人身份地位相差何其悬殊。但沈周却能以一介平民身份与天下知晓的文坛盟主交流往来,这一方面归因于沈周的声名远播,另一方面则归因于李东阳对隐逸行为的认可和崇尚。李东阳虽身在馆阁,却性尚隐忍自守,《怀麓堂集》中不少诗作反映了其对山林隐逸生活的向往。李东阳言:"馆阁之文,铺典章、裨教化,其体盖典则、正大,明而不晦,达而不滞,而惟适于用。山林之文,尚志节,远声利,其体则清耸奇峻,涤陈剃冗,以成一家之论。二者固皆天下所不可无。"③他还说:"朝廷典则之诗,谓之'台阁气';隐逸恬澹之诗,谓之'山林气'。此二气者,必有其一,却不可少。"④身居馆阁,却心向林泉;喜为台阁诗,亦不忘"山林气"。这种"不忘山林、心向林泉"的乐隐心态,成为李东阳与沈周书信往来、平等交流的基础。

与吴中和"三杨"台阁体的关系相似,吴中文学与茶陵派的关系也颇为融洽,这其中当然也有偶像崇拜的因素,但更多的还是因为两派在某些文学创作观念上的相通。在比较吴中文人与茶陵派的诗作上,它们会有诸多相似之处,即在效法对象上,两者皆以晚唐为主;在诗歌题材上,酬唱诗占较大比重,皆具元(稹)白(居易)、皮(日休)陆(龟蒙)文风;在审美

① 李东阳.怀麓堂集·书宋诸贤墨迹后[A]卷41,文渊阁本四库全书·集部别集类,第1250册,台北:台湾商务印书馆,1986:442.
② 李东阳.怀麓堂集·书杨侍郎所藏沈启南画卷[A]卷41,文渊阁本四库全书·集部别集类,第1250册,台北:台湾商务印书馆,1986:445.
③ 李东阳.怀麓堂集·倪文僖公集序[A]卷29,文渊阁本四库全书·集部别集类,第1250册,台北:台湾商务印书馆,1986:308.
④ 李东阳.麓堂诗话[A],丁福保辑.历代诗话续编.北京:中华书局,1983:1384.

意趣上,都力图表现一种超凡脱俗、淡雅闲远的高妙格调。吴宽云:"予尝观古诗莫胜于唐,其间如元白、韩孟、皮陆,生同其时,各相为偶,固其人才之敌,亦惟其心之合耳;合则其言同,同则其声自有不得不同者。"①因为心合,所以言同、声同,这或许就是吴中文学与茶陵派关系融洽、平等交流的原因吧!

3. 吴中文学与前七子

明代文学发展到弘治、正德年间,"三杨"台阁体已经走向末路。李东阳为首的茶陵派力求通过倡导浑雅正大的审美理想,来纠正"三杨"的卑靡之风。但因李东阳等也属于台阁重臣,创作上仍受馆阁地位的钳制,并没有彻底地纠正台阁体的偏颇。这一任务是由前七子派来完成的。关于此三派的前后起承关系,沈德潜说:"永乐以后诗,茶陵起而振之,如老鹤一鸣,喧啾俱废。后李、何继起,廓而大之,骎骎乎称一代之盛矣。"②

前七子是明代弘治、正德之际兴起的一个以李梦阳为首的文学流派。康海《溪陂先生集序》描述此派曰:"我明文章之盛,莫盛于弘治时。所以返古昔而变流靡者,惟时有六人焉:北郡李献吉、信阳何仲默、鄠杜王敬夫、仪封王子衡、吴兴徐昌榖、济南边庭实,金辉玉映,光照宇内,而予亦幸窃附于诸公之间。"③七子皆为弘治间进士,以李梦阳最早,徐祯卿最末(当时尚属吴中四才子之一)。任职京师期间,他们政治上以气节"震动一世",文学上力主复古,倡言"文必秦汉,诗必盛唐,非是弗道"。在李梦阳的领导下,前七子派阵容不断壮大,生机日见旺盛。李梦阳《朝正倡和诗跋》对其时强大的阵容进行了描述:

> 诗倡和莫盛于弘治。盖其时古学渐兴,士彬彬乎盛矣。此一运
> 会也。余时承乏郎署,所与倡和则扬州储静夫、赵叔鸣,无锡钱世恩、

① 吴宽. 家藏集・后同声集序[A]卷41,文渊阁本四库全书・集部别集类,第1255册,台北:台湾商务印书馆,1986:367.
② 沈德潜. 明诗别裁集[M]卷3. 上海古籍出版社,1979:75.
③ 康海. 对山集・溪陂先生集序[A]卷3,文渊阁本四库全书・集部别集类,第1266册,台北:台湾商务印书馆,1986:342.

陈嘉言、秦国声,太原乔希大,宜兴杭氏兄弟、何子元,慈溪杨名父,馀姚王伯安,济南边庭实。其后又有丹阳殷文济,苏州都玄敬、徐昌穀,信阳何仲默。其在南都,则顾华玉、朱升之其尤也。诸在翰林者以人众不叙。①

以李梦阳为首的复古运动在北方轰轰烈烈地进行时,在遥远的吴中地区,以吴中四才子为首的古文辞运动也同时兴起。两股文学潮流虽分处南北,却不约而同地举起了复古的旗帜。相同的时代背景和情感解放的要求,决定了这两个文学群体在复古的基本立场和理论方面存在极大的一致性。而这种一致性,也为两股潮流的融合和交汇提供了可能,完成这一南北交融任务的便是吴中四才子之一——徐祯卿。

当徐祯卿于弘治十八年(1505)北上入京之时,李梦阳领导的复古运动已呈蔚然之势。对于这位才华横溢的吴门才俊,李梦阳耳闻已久,并极力想援引其加入前七子阵营。为使徐祯卿尽快脱尽吴中旧习接受自己的复古主张,李梦阳与之"清宵燕寝,共衾而寐"②,并不失时机地与之切磋文学、砥砺情志。《与徐氏论文书》和《与李献吉论文书》中记载了二人一次著名的辩论。

此次论辩主要讲两个问题。一是李梦阳根据徐祯卿的一句客套话——以晚唐诗人皮日休、陆龟蒙等做比喻,希望与之成为皮、陆那样唱和的诗友。李梦阳对徐氏的这一比喻大为不满。他列数三代舜与皋陶、成王与召康公互相赓和歌声的典故,责备祯卿"舍虞、周赓和之义,弗之式……而自附于皮、陆数子",指斥这种唱和无疑是"入市攫金,登场角戏"。李梦阳这样做的目的,其实就是劝徐氏彻底断绝与唐宋文学的联系,纠正路径,直追高古。二是略述复古要旨:"诗贵婉不贵险,贵质不贵

① 李梦阳.空同集·朝正倡和诗跋[A]卷59,文渊阁本四库全书·集部别集类,第1262册,台北:台湾商务印书馆,1986:543-544.
② 徐祯卿著.答献吉书[M].北京:人民文学出版社,2009:706.

吴中四才子诗文研究

靡,贵情不贵繁,贵融洽不贵工巧……三代以下汉魏最近古。"①所谓的险、靡、繁、巧,似乎是针对吴中文学的。李梦阳认为"六朝之调凄婉,故其弊靡;其字俊逸,故其弊媚。"而吴中文学是崇尚六朝的,由此可见李梦阳对吴中文学的批评态度。

对于李梦阳的批评,徐祯卿并没有进行针锋相对的回应,而是转而申述自己的复古观:

> 仆少喜声诗,粗通于六艺之学,观时人近世子辞,悉诡于是,惟汉氏不远逾古遗风,流韵犹未有艾,而郊庙闾巷之歌,多可颂者。仆以为如是犹可不叛于古,乃摅其性情之愚,窃比于作者之义。今时人喜趋下,率不信古,与之言不尽解。故久不输其说,恐为伯牙所笑,乃一日遇足下而独有取焉……反复相示,更互详定,或大有疵谬,辄诋毁去,不犹愈于后人之诋笑乎。②

徐祯卿表明了自己的文学宗旨是返古,而且取法甚高,"惟汉氏不远逾古",汉以下当然更不遑论。这一说法已有向李梦阳复古论靠拢之意。"反复相示,更互详定"一句,实可理解为徐祯卿日后所取的复古立场,并希望得到李氏的进一步指导。

此次沟通后不久,徐祯卿便毅然地加入前七子阵营,并与李梦阳、何景明鼎足成三,成为复古大潮的中坚力量。"始昌榖与李梦阳、何景明数子友,相与砥砺于辞章,既殚力精思,杰然有立矣。"③徐祯卿的改弦易辙,不仅仅是他单纯的个人行为,在一定意义上也代表着吴中文学对中原文学的服膺与接纳。

谈到明中叶南北文风的融合(中原文化对吴中文化的消解)这一问

---

① 李梦阳.空同集·与徐氏论文书[A]卷62,文渊阁本四库全书·集部别集类,第1262 册,台北:台湾商务印书馆,1986:564.

② 徐祯卿著.与李吉书论文书[M].北京:人民文学出版社,2009:696－697.

③ 王阳明.王阳明全集·徐昌榖墓志铭[M]卷25.上海古籍出版社,1992:931.

题时,我们首先想到的便是徐祯卿。但有一点我们必须要认识到,徐祯卿虽是调剂南北文风的第一人,但却不是将北方文风带回南方(吴中)的第一人。也就是说,徐祯卿离开本土将吴中文风带到了中原,却没有将中原文风带回吴中。这一任务则是在黄省曾、袁袠、蔡羽、皇甫汸等这些吴中后劲的手里实现的。钱谦益在《列朝诗集小传》中说:"余观国初以来,吴中文学,卓有源流。自黄勉之兄弟,心折于北地,降志以从之,而吴地始有北学。甫氏,黄氏中表兄弟也。"①可见,在实现南北文风的全面交融这一问题上,黄省曾等吴中后劲功不可没。

徐祯卿将吴中文学带到了中原,而黄省曾等则是将中原文化带回到吴中。正是有了此二人的共同努力,吴中文学才真正实现了与中原文学的交融。也正是有了此次南北交融的尝试,吴中文学才能够在吸收北地文学之所长后愈发生机勃发。

(二)对本域文学的坚守

在台阁体、茶陵派、前七子派先后统治文坛的明代中叶,处于边缘一域的吴中文学积极地包容、接纳各派文学,并与之进行广泛交流。与这种包容豁达的开放性相对,吴中文学也具有一种不容置喙的独立性。也就是说,即使已经表示接纳或者臣服于某一流派,吴中文学依然会保有一份执着而坚韧的"自尊",依然会顽强地维护并认同体现本土特色的创作观、审美观。

1. 文学独立性的追求

台湾学者简锦松在论述台阁文学与吴中文学关系时说:

苏人何以重视古文辞?自苏州前辈提倡古文辞前天下未始无古文辞;翰林与庶吉士之教养,即以此为目标之一。苏州此种思潮适与翰林合,而苏之名人如吴宽、王鏊又能皆由翰林而阶台阁之重,古文辞益为苏人所慕,古文辞之真精神,在于博学于古而能诗文,本为台

① 钱谦益.列朝诗集小传[M]丁集.上海古籍出版社,1983:412.

阁体所大力提倡者。①

作者认为台阁文风对吴中文风有导向作用,而吴中文风又进一步丰富、扩大了台阁文风,特别是在古文辞的提倡上,两者彼此暗合而又相互补充。简氏此论有合理的一面,但其"古文辞之真精神,本为台阁所大力提倡者"之论,则失之偏颇。从明初到明中叶,吴中、台阁虽皆崇尚古文辞,文风较为接近,但内涵却有所不同。台阁重古文辞,文学的成分非常有限,主要是服务于统治者的需要。明成祖有言:

> 为学必造道德之微,必具体用之全;为文必并驱班、马、韩、欧之间。如此立志,日进不已,未有不成者。古人文学之士,岂皆天成,亦积功所至也。汝等勉之。朕不任尔以事,文渊阁,古今载集所萃,尔等各食其禄,日就阁中恣尔玩索,务实得于己;庶国家将来皆得尔用,不可自怠,以辜朕期待之意。②

朱棣尊崇韩欧、提倡古文的目的在于成就政治家,而不是文学家,而且还必须防止成就文学家。据《明史》记载,永乐六年(1408),明成祖北巡,太子朱高炽喜文辞,时任左春坊左赞善的王璲教以诗法。杨士奇以为不可,告太子曰:"殿下当留意六经,暇则观两汉诏令。诗小技,不足为也。"③在台阁诸家眼中,六经诗作乃是末流小技,只可一时玩味娱情,而不可真心投入其中,以免误导心志。台阁作家"诗小技,不足为"这一观念带来的直接后果是文学创作出现重道德而轻文辞,重说教而轻情感的缺陷。

与台阁不同,吴中所倡导的"古文"是指与"八股时文"相对立的,为

---

① 简锦松.明代文学批评研究[M].台北:学生书局,1989:140.
② 俞汝楫.礼部志稿·育才之训[A]卷2,文渊阁本四库全书·史部职官类,第 597 册,台北:台湾商务印书馆,1986:38.
③ 张廷玉.明史[M]卷148.北京:中华书局,1974:4132.

人性、人生服务的文学。吴宽对古文辞情有独钟,而他热衷古文辞的原因是:

> 宽年十一入乡校,习科举业,稍长,有知识,窃疑场屋之文,排比牵合,格律篇同之,使人笔势拘絷,不得驰骛以肆其所言,私心不喜。时幸先君好购书,始得《文选》读之,知古人乃自有文,及读《史记》《汉书》与唐宋诸家集,益知古文乃自有人,意颇属之。适与诸生一再试郡中,偶皆前列,辄自满曰:吾足以取科第矣。益属意古作。然既业为举子,势不得脱然弃去,坐是牵制,学皆不成,故累举于乡,即与有司意忤,虽平生知友未免咎予之迂。予则自信益固,方取向之《文选》及《史》《汉》、唐宋之文益读之,研究其立言之意,修辞之法,不复与年少者争进取于场屋间。①

此文颇具趣味。吴宽研习古文本想有助于举业,可没想到学习古文之后反而加深了对"场屋之文"的厌恶。在浩如烟海的古文献里,他欣赏的是情感丰盈、生机盎然的《文选》《汉书》之类,对那些味若嚼蜡、毫无生气的文章已丝毫不感兴趣。他的朋友却不能理解他的感受,固执地认为习古会妨碍科第举业。显然吴宽与朋友所持的是两种截然不同的习古观。朋友的习古观,颇似台阁诸家;而吴宽的习古观,已超越经义、科第而带有关注自我生命的进步意义。这段话向我们透露出这样一个信息:在吴宽心目中,"道"的评判意识在消淡,"古文"则在一定程度上成了肯定理欲人性、尊重生活情趣的指示符号。吴宽爱好古文和厌弃时文是出于内在自然的要求,而这种内在的自觉性无疑预示着一种时代的新动向。

在台阁诸家力倡"诗小技,不足为"之时,吴中文人并没有盲目地遵从这一训诫,而是在肯定人性的基础上意识到文学应为人性服务的命题。简而言之,服从政治需要还是服从人性需要,是台阁与吴中倡导古文辞的

---

① 吴宽. 家藏集·旧文稿序［A］卷41,文渊阁本四库全书·集部别集类,第1255册,台北:台湾商务印书馆,1986:365.

根本区别,也是吴中文学肯定文学自身价值、倡导文学独立性的重要表现。

吴中文人肯定文学独立性的另一个重要表现是王鏊、吴宽等与台阁诸公虽皆强调取法韩愈、欧阳修,但两者取法的重点和用意却截然不同。这种不同又进一步体现出吴中文人对文学独立性的尊重与强调。

台阁诸公尊崇韩愈、欧阳修,重在取其"施政教、载道义"的一面。明初的统治者从朱元璋、朱棣到朱高炽,文章皆尊韩愈、欧阳修。明仁宗喜好诗文,尤其推崇欧阳修,杨士奇在《滁州重建醉翁亭记》中载:"我仁宗皇帝在东宫,览公(欧阳修)奏议,爱重不已,有生不同时之叹。尝举公所以事君者勉群臣,又曰:'三代以下之文,惟欧阳修文有雍容醇厚气象。'既尽取公文集命儒臣校定刻之。"可见,明代帝王及台阁诸家之所以喜爱欧阳修的文章,一是欣赏欧阳修忠贞不二的臣子气节,二是喜欢欧阳修华贵雍容的文风,因为此文风特别适用于庙堂文学。

吴中文人推崇韩欧,重在取其"适性情、重审美"的一面。如王鏊对韩愈一派的皇甫湜和孙樵甚为推崇,两人偏重于韩文的奇崛一路,传统观点历来对奇崛一路评价不高。所谓"学韩愈而不至者为皇甫湜,学湜而不至者为孙樵"①。而王鏊则认为:"观持正(按:皇甫湜)、可之(按:孙樵)集,皆自铸伟词,槎牙突兀,或不能句。其快语若天心月胁,鲸铿春丽,至是归工。抉经执圣,皆前人所不能道,后人所不能至也,亦奇甚也。"②像这样高度肯定创作中的奇崛之风,对于台阁诸人一味崇尚"平正典雅"的文学风范无疑是一种针砭。王鏊这样做并不是故意提倡某种不合时代欣赏口味的风格,而是为了突出强调文学的审美特点。他接着说:"昌黎尝言惟古于词必己出,又论文贵自树立,不蹈袭前人,不取悦今世。……则持正、可之之文,亦岂可少哉!"③此处,王鏊把审美性同风格的多样性相

---

① 纪昀. 四库全书总目提要[M]卷151.北京:中华书局,1997:2024.
② 王鏊. 震泽集·皇甫持正集序[A]卷14,文渊阁本四库全书·集部别集类,第1256册,台北:台湾商务印书馆,1986:282.
③ 王鏊. 震泽集·皇甫持正集序[A]卷14,文渊阁本四库全书·集部别集类,第1256册,台北:台湾商务印书馆,1986:282.

统一,已饱含着此认识:文学应当表现人的多样情感。情感本身是合理的,即使某些情感的表现不合道德的规则,亦无可厚非。

吴宽、王鏊重视文学独立性、注重情感表达,吴人后起之辈予以继承。面对"谓文章小技,绝口不复言诗"的社会风气,文征明亦深有所感:

> 近时适道之士,游心高远,标志玄朴,谓文章小技,足为道病,绝口不复言诗。高视诞言,持其所谓性命之说,号诸人人,谓道有至要,守是足矣。而奚以诗为!夫文所以载道,诗故文之精也,皆所以学也,学道者既谓不足为,而守官者又有所不暇为,诗之道日以不竟,良以是夫。①

文征明认为,政务、理学、科举,此三者是导致诗歌不兴的根源。三者皆无关乎诗文,故而世人将其放在无用的位置上。其实,他们没有意识到这三者皆由人来创作,人是离不开生活和诗歌的。

祝允明也十分重视诗文本身在表情达意方面的价值,对忽视诗文价值、视诗文为末技的功利性观念深为不满:

> 今国家以经术取士,或以为尚文艺、冥德行之科。不知所以取之,特假笔札以代其口陈之义,所主在经术耳,非文艺也。然其久也,遂视经术文艺为二道。夫场屋之习,则固可以为用世之业矣,而文艺之云,则又何物?其果无与于兹道耶?②

"场屋之文有用于道,难道诗歌文艺就无益于道吗?"祝允明的反问一语中的,言语简约而又不失犀利之气。

王鏊等人对文学独立性的尊重,并非是明中叶吴中文人自身的体悟,而是对吴中"重性命、重情趣、重文辞"文学传统的恪守。从文采绚烂、浪

---

① 文征明著.文征明集续辑·凤峰子诗序[M].自印本,2002:61.
② 祝允明.祝枝山全集·容庵集序[M].上海:大道书局,1935:14.

吴中四才子诗文研究

22

漫多姿的先秦楚辞,到天然明朗、浅俗鲜丽的南朝吴歌,再到诡奇艳丽、俊逸浓爽的元末铁崖体诗歌,吴中文人从未放弃过对文学独立之美的追求。吴中文学以其明晰的发展轨迹表明,不管何种派别领袖文坛,亦不管何种文风笼罩文坛,吴中文人始终会在交流或融汇的大背景下执着地持守文学的最终使命,即文学为人性之学。文学应该与人性、现实融合在一起,而不是依附于某种抽象的道德理念或政治权威。文学固然要承载政治,但更应歌咏人生与人性。

2. 诗文体统观的独立

坚持文学形式的美感,力主文学为人生、为人性服务,是吴中文学最为突出的特质。除此之外,不受世俗观念所左右,坚守本域文学的体统观念和创作取向,亦是吴中文学独立性的重要表现。

明前期整个文坛沉浸在一片尊崇"盛唐"的喧闹声中,此种尊尚经高棅的《唐诗品汇》阐发以后,"终明之世,馆阁宗之",遂成一代风气。尤其是弘正年间,"崇杜尊李"的浪潮已蔓延到各个角落。在这一背景下,吴中文人虽也尊崇盛唐,也承认"李杜"诗风的英伟绝资。但在实际的创作中,他们并不专推"李杜",对杜甫亦不专认沉郁顿挫一格,反而对能寄兴物外、匠心独妙的"韦柳"一派更为钟情。对此,吴中文人有着自己的独特见解。吴宽《题重刻〈缶鸣集〉后序》云:

> 诗至于杜子美。故近代学诗者多以杜为师,而尤得其三尺者,虞、杨、范三家而已。然文忠又谓:子美以英伟绝世之资,凌跨百代,古今诗人尽废。然魏晋以来,高风绝尘亦少衰矣。世以为确论。若季迪生值元季,非不知有子美者,独其胸中萧散简远,得山林江湖之趣,发之于言,虽雄不敢当乎子美,高不敢望乎魏晋,然能变其格调,以仿佛乎韦、柳、王、岑于数百载之上,以成皇明一代之音,亦诗人之豪者哉![1]

---

① 吴宽.家藏集·题重刻缶鸣集后序[A]卷49,文渊阁本四库全书·集部别集类,第1255册,台北:台湾商务印书馆,1986:451.

吴宽认为，虽然"韦柳"诗风不如魏晋诗风的高风绝尘，亦不如杜甫诗风的英伟绝资，但其萧散简远的清新风尚，不仅值得效法，亦足以令世人感到自豪。

谈及吴中文学的审美倾向，王鏊的见解是：

> 子美之作，有绮丽秾郁者，有平澹酝籍者，有高壮浑涵者，有感慨沉郁者，有顿挫抑扬者，后世有作，不可及矣。若夫兴寄物外，神解妙悟，绝去笔墨畦径，所谓"文不按古，匠心独妙"，吾于孟浩然、王摩诘有取焉。①

王鏊认为，杜甫的诗作固然气质雄浑、风格多样，但却不是吴人兴趣之所在，吴中文人的兴趣在匠心独妙的恬淡清雅一路。

明中叶的吴中文人在理论上推崇"韦柳"，在现实的文学创作中，也鲜明体现出了此派闲适、雅淡的诗文风格。王世贞有一段话专门来评论吴中诗人，其文如下：

> 吴匏庵如学究出身人，虽复闲雅，不脱酸习。沈启南如老农老圃，无非实际，但多俚辞。祝希哲如盲贾人张肆，颇有珍玩，位置总杂不堪。蔡九逵如灌莽中蔷薇，汀际小鸟，时复娟然，一览而已。文征仲如仕女淡妆，维摩坐语；又如小阁疏窗，位置都雅，而眼境易穷。唐伯虎如乞儿唱《莲花乐》，其少时亦复玉楼金坼。王履吉如乡少年久游都会，风流详雅，而不尽脱本来面目；又似扬州大宴，虽鲑珍水陆，时有宿味。徐昌毂如白云自流，山泉泠然，残雪在地，掩映新月；又如飞天仙人，偶游下界，不染尘俗。②

① 王鏊.震泽长语·文章［A］卷下，文渊阁本四库全书·子部杂家类，第867册，台北：台湾商务印书馆，1986：216.
② 王世贞.艺苑卮言［A］卷5，丁福保辑.历代诗话续编.北京：中华书局，1983：1033-1036.

此评涉及了吴宽、沈周、祝允明、蔡九逵、文征明、唐寅、王宠、徐祯卿八位吴中名士。从王世贞对他们创作风格的点评中我们可以看到,诸如雅、闲、淡等字眼使用频繁,而常用于评价盛唐诗风的雄、厚、奇、伟等字眼却一字未见。而雅、闲、淡等正是"韦柳"一派的诗风特点。历代诗论家多以雅淡和简淡评价其诗歌。如翁方纲评韦应物:"奇妙全在淡处,实无迹可求";杨万里评柳宗元:"五言古诗,句雅淡而味深长者,陶渊明、柳子厚也。"可见吴中文人对"韦柳"一派的尊尚,不仅仅是行之于言的,而且是付诸于行的。

吴中文学独立性的可贵之处,不仅在于能超越主流认同而自主选择,更在于他们能践行并坚守这种自主选择。在这一方面,徐祯卿表现得最为出色。

加入"前七子"派后,受李梦阳影响,徐祯卿的诗风的确有所改变,但并未完全脱尽吴中本色,历代评论家都看到了此点。四库馆臣评其:"明自弘治以迄嘉靖,前后七子轨范略同,惟(徐)祯卿、(高)叔嗣虽名列七子之中,而泊然于声华驰逐之外。其人品本高,其诗亦上规陶谢,下摹韦柳,清微婉约,寄托遥深,于七子为别调。"①沈德潜《说诗晬语》云:"徐昌谷大不及李,高不及何,而倩朗清润,骨相欹崟,自独能尊吴体。"②赞扬徐氏能够超越"前七子"一派,在"兼师盛唐诸家"的同时,"上规陶谢,下摹韦柳",在七子成员"诗必盛唐"的呐喊声中唱出一曲清新淡雅的江南别调。

其实吴中文人选择"韦柳"一派,创作清雅恬淡的诗歌,并不是出于标新立异的目的,而是因为此派所体现出的淡雅、闲适更契合吴人的心境。吴中山川秀丽、水产丰富、土地肥沃、风光绮丽,这些优越的环境潜移默化地造就了吴人缘情绮靡的个性气质。在审美取向上,他们喜绮丽秾郁,而不喜高大雄浑;他们重平和蕴藉,而不重感慨沉郁。鉴于此,他们才会舍宏大、浑厚的"李杜"之音,而独取清雅、幽微的"韦柳"一派。

---

① 纪昀. 二家诗选提要[A],文渊阁本四库全书·集部总集类,第 1459 册,台北:台湾商务印书馆,1986:61.
② 沈德潜. 说诗晬语[A],王夫之. 清诗话. 上海古籍出版社,1999:547.

可以说,从明初到明中叶,吴中文人在文学的审美取向上是很有见地的。在举国文学风尚与之相悖时,他们会一定程度上向主流意识靠拢,但绝不会完全臣服、融入其中。因为在吴人眼中,风土清嘉的吴中和在此基础上形成的求适意、重雅淡的审美风貌才是最具美感的。这种美感已经融入每一位吴人的心中,成为一种根深蒂固的审美惯性,而这种惯性是不会轻易随地域、风尚、思潮的改变而改变的。

### 二、自然与日常——吴中文学之创作取向

#### (一)自然山水的徜徉与抒写

吴中位于江苏省东南部,全境依山傍水。西部高平,河川纵横;西南多山,山峰林立;东部低洼,湖泊竞秀。《吴地记》中引郭璞的话:"今吴县西南太湖,即震泽也。中有包山,去县一百三十里。"注释中云:"包山,因四面皆水包之,故名。……又因湖中有洞山、庭山,包山在其西,故又称洞庭西山。"①可见洞庭山分东洞庭山和西洞庭山。东洞庭山的四时十景引人入胜,莫厘峰与西山的缥缈峰遥遥相对,并峙为太湖诸峰之冠;西洞庭山的八景亦鲜丽如画,皆有美名。王鏊曾赞叹说:"吴中诸山奇丽,实钟东南之秀。"吴中诸山美如仙景,境内有冠绝江南的"吴中第一峰"——灵岩山,又有"江南第一山"——惠山;虎丘山、天平山、金山等名山亦让人流连忘返。吴中湖泊亦是奇光异彩,浩瀚多姿,太湖、阳澄湖、天目溪等位于其中。浩浩太湖,三万六千顷,群峰滨湖而立,东有十二洲,西有十八湾,湖中有山,山外有湖,湖山相映,美不胜收。对如此秀景,吴中士人赞叹曰:"佳城峨峨,方沼滟滟,峰峦叠翠,围抱如翼。"②

吴中诸山赏心悦目,湖泊秀色宜人。在明中叶吴中文人的笔下,出现频率最高的当属虎丘山和石湖。

虎丘位于苏州城西北郊,距今已有二千四百多年的历史。相传春秋时吴王夫差葬父于此,葬后三日,便有白虎踞于其上,故名虎丘山,简称虎

---

① 陆广微.吴地记[M].江苏古籍出版社,1999:78-80.
② 杨子器.弘治常熟县志[Z]卷1.

吴中四才子诗文研究

26

丘。此山高仅三十六米，但古树参天，风景幽奇，风光如画。《姑苏志》曰："山绝岩纵壑，茂林深篁，为江左丘壑之表。"①宋代朱长文《虎丘山有三绝》为："望山之形，不越岗陵，而登之者，见层峰峭壁，势足千仞，一绝也；近邻郛郭，蠹起原隰，旁无连续，万景都会，四边穹窿，北垣海虞，震泽沧州，云气出没，廓然四顾，指掌千里，二绝也；剑池泓渟，彻海浸云，不盈不虚，终古湛湛，三绝也。"②明代李流芳云"虎丘有九宜"："宜月、宜雪、宜雨、宜烟、宜春晓、宜夏、宜秋爽、宜落木、宜夕阳。"由此可见，虎丘无论春夏秋冬、阴晴雨雪都各具情趣。历代文人雅士都极喜在虎丘进行雅集、诗会和宴筵。袁宏道《虎丘》曾如此描述吴人中秋夜游之景："每至是日，倾城阖户，连臂而至。衣冠士女，下迨蔀屋，莫不靓妆丽服，重茵累席，樽云罍泻。远而望之，如雁落平沙，霞铺江上，雷辊电霍，无得而状。"③甚至有人自备画舫笙箫、美酒佳肴，伴歌伎佳人，纵情游乐，以至"载妓之舟，鱼贯于绿波朱阁之间，丝竹讴歌，与市声相杂。凡上供绵绮、文具、花果、珍馐奇异之物，岁有所增"④。

石湖乃吴中诸湖之胜，位于上方山东麓，为太湖的支流内湖，方圆二十里。石湖景色异常优美，不仅有一碧如镜的开阔湖面，更有衡山、上方山、茶磨岭、拜郊台诸峰与之辉映。明代莫旦《石湖志》描述其景色云："桥路逶迤，阡陌鳞次，洲渚远近，与夫山舆水舫之往来，农歌鱼唱之晚答，禽鸟鱼鳖之翔泳，皆在岚光紫翠中，变态不一，殆于画图无异，故号吴中胜景。"⑤《大明统一志》记载道："石湖在府城西南一十二里，连越来溪，范蠡所从入五湖者。宋参政范成大随高下为亭观，湖山绝胜，绘图以传。孝宗

---

① 王鏊.姑苏志[A]卷8,文渊阁本四库全书·史部地理类,第493册,台北:台湾商务印书馆,1986.
② 朱文长.蒲章诸公倡和诗题辞[A]卷4,文渊阁本四库全书·集部总集类,第1358册,台北:台湾商务印书馆,1986:706.
③ 袁宏道著,钱伯城笺校.袁宏道集笺校[M].上海古籍出版社,2008:157.
④ 王锜著.寓圃杂记[M]卷5.北京:中华书局,1984:42.
⑤ 莫旦.石湖志[A]卷2,杨循吉著,陈其弟点校.吴中小志丛刊.扬州:广陵书社,2004:327.

书'石湖'二大字赐之。"①石湖在明代乃远近闻名的旅游胜地,莫旦《石湖志》描述为:"每岁清明、上巳、重阳三节,则游者倾城而出,云集蚁聚,不下万人,周舆之相接,食货之相竞,鼓吹之相闻,欢声动地以乐太平,此则西湖之所无也。"②明中叶吴中文人对石湖的情谊颇深。王守、王宠兄弟与蔡羽、文征明等都常年隐于石湖读书,也经常在石湖相聚,吟咏唱和。蔡羽《春夜话别序》中叙集会之情说:"见之日,必相考德问学,讲艺赋咏乃退。暇之日,必就佳山水,游西临观焉,而石湖之治平寺为多。"③可见,石湖是吴中文人文艺活动的一个中心所在,也是他们珍重友情、热爱山水的情感见证。

秀丽的湖山胜景,为吴中文人奢游山水提供了方便,纵情山水、忘我游乐成为他们主要的消遣方式。沈周、吴宽、杨循吉、文征明、蔡羽等人常三两相邀,结伴出游,或流觞曲水、赋诗互和,或汲泉煮茗,谈笑风生。深谙游览之道的莫过于文征明。何良俊记其:"每及春时,风日和畅,招携名辈,选胜遨游。溯沂之高风,追山阴之逸轨。"④王宠对山水更是痴迷,他溺身石湖二十年,以读书自乐。文征明《王履吉墓志铭》中记其:"每遇佳山水,辄忻然忘去,或时偃息于长林丰草间,含醺赋诗,倚席而歌,邈有千载之思。"⑤文征明好友薛章宪、黄省曾亦是名副其实的旅游家。都穆《鸿泥堂小稿序》记薛氏:"性嗜山水,尝遍游吴越齐鲁燕赵之墟,寻幽吊古,搜奇抉怪,惟用资以为文。"⑥田汝成《西湖游览志余》记黄省曾:"嘉靖十七年,当试春官,适予过吴门,与谈西湖之胜也,便辍装,不果北上,来游西

　① 莫旦.石湖志[A]卷2,杨循吉著,陈其弟点校.吴中小志丛刊.扬州:广陵书社,2004:327.
　② 莫旦.石湖志[A]卷2,杨循吉著,陈其弟点校.吴中小志丛刊.扬州:广陵书社,2004:327.
　③ 周道振.文征明年谱[M].上海:百家出版社,1998:220.
　④ 何良俊.奉寿衡山先生三首有序[A],周道振、张月尊.文征明年谱[M].上海:百家出版社,1998:590.
　⑤ 文征明著.文征明集·王履吉墓志铭[M].上海古籍出版社,1987:713.
　⑥ 都穆.鸿泥堂小稿序[A],四库全书存目丛书·集部别集类,第78册,济南:齐鲁书社,1997:467.

湖,盘桓累月。"①

吴中文人向往自然、喜游山水,受此风气影响,讴歌自然之美、品评山水之秀的作品也随之涌现。如王宠的《游览与二三子》《归途览胜,追怀游子八首》《越溪庄十绝句》;杨循吉的《金陵篇》《游后出山作》《三峰书院记》等;文征明的《陪蒲间诸公游石湖》《灵岩山绝顶望太湖》《玉女潭山居记》皆可为代表。吴人讴歌自然之作数量虽多却有规律可循,一般不出以下几类:一是表现游湖、观山、远眺、渔隐等隐逸情怀;二是表现宴座、纳凉、品茗、赏梅等家居生活;三是表现归牧、船渡、耕田等日常劳作。其中,尤以观山、赏湖题材居多。下面以沈周和文征明诗作为例进行阐释。

在吴人诸多描写虎丘胜景的诗作中,沈周的作品形象可感、感情深挚,最见功力。千人石是虎丘脚下一块面积很大、较为平整的石坡,因为梁代高僧生公在此讲法,石上有千人听法而得名。这里是登虎丘的必经之路,故而白天游人如织,充满了世俗的喧嚣。成化十五年(1479),沈周一次外出旅游晚上路过虎丘,他在月色中漫步于千人石上,觉山空人静、清丽异常,随即赋诗一首。其诗序云:"四月九日因往西山薄暮不及行舣舟虎丘动趾。月渐明随登千人座,徘徊缓步,山空人静。此景异常,乃记是作。"诗云:

> 一山有此座,胜处无胜此。群类尽跷出,夷旷特如砥。其脚插灵湫,敷霞面深紫。我谓玛瑙坡,但是名差美。城中士与女,数到不知几。列酒即为席,歌舞日喧市。今我作夜游,千载当隗始。澄怀示清逸,瓶罍真足耻。亦莫费秉烛,步月良可喜。月皎光泼地,措足畏踏水。所广无百步,旋绕千步起。一步照一影,千影千人比。一我欲该千,其意亦妄矣。譬佛现千界,出自一毫耳。及爱林木杪,玲珑殿阁倚。僧窗或映红,总在蛛网里。阒阒万响灭,独度跫然履。恐有窃观

———————————

① 田汝成.西湖游览志余[A]卷20,文渊阁本四库全书·史部地理类,第585册,台北:台湾商务印书馆,1986:555.

第一章 明中叶的吴中文学

人,明朝以仙拟。①

在一个静谧的夜晚,诗人独自漫步于千人石上,月光皎皎,倾泻如银,回想着白日的喧哗,体味着夜晚的寂静,一种浓浓的舒适感、幸福感漫溢胸中。在这神秘而又空旷的山丘上,在这柔和而又清爽的夜晚,诗人的气质风度与自然的精致完美浑然一体,给人以顿悟禅机的高妙超脱之感。此诗直逼唐人绝句胜景,叙述中的几点虚实,尤见作者手腕之空灵。近代作家胡兰成曾言,读此诗才知何为"岁月静好,人世安稳"。

在吴中文人纷繁芜杂的以"石湖"为题材的诗作中,文征明的《石湖诗》最具特色。文征明对石湖情有独钟,其写石湖景色的诗有三十余首。在文征明的笔下,石湖的春夏秋冬、阴晴冷暖、湖山胜景、美不胜收。如《怀石湖》诗云:

> 茶磨山前宿雨晴,行春桥下绿波平。吴儿越女齐声唱,菱叶荷花无数生。落日夷犹青雀舫,孤烟缥缈忘湖亭。平生走马听鸡处,残梦依依是越城。②

经过一夜春雨的浸润,茶磨山空灵清秀,行春桥下的万顷碧波静如画卷。湖面之上,新生的荷叶接天,吴越儿女穿梭其间,纵情高歌。黄昏时分,石湖呈现出的依然是优美而雅静的景象。落日将一抹霞光倾泻于青雀舫上,湖边的忘湖亭在氤氲的薄雾中时隐时现,更显风姿婀娜。此诗就是文征明在京任待诏时所作。虽身在异乡,但石湖美景却时常萦绕心头,足见其对石湖的一往情深。

除虎丘与石湖之外,喜游乐隐的吴中文人对其他胜景也着墨较多,所表现的游乐之趣亦是妙不可言。祝允明《包山》:

---

① 沈周.石田先生集·夜登千人石有序[M].复旦大学藏清抄本.
② 文征明著.文征明集·怀石湖[M].上海古籍出版社,1987:312.

影浸三州混太虚,道通五岳纽坤舆。瑶坛白兔藏仙鼎,宝洞苍龙守禹书。烟月剩将闲处媚,风雷常与怒时俱。渔郎个个不识字,惭愧高吟莫解居。①

吴宽《游太湖翠峰寺》:

步转危峰路豁然,梅花丛里见青天。春泥不污登山屐,又过长松啜冷泉。②

吴中文人的自然之趣,不仅体现在对山河湖泊的热爱上,亦体现在对田园生活情趣的捕捉和描写上。如杨循吉《观梅花》:

王家园里梅花开,早观晚观日日来。东园垣毁得逐人,西园隔水空徘回。虽无斗酒醉其下,多玩一周如一杯。仰头但见雪满树,两园映发何奇哉! 俛思风雨已七日,花有几时天不惜。宁天赐雨莫赐风,留花且发两园中。但教花在能来看,泥淖无妨自有筇。③

再如沈周《落花诗》:

飘飘荡荡复悠悠,树底追寻到树头。赵武泥涂知辱雨,秦官脂粉惜随流。痴情恋酒粘红袖,急意穿帘泊玉钩。欲拾残芳捣为药,伤春难疗个中愁。④

---

① 祝允明.怀星堂集·包山[A]卷7,文渊阁本四库全书·集部别集类,第1260册,台北:台湾商务印书馆,1986:463.
② 吴宽.家藏集·游太湖翠峰寺[A]卷6,文渊阁本四库全书·集部别集类,第1255册,台北:台湾商务印书馆,1986:44.
③ 杨循吉.松筹堂集·观梅花[A]卷2,四库全书存目丛书·集部别集类,第43册,济南:齐鲁书社,1997:196.
④ 沈周.石田诗选·落花诗五十首其二[A]卷9,文渊阁本四库全书·集部别集类,第1249册,台北:台湾商务印书馆,1986:708.

吴中文人的内心是精细而敏感的,在他们眼中,无论是花开还是花落,都足以勾起他们的伤感情思。前诗吟咏的是盛开的梅花,而诗人赏花的心境是复杂的,既有对盛开的梅花的赞美和羡慕,亦有对其将来凋零命运的担忧和惆怅,而这种担忧之情在后一首诗歌中得到了印证。在《落花诗》中,诗人观花的心境是伤感的,并列枝头、绚烂一时的花儿,终究逃脱不了枯萎凋零的命运。花儿的陨落勾起了诗人的自怜情怀,"伤春难疗个中愁",花随秋风落,生命亦伴随纷纷扰扰的残花,弥漫在春风中,四散开去。此处飘荡无主的残花无疑成为诗人愁苦思绪的象征。

　　以山为朋,以水为友,享受源自天然的山水之乐,体味发自内心的灵魂悸动,这就是明中叶吴中文人生命中无法舍弃的部分。其实讴歌自然之美,此点若放在先秦士人身上远谈不上是特别之处,但在明中叶,在儒家文化几乎占绝对统治地位的封建社会中后期,这种行为实在是难能可贵的。中国文人与自然的关系,人格脱离自然而独立的自觉意识的出现经历了一个漫长的阶段。一般公认魏晋时期是发现自然美的时期,该时期是人们对山水景物的客观描绘,还不是主观的塑造。在明中叶吴人的山水诗里,已经明确意识到人对自然的主宰地位,诗人的快乐并非在于自然本身,而在于自我对自然的"加工"。在吴中文人笔下,赏景作诗是内心的需要,而不是出于此外的动机。在发现和讴歌自然之美的问题上,吴中文人的可贵之处在于他们既能客观地描摹自然之美,还能以丰富细腻的情感关注自我的内在精神,而这种可贵之处在明中叶文坛上无疑具有领风气之先的开拓意义。

　　(二)日常生活的关注与欣赏

　　在中国上下几千年的古典文学链条中,明中叶的吴中文人是站在离经叛道的位置上的,他们并没有沿着"诗言志"的主流观念走下去,而是勇敢地将文学从政治转向了个人的日常生活,舍家国天下,取儿女情长。他们的大多数作品与社会政治无关,更多的是个人精神和情感活动的展示。从总体情况来看,其文学创作也并非绝对脱离政治。但相比之下,吴中文人似乎更倾向于描写自我的生活与情趣。对照主流诗学观的评价标准来看,他们的诗已经失去了古代诗歌"兴观群怨"的使命,已不能与风骚传统同日而语。可是吴中文人作品的精髓之处恰恰在此,山水之乐、友朋之情、光阴之叹等这些看似琐屑、纷扰的人生琐事,展示的却是日常生活最本真的一面。

在吴中文人的笔下,平淡琐屑的日常生活就是诗歌的题材源泉。诗酒酬唱,迎来送往,花落叶黄,阴晴雨雪,甚至眼花耳聋、腿颤齿摇皆能成篇。

如杜琼《示子》:

> 我年将六旬,得子愿使毕。未几又生男,宗枝可繁息。我今七十三,长儿已十七,次儿少两年,奕弁与兄立。(其一)
> 长儿颇聪慧,自小有资质。五龄未识字,作对充口出。九岁解吟诗,八句效唐律。即令学举业,读书亦勤力。(其二)①

老来得子,子聪且敏,五岁作对,九岁吟诗。沈周怀着自豪且幸福的情感叙述着两个儿子的勤奋与聪颖。这样的日常小事在正统文人笔下是不屑于提及的,但吴中文人不同,他们不仅愿意而且还乐于提及,他们深知正是这些琐屑之事才组成了平淡的日常生活,也正是这些不值一提的琐碎日常才能真正写出世俗的欢乐与生活的真趣。再如沈周《晚出过邻家小酌》:

> 两旬方一出,门外事纷拿。鱼促春波浅,鸟争林日斜。老夫倾竹叶,稚子捉杨花。小坐聊乘兴,犹堪感物华。②

文征明《立春前一日昌国过访停云馆同赋》二首:

① 杜琼. 杜东原诗集[M](不分卷). 八千卷楼藏本.
② 沈周. 石田诗选·晚出过邻家小酌[A]卷 6,文渊阁本四库全书·集部别集类,第 1249 册,台北:台湾商务印书馆,1986:639.

绕阶寒色淡晴晖,一榻寥寥对掩扉。日午隔帘闻笑语,东家儿女看春归。

自是与君还往熟,新年三辱过茆堂。贫家无物淹留得,两壁图书一柱香。[①]

日常的生活,琐屑的事物,普通的情感等,这些作品既没有信誓旦旦的说辞,也没有建功立业的规劝,完全是些日常的过往与交谈,这些事情在外人看来极为普通,甚至毫无意义。可是对于诗人和与诗人有关的人来说,这种日常情感的交流却是一种无可替代的享受。显然吴中文人对生活的咏叹没有更多的承载,仅仅是咏叹生活本身,也正是因为这样才使得吴人的诗歌更具分量和魅力。

吴中文人尤其关注自己的生活。身体的健康与否,生活的窘困与否,心情的舒畅与否,都是他们在诗中常常描写的内容。

如吴宽《老病》:

数日冠裳解,依然一老生。看花无目力,养鹤少心情。夜月劳延坐,秋风感作声。近来添老景,腰痛况难行。[②]

如唐寅《爱菜词》:

菜之味兮不可轻,人无此味将何行? 士知此味事业成,农知此味食廪盈。技知此味艺业精,商知此味货利增。但愿人人知此味,此味安能别苍生? 我爱菜,人爱肉,肉多不入贤人腹。厨中有碗黄齑粥,

① 文征明.文征明集·立春前一日昌国迓访停云馆同赋[M].上海古籍出版社,1987:388.
② 吴宽.家藏集·老病其二[A]卷28,文渊阁本四库全书·集部别集类,第1255册,台北:台湾商务印书馆,1986:217.

吴中四才子诗文研究

三生自有清闲福。①

诗中反复咏叹的皆是些生老病痛、穿衣吃饭的家常事,但此处却显得那么珍贵和美好。睡觉饮酒,看花养鹤,腰痛身老,喝粥吃菜,这种被进取人士认为是虚度光阴的琐事,其实正是生命的真实存在。在某种特定的环境下,对具体的生命个体而言,对个体生命的关注要比政治功业更真实,更有价值。

吴中文人这种对生命本身和生活琐事的关注之情是一以贯之的,居家归隐时如此,在朝为官时亦如此。

如王鏊《闻蛩》:

一声促织破秋鸣,远客无端意自惊。忆著年年儿女戏,雕盆相对斗输赢。②

诗人在京师为官,一声蟋蟀的鸣叫触动了其思绪,于是想起每年此时儿女们逗蟋蟀时的情景。这种无端的联想赋予了诗歌更为丰富的内涵:对伴随着欢笑和喧嚣的"儿女戏"的回忆,映衬出的是诗人的孤独落寞,而对童真情趣的眷恋,则暗示出诗人对享受天伦之乐的渴望。

老来得子,邻里过往,腰痛难行,喝粥吃菜,这些生活琐事就是吴中文人的诗歌素材。与同时期文人致君尧舜、家国天下的远大志向相比,吴人的选择是如何的琐屑、渺小。从中我们感受不到古典主义作品的雄壮之美,只能体味到本真生活中那种平淡如水的氤氲之香。表面看去,吴中文人似乎违背了古典传统而走入了歧途,可反复品味又发现,他们并没有背离传统,他们所做的仅仅是用真实的笔触反映了最本真的生活状态,而这种对生活之真、创作之真的尊重,正是源自吴中文人尚真重情的文化特

① 唐寅著.唐伯虎全集·爱菜词[M],杭州:中国美术学院出版社,2002:354.
② 王鏊.震泽集·闻蛩[A]卷4,文渊阁本四库全书·集部别集类,第1256册,台北:台湾商务印书馆,1986:170.

第一章 明中叶的吴中文学

质。谈到尚真、求真，我们通常都会联想到明后期大倡"童心说"的李贽。其实尚真、求真这一理念在明中叶吴中文人那里早已有所阐述。

文征明对都穆论诗"惟性情之真"的观点极为赞同。他在《南濠诗话序》中说："君于诗别具一识。世之谈者，或元人为宗，而君雅意于宋；谓必音韵清胜，而君惟性情之真。"①祝允明也在《怀知诗》序言中表达了应以"心腑之真"作诗的观点，"卧病泊然，缅怀平生知爱，遂各为一诗。少长隐显远近存没，皆非所计，祇以心腑之真。凡十有八人，共诗一十九首"②。唐寅以诗歌的形式阐释对"真"的领悟："头插花枝手把杯，听罢歌童看舞女。食色性也古人言，今人乃以之为耻。及至心中与口中，多少欺人灭天理。阴为不善阳掩之，则何益矣徒劳耳。"③都穆、祝允明、唐寅所言之"真"，皆是天然、本真，无伪饰之意。生命之本然如何，生活之本相如何，日常的所想、所感如何，在文学表述中就应当如何。

文征明的好友王文禄有一段关于"真"的论述，可视为李贽"童心说"的先声：

> 真才也者，抱真心者也。真臣也，受一职也，思尽一职也。前天下万世何利弊也，后天下万世何利弊也，革之兴之，创之垂之，救而补之，通天下一身，通万世一时，任之而已矣。……真心，直心也，匪直弗真。故曰：人之生也，直心。心直，则身直，可立地参天；不直则横，心横则横行，横行者，禽兽也。④

在反映人性之真、生活之趣方面，吴中文人是勇敢而自信的。吴中布衣王行曾说过一段经典名言："洒扫应对求造夫圣贤之域，虽地位有高卑，

① 文征明著.文征明集·南濠诗话序[M].上海古籍出版社,1987:1255.
② 祝允明.怀星堂集·怀知诗序言[A]卷4,文渊阁本四库全书·集部别集类,第1260册.台北:台湾商务印书馆,1986:420.
③ 唐寅著.唐伯虎全集·焚香默坐歌[M].杭州:中国美术学院出版社,2002:27.
④ 王文禄.海沂子·真才[A]卷1,四库全书存目丛书·子部杂家类,第84册,济南:齐鲁书社,1997:356－357.

吴中四才子诗文研究

道里有远近,往之则至,终无他岐之惑矣。"①此处的"洒扫应对"正是吴人在诗歌中频繁描写的生活之真。王行将"真"与"圣贤之域"并列,并且还坚定地认为日常朴素琐细的生活也能够与圣贤对话,这种信心和气度着实令人佩服。其实不论是王文禄还是王行,他们的言谈皆说明一个道理,在发现生命和生活之美、肯定自我和人性价值上,吴中文人觉醒得最早、走得最远;在恢复和继承诗歌"感于哀乐、缘事而发"的传统上,吴中文人践行得最为忠实、彻底。

(三)审美取向的绮丽与淡然

吴中湖秀水丽,山黛谷幽,物产富饶,尚欲奢靡,很早就孕育着这里人们缘情绮靡的情感基质。在这种优越的地理环境的庇护下,吴人得山水之灵气,以自我对自然、生命的感悟,孕育着富有浪漫主义情调的审美情趣与尚真重情的文化特质。这就使生活在其中的诗人在文学创作方面具有鲜明的南方文学特色。"江左宫商发越,贵于清绮;河朔词义贞刚,重乎气质。气质则理胜其词,清绮则文过其意。理深者便于时用,文华者宜于咏歌。此南北词人得失之大较也。"②这里虽阐释南北词人的不同,相比于南北诗人,同样适合。此论鲜明地指出了吴中诗风缺乏贞刚偏于绮丽的审美取向。对此钱谦益也表示赞同,他认为吴中诗风:"沉酣六朝,散华流艳。文章烟月之句,至今令人口吻犹香。……江左风流故自在也。"③此处钱谦益用了"江左风流"一词概说吴中诗风,真可谓熨帖、妥当。其实吴中诗风贵于清绮、散华流艳的特点是颇具历史渊源的。

这种传统最早可追溯到先秦时期。苏州、常州一带,自古属于吴楚文化区域,当中原地区正发展着以《诗经》为代表的现实主义文学传统的时候,吴楚地区则发展着以《楚辞》为代表的浪漫主义文学传统。而楚辞最为突出的特点便是行文变化多端,文采绚烂瑰丽。到魏晋南北朝,吴地文

---

① 王行.半轩集·柔立斋集序[A]卷5,文渊阁本四库全书·集部别集类,第1231册,台北:台湾商务印书馆,1986:346.
② 李延寿.北史·文苑传[M].北京:中华书局,1974.
③ 钱谦益.列朝诗集小传[M]丙集.上海古籍出版社,1983:301.

人较为著名的是陆机。其诗辞藻华美,对仗工整,极具江南风韵。刘勰说他"缀词尤繁"①,沈德潜则说他"意欲逞博,而胸少楚珠,笔又不足以举之,遂开出徘偶一家"②。另外,兴起于南朝的吴歌也可成为此时期吴中文学的代表。吴歌源于民间,绝大多数属于情歌,这样的内容决定了吴歌辞采艳丽、声调婉转的语言形式。《天平御览》评吴歌:"慷慨吐清音,明转出天然。"至隋唐,吴中文学的杰出代表当属初唐的"吴中四杰"。空灵放逸、奇思漫溢是四杰诗歌的共同特点。尤其是张若虚,以一首《春江花月夜》压倒全唐,被誉为"诗中的诗,顶峰上的顶峰"③。至元末,杨维祯寓居吴中,和昆山顾阿瑛一道"领袖文坛,振兴风雅于东南",其独创的"铁崖体"诗歌被世人评为"精工刻骨,古今绮辞之极"。稍于其后的"吴中四杰",在继承"铁崖体"的同时又有所突破。特别是高启,他"天才高逸,实据明一代诗人之上",四库馆臣赞之曰:"振元末纤秾缛丽之习,而返之于古,启实为有力然。"④至明中叶,吴中文人继承元末杨维祯、高启之衣钵,以鲜丽的创作体现着对"绮丽纤缛"诗风传统的继承和发扬。如刘溥⑤"其诗初拟西昆,晚益奇纵,悲愁叹愤,一寓于诗"⑥。徐庸⑦"其吟咏大抵长于香奁,亦膏粱之余习也"。唐寅"少喜秾丽,学初唐,长好刘、白,多懊怨之词"⑧。徐祯卿"少学六朝,其所著五集,主靡靡之音"⑨。蔡羽为"绮靡者,六朝之本相也。雄伟者,初唐之本相也"⑩。在明中叶灿若群星的诗人当中,对"绮丽纤缛"的传统诗风最为忠实的践行者当属徐祯卿和蔡羽。

徐祯卿早年与祝允明、寅唐、文征明三子并驰誉于吴中,诗作"多学六

① 刘勰著,詹锳义证. 文心雕龙义证[M].上海古籍出版社,1989:1203.
② 沈德潜. 古诗源[M]卷7. 北京:中华书局,1978:156.
③ 闻一多. 唐诗杂论[M].北京:生活·读书·新知三联书店,1999:23.
④ 纪昀. 四库全书总目提要[M]卷169.北京:中华书局,1997:2273.
⑤ 刘溥,字原博,长洲(今江苏苏州)人,医术精湛,入选太医院.
⑥ 钱谦益. 列朝诗集小传[M]乙集.上海古籍出版社,1983:210.
⑦ 徐庸,字用理,吴县人,明诗文家,曾搜集高启遗篇,编为《高太史大全集》.
⑧ 钱谦益. 列朝诗集小传[M]丙集.上海古籍出版社,1983:297.
⑨ 朱彝尊. 静志居诗话[M]卷10.北京:人民文学出版社,1998:263.
⑩ 许学夷. 诗源辨体[M]卷12.北京:人民文学出版社,1987:140.

朝,闲杂晚唐,有竹枝、杨柳之韵"①。如《咏柳花》:"转眼东风有遗恨,井泥流水是前程",《偶见》:"可奈玉鞭留不住,又衔春恨到天涯",特别是"文章江左家家玉,烟月扬州树树花"一句,誉满吴中。毛先舒称他是词家情语之最。徐祯卿身居吴地,饱受吴风浸淫,写绮艳之诗当属正常。可贵的是北上京师加入前七子阵营后,徐氏之诗仍一如既往地保持着绮丽纤华的江南风韵:

> 郁金臂上香,龙烛帐中光。昔时愁夜短,今时怨夜长。长夜怨,彻旦思。情漠漠,魂离离。新宫夜雨生香草,故苑秋风销桂枝。欣见帷中步,翻成梦里悲。②

语词香艳,情致幽微,依稀可见氤氲于其中的江南才子风韵。

徐祯卿北上后难舍绮丽诗风,而蔡羽则是在意识到吴中诗风之纤缛绮丽后,不肯碌碌为人,努力想摆脱此种风格却未能如愿,文征明记其:

> (蔡羽)诗尤隽永,蚤岁微尚纤缛,既而前涤曼靡,一归雅驯。晚更沉著,而时出绮丽。见者以为长吉不过。先生乃大悔恨曰:"吾辛苦作诗,求出魏晋之上,乃今为李贺邪? 吾愧死矣!"③

蔡羽(? —1541),字九逵,吴县人。十四次应举子试不第。嘉靖二年(1523),以太学生赴部选。蔡羽谈诗论文鄙薄韩愈、杜甫,反对模拟,有《林屋集》20卷。他本想脱去六朝诗歌习气,却不自觉地流入到晚唐诗风一列。蔡羽的诗风尽管前后期有所变化,但总体却不出吴中纤缛绮丽的风格。

---

① 毛先舒.诗辨抵[A],郭绍虞编选.清诗话续编.上海古籍出版社,1983:60.
② 徐祯卿.诵陆厥李夫人歌因效其体咏汉武[A]卷上,文渊阁本四库全书·集部总集类,第1459册,台北:台湾商务印书馆,1986:66.
③ 文征明著.文征明集·翰林蔡先生墓志[M].上海古籍出版社,1987:736.

如《送张西谷》：

茂先偏博物，顾我意殊深。客倦辞梁苑，秋悲复楚吟。空江明月棹，高兴碧霞岑。别后鱼笺早，无令霜满林。①

再如《赠金子坤》：

别子兰蜕花，相逢竹生箨。闲门风自开，虚径云常钥。已烦挥尘谈，未惬听猿酌。为扫南山石，秋眠看泉落。②

此诗即情写景，淡泊悠远，和平蕴藉，声调婉致。全无"前七子派"诗歌那种家国天下、君王庙堂的壮怀激烈。王世贞评云："蔡九逵诗如灌莽中蔷薇，汀际小鸟，时复娟然，一览而已。"③陈田则评云："其蓄华亦是六朝人佳制。"④这种纤弱柔婉的诗风在吴人诗作中具有相当的普遍性。故钱谦益曰："吴中诗文一派，前辈师承，确有指授。"⑤绮丽诗风已不仅是吴人创作的一个特点，亦成为一种根深蒂固的传统观念。

当然，在继承和践行绮丽文风的同时，部分吴中文人也已经意识到绮丽诗风的局限性，开始尝试性地进行多风格的探索。杜琼批评唐人工于诗而陋于道，对李商隐诗中之丽情颇有微词。他自己的诗文也是"为文和平醇实，本乎理道。诗以博达为宗"⑥。王鏊则是"诗不专法唐，于北宋似梅圣俞，于南宋似范致能，峭直疏放，于先正格律之外，自成一家"⑦。杨循吉为诗是"敖兀自放，多阑入卢仝、任华诸家，不屑屑规模三唐"⑧。沈

---

① 陈田.明诗纪事[M]丁签卷12.上海古籍出版社,1993:1327.
② 陈田.明诗纪事[M]丁签卷12.上海古籍出版社,1993:1325.
③ 王世贞.艺苑卮言[A]卷5,丁福保辑.历代诗话续编.北京:中华书局,1983:1033.
④ 陈田.明诗纪事[M]丁签卷12,上海古籍出版社,1993:1325.
⑤ 钱谦益.列朝诗集小传[M]丙集.上海古籍出版社,1983:308.
⑥ 钱谦益.列朝诗集小传[M]乙集.上海古籍出版社,1983:220.
⑦ 钱谦益.列朝诗集小传[M]丙集.上海古籍出版社,1983:270.
⑧ 钱谦益.列朝诗集小传[M]丙集.上海古籍出版社,1983:281.

周更是一位诗歌创作上的集大成者。在多方面的尝试中,淡泊自然、清高出俗的宋诗逐渐成为吴人的新宠,而这种转变和尝试是与明中叶政治经济的稳定而带来的士人心态的变化息息相关的。

经过百年的休养生息,吴中经济逐渐由衰微走向复苏,吴中士人也逐渐从被屠杀、打击的噩梦中走出来,开始了安定祥和、丰衣足食的生活。在内心深处,他们似乎已经习惯了朱家王朝的统治,与统治政权不再持一种对立的态度。这一时期,元末文人那种豪华、奢靡的生活方式已渐渐远去,元诗中那种激昂的情绪和浓烈的色彩也已不适应文人的心态,于是淡泊自然的宋诗开始成为吴中文人的最爱。与此相对应,像梅尧臣、陆游的那些充满士大夫闲情逸致的诗作,自然就成了他们效法的对象。以沈周《冬日过田家》为例:

> 磬折欢迎客,盘飧趣馔鸡。温言谢郑重,勤意效扶携。设座蒲重荐,防飔壁旋泥。奔奔役邻舍,拜拜教孙儿。滞饮容杯缓,延留怕日低。性情兼礼教,真至见天倪。①

读此诗,不由地想起陆游的那首著名的《游山西村》:

> 莫笑农家腊酒浑,丰年留客足鸡豚。山重水复疑无路,柳暗花明又一村。箫鼓追随春社近,衣冠简朴古风存。从今若许闲乘月,拄杖无时夜叩门。②

"磬折欢迎客……拜拜教孙儿"与"莫笑农家腊酒浑,丰年留客足鸡豚",皆写诗人游村突然来到农家,主人忙忙碌碌、盛情待客的欢乐场景。"滞饮容杯缓,延留怕日低"和"从今若许闲乘月,拄杖无时夜叩门"两句,

---

① 沈周.石田诗选·冬日过田家[A]卷3,文渊阁本四库全书·集部别集类,第1249册,台北:台湾商务印书馆,1986:592.

② 朱东润选注.陆游选集[M].上海古籍出版社,1979:4.

将朋友之间难分难舍的情谊充分表现出来。这些不谋而合的细节描写，皆充满着质朴纯情、令人陶醉的幸福感。两诗中都没有清逸脱俗的酬唱，也没有文人学士交往时常见的矜持。而正是这种远离世俗的生活，令诗人心醉神怡。钱钟书在《宋诗选注·陆游》中说："明中叶能作诗的书画家倒往往师法陆游的诗，例如张弼、文征明，尤其是沈周。"①正如钱钟书所言，在古代社会陆游最为人知晓的是他那些闲适细腻，表现乡居情状的诗。以沈周为代表的吴中文人或许正是因为喜欢写作闲适情调的诗歌，喜欢摹写乡居情状而师法陆游的。

北宋梅尧臣首倡"平淡"，其名言为："作诗无古今，唯造平淡难。"梅尧臣的此一主张与吴人的作诗理念不谋而合。试看梅尧臣、吴宽、文征明、徐祯卿之诗。

梅尧臣《东溪》：

行到东溪看水时，坐临孤屿发船迟。野凫眠岸有闲意，老树着花无丑枝。短短蒲耳齐似剪，平平沙石净于筛。情虽不厌住不得，薄暮归来车马疲。②

吴宽《雪夜忆友人宿伏龙山中》：

孤城钟漏促寒鸡，风雪残灯梦欲迷。静夜独眠高榻上，故人遥在数峰西。空林松子时时落，绝涧梅花树树低。知是山中有佳兴，柴门清晓候封题。③

文征明《夏日同次明履仁治平寺纳凉》：

---

① 钱钟书选注. 宋诗选注[M]. 北京:人民文学出版社,1989:174.
② 朱东润选注. 梅尧臣诗选[M]. 北京:人民文学出版社,1997:196.
③ 吴宽. 家藏集·雪夜忆友人宿伏龙山中[A]卷1,文渊阁本四库全书·集部别集类,第1255册,台北:台湾商务印书馆,1986:6.

竹根雨过石苔斑,钟梵萧然昼掩关。坐爱微凉生碧殿,忽看飞雨失青山。云分暝色来天外,风卷湖声落树间。最是晚晴堪眺咏,夕阳横抹蓼花湾。①

徐祯卿《晓思》:

月落晨渚前,鸡舞春楃侧。榜人起蓬垢,折薪候炊食。疏树发东光,熠熠汎水色。关吏始通津,起柁指乡域。揽衾渺余望,垂髮深不测。浩歌忽以仰,夷犹羡双翼。②

从艺术上看,四首诗歌皆不事雕琢,言浅语近,平淡朴素,堪称"唯造平淡难"的典范之作。诗中剪辑出一幅幅极具立体感的画面,或雪夜独卧,念友思亲;或泊船东溪,静看水云;或缓步登高,目送远山。空山、绝涧,松子、梅花,平石、乱沙、蒲草、野凫,这些优美而不失雅致的意象,既反衬出诗人孤绝高妙的情怀,又烘托出全诗静谧安详的氛围,真可谓造语平淡却情真意浓。

由此可见,吴中诗歌除了具有江左风流的绮丽华美外,还具有雅淡、自然的一面。应注意的是,吴中文人对平淡自然的崇尚,本质上并不违背绮丽纤缛的诗歌传统。也就是说,对平淡一路的崇尚并没有构成对绮丽纤缛传统的反驳,而是一种有益的扩大和补充。吴中文人多喜隐逸,受此影响,他们对山林隐逸的咏唱自然会更多地侧重于平淡闲适。无论是绮丽纤缛还是淡泊天然,在吴人那里都是为了将眼前之景、胸中之情进行最自然的表述,都是为了让身心获得最为畅快和舒适的享受。

### 三、隐逸与议政——吴中文人之仕隐观

汉代刘向在《说苑》中对"士"下定义道:"辨然否,通古今,谓之士。"

---

① 文征明著. 文征明集·夏日同次明履仁治平寺纳凉[M].上海古籍出版社,1987:271.
② 徐祯卿著. 徐祯卿全集编年校注·晓思[M].北京:人民文学出版社,2009:287.

"士",作为我国古代社会阶层的一个特殊群体,他们学识渊博,贯通古今;"士",作为我国古代知识分子阶层的精英部分,他们胸怀天下,以道自任。无论世事如何变幻,他们始终秉承儒家"天下有道则见,无道则隐"①的传统教义,执着地奔波于庙堂与江湖之间。对他们而言,能够跻身庙堂,行辅佑君王、经世安邦之责,是最大的幸事。但当这种"幸事"被现实的种种困境阻断时,他们往往会走向反面,选择隐居于林泉,持守于江湖。"誓不食周粟"的伯夷叔齐;"每辄言佳"的司马徽,"采菊东篱下"的陶渊明;"仰天大笑出门去"的李白都是此类士人的代表。尽管他们选择的隐逸方式有所不同,但他们在隐逸中所表现出的高洁品性和超脱之姿却是一致的。或许正是有了这些隐逸高士的召唤和启迪,历代失意士人才能够在"献身政教、之死靡他"的入仕法则外觅得一条全身而退的道路,并在进退出处的磨砺间形成一种特有的隐逸文化。《后汉书·逸民列传序》列数了六种隐逸类型"或隐居以求其志,或回避以全其道,或静己以镇其躁,或去危以图其安,或诟俗以动其概,或疵物以激其清。"②在这融合了古代士人悲哀、欣慰、矛盾、希望等种种复杂心绪的隐逸长河中,明中期吴中文人的隐逸似乎更具特色。从元末明初的"待时而动"的志向型隐逸,到明初的"全吾之天"的对抗式隐逸,再到明代中叶的"门虽如市、心若止水"的合作型隐逸,吴中文人的隐逸方式在现实的冲击下随时而动,几经变换。

(一)清梦依然在故乡——隐逸观念

吴中文人的隐逸传统是具有广泛传承性质的。祝允明在《金孟愚先生家传》中论述了吴中隐逸的传承性特征:

> 吴最多隐君子,若杜公者,函中蹈靖,何其凤德之盛与! 其一于狷独者,邢氏与故沈诚希明。有名隐而专与世事者,赵同鲁与哲,顾亮亦然,而金孟愚乃略同之。亦各从其志也。今杜、赵之后,乃涉荣

---

① 徐志刚. 论语通译[M]. 北京:人民文学出版社,1997:108.
② 范晔. 后汉书[M]卷 83. 北京:中华书局,1987:2755.

途,邢、顾、沈皆无闻。金之子成性,守素慕文,不令家声委地,辑述先事甚勤,又乞余特传之,亦孝矣哉!①

　　这段论述涉及了杜琼、邢量、沈诚、赵同鲁、顾亮等多位隐逸之士,其中杜琼、赵同鲁为沈周的师傅,沈周的祖父沈澄、父亲沈恒、伯父沈贞也是远近闻名的隐士。可见吴中文人的隐逸行为并不仅仅局限于个人,有的是家族性的,甚至是区域性的。

　　明中叶吴中文人的隐居传统,大多延续元末吴人隐逸的流风余波。为逃避无可救药的乱世,元末士人大都无心仕进,终日优游于清泉林石之间,论文赋诗,挥尘谈玄。其中最为当时士大夫称赏的是昆山顾瑛主持的文士雅集。据顾氏自编《玉山名胜集》所载,至正八年(1348)到二十年(1360),在其园林玉山草堂中举行的大小集会计五十余次,参与人员达一百四十余名,其中有诗人、古文家、书画家、乐师、鉴古家、歌姬舞女,乃至艺人墨工等。这种集会常常是文学、艺术的交流活动,规模之大、内容之丰富,远远超过历史上的文士雅集,被后人称为"风流文采,照映一世"②。

　　这些集会的组织者——顾瑛,既是一位豁达大度、豪侠慷慨的富商,又是一位颇具自省意识和哲学思维的隐逸高士。在他的《玉山纪游》中记载着这样一幕:至正十一年(1351)正月初四,他独自乘舟,停泊在苏州垂虹桥下,面对着寒冬:"蓬窗独坐,静思世情,真堕幻境,更欲如'雪巢'之清会不可得也。"③这种静谧和惆怅,既是对喧嚣繁杂的世情的沉淀,亦是对人生进退出处的深层思考。顾瑛《自题摘阮小像》一诗,抒写的正是这样一种萧朗静谧的隐逸境界:

　　① 祝允明.怀星堂集·金孟愚先生家传[A]卷16,文渊阁本四库全书·集部别集类,第1260册,台北:台湾商务印书馆,1986:594-595.
　　② 纪昀.四库全书总目提要[M]卷188.北京:中华书局,1997:2636.
　　③ 顾瑛.玉山纪游·过吴江纪行小序并诗[A],文渊阁本四库全书·集部总集类,第1369册,台北:台湾商务印书馆,1986:491.

自家面目晋衣冠,写入林泉又一般。手摘阮琴秋寂寞,断鸿飞处水漫漫。①

此诗极具画面感。画面中的诗人独处在辽阔秋色之中,远处一派澹荡的水,长空里飞鸿远翔。这样阔大的自然空间,幽邃的意境,映衬出诗人寂寥的情怀,充盈着无限的情思。这使人联想到晋人那种萧朗、悠远的风韵,但"自家面目晋衣冠",诗人指出,这不是历史的一个摹本,与晋人优雅的风度相比,"自家面目"别具一种自信、高妙的风韵。

元末以"隐"著称的高士还有高启。高启的隐逸生活不像顾瑛那样潇洒而安逸,而是始终交织着焦虑、忧郁、渴望、痛苦、惊惶等种种复杂的心绪。纵观历代隐逸文人,谁也不曾像高启那样表现出精神上的矛盾和困惑。他暂借其岳父住宅隐居青丘,惬意于田园的静美:"远见帆度川,高闻鸟鸣柳。孰云非吾庐?居止亦可久"(《初开北窗晚酌,时寓江上外舅周隐君宅》),而强烈的自尊心又使他萌生"客中常耻受人怜"(《秋日江居写怀七首》之六)之感;他喜爱闲暇和孤独,却时而有"虽欣远物累,终悲寡交亲"(《答宋南宫间寄》)的孤独落寞;他渴望忘却忧愁:"日暮欲忘忧,搴芳转伤抱"(《萱草》),可对自我的不满却时时袭上心头:"进无适时材,退乏负郭田"(《始迁西宅》)。这种时而欢欣、时而悲伤、时而希望、时而绝望的情绪几乎伴随高启的一生。而导致此种心境的原因一方面来自乱世中刀光剑影的恫吓,另一方面来自内心深处渴望出仕却生不逢时的苦痛。

不论是顾瑛的适意型隐逸,还是高启的痛苦式隐逸,相比于明初的吴中文人,他们还是比较幸运的,因为元末相对宽松的政治环境使他们可以超脱政治之外,尽情地享受聚会雅集的欢畅,反复地舔舐身心的悲伤。从另一个角度看,元末文人又是悲哀的,风云变化的乱世剥夺了他们经邦济世的权利。面对摇摇欲坠的昏聩王朝,他们只能将救世之志压制到内心

① 顾瑛. 玉山璞稿・自题摘阮小像[M]卷4. 北京:商务印书馆,1937.

深处,并将其小心翼翼地保存下来,等待盛世明君的开启。高启《野潜稿序》云:

> 夫鱼潜于渊,兽潜于薮,常也;士而潜于野,岂常也哉?盖非君子之所欲也,不得已焉尔。当时泰,则行其道以膏泽于人民,端冕委佩,立于朝庙之上,光宠娘赫,为众之所具仰,而潜云乎哉!时否,故全其道以自乐,耦未耜之夫,谢干旄之使,匿耀伏迹于畎亩之间,唯恐世之知己也,而显云乎哉!故君子之潜于野者,时也,非常也。……《传》曰:"君子在野。"《书》曰:"野无遗贤。"是时不同,而君子之有潜显也。然时可潜矣,而欲求乎显,则将枉道以徇物;时可显矣,而欲事夫潜,则将洁身而乱伦。故君子不必于潜,亦不必于显,惟其时已尔。凡知潜、显之时者,可以语夫道:不然,难乎其免矣。①

非常明显,元末文人的隐逸是待时而动的。"隐"并不是他们的人生目标,"不得已焉尔"的无奈之举,目的是为"养其材以待作乐者之用"。客观而言,身处血雨腥风的乱世,"潜于野"以"全其道以自乐"的举动是元末文人自保的最佳方式,但这种方式的选择多少带有些无奈与悲凉的意味。

明朝是在推翻元蒙统治后建立起来的以汉族为主体的政权。这种王朝鼎革为国家民族带来了统一和安定,更给隐逸山林的文人带来了出仕的机遇和希望。明朝的开国之君朱元璋是一个礼贤下士、爱才亲贤的开明君王。早在渡江前后,他已四方搜罗香儒文士,创礼贤馆处之。立国之初,又多次下诏求贤。② 但同时他又是一位嗜杀成性、守旧偏激的君王。对于那些不愿出仕、不肯合作的文人士子,他的态度是"率土之滨,莫非王臣……寰中士夫不为君用,是外其教者,诛其身而没其家,不为之过"③。

① 高启. 高青丘集·野潜稿序[M]. 上海古籍出版社,1985:880 – 881.
② 张廷玉. 明史[M]卷71. 北京:中华书局,1987:1712.
③ 御制大诰三编[A],续修四库全书. 第826册. 上海古籍出版社,2002:328.

第一章 明中叶的吴中文学

在这种霸气十足、残酷十足的屠杀政策下,不肯出仕或者已经出仕的文人都鲜有善终者。赵翼记曰:

> 文人学士,一授官职,亦罕有善终者。宋濂以儒者侍帷闼十余年,重以皇太子师傅,尚不免茂州之行,何况疏逖素无恩眷者。如苏伯衡两被徵,皆辞疾,寻为处州教授,坐表笺误死。郭奎参朱文正军事;张孟兼修史成,仕至佥事;傅恕修史毕,授博野令,后俱坐事死。高启为户部侍郎,已放归,以魏观上梁文腰斩。张羽为太常丞,投江死。徐贲仕布政,下狱死。孙蕡仕经历,王蒙知泰安州,皆坐党死。其不死者,张宣修史成,受官,谪驿丞。杨基仕安察,谪输作。乌斯道授石龙令,谪役定远。此皆在《文苑传》中。当时以文学授官,而卒不免于祸,宜维祯等之不敢受职也。①

作为一个对历史进程发生影响的人物,在对待人才问题上,朱元璋的历史视界过于狭隘,缺少一代君王应有的宽容与大度。他的那些残酷的惩罚措施,只能证明其君主力量的权威与强硬,但永远不可能征服文人士大夫坚毅而倔强的内心。面对“茅庐三顾”的知遇之恩,他们或许会俯首称臣,并为之鞠躬尽瘁;但面对残酷无情的杀戮,他们所能做的只能是抗争或抗争不得后的冷漠、压抑、麻木。

在朱元璋的高压政策下,吴中文人自然也难逃杀戮之灾。洪武年间,吴中文士因政治原因致死的有顾瑛、陈汝言、申屠衡、高启、王彝、徐贲、张羽、杨基、王行、卢熊……其中被后世誉为“吴中四杰”的高启、杨基、张羽、徐贲,因高启、张羽死得极惨,后人把他们比作“初唐四杰”,深加挽悼。

在明初先辈们血的教训与震吓下,明中叶的吴中士人在仕隐问题上,视野和心态逐渐变得理性且和缓。他们睿智地认识到,明朝险恶的政治

---

① 赵翼著.廿二史劄记校正[M]卷32.北京:中华书局,1984:741.

环境已经不允许他们像元末文人那样完全隐居,但是出仕为官又遭受杀身之祸,这一"仕"与"隐"之间的矛盾促使他们形成了更加圆通的生存状态。他们一改前人那种不肯合作的态度,以一种更加通达的心态对待出仕。"得之,可也;不得之,亦可也。"在他们看来,那种"献身政教、之死靡他"的执着固然可敬,但身家性命的保全和世俗之乐的获得也是人生中值得追求之事。于是面对君主的征召,他们不再坚决推辞,而是婉言以拒;面对政治之争,他们不再直声廷杖,而是以融通的心态接纳或者回避。朝堂之上,吴中文人不再锋芒毕露、咄咄逼人;朝堂之下,他们也不再党同伐异、相互倾轧。他们开始以一种置身事外的冷静来看待世事的纷争,以一种近乎冷漠的回避来保全身家性命。在谈到"以死劝谏"这一现象时,文征明的看法是:"若夫矫抗直前,靡所顾藉,而慷慨激烈,以阶祸首,难以求必胜。夫刚此足以收其名而已,天下之事何赖哉?"[1]反对激进,厌烦争斗,主张平和,文征明的这种平和自保的心态在吴中文人中极具代表性。严迪昌认为,这种心态在吴中文人中辐射成浓重的"文化场",到了明中叶以后,成化、弘治、正德、嘉靖四朝得以充分发展。受此影响,吴中文人在隐逸方式的选择上也呈现出一种"群体性的趋从意识"。即不再看重是否做官,是否隐居山林这一外表形式,而是看重内心是否得到自由、生活是否适意这一实质。

在明中叶的吴中士人那里,隐逸的形态和地点是可以随意选择的。寄身名山、栖息山林可也;隐于乡间、居于闹市可也;隐于庙堂、献身朝廷亦可也。隐逸不必与仕隐相关,不必与时俱变,不再由时之泰否决定,只要内心有隐逸之想,便可不拘形迹,触处皆隐。"隐",既可以付诸实践,也可以只是心中之想,关键是要保持一种圆融冲和、乐观豁达的心态。

隐居山林丘壑者,其志高远,其行超逸,如王宠、桑悦辈。王宠《隐》诗云:

---

① 文征明著. 文征明集·铁柯记[M]. 上海古籍出版社,1987:482.

心与迹俱隐,且随云恣行。江湖元自阔,笼槛任须争。山意犹含雪,林歌稍灭莺。天涯望春色,醉倚越王城。①

桑悦《入山》诗云:

幽子寻幽兴,随云入乱山。清秋兴不极,尽日影俱闲。灵籁追长啸,残霞映醉颜。脱身尘土外,心静是真还。②

王宠与桑悦之"隐",乃是藏身山林丘壑、息心灭迹之隐。轻车肥马、功名富贵非其所慕,超脱尘世之外,或清吟为乐、或把酒而歌,才是他们的志向所在。

隐于闹市乡间者,其志淡泊,其行潇洒。

如杜琼:

每求贤诏下,有司辄首举,郡守况钟两荐之,固辞不出。……戴鹿皮冠,持方竹杖,出游朋旧,逍遥移日,归而菜羹粝食,怡怡如也。③

再如沈周:

有竹居,耕读其间,佳时胜日,必具酒殽,从容谈笑,出其蓄物,相与抚玩品题以为乐。晚岁名益盛,客至亦益多,户屦常满。④

虽言隐居,却不拘于平淡。与一二友人聚会、听琴、品茗、游览……你

① 王宠.雅宜山人集·隐[A]卷4,四库全书存目丛书·集部别集类,第79册,济南:齐鲁书社,1997:40.
② 桑悦.思玄集·入山[A]卷13,四库全书存目丛书·集部别集类,第39册,济南:齐鲁书社,1997:163.
③ 钱谦益.列朝诗集小传[M]乙集.上海古籍出版社,1983:216.
④ 文征明著.文征明集·沈先生行状[M].上海古籍出版社,1987:593.

来我往,酬唱赠答,诗酒宴笑,乐此不疲。此种隐居生活虽无山林高士的高雅,但也因生活的多彩而别具韵味。

隐于庙堂府邸者,其志超然,其行独立。

如吴宽:

> 公(吴宽)好古力学,至老不倦,于权势荣利,则退避如畏。在翰林时,于所居之东,治园亭,莳花木,退朝执一卷,日哦其中。每良辰佳节,为具召客,分题联句为乐,若不知有官者。①

再如杨循吉:

> 成化甲辰进士,授礼部主事,居曹事简,日惟矻矻读书,每读书得意,则手足狂舞不自禁,以是得颠主事之名,而最不喜人者,人间酬应。②

吴中文人的这种"自由随意,不拘形迹"的隐居形态,沈周将其定义为"市隐"。沈周《市隐》云:

> 莫言嘉遁独终南,即此城中住亦甘。浩荡开门心自静,滑稽玩世估仍堪。壶公涧世无人识,周令移文好自惭。酷爱林泉图上见,生嫌官府酒边谈。经车过马尝无数,埽地焚香日载三。市脯不教供座客,户佣还喜走丁男。檐头沐发风初到,楼角摊书月半含。蜗壁雨深留篆看,燕巢春暖忌僮探。时来卜肆听论易,偶见邻家问养蚕。为报山公休荐达,只今双鬓已毵毵。③

---

① 王鏊.震泽集·资善大夫礼部尚书兼翰林院学士赠太子太保谥文定吴公神道碑[A]卷22,文渊阁本四库全书·集部别集类,第1256册,台北:台湾商务印书馆,1986:353.
② 文震孟.姑苏名贤小纪·杨仪部南峰先生[A]卷上,四库全书存目丛书·史部传记类,第115册,济南:齐鲁书社,1997:754.
③ 沈周.石田先生诗钞·市隐[M]卷5.明崇祯十七年瞿式耜刻本.

杨循吉《叶氏南隐记》以散文笔法对此诗进行了解析：

> 盖吴城之外，清丽之佳地也，有南濠焉，带□（原字不清）通村，而君居之。以不仕称隐也。是地也，深无山，密无林，远无江湖，日扰扰乎与人迹相逐也。况君之家肆临通衢，有一客及门，则必以衣冠见。虽欲隐也，无由矣。噫嘻，山林江湖能生躁心，古不有神放乎？如其隐者，门如市，心如水耳。人在善藏，藏则其生也完矣。妻子室家人之有也，乌能逃之？世之仕者，则既不能藏矣。然不仕者，又岂皆能藏哉！何所无事，逐之则生；何所无人，上之则争。事不能皆却，人不能皆谢，在乎共貌独怀，心山林，身城郭而已。①

"心山林、身城郭"，杨循吉用简单的六字便精确地概括出了明中叶吴中士人的多样隐逸形态。其实沈周、杨循吉所谓的"市隐"即是"处处皆可隐"之意，可以藏之名山、隐于大川，可以居于闹市、身藏通衢，也可以隐于庙堂、心存江湖。所谓的"隐者"乃是一个"可官可民"的多面性人物。既可以是采菊东篱的适者，也可以是诗酒宴笑的闲者。不管隐逸的环境怎样，隐者的身份如何，这些皆不重要，重要的是心灵是否真正得到了解脱、净化，身体是否得到了休息、享受。

明中叶吴人的"市隐"思想表明：与同时代的它域士人相比，吴中文人是较为现实的，金戈铁马、仙风道骨、大漠风沙、敬慕高远等，他们都不感兴趣，因为那与他们的现实生活相距太远。他们更愿意从当下的生活中体会人生之乐，享受世俗之欢。因为在这种真实的生活中，他们能够找回真正的自我，而这个自我才是他们生之所系的真谛。

（二）最是世心忘不得——议政意识

吴中文人是乐于隐逸的，但隐逸之乐并不能掩盖他们关注时政、忧心庙堂的议政意识。尽管身处林泉，但他们中的大多数人如沈周、文征明、

---

① 杨循吉.灯窗未艺攒眉集·叶氏南隐记[A]卷1,四库全书存目丛书·集部别集类,第43册,济南:齐鲁书社,1997:331.

吴中四才子诗文研究

52

祝允明等仍对政治有着相当大的热情。尽管不愿投身复杂政坛，但他们仍时刻关注着时事及时局的变化，并表现出自已或主观或客观、或冷静或激烈的态度。身在江湖，心仍存魏阙，只是这种"存魏阙"的成分会随着朝政的清明或黑暗而有所增减。

沈氏家族以多出隐士而闻名吴中，沈周更是吴中文人隐逸的典范。但即便如沈周这样立志终生不仕的乡野文人，内心仍时刻关注时局，忧心朝政。文征明的《沈先生行状》记载王鏊和沈周讨论讽谏还是直谏一事，其中的一段对话表明了沈周的政治态度："先生曰：'彼以南面临我，我北面事之，安能尽其情哉？君子思不出其位，吾尽吾事而已。'然先生每闻时政得失，辄忧喜形于色。人以是知先生非终于忘世者。"①沈周的"非终于忘世"，首先表现在对国家政事的关注上。《己巳秋兴》云：

> 灯火郊居耿暮秋，北风迢递入边愁。三更珠斗随天转，万里银河接海流。筹笔简书何日见，新亭冠盖几人游。侧身自信江湖远，一夜哀吟欲白头。

这首诗沉郁顿挫，颇存忧国伤时之思。《沈周年谱》认为该诗作于正统十四年（1449），明英宗出师攻打瓦剌，兵败被俘，史称"土木堡之变"。沈周此诗正是闻"土木堡之变"后所作。"一夜哀吟欲白头"，一个"哀"字，说尽了诗人挂念君王、忧心朝政的良苦之心。

作为一个生于市井又隐于市井的隐者，沈周的政治观念更多地表现在对民生疾苦的关心上，体现着天下归仁的情怀。其诗作如《堤决行》《低田妇》《割稻》等都真实地反映了吴中地区的民间疾苦。在《十八邻》中，他对遭受水患的吴中百姓的悲惨处境有着深刻细致的描写：

> 田中不生谷，辟术无所传。嚼草草亦尽，仰面呼高天。惟食累于世，

---

① 文征明著.文征明集·沈先生行状[M].上海古籍出版社,1987:593.

第一章　明中叶的吴中文学

53

不如枝上蝉。浑舍相抱哭,泪行间饥涎。日夜立水中,浊浪排胸肩。大儿换斗粟,女小不论钱。驱妻亦从人,减口日苟延。风雨寻塌屋,各各易为船。①

沈周非能忘世的心态在明中叶文人圈中极具典型性,其弟子文征明便明显地受到了他的影响。与其师相同,文征明也对"土木堡之变"进行了记载;与其师不同,文征明是通过对民族英雄于谦的褒扬侧面反映此事的。其《读于肃愍旌功录有感》二首云:

> 南迁议起共仓皇,一疏支倾万弩强。既以安危系天下,曾无羽翼悟君王。莫嫌久假非真有,祇觉中兴未耿光。浅薄晚生何敢异,百年公论自难忘。

> 老臣自处危疑地,天下遑遑尚握兵。千载计功真足掩,一时起事岂无名。未论时宰能生杀,须信天王自圣明。地下有知应不恨,万人争看墓门旌。②

于谦(1398—1457),明永乐十九年(1421)进士,曾任监察御史,兵部右侍郎,后升任兵部尚书。英宗正统十四年(1449),"土木堡之变"时英宗被俘,侍讲徐理主张南迁,于谦坚决反对,并拥立英宗弟为景帝,主持军务,击退了也先。景泰元年(1450),也先请和,送返英宗。景泰八年(1458),徐有贞、石亨等发动"夺门之变",拥立英宗复位,后又诬陷于谦谋逆,将其处死。于谦死后被追谥忠肃。

上面的两首诗对于谦在"土木堡之变"中的表现进行了褒扬。"仓皇""遑遑"写出了事件发生后朝廷的慌乱,将南迁众人的慌乱与于谦一

① 沈周.石田诗选·十八怜[A]卷3,文渊阁本四库全书·集部别集类,第1249册,台北:台湾商务印书馆,1986:592.
② 文征明著.文征明集·读于肃愍旌功录有感[M].上海古籍出版社,1987:134.

个人独立支撑大局相对照,表现出他的临危不惧和大智大勇。但全诗的重点却不在于此,而在于对于谦被害原因的探讨上。"曾无羽翼悟君王",一个"悟"字,指出了于谦悲剧的原因所在。他关心的是国家、人民,而忽视了国家实际掌控者君王的利益。他没有意识到为国为民抛头颅、洒热血而忽视君主利益的严重后果。在君主眼中,为国亡,可叹也;为君死,可敬也。于谦正是没有认识到这一点,才招致了"千载计功真足掩"的悲惨结局。诗尾"百年公论自难忘""万人争看墓门旌"两句,既鲜明地体现出了文征明的褒扬好恶,也反映出了百姓对于谦这位民族英雄的由衷敬佩。

与此两首作于一时的《因读旌功录有感徐武功事再赋二首》①,写的是对徐有贞之过的批评。徐有贞是吴中的阁老前辈,又是祝允明的外祖父,但这并不影响文征明对他的过失进行客观评价。"白璧微瑕尤惜者,当时无用议迁京""冤哉一掬江湖血,信史他年未必书"。犀利尖锐,一针见血,由此可以看出文征明敏锐的政治眼光,亦可看出其刚正不阿的秉性。

与沈周一样,文征明既有着关注家国大事的政治眼光,又有着体恤天下苍生的儒者情怀。如《采桑图》一首,写采桑女"只愁墙下桑叶稀,不知墙头花乱飞"的忧虑和辛苦,并对她们生活的穷苦表现出深深的同情:"一春辛苦只自知,百年能着几罗衣?"

在明中叶的吴中文人圈中,唐寅是最具特性的。他才华出众,潇洒倜傥。他沐浴着儒家仁爱之风长大,却敢于违背礼教,终日与舞女歌妓为伴;他立志科举入仕,却因蒙冤受辱而放弃追求,终日以狂呼豪饮为务;他发愤创作,希冀立言垂世,却因不甘寂寞而半途而废,平生以卖字鬻画为生。就是这样一个狂放不羁、视传统价值观如敝屣的叛逆士人,内心深处竟也有着关心民瘼、系念苍生的仁爱情怀:

---

① 文征明著.文征明集·因读旌功录有感徐武功事再赋二首[M].上海古籍出版社,1987:135.

天子睿圣,障必须贤令。赋税今推吴下盛,谁知民已病。一自公临邑政,照奸豪如镜。劝旨休将亲侍聘,留安百姓。①

君王意在恤黎民,妙选英贤令要津。金字榜中题姓氏,玉琴堂上布阳春。歌梓到,上枫宸,青骢一骑涨黄尘。九重夜半虚前席,定把疲癃仔细陈。②

此诗是唐寅为送别一位不知名的吴县县令而作。诗中唐寅直言不讳地道出了吴中赋税繁重、民不堪苦的境况。"九重夜半虚前席,定把疲癃仔细陈。""九重"指代皇帝,"夜半虚前席"为垂询意见之意。他希望县令能够在君王面前为民请命,使吴人摆脱赋税之苦。唐寅生性率真正直,卑微的出身和坎坷的遭际使他有机会接近下层民众,体察民间疾苦。他目睹民生多艰,便生恻隐之心并发而为诗词,这对倜傥不羁的唐寅而言实在是难能可贵的。

值得注意的是,吴中文人的不能忘世不独独体现在诗文作品中,还体现在对科举考试孜孜以求的态度上。与吴人"乐隐"现象形成鲜明对照的是吴地自明代开国以降"科名之盛,特冠海内"。③ 吴人多喜追逐科名。官宦之家自不待说,如祝允明凡七试,文征明凡九试,汤珍凡十试,蔡羽凡十四试,可谓旷日持久。一般布衣家庭稍有赢羡者,亦督促弟子进学科考,求取功名。即使家贫者亦追逐科举,未曾懈怠。如徐祯卿家贫,甚至无钱蓄书,所观书皆从人借读。在吴中地区,似徐祯卿者大有人在。

一方面积极地倡导并践行隐逸,另一方面又汲汲于科举功名的追求;一方面逍遥于山水田园之乐,而另一方面又对庙堂政治念念不忘。在隐逸还是参政的选择上,吴中文人似乎陷入了矛盾的怪圈。其实仔细思考便可发现,"仕"与"隐"在吴中文人这里并不是互相矛盾的,而是彼此补

① 唐寅著.唐伯虎全集·谒金门[M].杭州:中国美术学院出版社,2002:160.
② 唐寅著.唐伯虎全集·鹧鸪天[M].杭州:中国美术学院出版社,2002:161.
③ 李铭皖、冯桂芬.苏州府志[Z]卷59.清光绪九年刊本影印本.

充的。吴中文人并非不愿入仕,只是与同时代的其他士人相比,他们对入仕内涵的理解更加平和、豁达。科场得意,能顺利入仕,自是幸事;科场不顺,入仕不果,他们也能够坦然地接受并自得其乐地隐居自活,且这种隐居生活并不妨碍他们关注并干预时政。在吴中士人的心中,入仕已经不再是实现生命价值的唯一出路,致力于诗文书画的创作并以此为生,满足于平凡的生活并以此为乐,也未尝不是人生幸事。

归结到一点,明中叶吴人的思想观念是通达的,是进步的,他们习惯于进行多维思考,而不是固执地拘泥于一端。他们聪明地意识到,政治上的飞黄腾达与生活上的安逸自足同样重要。正是有了这种通达观念的支撑,吴中文人才能安于隐逸并进而乐于隐逸,而此种通达观的形成,与当时吴中经济的发达及文化氛围的浓厚密切相关。

(三)富贵功名非吾志——原因探析

1.渐为多元的生活

明中叶的吴中,交通便捷,物产丰饶,优越的地理环境和开放的观念带来了经济的发展与商业的繁荣,与此相应,经济的发达又进一步促进了人们世风观念的进步与转变。关于这一地区世风的传统及其变化,记载颇多。范成大《吴郡志》言吴中风俗:"吴中自始号繁盛,四野无旷土,随意高下悉为田。人无贵贱,往往皆有常产。以故俗多奢少俭,竞节物,好游遨。"①张瀚在《松窗梦语·百工纪》中记载:

> 至于民间风俗,大都江南侈于江北,而江南之侈莫过于三吴。自昔吴俗习奢华、乐奇异,人情皆赴观焉。吴制服而华,以为非是弗文也;吴制器而美,以为非是弗珍也。四方重吴服,而吴益工于服;四方贵吴器,而吴益工于器。是吴俗之侈者逾侈,而四方之观赴于吴者,又安能挽而之俭也。盖人情自俭而趋于奢也易,自奢而返之俭也难。②

---

① 范成大.吴郡志[M]卷2.绍定二年重刊本.
② 张瀚.松窗梦语[M]卷4.北京:中华书局,1977:76.

经济的繁荣和世风的变化带来了世人心态的转变,重本抑末、崇义黜利的传统观念迅速消解,取而代之的是对物质的追逐和对金钱的崇尚。与奢华膨胀的世风相适应,各种相关行业应运而生,最为突出的就是诗、文、书、画、古董、工艺品的收藏与买卖。这一行业的兴起不仅为士人实现人生价值提供了可能,也为他们在入仕途、得俸禄的传统选择之外又拓展了一条谋生之路。在明中叶的吴中,行商坐贾已经不再是羞于启齿之事,靠卖书鬻文以维持生计在文人中已司空见惯。

李诩《戒庵老人漫笔》卷一中记载了吴中士人卖书鬻文一事:

> 嘉定沈练塘龄闲论文士无不重财者。常熟桑思玄曾有人求文,讬以亲昵,无润笔。思玄谓曰:"平生未尝白作文字。最败兴。你可暂将银两一锭四五两置吾前,发兴后待作完,仍还汝可也。"唐子畏曾孙思和家有一巨本,录记所作,簿面题二字曰"利市"。……马怀德言,曾为人求文字于祝枝山,问曰:"是见精神否?"俗以取人钱为精神曰:"然。"又曰:"吾不与他计较,青物也好。"问何青物,则曰:"青羊绒罢。"①

此材料中涉及了桑悦、唐寅和祝允明。三人饱尝科场落第之苦,皆无官资俸禄可用,但三人的生活却未陷入窘困,因为卖文鬻画所得酬资足够他们日常花费和生活所需。谈到这种自给自足的生活,唐寅颇为自豪地说道:"不炼金丹不坐禅,不为商贾不耕田。闲来写幅青山卖,不使人间造业钱。"不仅科场落败、无俸禄者靠买卖书画度日,那些科举高中、有酬金俸禄者也以卖文为生。《续吴中往哲记》说都穆:"至太仆少卿,返初服,修郡志,卖墓文为养……凡润笔之资,与异母弟共之,次及二子,或推及杨、李门下者。"②

---

① 李诩.戒庵老人漫笔[M]卷1.北京:中华书局,1982:16.
② 黄鲁曾.续吴中往哲记[A],四库全书存目丛书·史部传记类,第89册,济南:齐鲁书社,1996:19.

与其他文人相比，文征明的生活境况较为优裕。但他也卖书画，只不过其卖画的标准并不是金钱的多少。何良俊《四友斋丛说》记录其卖画的情形：

> 衡山先生于辞受界限极严。人但见其有里巷小人持饼饵一箸来索书者，欣然纳之。遂以为可浼，尝闻唐望曾以黄金数笏，遣一承奉赍捧来苏，求衡山作画。先生坚拒不纳，竟不见其使。书不肯启封，此承奉逡巡数日而去。①

从这则材料可知，文征明书画的价格具有很大的随意性，贱时只值饼饵一箸，贵时却可换黄金数笏。卖画所得不仅满足了文征明的生活所需，也成了其接济乡邻、帮扶穷人的一种手段。

卖文鬻画，自适自足；买卖公平，各得其所。吴中特殊的经济环境与文化传统使大多数士人不必依赖官府俸禄而生活，就是在这样一种崇尚物欲、重视利益的大环境中，吴中文人的思想情感逐渐发生了变化。早年那种建德立名的事功思想在他们心中渐趋淡漠，对政治权威已经没有那种天然的归属感。他们的人生取向已经开始向世俗化一面倾斜，其考虑更多的是适心任性的自在生活。沈周晚年对儿子的嘱咐就反映了这一现象：

> 沈周号石田，吴中名士也，博学工诗画，放浪山水间，隐居不求仕进。晚年言有持戒其子云：银灯剔尽谩咨嗟，富贵荣华有几家？白日难消头上雪，黄金都是眼前花。时来一似风行草，运退真如浪卷沙。说与吾儿须努力，大家寻个好生涯。②

"寻个好生涯"，沈周之语虽质朴无华，却一语道出了吴中文人乐隐

---

① 何良俊.四友斋丛说[M]卷15.北京：中华书局，1959：128.
② 转引自罗宗强.弘治、嘉靖年间吴中士风的一个侧面[J].中国文化研究，2002年冬之卷.

且能隐的内在原因。与同时代文人相比,吴中文人思想更为进步、开明、睿智,在生命意义的找寻上,他们较早地领悟到适意自足的生活比功名利禄的苦苦追求更为实惠。

2. 日趋艰难的科考

地区经济的繁荣势必会带动其他产业的发展与进步。得益于经济发展的推动,吴中的文化教育事业十分发达,文人士子数不胜数。正德年间的《姑苏志·风俗》就说:

> 国朝又升为京辅郡,百余年间礼仪渐靡,而前辈名德又多以身率先。如吴文恪之廉直、杨颜之醇厚、叶文庄之清严,吴文定之渊靖,又皆以文章前后振动一时。今后生晚学文辞动师古昔,而不椎与专经之陋。矜名节、重清议,下至布衣韦带之士皆能擒章染翰。而间阎田亩之民山歌野唱亦成音节,其俗可谓美矣。①

在上者名卿巨公,名驰海内,德震一时;在下者畎亩细民,亦能自谱曲辞,歌唱于山野。吴中文风繁盛、人才辈出的兴盛景象由此可见一斑。

与文教的繁盛发达互为矛盾的是,朝廷的科举名额非常有限。明朝采取根据不同地区分卷录取的方式,此举是为了保护落后地区士子不至于成为文化发达地区士子的"陪考官"。然而这样做也加剧了同一区域内科考者之间的内部竞争。由于吴中文教水平极高,其生员人群也日益庞大,有限的科举名额远远不能满足众多士子的需要。在吴中,累试不第之士比比皆是:蔡羽"凡十有四试,阅四十年……而潦倒场屋,曾不得盱衡抗首,一侪诸公间,而以小官困顿死"②;钱孔周"自弘治辛酉至正德丙子,凡六试应天,试辄不售"③;祝允明凡"七试不售"。连才名威震东南的文

① 王鏊.姑苏志·风俗[A]卷13,文渊阁本四库全书·史部地理类,第493册,台北:台湾商务印书馆,1986.
② 文征明著.文征明集·翰林蔡先生墓志[M].上海古籍出版社,1987:735.
③ 文征明著.文征明集·钱孔周墓志铭[M].上海古籍出版社,1987:756.

征明亦"九试不售",他在《三学上陆冢宰书》中的一段话就很能代表当时吴中文人因为出仕受阻而产生的不满情绪:

> 略以吾苏一郡八州县言之,大约千有五百人。合三年所贡,不及二十;乡试所举,不及三十。以千五百人之众,历三年之久,合科贡两途,而所拔才五十人。夫以往时人才鲜少,隘额举之而有余,顾宽其额。祖宗之意,诚不欲以此塞进贤之路也。及今人材众多,宽额举之而不足,而又隘焉。几何而不至于沉滞也? 固有食廪三十年不得充贡,增附二十年不得升补者。其人岂皆庸劣驽下,不堪教养者哉? 顾使白首青衫,羁穷潦倒,退无营业,进靡阶梯,老死牖下,志业两负,岂不诚可痛念哉![1]

由于科举名额的限制,大量生员的沉滞势所必然,至于普通读书人的正途出身更是困难。人才的过剩现象已十分明显,传统的科举、学校已经不是解决办法。于是吴中文人不得不背离传统的应考取仕之路,转入他途以开拓生存之道。

3. 身居庙堂的尴尬

明初到中叶,明代帝王一直对江南文人特别是吴中文人持一种歧视态度。一种颇具代表性的见解是:"张士诚据吴,太祖屡攻之不下,其民为之守。"[2]明朝成立之初,为惩戒江南士民不恭的"抵抗"之举,朱元璋对江南地区实行了特殊的、极其严酷的政策。经济上,明初吴中赋税之重实为历代之最。王鏊感叹说:"考之旧志,宋元岁数在苏者,宋三十馀万石,元八十馀万石。国朝几至三百万石。自古东南财赋又未有若今日之盛也。"[3]在繁重的赋税压制下,吴中居民苦不堪言。政治上,明政府利用清

---

① 文征明著.文征明集·三学上陆冢宰书[M].上海古籍出版社,1987:584－585.
② 许瑶光.光绪嘉兴府志[Z]卷50.上海:上海书店出版社,1993.
③ 王鏊.姑苏志·天赋[A]卷15,文渊阁本四库全书·史部地理类,第493册,台北:台湾商务印书馆,1986.

除"胡党""蓝党"之名,或借"空印案""郭桓案"之机,对江南文人进行迫害,而吴中文人境遇悲惨尤甚。

　　至宣宗、英宗二朝,吴人被压制和歧视的态度仍未缓解。《明史·彭时传》说:"帝(英宗)爱时风度,选庶吉士。命贤尽用北人,南人必若时者方可。贤以语时。俄中官牛玉宣旨,时谓玉曰:'南士出时上者不少,何可抑之?'"①吴中文人不仅在政治角逐中备受压制,在政治之外的文教活动中,亦多受冷落。沈德潜记曰:"正统三十三年,选庶常三十人,内山西五人,山东四人,北直六人,河南三人,陕西三人,四川五人,南直三人,俱江北。而浙、福、湖广、江西四大省,南直隶之江南,以至两广、云贵,俱无一人焉。"②

　　成化年间,随着吴宽、王鏊等人的入京,吴中文人的庙堂境遇似乎稍有好转,但明中叶的帝王仍然对吴中文人持一种怀疑态度。成化、弘治两朝,吴中进士能入主朝政者几无。吴中官僚的代表徐有贞、吴宽和王鏊等都没有像"三杨"那样成为政治上的不倒翁,而是饱受政治折磨。徐有贞为进士、翰林出身,在明英宗复辟中起到了关键作用,因此进入内阁。但此后的政治斗争又让他在短短几个月中落败,流放云南。吴宽入朝三十年未得拜相,最后只担任礼部尚书的闲职。《明史·吴宽传》记载:"时词臣望重者宽为最,谢迁次之。迁既入阁,尝为刘健言,欲引宽共政,健固不从。他日又曰:'吴公科第、年齿、闻望皆先于迁,迁实自愧,岂有私于吴公耶。'及迁引退,举宽自代,亦不果用。中外皆为之惜,而宽甚安之,曰:'吾初望不及此也。'"③王鏊虽拜相,却因为遇上"时中外大权悉归(刘)瑾"④的独断专权局面,在内阁中掣肘过多而黯然离去。从明初的惨遭迫害,到明中叶的备受怀疑,吴中文人从帝王鄙视的目光中感受到的是不被信任的失望和心寒。试想在一个缺乏帝王信任和尊重的朝堂上,吴中文

　　① 张廷玉.明史[M]卷176.北京:中华书局,1974:3245.
　　② 沈德符.万历野获编[M]卷10.北京:中华书局,1980:257.
　　③ 张廷玉.明史[M]卷184.北京:中华书局,1974:4884.
　　④ 张廷玉.明史[M]卷181.北京:中华书局,1974:4827.

人能做什么？又能做成什么？

　　经济发展带来了生活道路的多样化，科举制度的不公导致了应试之路的坎坷多艰，帝王的怀疑与冷漠又使得学识无用、抱负难伸。这多种境遇的结合导致吴中文人变得不再乐"仕"。先贤的那种高度的政治责任感，以天下为己任的自我牺牲精神在他们身上已渐次消退。他们不再将科举视为众生为之奋斗的事业，科举仕进对于他们来说已不再是通往康庄大道的唯一路径。在此种观念的影响之下，吴中士人逐步接受并融入了世俗的生活。

　　其实吴中文人不乐"仕"，但并非不愿入"仕"。只是有的时候，他们的入仕或参政意识常常会被各种外在或内在的因素消融掉。他们的真实心态是，一方面，他们不愿放弃传统人生道路的选择，以入仕为正途；另一方面，他们又在仕途之外找到新的人生归宿。当入仕之路偃蹇不达时，他们悲哀难过，但这种难过很快就会为世俗的生活所消解。因为在他们面前，别有一番天地。入仕不成可以入贾，不入贾还可以卖书、卖画、卖诗、卖文。在这些宽阔的生活空间中，他们依然能够得到世俗社会的承认。说到底，吴中文人是徘徊于士人的传统人生道路与世俗人生之间的一个群落。他们并非不喜政治，也并非不愿出仕，而是多变的生活环境为他们提供了选择别样生存的权利。因为有选择的权利，所以便不再执着，这或许就是吴中士人能够游离于"仕"与"隐"之间最根本的原因。

# 第二章
# 吴中四才子的共性特征

　　"吴中四才子"是指明中叶生活在吴中地区的祝允明、唐寅、文征明和徐祯卿。最早在文献上将他们并称的是晚明钱谦益的《列朝诗集小传》:"昌穀(徐祯卿)少与唐寅、祝允明、文壁(文征明)齐名,号'吴中四才子'。"①《明史·徐祯卿传》:"祯卿少时与祝允明、唐寅、文征明齐名,号吴中四才子。"②《明史》的这一提法可能源于钱谦益。作为影响了明中叶吴中文坛的领军人物,四才子个性独立而张扬。他们玩世自放,惮近礼法;恃才傲物,自视甚高。对美酒女色的超常喜爱、对自我才气的高度自信,是其才子特性的首要表现。他们本着对吴中优秀文学传统的热爱,对浅薄的世俗及科举之弊发起猛烈批判,掀起了一场声势浩大的古文辞运动。他们出于对古文辞运动理论主张的践行,以情深意切的吟唱,创作出一篇篇古雅丽泽却又不失性情之真的诗文篇章。古文辞运动失败后,他们虽各就其业,四散而去,但其诗文中优美婉然、温和明丽的才子风韵却从未消失。吴中四才子才气横发,学识广博,多才多艺,但他们超凡的才气在科场内却未获得认可,从早期的踌躇满志到中期的彷徨痛苦再到晚期的淡然隐逸,与功名的爱恨纠缠贯穿吴中四才子的一生。

---

① 钱谦益.列朝诗集小传[M]丙集.上海古籍出版社,1983:301.
② 张廷玉.明史[M]卷286.北京:中华书局,1974:7351.

## 一、狂狷、任诞——共同的才子风度

自明代中叶至当下,五个世纪已匆匆而过,但吴中四才子的作品及故事却依然鲜活地在人群中口耳相传。一是因为他们身上先天所赋的冲天才气和艺术风情为人们所激赏;二是因为他们敢于做历代文人想为而不敢为之事:傲睨权贵,不为物役,任诞狂放,诗酒风流。这种类似庄子逍遥游式的人生境界是自古至今,上至君王、下至黎庶都曾梦想过的。但是做梦者多,身体力行者少。在现实和梦想的冲突之下,多数"梦想之人"即刻变得猥琐、苟且。而这也恰好衬托出吴中四才子的勇敢和可爱之处:在世俗权威面前,他们敢于悖逆世俗,狂放不羁;在功名利禄面前,他们敢于恃才傲物、出言不逊;在物质声色面前,他们敢于跌宕风流、痴迷享受。或许正是因为有了这种勇敢和可爱,才有了维系几百年来人们对他们的热爱与迷恋。

清人赵翼《廿二史札记》"明中叶才士傲诞之习"中写道:"吴中自祝允明、唐寅辈,才情轻艳,倾动流辈,放诞不羁,每出名教外。……此等恃才傲物,跅弛不羁,亦足以取祸,乃声光所及,到处逢迎,不恃达官贵人倾接恐后,即诸王亦以得交为幸,若惟恐失之,可见世运升平,物力丰裕,故文人学士得以跌宕于词场酒海间,亦一时盛事也。"①陈登原《国史旧闻》中列举了明代横放才士多人,有唐寅、祝允明、张灵、文征明、桑悦、罗玘、刘俊、王廷陈等,他对唐祝文三人的评价为:"以反常为雅事,以矫俗为高致""遗世而行,背俗而处"。②赵翼和陈登原对吴中四才子的评价虽不尽相同,但却不约而同地向我们传达了这样一个信息:吴中四才子是才气冲天的才子,亦是狂放不羁的狂者;是不苟流俗的"真"人,亦是傲岸耿介的狷者。

### (一)跌宕风流 痴迷酒色

怪异放荡的处世行迹,在吴中四才子身上每每可见,最突出的表现是

---

① 赵翼著.廿二史札记校正[M]卷34.北京:中华书局,1984:783 - 784.
② 陈登原.国史旧闻[M]卷48.北京:中华书局,1980:233.

其对"酒色"的痴迷。"酒"是吴中四才子诗作中出现频率较高的词汇,承载着丰富的情感意韵。或用于体现玩世自放,或用于表达痛苦忧愁,或用于抒写雄心壮志,或用于表现闲适幽雅。翻开他们的诗歌文集,页页弥漫酒香。吴中四才子常常聚会豪饮,颓然便醉。袁袠在《唐伯虎集序》中说:"(伯虎)筑室桃花坞中,读书灌园,家无担石而客尝满座,风流文采,照映江左。"①祝允明说:"沼圃舍北桃花坞,日殷饮其中,客来便共饮,却不问,醉便颓寝。"②高朋满座,诗酒风流的生活固然畅快,但毕竟不是想聚便聚,想饮便饮的。在吴中四才子的生活中,更多的是自酌自饮、自醉自醒。

　　"酒"对唐寅而言,就像穿衣吃饭一样必不可少,几乎是每日必饮,逢饮必醉。其诗集中以"酒"字命题的诗作约有七首。如《花下酌酒歌》《把酒对月歌》《醉时歌》《进酒歌》《社中诸友携酒园中送春》《花酒》《小酌》。诗文中对"酒"的讴歌则不可胜数:"酒醒只在花前坐,酒醉还来花下眠。半醒半醉日复日,花落花开年复年。但愿老死花酒间,不愿鞠躬车马前。"(《桃花庵歌》)"头插花枝手把杯,听罢歌童看舞女。食色性也古人言,今人乃以之为耻。"(《焚香默坐歌》)"笑舞狂歌五十年,花中行乐酒中眠。漫劳海内传名字,谁论腰间缺酒钱。"(《言怀》)"酒后看花情不见,花前酌酒兴无涯。酒阑花谢黄金尽,花不留人酒不赊。"(《花酒》)"落魄迂疏自可怜,棋为日月酒为年。"(《又漫兴》其七)"年老少年都不管,且将诗酒醉花前。"(《老少年》)句句不离"酒"字,处处可见"醉"字,"酒"似乎成了唐寅生活的标志性元素,而"醉"也似乎成为其不可或缺并引以为豪的生活追求。

　　"醉酒"在祝允明的诗作中也不陌生。《和陶渊明饮酒二十首》《春日醉卧戏效太白》《醉》《对酒》《小酒厄铭》等皆是其饮酒、醉酒时写就的诗篇。他以狂饮醉酒为人生快意之事,自豪地宣称:"混沌余波,洪濛真液,

　　① 袁袠.唐伯虎集序[A],周道振、张月尊辑校.唐伯虎全集[M].杭州:中国美术学院出版社,2002:524.
　　② 祝允明.怀星堂集·唐子畏墓志并铭[A]卷17,文渊阁本四库全书·集部别集类,第1260册,台北:台湾商务印书馆,1986:605.

多谢杜康遗惠。自然一斗,大道三杯,这是吾侪能事。"①也曾坦言醉酒、
酗酒的原因:"无限胸中未酬事,蓬窗灯枕酒醒来。"②亦清醒地认识到"借
酒消愁愁更愁"这一事实:"苦忆京华更不禁,百壶那解一生心。"③祝允明
51 岁时断酒两年,53 岁复醉,作《醉》诗云:

> (断酒两年,偶复一醉为此,壬申季夏十七日也。)
> 醉来中岁里,那复有童心?只觉忘人我,何为更古今。山河秋兀
> 兀,星露夜惜惜。惆怅惟陶阮,悬知磊魄襟。④

断酒两年却又复醉,一是因为祝允明嗜酒如命,一时难以戒除酒瘾,
二是因为"惆怅"与"磊魄"的时常隐现促迫其不得不饮。

文徵明也在酒中寻找寄托和乐趣,但其饮酒不像唐祝那般剧烈。文
徵明性情温和淡泊,故而其饮酒诗也是温文尔雅的。可夜晚独酌:"幽人
被酒夜不眠,揽衣起坐垂堂前。"(《夜坐》)也可与友人共饮:"听莺此际堪
携酒,烧竹何人共煮茶。"(《怀石湖寄吴中诸友》)可借酒抒怀:"樽酒离怀
强自开,长歌婉转胜悲哀。"(《次韵答子重新春见怀》)也可以酒取乐:"何
时载酒横塘去,共听吴娃打桨声。"(《次韵履仁春江即事》)从这些诗句
中,我们看不到豪气干云、痛快爽丽的"剧饮";亦看不到涕泗横流、长歌
当哭的"狂饮",有的只是缓缓地斟酒,淡淡地饮酒,即便是醉酒,也是那
样的随心适性、波澜不惊。

徐祯卿虽外表拘谨,行为上却不像唐祝一般放浪形骸,但其内心的奔
放和对酒的痴迷并不亚于唐祝。在其宴游、赠别诗中,"酒"字也是常常
出现的。"对酒忽不乐,怅然怀别离。别离结中劳,眷彼长路岐。"(《留别

---

① 祝允明.苏武慢[A]其十,饶宗颐、张璋总纂.全明词.第二册.北京:中华书局,2004:420.
② 祝允明.怀星堂集·庚辰二月廿七日晓官窑舟中口号[A]卷6,文渊阁本四库全书·集部
别集类,第 1260 册,台北:台湾商务印书馆,1986:446.
③ 祝允明.怀星堂集·苦忆[A]卷6,文渊阁本四库全书·集部别集类,第 1260 册,台北:台
湾商务印书馆,1986:444.
④ 陈麦青.祝允明年谱[M].上海:复旦大学出版社,1996:110.

都城诸同志二首》)“尔放金鸡别帝乡,何如李白在浔阳。日暮经过燕赵客,解裘同醉酒垆傍。”(《赠别献吉》)任职大理寺期间,徐祯卿因“失囚”被夺俸一年,因此生活十分拮据,他常在诗中慨叹酒资匮乏:“正逢天子失颜色,夺俸经时无酒钱。我今蹭蹬尚如此,嗟尔悠悠世上名!”(《唐生将卜筑桃花之坞,谋家无赀,贻书见让,寄此解嘲》)其《庭实久约携酒见访不至贻诗嘲之》一首,描述了自己渴望饮酒而不可得的贫苦境遇:

> 九月秋风吹破庐,长安城中愁索居。篱边未见陶潜菊,门外空传长者车。黄尘郁郁倦为客,肺病时时强著书。闻道白衣将送酒,荒芜庭径拟亲除。①

九月秋风,吹着破屋,诗人独居京城,孤独贫病。居所没有陶潜钟爱的菊花,为庭院增色,也没有友人的欢笑,与己为伴,有的只是黄尘漫漫和无边的孤独。“闻道白衣将送酒,荒芜庭径拟亲除”,听说友人将携酒来访,诗人备感欣喜,亲自洒扫庭除迎接友人。这一细节既表现出诗人对友人来访的尊重,亦反映出其渴望与友人痛饮一番的焦急心情。

南宋叶梦得言:“晋人多言饮酒,有至沉醉者。此未必意真在乎酒。盖时方艰难,人各惧祸,唯托乎醉,可以粗远世故。……饮者未必剧饮,醉者未必真醉耳!”②这段论述亦可以用在四才子身上。吴中四才子虽酷喜饮酒,但他们“未必意真在乎酒”。科场一案,唐寅被打入痛苦的深渊;文征明、祝允明二人久困场屋,身心疲惫;徐祯卿虽幸入官场却屡受倾轧,仕宦生涯步履维艰。这种种郁积和愁闷该如何消解?吴中四才子的回答是:“此去生涯浑未省,且凭黄酒买瞢腾。”③其实不独吴中四才子如此,古往今来,有多少持身严正之人在酒中追求着人生的自由,又有多少落落寡

---

① 徐祯卿著.徐祯卿全集编年校注·庭实久约携酒见访不至贻诗嘲之[M].北京:人民文学出版社,2009:190.

② 叶梦得.石林燕语[M].北京:中华书局,1984.

③ 祝允明.祝枝山诗文集[M].上海:广益书局,1936:57.

欢之士靠酒来浇注心中块垒。无助迷茫之时,悲苦难抑之际,携酒一壶放达于山林,醒又何妨?醉又何妨?醉虽说是一种消沉,但有的时候更是一种豁达。毕竟谁都无法否认,在某些特殊时刻,一醉方休也没什么不好。

(二)狂放不羁 耿直狷介

古人常常将狂狷并称。吴中四才子中,唐寅、祝允明二人接近狂者,而文征明、徐祯卿二人则可称为狷者。孔子有言"狂者进取,狷者有所不为"。狷者的"有所不为"看似消极,实则是一种保持内心操守和取舍标准的清醒,狷者乃是知"有所为"和"有所不为"的智者。但无论是狂者还是狷者,都体现出了四才子反抗束缚、超出世俗的一面。

唐寅之狂多出于自然的奔放,由于遭受厄运更添抑郁悲愤的色彩。他与好友张灵为诸生时,"赤立泮池中,以手激水相斗,谓之水战,不可以苏狂赵邪比也"①。科场案后,他"益放浪名教外",自称"但愿老死花酒间,不愿鞠躬车马前"(来自《桃花庵歌》),甚至甘愿"老后思量应不悔,衲衣乞食院门前"(来自《怅怅词》)。宣称自己宁愿沦为乞丐死在花酒间,也不肯为功名利禄低头,这种"狂气""傲气"何人可比?唐寅的狂放言行,《唐伯虎轶事》中也多有记载:

> 张灵嗜酒傲物,或造之者,张方坐豆棚下,举杯自酬,且不少顾。其人含怒去,复过唐伯虎,道张所为,且怪之。伯虎笑曰:"汝讥我。"②

> 伯虎与客对弈,有给事自浙来访,入其厅,与寅揖。寅曰:"正得弈趣。"给事趋而出。至黄昏,寅奕罢,始访给事。舟人告:"给事已寝。"寅曰:"吾亦欲寝。"竟上给事床,解衣卧,引其被相覆。给事欲与谈,寅酣寐不应。至明日,午已过,寅犹未起。给事欲赴他席,呼

---

① 黄鲁曾.续吴中往哲记[A],四库全书存目丛书·史部传记类,第 89 册,济南:齐鲁书社,1996:24.

② 周道振、张月尊辑校.唐伯虎全集·轶事[M]附录三.杭州:中国美术学院出版社,2002:570.

寅,寅曰:"请罢席归而后起。"给事登舆去,寅竟披衣还家。①

言语狂傲,行迹悖俗,不以狂自羞,俨然以狂为荣。难怪《明诗纪事》曰:"唐伯虎疏狂玩世,嵇阮之流也。"

祝允明的狂放与唐寅有几分相像。顾璘称其"玩世自放,惮近礼法之儒"②。他曾与唐寅、张灵在雨中扮作乞儿鼓节,唱莲花落,得钱沽酒野寺中痛饮曰:"此乐惜不令太白知之。"③祝允明生性豪爽,不吝金钱,常常与友人聚会狂饮,费尽乃去。明史载:"恶礼法士,亦不问生产,有所入,辄招客豪饮,费尽乃已,或分与持去,不留一钱。"④因天性好饮,又不问生产,祝允明的生活过得相当窘迫,以至于"每出,则追呼所捕者相随于后"⑤,而他对此非但不以为羞,反而"用为忻笑资"⑥。他曾放言:"枝山老子鬓苍浪,万世遗来剩得狂。从此日和先友对,十年汉晋十年唐"。老子一无所有,唯剩狂者之气,此种大言不惭的狂人论调与唐寅相差无几。

与唐寅相比,祝允明不仅具行迹之狂,更具思想之狂。而这种思想上的狂放,才是一个狂者最为杰出的标志。在乖背权威,批判经典上,他敢出狂言,锋芒毕露,异端色彩甚浓。在早年的《浮物》和晚年的《祝子罪知录》两著作中,离经叛道的猖狂之论处处可见。他对被世人奉若神明的程朱二子颇为不满,批判他们"都废前烈",使"学术尽变于宋"。他不仅敢非议程朱,甚至敢将批判之剑指向儒家圣人。他公开宣称"汤武非圣人""伊尹为不臣",更肆无忌惮地发表"孟子非贤人""庄周为亚孔子一人"的言论,表现出要摆脱儒家思想束缚的胆略和勇气。

文征明亦有狂名。王世贞云:"吴中文士秀异祝允明、唐寅、徐祯卿日来游……其人咸跅弛自喜,于曹耦无所让,独严惮先生,不敢以狎进。先

---

① 周道振、张月尊辑校. 唐伯虎全集·轶事[M]附录三. 杭州:中国美术学院出版社,2002:564.
② 顾璘. 国宝新编[A],四库全书存目丛书·史部传记类,第 89 册,济南:齐鲁书社,1996:537.
③ 周道振、张月尊辑校. 唐伯虎全集·轶事[M]附录三. 杭州:中国美术学院出版社,2002:566.
④ 张廷玉. 明史[M]. 北京:中华书局,1974:7352.
⑤ 钱谦益. 列朝诗集小传[M]丙集. 上海古籍出版社,1983:299.
⑥ 钱谦益. 列朝诗集小传[M]丙集. 上海古籍出版社,1983:299.

生与之异轨而齐尚,日欢然无间也。"①这说明,文征明也和祝允明等一样有着古人那种特立独行的性情。他自己在《上守溪先生书》中记录了一段被世人视为"狂生"的经历:

（余)时时窃为古文辞,一时曹耦莫不非笑之,以为狂,其不以为狂者,则以为矫为迂,惟一二知己怜之,谓:"以子之才,为程文无难者,盍精于是? 俟他日得隽,为古文非晚。"某亦不以为然。②

在一般士大夫视取科名、登仕途为安身立命第一等事的时代,文征明不顾"群议"而专注于"赋诗缀文",这种行为足可以"狂诞"称之。

与唐寅、祝允明二人相比,文征明之狂多具狷介的意味。这种狷介之气具体地体现为珍视自我、不畏权贵;傲然自立、风骨铮铮。黄佐所作《衡山文公墓志》云:"杨邃庵一清起用京师,止都门外,倾朝往见,公独不往,曰:'尚未面君,吾何见焉?'及会,谓曰:'余汝父同年相好,何相见之晚也。'公曰:'生非敢后,自先君之没,有一字见及者,未尝不答。'杨曰:'此则余之罪也。'闻者为之缩舌。"③杨一清在正德年间是策谋权阉刘瑾倒台的主要人物,后入内阁参机务,权倾一时。嘉靖年间应召复出,权倾朝野,声势赫赫。其时文征明在京任翰林院待诏。以区区从九品之职傲然自立于内廷阁老面前,其不屈权贵的凛然正气着实令人叹服。文征明的狷介之风在别的记载中也有反映。王世贞《艺苑卮言》:"文徵仲太史有戒不为人作诗文书画者三:一诸王国,一中贵人,一外夷。生平不近女色,不干谒公府,不通宰执书,诚吾吴杰出者也。"④对权贵王公的索画要求一概不应,对倚官仗势者尤为反感,此举足见文征明之铮铮风骨。

---

① 王世贞.弇州四部稿·文先生传[A]卷83,文渊阁本四库全书·集部别集类,第1280册,台北:台湾商务印书馆,1986:369.

② 文征明著.文征明集·上守溪先生书[M].上海古籍出版社,1987:581.

③ 黄佐.将仕郎翰林院待诏衡山文公墓志[A],周道振辑校.文征明集[M].上海古籍出版社,1987:1632.

④ 王世贞.艺苑卮言[A]卷6,丁福保辑.历代诗话续编.北京:中华书局,1983:1044.

（三）恃才傲物　自视甚高

恃才傲物、自视甚高是吴中四才子性格共性的又一体现。其具体表现为以个体的自由洒脱取代社会意志的规矩；以文人的道德良知取代传统世俗的要求；以安闲的人生态度取代现实功利的人生态度。无论是锐意科场、骋才宦途的积极进取，还是行藏由我、不为物役的隐逸退避，都是这种自视才高、旷达超逸个性的体现。而这种个性也正是他们屡困场屋而仕途坎坷的原因之一。

才华横溢的唐寅对自己的才情极为自信，他自称"江南第一风流才子"，便是其高度自信的体现。唐寅自幼便自视甚高，"屹屹有千里之气"，不肯碌碌为人，"一意望古豪杰，殊不屑场屋"。① 后来，好友祝允明一再规劝他用心科举，他慨然允诺："诺，明年当大比，吾试捐一年力为之，若弗售，一掷之耳。"②乡试大比，仅捐一年之力为之，这种恃才放达、睥傲一世的气度着实令人敬服。举凡高傲自信者，亦的确是有才可恃者。在来年的秋试大比中，唐寅果然一举夺魁。在写给座师的感谢信中，唐寅将自己通身的"傲气"进行了淋漓尽致的展示："壮心未肯逐樵渔，泰运咸思备扫除。剑责百金方折阅，玉遭三黜忽沽诸。红绫敢望明年饼，黄绢深惭此日书。三策举场非古赋，上天何以得吹嘘！"③洋洋洒洒，志得意满，俨然一副蟾宫折桂舍我其谁的气势。

铮铮少年，才华横溢，自视甚高亦属正常。令人叹服的是，在饱受冤狱之苦，受尽世俗之辱后，唐寅的这种傲气依然高涨。在《与文征明书》中，他以墨翟、孙膑、司马迁、贾谊自比，畅谈了要立言垂世的决心。在书信的结尾几句，不甘平庸的凛凛傲气清晰可见：

男子阖棺事始定，视吾舌存否也？仆素佚侠，不能及德，欲振谋

① 祝允明.怀星堂集·唐子畏墓志并铭［A］卷 17，文渊阁本四库全书·集部别集类，第 1260 册，台北：台湾商务印书馆，1986：604.
② 祝允明.怀星堂集·唐子畏墓志并铭［A］卷 17，文渊阁本四库全书·集部别集类，第 1260 册，台北：台湾商务印书馆，1986：604.
③ 唐寅著.唐伯虎全集·领解后谢主司［M］.杭州：中国美术学院出版社，2002：59.

吴中四才子诗文研究

策操低昂,功且废矣。若不托笔札以自见,将何成哉?①

唐寅的自视甚高还有另外一个突出表现,即写诗作画,从不酝酿于胸,而是提笔便写,一挥而就。《静志居诗话》载:"唐寅作诗纵笔疾书,都不经意,以此任达,几于游戏。"②《明诗纪事》:"(子畏诗文)自写胸次,非若组织套语也。"③这种触手成春、笔走游龙的快意表达,既是一种才气和自信的展示,也是一种唯任自然、直抒胸臆的体现。

祝允明,出身"七世美仁里"的高贵世族之家,自幼秉承正统而纯正的儒家教育,祝允明的傲气与自信也是超乎寻常。他曾放言:"所企自有立,名位岂足期?"④功名地位乃是唾手可得之物,自己真正的期盼是济世为民、有所建树。他亦曾宣称:"遐览天地间,何物如我贵?"⑤认为自身的价值超越世间万物,这种论调是何等狂放!祝允明二十八岁时撰写《丁未年生日序》一文,在描绘内心理想世界的同时,也将自己恃才狂放的性格发挥到极致:"思诒远也,通八遐之表;愿处高也,立千仞之上。洗涤日月,披拂风云。一履独往,千折弗桡矣。"⑥姑且不论其梦中境界之高妙,仅从喷薄欲出的热情和淋漓酣畅的行文上便可见祝允明的狂傲之气。

"胸中藏书万千卷,下笔行文若有神。"与唐寅一样,祝允明写诗作画也是信手拈来,触手成春。《寓圃杂记》记其:"杂处众宾之间,哗笑谭辩,饮射博弈,未尝少异。操觚而求者,户外之屦常满。不见其有沉思默构之态,连挥数篇,书必异体,文出丰缛精洁,隐显抑扬,变化枢机,神鬼莫测。"⑦下笔酣畅,即刻成篇,祝允明的天赋高才丝毫不逊于唐寅。

──────────────

① 唐寅著.唐伯虎全集·与文征明书[M].杭州:中国美术学院出版社,2002:220.
② 朱彝尊.静志居诗话[M]卷9.北京:人民文学出版社,1998:247.
③ 陈田.明诗纪事[M]丁签卷11.上海古籍出版社,1993.
④ 祝允明.怀星堂集·述行言情诗其三[A]卷17,文渊阁本四库全书·集部别集类,第1260册,台北:台湾商务印书馆,1986:404.
⑤ 祝允明.怀星堂集·和陶渊明饮酒二十首[A]卷3,文渊阁本四库全书·集部别集类,第1260册,台北:台湾商务印书馆,1986:408.
⑥ 祝允明.怀星堂集·丁未年生日序[A]卷21,文渊阁本四库全书·集部别集类,第1260册,台北:台湾商务印书馆,1986:653.
⑦ 王锜著,张德信点校.寓圃杂记[M]卷5.北京:中华书局,1984:37.

徐祯卿受教甚早,且天性聪明,自称"六龄识姓字,十岁弄歌章"①。因为家族几世不显,所以家中成员对其期望甚高,他自己亦自视甚高。他曾放言:"处囊脱颖,君子之常"②,认为凭借自己的才能,博取功名便如探囊取物般轻松简单。或许正是因为自视甚高,所以才会难以忍受科考的失败。在屡次台试不捷后,徐祯卿遂"感屈子《离骚》,作《叹叹集》"③。因行文"多悲忧感激之语"④,被世人所诟病。文征明为其辩护说:"昌穀操其所长,宜被当世赏识;而尚羁束于校官,悽悽褐素,退就诸生之列,使不得一伸吐所有;虽欲强颜排解,作为闲适之辞,得乎?"⑤科考不顺却又不甘失败,遂郁积于胸,作悲伤之语。文征明的解释恰好从侧面印证了徐祯卿的自信孤高。

吴中四才子狂放不羁,跌宕风流,恃才傲物。尽管其狂诞的表现形式有所不同,但狂诞的内在因由却是一致的,即通过一种叛逆悖俗的方式,把对自我的肯定、对现实的不满宣泄出来,追求一种超越世俗观念的"真"的存在。袁宏道曰:"性之所安,殆不可强。率性而行,是谓真人。"⑥吴中四才子就是袁宏道所言之"真人",他们背弃礼法、蔑视名教的行迹虽有诸多不羁,但从中迸发出的风韵独标的才子风韵却令人迷醉,这或许就是吴中四才子狂士形象的魅力所在吧!

### 二、复古、写心——共同的理论倡导

#### (一)古文辞运动的发起

弘治、正德年间,明王朝已经失去了往日昌明隆盛的气象,逐渐显露出下世光景。李梦阳于弘治十八年(1505)上书孝宗皇帝,剀切列数国家

---

① 徐祯卿著.徐祯卿全集编年校注·答沈休翁所问因成赠章[M].北京:人民文学出版社,2009:325.
② 阎秀卿.吴郡二科志[A],四库全书存目丛书·史部传记类,第90册,济南:齐鲁书社,1996:13.
③ 阎秀卿.吴郡二科志[A],四库全书存目丛书·史部传记类,第90册,济南:齐鲁书社,1996:13.
④ 文征明著.文征明集·焦桐集序[M].上海古籍出版社,1987:1258.
⑤ 文征明著.文征明集·焦桐集序[M].上海古籍出版社,1987:1258.
⑥ 袁宏道著.袁宏道集笺校[M]卷4.上海古籍出版社,2008:193.

的弊病,归纳为"二病,三害,六渐"①,指出国防虚弱、财政匮乏、士风苟且、内官贵戚为非作歹,国家已如一具病躯,甚至患上"元气之病""腹心之病"。与这种每况愈下的政治环境相反,在经过了近百年的恢复之后,"邑里潇然,生计鲜薄"的苏州经济却迎来了复苏的春天。王锜是这样描述弘治年间吴中的繁盛景象的:

> 闾檐辐辏,万瓦甃鳞。城隅濠股,亭馆布列,略无隙地。舆马从盖,壶觞罍盒,交驰于通衢。水巷中光彩耀目,游山之舫,载妓之舟,鱼贯于绿波朱阁之间,丝竹讴舞与市声相杂。②

与经济的蓬勃发展相伴而行的是世风的激进变化,而世风的激进则必将带来世人心态的活跃和开放。明朝建立伊始,朱元璋即将程朱理学作为国家意识形态,规定用八股文取士。到永乐年间,又编制《五经大全》《四书大全》《性理大全》,钦定为天下学校的教科书。"然当时程式以《四书》义为重,故《五经》率皆庋阁,所研究者惟《四书》,所辨订者亦为《四书》。"③而《四书》皆以朱熹注为正宗,士子皆奉之为圭臬。在科举功名的指挥棒下,大批士人对传统学术逐渐失去了兴趣,他们苦心钻营,投机取巧,读书唯以功名为目的,只知死记死读经书教义,所作之文,模拟盛行,枯涩无味。

对这种古板僵化的取仕制度,吴中文人普遍不认同,祝允明尤为痛心疾首,他大胆地声言明代学术:"一坏于策对,又坏于科举,终大坏于近时之科举矣。且科举者岂所谓学耶?"④他认为正是科举造成了学风的日坏

---

① 李梦阳.空同集·上孝宗皇帝书稿[A]卷39,文渊阁本四库全书·集部别集类,第1262册,台北:台湾商务印书馆,1986:347.

② 王锜著.寓圃杂记[M]卷5.北京:中华书局,1984:42.

③ 纪昀.四库全书总目提要[M]卷36.北京:中华书局,1997:473.

④ 祝允明.怀星堂集·答张天赋秀才书[A]卷12,文渊阁本四库全书·集部别集类,第1260册,台北:台湾商务印书馆,1986:534.

以浮,"愈益空歉,至于焦萃萎槁"①,文人士子"名是实非"②"口此身彼"③。文征明也勇敢地揭露科举之弊病,认为国家社会皆重进士,天下才士欲进取者视此为唯一进身之途,故而皆汲汲于科举,孜孜于程文,以致将修身养性、究真求实之学风抛弃殆尽,导致随人脚踵、人云亦云的虚伪风气弥漫天下:

> 夫自朱氏之学行世,学者动以根本之论,劫持士习。谓六经之外,非复有益,一涉词章,便为道病。言之者自以为是,而听之者不敢以为非。虽当时名世之士,亦自疑其所学非出于正,而有"悔却从前业小诗"之语,沿讹踵敝,至于今,渐不可革。④

基于对虚伪世风的深恶痛绝,出于对科举制度的强烈不满。弘治初年(1488),吴中四才子愤然而起,高举复古的大旗,力主恢复古典文学之古风清韵,发起了一场声势浩大的古文辞运动。这场运动以"吴中四才子"为核心,还包括与他们并辔驰骋于艺文之场的都穆、钱同爱、张灵、史鉴、戴冠等诸多吴门才俊。他们以系统的理论主张和卓越的文学创作,对浇薄的世风和受程朱理学毒化的八股时文进行了猛烈的批判。他们不仅仅强调古文辞与八股文的对立,更把矛头指向了受道统文学观钳制的文学甚至程朱理学,为文学趋向独立的发展和人类个性的自由表现带来了转机。

文征明在《大川遗稿序》中记录了这场文学运动的盛况:"弘治初,余为诸生,与都君元敬、祝君希哲、唐君子畏倡为古文辞。争悬金购书。探

① 祝允明.怀星堂集·答张天赋秀才书[A]卷12,文渊阁本四库全书·集部别集类,第1260册,台北:台湾商务印书馆,1986:534.

② 祝允明.祝子罪知录[A]卷5,续修四库全书·子部,第1122册,上海古籍出版社,2002:599.

③ 祝允明.祝子罪知录[A]卷5,续修四库全书·子部,第1122册,上海古籍出版社,2002:601.

④ 文征明著.文征明集·何氏语林序[M].上海古籍出版社,1987:473.

吴中四才子诗文研究

奇摘异,穷日力不休。"①又记曰:"于时君(祝允明)年甫二十有四,同时有都君元敬者,与君并以古文名吴中。其年相若,声名亦略相下上,而祝君尤古邃奇奥,为时所重。又后数年,某与唐君伯虎亦追逐其间,文酒倡酬不间时日,于时年少气锐,俨然皆以古人自期。"②按照文征明的记载,这场运动的首倡者乃是祝允明、都穆。到弘治初,唐寅、文征明、徐祯卿等加入,古文辞运动遂气象蔚然。

在"六经之外,非复有益,一涉词章,便为道病"③的程朱理学统治期;在时人多以举业为重,对于习古者,则"群聚而笑之,目刺而腹忌"④的八股文时代。吴中四才子高标独立,全力倡导的古文辞运动主要饱含以下两个核心命题。

1. 复古

复古,即复兴古之诗文。所谓的古文辞指的是先秦两汉以来用文言文写的散体文章,是相对于六朝的骈文而言的。以韩愈、欧阳修为代表的唐宋散文诸家,大力倡导"以文载道"而力倡古文,反对六朝以来的日趋模式化的骈俪文风。明代以后应对科举的八股文风行于世,人们便逐渐把古文转变成一种与八股文相对立的文体。吴中古文辞运动的复古对象,不仅包括了前代优秀的散体文,也包括了骈俪的文体。

2. 写心

写心,即抒写一己之情。反对"文即道、道即文"的道统文学观,力倡"文即言、言即文",重视文学作品内心情感的真实表达,努力恢复文学表达个体生命需求和情感指向的本质使命,使文学摆脱外在因素的束缚,趋向独立的发展。一如祝允明所说:"文也者,非身外以为之也。心动情之,理著气达。宣齿颊而为言,就行墨而成文。文即言也,言即文也。"⑤

--------

① 文征明著.文征明集·大川遗稿序[M].上海古籍出版社,1987:1295.
② 文征明著.文征明集·题希哲手稿[M].上海古籍出版社,1987:563.
③ 文征明著.文征明集·晦庵诗话续[M].上海古籍出版社,1987:469.
④ 徐祯卿著.徐祯卿全集编年校注·与刘子书[M].北京:人民文学出版社,2009:664.
⑤ 祝允明.祝子罪知录[A]卷8,续修四库全书·子部,第1122册,上海古籍出版社,2002:629.

（二）吴中四才子的古文辞旨趣

祝允明是古文辞运动的领袖人物，也是使"吴中文体为之一变"之人。与其他三子相比，其思想最为激进，反抗传统性最强。在散文创作上，他主张"文极乎六经而底于唐，学文者应自唐而求至乎经"①。将唐代之前的文学与六经并列，要求学者们从唐及其之前的文学着手，顺流溯至六经。此说彻底颠覆了道学家"六经之外无可取法"的论调。祝允明对"文即道、道即文"的道统文学观深恶痛绝，与此说相对，他提出了"文即言，言即文"的观点：

　　文也者，非外身以为之也。心动情之，理著气达。宣齿颊而为言，就行墨而成文。文即言也，言即文也。上古之人，言罔非文，文匪饰言，由其理足而气茂，故自然也。②

所谓"自然"就是"直抒胸臆"。祝允明对违背"自然"之道的唐宋散文甚为不满："今称文韩、柳、欧、苏四大家，又益曾巩、王安石作六大家，甚谬误人。"③

在诗歌创作上，祝允明强烈抨击受道统文学观控制的宋诗，激烈地声称"诗死于宋"。因为宋诗：

　　其失大抵气置温柔敦厚之懿而过务抑扬，辞谢和平丽则之典而专为诘激。梗隔生硬，矜持趹厉，迥驾王涂，并趋霸域，正与诗法背戾。……诗忌议论，而宋特以议论为高，大率以牙齟评为儒，嚣讼讦

　　① 祝允明.祝子罪知录[A]卷8,续修四库全书·子部,第1122册,上海古籍出版社,2002：632.

　　② 祝允明.祝子罪知录[A]卷8,续修四库全书·子部,第1122册,上海古籍出版社,2002：629.

　　③ 祝允明.祝子罪知录[A]卷8,续修四库全书·子部,第1122册,上海古籍出版社,2002：633.

诮为典,眩耀怒骂为咏歌,此宋人态也。①

祝允明认为正是负载了程朱之经义,宋儒才"以牙龃评较为儒",宋诗才"背戾诗法"。可以看出,祝允明对宋儒及宋诗进行痛斥的最终指向,乃是毒化宋儒、控制宋诗的程朱理学。

祝允明抨击宋儒、宋诗的目的就是想恢复诗歌的抒情特征。他在《与谢元和论诗书》中说:"大抵仆之性情,喜流动,便舒放……故所契于古者亦然。征自所得,亦有以验者,故得之汉魏如《络纬吟》《庭中有高树》等数十篇而已。循是以观,则诗之本于情,岂不然哉?"②他欣赏的是流动舒放、源自内心的天然之诗。受此影响,他对备受宋人倾慕的杜甫诗极为不满,而对豪放浪漫、天然浑成的李白诗甚为推崇。

祝允明不仅在思想理论上领风气之先,在实际的古文辞创作中也是"迥绝俗界"。顾璘称"允明学务师古"③。概括言之,其古文辞写作特征有二。其一,追摹汉魏,吐辞高古。这是其诗文作品的主导风格。文征明说他:"尤古邃奇奥,为时所重。"④文震孟记其:"于古载籍靡所不该洽,自其为博士弟子则已力攻古文辞,深湛棘奥,吴中文体为之一变。"⑤所谓"深湛棘奥",与其在写作过程中喜用骈俪文体、好用奇奥生僻之字句有关。因此,时人所言祝允明文章玄妙之原因不仅在于其深邃的思想,还在于其高古华美的形式和语言。其二,模拟六朝,散华流艳。祝允明在诗歌的写作上追学六朝,其诗集名称如《金缕》《醉红》《咏美人手》等都颇具六朝情调。不仅是诗,像《祝子罪知录》这种思想杂著,亦大量使用骈偶文句,且辞藻富赡。难怪顾璘评价他为:"吐词命意,迥异俗界,效齐梁月

---

① 祝允明. 祝子罪知录[A]卷9,续修四库全书·子部,第 1122 册,上海古籍出版社,2002:629.

② 榻本清虚阁藏帖,转引自陈麦青. 祝允明年谱 [M]. 上海:复旦大学出版社,1996:85.

③ 顾璘. 国宝新编[A],四库全书存目丛书·史部传记类,第 89 册,济南:齐鲁书社,1996:537.

④ 文征明著. 文征明集·题希哲手稿[M]. 上海古籍出版社,1987:563.

⑤ 文震孟. 姑苏名贤小记·祝京兆先生[A]卷上,四库全书存目丛书·史部传记类,第 115 册,济南:齐鲁书社,1996:755.

露之体。"①

　　祝允明在古文辞写作上表现出的两种特征,同时也体现在文征明、唐寅、徐祯卿的创作中,只不过他们各自的侧重点有所不同罢了。

　　与祝允明相比,文征明的复古理论相对温和。与祝允明一样,他也认为文学应脱离道学的羁绊而自主发展,也同意复古反宋,尊李抑杜。其在《题祝子罪知二十二韵》中盛赞祝允明:"祝子挺实甚,举刺弗自偏……念兹印方来,晖并日月悬。"②与祝允明所不同的是,他对宋诗并不排斥。在他心目中,评价诗歌优劣的标准是"惟性情之真"。他在《南濠居士诗话序》中云:

　　　　诗话必具史笔,宋人之过论也。玄辞冷语,用以博见闻资谈笑而已,奚史哉?所贵是书正在识见耳。若拾录阙遗,商订古义,不为无裨正史,而雅非作者之意矣。……君於诗别具一识,世之谈者,或元人为宗,而君雅意於宋;谓必音韵清胜,而君惟性情之真。③

　　文征明早年从"雅意于宋"的都穆学习诗法,此处他认为都穆论诗"惟性情之真"是"别具一识",可见他对都穆的论诗标准是极为赞同的。"惟性情之真",即不伪饰、不压制,重在强调情感的真实性。其实这与祝允明"喜流动,便舒放"的观点在根本上是一致的。

　　在文征明的部分作品中,我们能强烈地感受到倡导古文辞对其诗风产生的影响。文征明早年并没有形成自己的风格,他在《上守谿先生书》中说自己早年"侍先君宦游四方,既无师承,终鲜丽泽,怅怅数年,靡所成就"④。他对自己的诗歌缺乏鲜丽之风深为苦恼。在参与古文辞运动后,

---

　　① 顾璘. 国宝新编[A],四库全书存目丛书·史部传记类,第89册,济南:齐鲁书社,1996:537.
　　② 文征明著. 题祝子罪知二十二韵[A],续修四库全书·子部,第1122册,上海古籍出版社,2002:516.
　　③ 文征明. 南濠居士诗话序[A],丁福保. 历代诗话续编. 北京:中华书局,1983:1341.
　　④ 文征明著. 文征明集·上守谿先生书[M]. 上海古籍出版社,1987:581.

文征明的诗文风格逐步走向复古,有了些丽泽之气。如《秋夜怀昌榖》《月夜登南楼有怀唐子畏》《简子畏》等诗,才子风情与华丽之气并存,颇具六朝风情。最为典型的是其好友王宠新婚时,文征明所写的《兰房曲戏赠王履吉效李贺》:

> 彤云旖旎霏祥光,兰椒沃壁含璠芳。流苏袅袅开洞房,晚波绣烛摇鸳鸯。鸳鸯双飞情宛转,紫带垂螭觉螭缓。绿膏照粉玉缸斜,瑶鸭融春翠云暖。海绡落枕夜何如,美人笑掷双明珠。巫云朝敛金钗溜,不恨巫云恨花漏。①

兰房曲是表现女子高雅闺房的,是乐府民歌中经常出现的题材,此处文征明用此来表现王宠的新房。该诗胜在情感及意象色彩的描摹。"彤云旖旎霏祥光,兰椒沃壁含璠芳"的开篇颇具香艳气息,旖旎的祥光伴着浓郁的芳香四处弥散,这种氛围很容易使人产生迷醉之感。中间六句列举了大量极具修饰效果的物品:绣烛、紫带、绿膏、瑶鸭,无一不精巧细致、繁复华艳;最后四句写的是洞房内的情景,惊艳的美人、绚彩的花裙、耀眼的明珠,景致是如此的华光异彩、美轮美奂。这种同类意象反复叠加的做法,目的是给人以强烈的色彩感受,乃典型的六朝手法。

除了不满于诗风的"终鲜丽泽"外,文征明对自己诗歌的"格调卑弱"亦深为不满。何良俊在《四友斋丛说》中就记载道:"横山(文征明)常对余言,我少年学诗,从陆放翁入门,故格调卑弱,不若诸君唐声也。"②但写作古文辞后,他的部分诗作亦具有了几分气韵风骨。如《顾孔昭侍御起告北上》《靖海元功》等。其中《寂夜一首(效子建)》最见力道:

> 中宵闻零雨,抚枕起踟蹰。昏釭栖素壁,流焰照重帏。感此寂无语,戚然兴我思。我思何郁伊,欲举梦如丝。少壮不待老,功名须及

---

① 文征明著. 文征明集·兰房曲戏赠王履吉效李贺[M]. 上海古籍出版社,1987:79.
② 何良俊. 四友斋丛说[M]卷26. 北京:中华书局,1997:237.

时。男儿不仗剑,亦须建云旗。三十尚随人,奚以操笔为。文章可胚
道,曾不疗寒饥。仰屋愧浮尘,俯睐影依依。人生良有命,何独令心
悲。心悲发为白,失脚令身危。欲为绝世行,道远恐不支。世情忌检
饬,敛目俟其疲。谁能七尺身,受此千变机。役役亦徒尔,多忧得无
痴。惟应慎厥躬,古人以为期。①

此诗明显地反映了文征明在政治上强烈的进取愿望,可与曹植的《赠
白马王彪》相颉颃。全诗悲而不哀,慷慨中不乏豪情壮志。前五句淋漓尽
致地谱写环境之萧瑟、心境之悲凉。接下来却突然笔锋一转,豪情凸起、
激情满怀地宣称:"少壮不待老,功名须及时。"可痛定思痛后,诗人又一
次陷入"人生良有命,何独令心悲"的伤悲中。这种慷慨激昂与悲伤忧郁
并存的心绪抒写和一波三折、峰回路转的情感表达,与汉魏古诗如出
一辙。

由此可见,文征明的创作也是有着古文辞运动特有的古雅丽泽特质
的,只是相比于祝允明的锋芒毕露、纵横才情的夸张描写,文征明的诗歌
描写更加切实、严谨一些。对此顾起纶《国雅品》就评价道:"其文恬雅谨
饬,诗亦从实境中出。"②

唐寅对古文辞的学习更多地偏向于对六朝诗歌的模拟与崇尚。唐寅
早期便是以最具六朝特点的骈赋文学称名吴中的。袁衮称其"尤工四六,
藻思丽逸,翩翩有奇气"③。钱谦益评"伯虎诗少喜秾丽,学初唐,长好刘、
白,多懊怨之词"④。最能体现唐寅六朝作风的是那些辞赋作品。现存世
之作有《金粉福地赋》《娇女赋》《南园赋》《惜梅赋》,尤以《金粉福地赋》
《娇女赋》著称于世。《娇女赋》⑤从题材的选择上看,明显受汉乐府《陌

① 文征明著.文征明集·寂夜一首(效子建)[M].上海古籍出版社,1987:5.
② 顾起纶.国雅品[A],丁福保.历代诗话续编.北京:中华书局,1983:1109.
③ 袁衮.唐伯虎集序[A],周道振、张月尊辑校.唐伯虎全集[M].杭州:中国美术学院出版
社,2002:523.
④ 钱谦益.列朝诗集小传[M]丙集.上海古籍出版社,1983:297.
⑤ 唐寅著.唐伯虎全集·娇女赋[M].杭州:中国美术学院出版社,2002:5.

上桑》的影响,有些句子直接化用《陌上桑》中的诗句,给人以似曾相识之感,如"负者下担,行者伫路",显然是对《陌上桑》中"行者见罗敷,下担捋髭须。少年见罗敷,脱帽著帩头。耕者忘其犁,锄者忘其锄"的模仿。《金粉福地赋》是唐寅现存赋作中篇幅最长的,人们历来对此评价甚高。赋中众多流光溢彩、珠玑玉润的词语不仅体现了唐寅丰富的知识储备,也体现出其超凡的才气和娴熟的技艺。

公正地说,唐寅的骈赋可称是"吴中四才子"中最为杰出的,也最能表现其藻思丽逸的崇古风尚。除骈赋体外,其近体诗作也颇为经典,亦能十足地体现出六朝气象。如《江南春》《姑苏八咏》《领解谢后主司》《白发》《怅怅词》《咏春江花月夜》等。经典之作当属《春江花月夜》二首:

> 嘉树郁婆娑,灯花月色和。春江流粉气,夜水湿裙罗。
> 夜雾沉花树,春江溢月轮。欢来意不持,乐极词难陈。①

《春江花月夜》是乐府旧题,整诗围绕"春、江、花、月、夜"五个意象展开描述,尤以"月"为核心。初唐张若虚以一首《春江花月夜》流传千古,被誉为"诗中的诗,顶峰上的顶峰"。唐寅的这首诗在韵律、画面感上虽不及张诗,但在语言之浓艳、境界之浑然、意象之空灵上却丝毫不输张诗。再如其《咏春江花月夜》②,其中有"十里花香通采殿,万枝灯焰照春波。不关仙客饶芳思,昼短欢长奈乐何"之句,语言精致华丽,色泽绮靡浓艳,音节流荡婉转,给人以丰富精美之感。

另外,唐寅诗歌中拟古气息较浓的还有乐府诗。现存有《短歌行》《相逢行》《紫骝马》《陇头水》等十一首,颇具汉魏风骨,但在其诗集中占比重不大,艺术价值稍显逊色。

徐祯卿是"吴中四才子"中年龄最小的一位,一般认为徐祯卿是弘治十年(1497)才真正加入古文辞运动中的,而他在弘治十八年(1505)便考

---

① 唐寅著.唐伯虎全集·春江花月夜[M].杭州:中国美术学院出版社,2002:14.
② 唐寅著.唐伯虎全集·咏春江花月夜[M],杭州:中国美术学院出版社,2002:14.

中进士离苏赴京,旋即改弦易张加入前七子阵营中,这样算来徐氏真正从事古文辞创作的时间前后不过七年。但他却是吴中四才子中诗作成就最高的一位。王世贞对他评价甚高:"吴中如徐博士昌古诗,祝京兆希哲书,沈山人启南画,足称国朝三绝。"①又高度评价其诗:"如白云自流,山泉冷然,残雪在地,掩映新月;又如飞天仙人,偶游下界,不染尘俗。"②此外,徐祯卿是吴中四才子中唯一一位专力写作诗文者。他在《复文温州书》一文中明确表达过自己的这种意愿:

> 　　某质本污浊,无干进之阶,重以迂劣,不谐时态,所以不敢求哀贵卿之门,蹑足营进之途。退自浪放,纵性所如,南山之樗,任其卷曲,然亦不喜饮酒,淫荡狂诞,谢礼检。但喜沈聪几,抄读古书,闻作词赋论议,以达性情。据实应之说,斯剧汗谏言,以垂不朽。至于时文讲说,或积数月不经目前,以是益大戾于时,屡辱排诋。自分络废世途,况迹酣野耳。③

　　徐氏表明自己不喜"纵酒淫荡",亦无心"营进之途",唯愿"抄读古书,间作古词"。正是有了这种"倾心古词而无他"的复古决心,他才能超越其他三才子在诗歌创作领域中独领风骚。

　　徐祯卿的古文辞旨趣十分接近其他三才子,早期创作也是以模仿六朝为主。《列朝诗集小传》说他早年在吴中时"持论与唐名家独喜刘宾客、白太傅,沉酣六朝散华流艳文章烟月之句,至今令人口吻犹香"④。其早期诗作直接模仿六朝文人诗,指明仿效对象的共有九首,仿效的分别是庾信、萧子显、何逊和谢朓,此四人均为南朝诗人,其诗作皆有情致幽微、音韵和谐、语句婉转、辞藻华美的特点,从中我们也不难窥见徐祯卿当时

---

①　王世贞.艺苑卮言[A]卷7,丁福保.历代诗话续编.北京:中华书局,1983:1058.
②　王世贞.艺苑卮言[A]卷5,丁福保.历代诗话续编.北京:中华书局,1983:1036.
③　徐祯卿著.徐祯卿全集编年校注·复文温州书[M].北京:人民文学出版社,2009:665.
④　钱谦益.列朝诗集小传[M]丙集.上海古籍出版社,1983:301.

的审美趣尚。此外还有一些篇目,以古题古事为依托,虽时有创新,但古风古韵依然浓厚,如《从军行》(二首)、《王昭君》(二首)、《湘中曲》(二首)、《夜夜曲》(二首)、《关山月》(三首)、《羽林少年行》《长门怨》(二首)等。徐祯卿的这些早期创作在语言上常常使用叠韵、双声等词语,在修辞上使用比兴、回环等手法,大大增加了作品的艺术感染力。

需要注意的是,徐祯卿加入前七子阵营后,虽然诗风有所变化,但其致力于复古、倾心于古文创作的初衷却从未改变。与前期相比,后期的复古之作更能够深入到古人内心,对汉魏、唐人的学习更侧重于追求那种情景交融之中的高远含蓄,所以他北上后的诗歌还是写出了自己的真情实感的,如《猛虎行》《榆台行》《游仙篇》等。

吴中四才子以自己对古文辞的强烈挚爱,以系统的理论倡导和卓越的文学创作对旧传统形成了一次强有力的冲击,带来了吴中文化氛围和审美规范的近乎整体的变革,为吴中文学在明中叶的文坛上争得了一席之地。可惜的是,这场复古学且带有复人性性质的运动,却没有坚持下来,最终因为参与人员的四散而去终结了。弘治十二年(1499)唐寅遭受科场之冤入狱,弘治十八年(1505)徐祯卿中进士北上后改弦易张,古文辞运动失去了两位核心人物。仍然坚守古文辞阵地的文征明和祝允明,已年近不惑却仍未考中进士,现实的压力迫使他们不得不将精力转向科举。可以说大约到弘治末年,古文辞运动就基本终结了。文征明在《上守谿先生书》中说:"未几,数人者,或死或去,其在者抑或叛盟改习。而某亦以亲命选隶学官。"①从文氏的叙述看,这场运动维持的时间并不长。

目前,学术界在谈到这场古文辞运动时,多愿将其与同时期崛起于中原文坛的前七子派的复古相比较。如陈建华在《中国江浙地区十四至十七世纪社会意识与文学》一书中,从理论和创作两个方面对两派的异同进行了详细的比较。汪涤在《明中叶苏州诗画关系研究》一书中也涉及了两派的比较问题。的确,两股复古潮流一南一北,在毫无沟通的前提下同

---

① 文征明著.文征明集·上守谿先生书[M].上海古籍出版社.1987:581.

时举起复古的大旗,确实存在诸多可归纳、可比较之处。但因为学界前辈对此已着墨甚多,故而本文不再做阐释,而将笔触聚焦于吴中古文辞运动本身,更愿意在深度研究四才子的创作中发现其可贵之处。

"吴中四才子"所倡导的古文辞运动并非单纯意义上的文化复古,他们的复古意识中蕴含着丰富的人生意义和文学需求。学古本身即渗透着属于他们生活文化环境的"当代意识",而不是盲目崇古,越古越好。吴中四才子的这种学古精神充分体现在对浩如烟海的古典文化的广采博取上,他们充分认识到古典文化的精华与可贵之处,故而将一切适合并有助于自我表达的文献作为追摹或超越的典范。他们倾慕于汉魏之人的神韵风骨,或盛赞于六朝唐宋的斑斓多彩,之所以如此倾心向往,是因为他们在古代诸贤那里找到了与自身需求相契的交点。这时他们已不像明初的吴中先贤那样,面对古典文化的风流文采只能慨叹弗如,酣畅淋漓地研习写作,任意随性地心追手摹。事实上,吴中四才子发起并践行的这场旨在恢复文学自身尊严的运动,是与恢复失去人性的要求连在一起的。

古文辞运动给予我们的启示是凡人类精神史上曾经闪烁出光芒的东西,无论是哲人的睿智深思,骚士的风流俊雅,还是一首情趣盎然的诗文,一帧神韵流荡的字画,虽历经时间的冲刷淘洗,或文化上的劫难禁锢,但终究不会淹没。这种精神必定会在未来的某一个时刻,在与能够体认并欣赏其价值的文人群体遇合后重新焕发熠熠光彩。

### 三、深情、自然——共同的创作风貌

（一）题材的相似性

1. 深挚的故乡情结

风土清嘉的吴中是四才子的故乡,也是支撑他们精神上的故乡。其诗集中充满了对家乡吴中的热爱与眷恋,四处漫溢着家乡山水草木的清幽之香。在仁义且智慧的四才子的笔下,既有对山峦青峰的讴歌,也有对湖泊胜景的吟唱。石湖、太湖、洞庭湖,昆山、包山、虎丘山,皆是频繁出现于四才子诗词文赋中的佳丽之景。此处暂以虎丘、太湖为例,考察一下四

吴
中
四
才
子
诗
文
研
究

才子共同具有的故乡山水情结。

《文征明集》中约有二十二首描写虎丘之景的诗作,有《吾尹邀遊虎丘奉次席问联句》《虎丘二首》《冬日虎丘寺》《虎丘千顷云阁》《雨后虎丘桥眺望》《虎丘观雨》《九日雨中虎丘悟石轩燕集》《虎丘万松庵》《夏日陪蒲涧诸公泛舟登虎丘二十韵》《虎丘登阁》《虎丘春游词十首》等。祝允明的《怀星堂集》中约有七首,如《虎丘二首》《又次登台望虎丘诸山》《再游虎丘》《二月四日游虎丘》《次韵郭令虎丘千顷云夜坐二首》《唐伯虎全集》中有一首、《仲夏三十日陪宏农杨礼部丹阳都隐君虎丘汛舟》。这三十首佳作从各个侧面、以多个角度细致而深情地描摹了虎丘丽景。既有春夏秋冬四季之虎丘、亦有风雨霜雪四时之虎丘;既有远眺近观之虎丘,亦有身临其境之虎丘。每一首读来都是那样美妙亲切,字字句句、满纸满眼都透溢着虎丘山景的轻盈、秀丽、柔美以及可爱。其实细品之下便会发现,这些虎丘诗篇之所以能够打动人心,并不是因为虎丘之景有何超凡绝尘之处,而是因为游览虎丘之人的心中饱溢着深情。如文征明《虎丘》:

> 云岩四月野棠开,无数清阴覆绿苔。意到不嫌山近郭,春归聊与客登台。芳坟谁识真娘墓,水品曾遭陆羽来。满路碧烟风自散,月中徐棹酒船回。[①]

初春四月,绚烂的野花盛开于山野,碧绿的青草覆盖着石阶。诗人与二三挚友相携而来,在这绿意浓浓的虎丘山中漫步花丛,寻找古迹。野花、碧草、清风、春色,一切显得是那样的明丽而真实。"意到不嫌山近郭"一句点明作者心意:只要心中存有寻芳觅景的真趣,又何必在乎是隐于深山还是居于村郭呢? 文征明此诗之风韵,一如其做人之风度,追求的是平淡而真实的境界,坚守的是一种虽身处世俗却高洁独守的内在意趣。

《文征明集》中描写太湖的诗作约有三首,如《灵岩山绝顶望太湖》

---

① 文征明著.文征明集·虎丘[M],上海古籍出版社,1987:263.

《太湖》《自胥口入太湖》。祝允明的《怀星堂集》中约有三首,如《太湖》《次韵郡守胡公太湖二首》。《徐昌穀全集》中有《太湖新录》一集,其中包含《自胥口入太湖》《奉和徵明游洞庭东山诗》《登缥缈峰》等十五首脍炙人口的佳作,歌咏的全是太湖及太湖周边的山水胜景。相比于虎丘佳作的灵秀超逸,这些"太湖"华章咏叹的多是浑然浩瀚的大气之美。在太湖云蒸霞蔚的气象中,吴中四才子的心胸也逐渐变得浩瀚而伟岸,脱略且大度。他们面对浩浩太湖,感慨万千,或抒时不我待之叹,或发思古之幽情,或感钟灵毓秀之神奇。真挚敏感的才子性情与钟秀神奇的自然造化交汇融合,展现出太湖变化万端的神奇景象。如祝允明《太湖》:

> 咸池五车直下注,峨眉岱岳潜相通。乾坤上下浮元气,郡国周遭护渚宫。岩穴会因仙迹幻,鱼龙不助霸图雄。拟把玄圭献天子,再看文命告神功。①

祝允明深湛疏狂的气质是极其适合描写此类诗篇的。初读此篇,一股流动脱俗的浩荡之气扑面而来。"咸池""元气""鱼龙""玄圭",这些缥缈朦胧的意象与灵动变幻的太湖景象交融在一起,经过诗人心灵的涤荡而具有了高超的灵性。"拟把玄圭献天子,再看文命告神功"一句,反映了诗人对世间俗物的超然和对逍遥于自然仙界的向往,于清新中带有几分淡泊明净的隐遁情味。

本文此处列数吴中四才子的虎丘、太湖之作,仅仅是作为一个例证,意在凸显他们对故乡山水的深情眷恋。其实在现实的游览过程中,他们因各自性情的不同对景色各异的胜景亦各有所爱。如文徵明对石湖感情深厚;唐寅对灵岩山情有独钟;祝允明对昆山、包山颇为青睐。不论家乡的何处山峦,亦不论家乡的哪处湖泊,吴中四才子都是以满含深情的双目来游历和欣赏的,都是以细腻灵动的笔触来描绘和咏叹的。这种一致性

---

① 祝允明. 怀星堂集·太湖[A]卷7,文渊阁本四库全书·集部别集类,第1260册,台北:台湾商务印书馆,1986:462.

主要归因于两点：一是吴中山水称甲天下，那些充满灵动气息的山涧鸣泉、灵峰烟雨、江浦渔舟、白云茅舍，极容易引发诗人创作上的灵感；二是吴人性格天性淡泊，吴地自然环境中多水，水主柔，因此吴人性格大多柔婉、平和。正如唐寅的《姑苏杂咏》诗云："长洲茂苑古通津，风土清嘉百姓驯。"①即使如高启、唐寅、祝允明之类的狂傲之士，性格中也有柔和的一面，这种柔性决定了吴人对身边的景致有着更多的关注和体验。因此如诗如画的自然环境和至温至柔的吴人个性的巧遇，便成了吴中四才子诗集中一篇篇清隽文雅的华秀篇章。当然这并不是说吴中四才子的山水诗皆具柔美清丽之风，有些诗作往往也有所寄寓，呈现出了抑郁不平的一面。

2. 深沉的功名幽叹

在当下人们的眼中，吴中四才子似乎已经成为才情与风流的化身，成为一种幸运和喜剧的代名词。可事实却恰恰相反，吴中四才子的一生是悲喜交加、荣辱参半的。尽管他们天性聪颖、文采风流、诗画双绝、备受尊崇，但在他们的内心深处始终涌动着一股痛苦的潜流，即科举不第、功业无望的失意之痛。吴中四才子中，唐寅虽才情俱佳，却欲仕不得、仕路断绝；文征明、祝允明二人虽文才满腹，却功名蹭蹬，困于场屋十几年；徐祯卿虽科场得意，却身世飘零、孤苦无侣，深受政坛倾轧之苦。这殊途同归的人生不幸，汇集于他们的笔下，凝结成一首首交织着失落与绝望、尴尬与耻辱的幽怨之诗。

纵观吴中四才子的诗歌，那些对读书和仕进的思考，对愁苦和忧伤的表达是其诗歌中最具伤感魅力的，也是最能触动读者心灵而使我们不由自主地与之同悲戚的。此处举例四首，让我们一起默默地品读吴中四才子那种途穷而泣的悲伤，一起咀嚼那隐藏于字里行间的苦闷愁肠。

文征明《金陵客楼与陈淳夜话》：

---

① 唐寅著.唐伯虎全集·姑苏杂咏[M].杭州：中国美术学院出版社，2002：54.

卷书零乱笔纵横,对坐寒窗夜二更。奕世通家叨父行,十年知己愧门生。高楼酒醒灯前雨,孤榻秋深病里情。最是世心忘不得,满头尘土说功名。①

唐寅《梦》:

二十年余别帝乡,夜来忽梦下科场。鸡虫得失心犹悸,笔砚飘零业已荒。自分已无三品料,若为空惹一番忙。钟声敲破邯郸景,仍旧残灯照半床。②

祝允明《和陶渊明饮酒》其三:

秋霜瘁荣木,春露华槁英。逝者不能已,爱憎谁为情。吾生四十年,强半居欹倾。不知谁为之,孰为相号鸣。局促百年内,安足称达生。③

徐祯卿《中秋夜不见月兼邀储太仆不至》:

今夜中秋月,云端空复情。人间同寂寞,天外独分明。桂子飘何处,边鸿度有声。他乡对家酝,愁绝为谁倾。④

在复古气息炽热的明代诗坛上,吴中四才子的诗作以自我对社会、人生、自然的独特感应,展现着各自风格独具的心灵世界。但在对功名科考的咏叹上,他们的心境意绪却颇为一致。在第一首诗中,我们看到

① 文征明著.文征明集·金陵客楼与陈淳夜话[M].上海古籍出版社,1987:164.
② 唐寅著.唐伯虎全集·梦[M].杭州:中国美术学院出版社,2002:90.
③ 祝允明.怀星堂集·和陶渊明饮酒[A]卷3,文渊阁本四库全书·集部别集类,第1260册,台北:台湾商务印书馆,1986:407.
④ 徐祯卿著.徐祯卿全集编年校注·中秋夜不见月兼邀储太仆不至[M].北京:人民文学出版社,2009:189.

吴中四才子诗文研究

的是一个满头尘土的疲惫者,与友人在他乡的客楼上就功名之事彻夜长谈,"满头尘土说功名"是这位老者的自我嘲谑,更是其无奈的自我悲悯。第二首诗中,我们看到的是一个远离科场二十年的落魄者,在一个寂寞无侣的深夜,为二十年前的痛失功名深深叹息,亦为二十年后的凄惨境遇暗自悲伤。第三首诗中,我们看到的是一位年近不惑的局促者,在科举的舍弃和坚守间苦闷彷徨,在前半生的蹉跎和迷茫间暗自神伤。第四首诗中,我们看到的是一位因羁留异乡而愁肠百转的为官者,从他身上我们已体味不到那种因岁月空度而一事无成的焦灼,也看不出那种因前路迷茫而不知所措的愁闷,但从其孤独的咏叹中,我们却能清晰地感受到那暗藏于内心深处的对当下生活的浓烈的厌倦情绪。

吴中四才子的功名之叹多数是深沉幽怨的,一如上面所列的四首。但当这种幽怨伤感压抑太久,就会激变成另外一种状态。在这种状态下,他们抛弃了暗自神伤的幽怨低吟,取而代之为大声的叫喊宣泄,唐寅、祝允明二人便是如此。他们的部分创作洋溢着饱满的情思,涌动着灵动的激情,表达着强烈的认同自我、肯定自我、追求自我的精神,塑造着生动的狂放旷达、蔑视功名的狂者形象。

如唐寅《把酒对月歌》:

> 李白能诗复能酒,我今百杯复千首。我愧虽无李白才,料应月不嫌我丑。我也不登天子船,我也不上长安眠。姑苏城外一茅屋,万树梅花月满天。①

祝允明《闷中赞酒》:

> 世事蹉跎恨万端,苦将消息讲循环。若无三盏黄糟汁,讲尽天机也是闲。②

---

① 唐寅著.唐伯虎全集·把酒对月歌[M].杭州:中国美术学院出版社,2002:26.
② 祝允明.祝枝山诗文集·闷中赞酒[M].上海:广益书局,1936:107.

诗中的狂者是一个重视现实享受的享乐主义者。他鄙弃功名,厌恶束缚,唯愿过一种与酒盏花枝相伴的闲散生活。他不在乎外界的冷眼,终日安享花酒,一味沉迷于自我的内心世界。他不再为功名的无着而闷闷不乐,独自悲泣,而是尽情地歌哭笑骂,醉酒呐喊。其实这狂者正是现实中的唐寅、祝允明二子,这种口号式的呐喊正是源自唐寅、祝允明二人内心的呐喊,也正是得益于这狂者的呐喊,唐寅、祝允明二人郁积于胸的汹涌情感才能得到合理的宣泄,才能创作出如此个性张扬但又不失诗意之美的言怀诗篇。

3. 高妙的论艺题诗

吴中四才子诗文秀出吴中,除徐祯卿外,书法、绘画技艺皆卓尔不群。王世贞曰:"吴中人于诗述徐祯卿,书述祝允明,画则唐伯虎……文先生盖兼之也。"①祝允明的书法造诣极高。顾璘说他:"若羲、献真行,怀素狂草,尤臻笔妙。本朝书品,不知合置谁左。"②言下之意祝允明书法应为国朝第一。唐寅的画技如臻妙境,除吴中四才子的身份外,他还与沈周、文征明、仇英合称画坛"明四家"。其书法也极具特色,吴湖帆云:"书法纵横跌宕,直入宋贤堂奥。"文征明作为吴门文苑的领袖人物,堪称诗书文画四绝。陆师道曰:"工诗、古文、书、画,人称文征明四绝不减赵孟頫。"③其书法追求高格调,体现恬静美,以韵取胜。周之士评之:"圆劲古淡""法韵两胜人"。④ 其画线条精练,意境幽远。唐寅评曰:"兼有王维、赵千里蹊径……千山寒色,宛然在目,殊非高手不能。"⑤

吴中四才子性格相投且精通书画,在日常交往中相互之间品书赏画、题诗作跋自是常事。特别是祝允明、唐寅、文征明三才子,相互之间的题跋诗、题画诗数量颇多。

① 王世贞. 弇州四部稿·文先生传[A]卷83,文渊阁本四库全书·集部别集类,第1280册,台北:台湾商务印书馆,1986:371.
② 顾璘. 国宝新编[A],四库全书存目丛书·史部传记类,第89册,济南:齐鲁书社,1996:538.
③ 胡文虎. 中国古代书法家词典[M]. 杭州:浙江人民出版社,1999:287.
④ 马宗霍. 书林藻鉴[M]卷11. 北京:文物出版社,1984:178.
⑤ 吴升. 大观录[A]卷20,中国书画全书. 上海:上海书画出版社,1994:573.

文征明对祝允明的书法成就评价很高,认为"祝京兆书法,出自钟、王,遒媚宕逸,翩翩有凤翥之态"①。他在祝允明书法作品上的题跋诗文数量较多。有《祝希哲草书赤壁赋》《次韵答希哲见怀兼乞草书》《题希哲手稿》《跋祝希哲草书赤壁赋》《跋祝希哲良惠堂叙》《跋祝枝山手书古文四篇》《题祝枝山草书月赋》《题祝希哲真草千字文》《跋祝京兆洛神赋》《题祝京兆临宣示表》等。祝允明对文征明的画技颇为认可。《怀星堂集》中收录的祝允明写给文征明的题画诗约有四首。如《题徵明写赋赠潘崇礼灌木寒泉大幅》《徵明画草》《题徵明画》《徵明墨菊》等。

文征明写给唐寅的题画诗约四十首。如《次韵题子畏所画黄茅小景》《题唐子畏对竹图》《题唐子畏桃花庵图》《题唐子畏画》《跋唐子畏八骏图卷》《桃花庵图》《题唐子畏江南烟景卷》《题子畏岩居高士图》等。唐寅对文征明的绘画才能也是极其佩服的。他写给文征明的题画诗约有六首。如《题文征明关山积丐图》《题文征明山水》《题文征明横斜竹外枝图》《题文征明雨景》《题文征明林亭秋色》《跋文征明关山积雪图》等。

祝允明与唐寅之间的题跋或题画诗数量较少。祝允明题给唐寅的有两首,即《戏题子畏墨竹》《唐寅画山水歌》。而唐寅却没有题给祝允明的诗作,这可能与祝允明擅长书法而画艺不精有关。

纵观吴中四才子的题画诗发现,他们在内容上突破了沈周等前辈多写松兰竹菊等景物的局限,转而描绘人物或生活故事;艺术上普遍注重情感细腻的表达,语言描写精工且色泽鲜丽;审美趣味上崇尚优美,以冲淡平和、空灵旷逸、格高韵胜等风格见长;意境上多以追求闲、静、幽、雅、文、逸为主。试以文征明、唐寅的题画诗为例阐释之。

文征明的题画诗,继承了沈周等吴门前辈的传统,关注苏州文人士大夫之间的交际、聚会。日常生活的娱乐休闲、所观所见常常被他写入题画诗中。这类作品在艺术上算不得高妙,也称不上有明确的思想诉求。它们不表达任何个人的道德或政治抱负,甚至没有任何刻意的诉说,好像一

---

① 文征明著.文征明集·跋祝京兆洛神赋[M].上海古籍出版社,1987:1376.

切都是顺应内心的自然流露。如"雨余春树绿阴成,最爱西山向晚明。庭有人家在山足,隔溪遥见白烟生。"(《雨余春树图轴》)"春深高树绿成帷,遇雨寒泉半涟漪。浓雾不知山日落,回以空翠袭人衣。"(《题春深高树图》)"碧树鸣风沼草香,绿荫满地话偏长。长安车马尘吹面,谁识空山五月凉。"(《绿荫清话图》)这些诗歌让人不由得想起王维、孟浩然的隐逸诗,从中我们感觉不到诗人此时此地的感受,看不到他的见解,好像一切都是随着空间、时间的流变而不期然发生的。

此外,对松兰竹菊、湖泊山色等传统书画题材的描摹,也是文征明题画诗的主要内容。此类诗作以表现吴中风光的鲜泽明丽为主。如"新霜点笔意潇潇,不尽秋光雁影摇。"(《题画》)"水禽飞去疏影灭,日送秋光入断山。"(《题画》)再如"小雨初收风泼泼,乱飞丛竹送欢声。"(《画雀》)"江南雨收春柳绿,碧烟敛尽春江曲。"(《题渔隐图》)这些诗句无一不将人们带入梦境般的江南景色之中。

唐寅的题画诗在内容和题材上对沈周等吴门前辈有所突破,表现了一定的市民和中下层文人的思想和情感。科场舞弊案前,他的生活状态还是比较接近传统的士子文人的,故而其题画诗亦多强调一种闲适散淡的情怀。如《题石田为王鏊垫周园图》:

> 一丘谅自定,陆处仍无家。古昔曾有云,此道久可嗟。洞庭有奇士,楼室栖云霞。窗榻类画舫,山水清且嘉。移者固为愚,负者焉足夸。智力措身外,讽咏日增加。眷彼动静心,为乐安有涯。①

此诗乃兴怀感发之作。既写出了洞庭奇士居所的山清水秀,又写出了奇士性情的清高脱俗。末句"眷彼动静心,为乐安有涯"乃点睛之句,虽明写奇士心胸,实乃诗人的自我写怀。

科场舞弊案后,唐寅抑郁之气难平,终日以酒消愁,混迹下僚。但其

---

① 唐寅著.唐伯虎全集·题石田为王鏊垫周园图[M].杭州:中国美术学院出版社,2002:347.

桀骜不驯的性格、纵横驰骋的才气又使他始终在创作中保持强烈的个性情绪。这种情绪来自怀才不遇的苦闷,亦来自对功名利禄的蔑视。此一心绪落实到题画诗中,便聚集酝酿成一股浓浓的幽怨和悲伤之气。明代大收藏家项元汴看出唐寅旨在表现的心绪,跋其画道:"唐子畏先生,风流才子,而遭谗被摈,抑郁不得志,虽复佯狂玩世以自宽。此图此诗,盖自伤自解也。"如其《骑驴归思图》和《题栈道图》:

> 乞求无得束书归,依旧骑驴向翠微。满面风霜尘土气,山妻相对有牛衣。①
>
> 栈道连云势欲倾,征人其奈旅魂惊。莫言此地崎岖甚,世上风波更不平。②

其表面是在讲述画中人物之悲喜,实际上是在诉说自己内心的落寞情怀。唐寅的画作以其个人忧郁情绪的渗入赢得了后世的广泛同情,又以其浪漫化、才情化的表达让人赞叹不已。在此方面,题画诗的贡献功不可没。

4. 深情的牵念缅怀

一个人所选择的目标和方向,走上一定的生活道路,除了时代和个人的因素外,与他的师友是分不开的。郭沫若在《历史人物》中说过,"师友是一种重要的社会关系,在一个人的成就上是一个极其重要的因素"③。对于吴中四才子而言,彼此即为师友。在日常生活与交往中,他们同声相应,同气相求。袁袠记曰:"子畏……好古文辞,与故京兆祝公允明、博士徐公祯卿,今内翰文公徵明相友善。"④文徵明回忆说:"时余三人(文徵明、唐寅、徐祯卿),与君皆在庠序,故会晤为数。时日不见,辄奔走相觅;

---

① 唐寅. 唐寅画集·骑驴归思图[M]. 天津:天津人民美术出版社,2001:11.
② 唐寅著. 唐伯虎全集·题栈道图[M]. 杭州:中国美术学院出版社,2002:121.
③ 郭沫若. 历史人物[M]. 兰州:海燕书店出版社,1951:249.
④ 袁袠. 唐伯虎集序[A],周道振、张月尊辑校. 唐伯虎全集[M]. 杭州:中国美术学院出版社,2002:523.

见辄文酒燕笑,评骘古今,或书所为文,相讨质以为乐。"①在大是大非、磨难险患面前,他们相互提携,情同兄弟。唐寅早年放浪纵酒,祝允明苦口婆心地规劝他用心举业:"子欲成先志,当且事时业;若必从己愿,便可褫襕襆,烧科第。今徒籍名泮庐,目不接其册子,则取舍奈何?"②唐寅接受劝告苦读一年,得解元桂冠。唐寅蒙冤归吴,在"僮奴据案,夫妻反目;旧有狋狗,当户而噬"③的凄惨境遇中,文征明给予了他最温暖的宽慰:"友道如斯谁汝念? 才名自古得人憎! 夜斋对月无由共,欲赋幽怀思不胜。"④在功名利禄、金钱物质面前,他们慷慨解囊、彼此资助。徐祯卿入京时,唐寅曾解囊相助,其《赠徐昌榖》诗云:"书籍不如钱一囊,少年何苦擅文章。"唐寅修建桃花坞之时,徐祯卿亦曾慷慨馈赠。⑤ 在遗世独立、抗击世俗上,他们彼此欣赏,以狂自诩。曹元亮记曰:"(唐寅)日与祝希哲文徵仲诗酒相狎。踏雪野寺,联句高山,纵游平康妓家;或坐临街小楼,写画易酒,醉则岸帻浩歌。三江烟树,百二山河,尽拾桃花坞中矣。"⑥

欢聚的时日总是很短暂,分离后的相思总是很久远。因为短暂,所以弥足珍贵;因为久远,所以历久弥香。弘治十八年(1505),徐祯卿中进士入京;弘治二十八年(1515),祝允明就任广东兴宁县知县;嘉靖三年(1524)文征明入选翰林院待诏。在这些天各一方的分别日子里,吴中四才子以真挚的友谊为底蕴,以彼此的思念为动力,谱写出一首首情意深长的赠别缅怀诗。粗略统计,吴中四才子彼此酬赠缅怀的诗篇大致如下:

文征明写给唐寅的有《简子畏》《答唐子畏梦余见寄之作》《夜坐闻雨有怀子畏次韵奉简》《月夜登南楼有怀唐子畏》《月下独坐有怀伯虎》;写给徐祯卿的有《立春前一日昌榖过访停云馆同赋二首》《秋夜怀昌榖二

---

① 文征明著.文征明集·钱孔周墓志铭[M].上海古籍出版社,1987:756.
② 祝允明.怀星堂集·唐子畏墓志并铭[A]卷17,文渊阁本四库全书·集部别集类,第1260 册,台北:台湾商务印书馆,1986:604.
③ 唐寅著.唐伯虎全集·与文征明书[M].杭州:中国美术学院出版社,2002:221.
④ 文征明著.文征明集·月下独坐有怀伯虎[M].上海古籍出版社,1987:1032.
⑤ 此事可见徐祯卿《唐生将卜筑桃花之坞谋无家资赋书见让寄此解嘲》一诗.
⑥ 曹元亮.唐伯虎先生汇集序[A],周道振、张月尊辑校.唐伯虎全集[M].杭州:中国美术学院出版社,2002:528.

吴中四才子诗文研究

首》《再和昌穀游洞庭西山诗八首》《怀钱孔周徐昌穀》《停云馆燕坐有怀昌穀》《书昌穀忆母诗后》；写给祝允明的有《次韵答希哲见怀兼乞草书》《秋日会于城南祝希哲有诗次韵二首》。

祝允明写给唐寅的有《别唐寅》《为唐子畏索剑》《与唐寅》《与唐寅书》《再挽子畏》《挽唐子畏二首》；写给文征明的有《送征明计偕御诗》；写给徐祯卿的有《梦唐寅徐祯卿》。

唐寅写给文征明的有《与文征明书》《又与文征仲书》《答文征明书》《致文征明》；写给徐祯卿的有《赠徐昌穀》。

徐祯卿写给唐寅的有《赠唐居士》《简伯虎》《有怀唐伯虎》《怀伯虎二首》；写给文征明的有《与文子叙别》。

吴中四才子中文征明与徐祯卿品性相近，性格相投。文征明比徐祯卿大十岁。文嘉《先君行略》记曰："徐迪功祯卿年少时，袖诗谒公；公见徐诗，大喜，遂相与倡和，有《太湖新录》《落花》等诗传于世。"[①]文嘉用"大喜"二字来表达文征明见到徐诗时的心情，可见他对徐诗及徐祯卿本人的喜爱。文征明的《秋夜怀昌穀》其一云：

> 初秋雨时霁，夕景敛炎疴。蹑屐遵广除，矫首睇明河。白露浣衣带，商飚振庭柯。缟月升云阙，照我东墙阿。故人不得将，良夜空婆娑。非无一樽酒，顾影当奈何。[②]

在一个秋雨初霁的傍晚，夕阳渐隐，明月初升。微风徐徐吹过，庭院中的花木发出窸窣的响声。诗人端居院中，独饮美酒一壶。身处如此良辰美景，诗人却闷闷不乐，原因是"故人不得将"，缺少了挚友的相伴，再美好的夜晚也只能算是虚度。"缟月、良夜、顾影"，这些美妙清冷的意象，既衬托出诗人的高妙出尘，同时也映照出诗人因为思念友人而更加清冷的心绪。

---

① 文嘉. 先君行略[A]. 文征明集[M]. 上海古籍出版社，1987：1620.

② 文征明著. 文征明集 · 秋夜怀昌国[M]. 上海古籍出版社，1987：5.

唐寅与祝允明定交甚早,二人性情相近,堪比手足。唐寅卒后,祝允明哀痛至极,泣血写下《哭子畏二首》。怀念之情,溢于字里行间。现举其一:

> 天道难公也不私,茫茫聚散底须知。水横于此都无准,月鉴由来最易亏。不泯人间聊墨草,化生何处产灵芝。知君含笑归兜率,只为斯文世事悲。①

祝允明是一个虽外表不羁但情感至真至纯之人。从与唐寅定交之日起,他对唐寅一直是关怀备至、尊重信任的。从这首诗中可以看出,他对唐寅的才气是何等的欣赏,对他的蒙冤受辱又是何等的不平。祝允明真称得上是唐寅的知己,因为他敢于公开地为唐寅鸣冤叫屈,敢于为了一个被世俗所抛弃的朋友而与"天道"为敌。在替唐寅鸣不平时,他丝毫不压抑自己的情感,也根本不避讳世俗鄙夷的目光,只是任由情绪将对"天道难公"的满腔愤懑和已逝挚友的无限悲悯倾泻出来。与那些只为应酬而写给唐寅的诗篇相比,祝允明此诗之情、之恨是何等真挚! 其实正是因为有了真情的融入,吴中四才子才会在相聚时彼此提携,推心置腹;才会在分别时彼此牵念,写就动人篇章。

（二）审美的趋同性

吴中四才子之诗作不仅在题材上具有相似性,在审美意境上也具有鲜明的趋同性。他们生于山温水软的吴中,却居于众生百相的市井,这决定了他们的诗作既具有超凡脱俗的清新之气,亦具有拒绝伪饰、冲口而出的自然之风;他们关心时政天下,但更重视家庭冷暖,这决定了他们的诗歌少有慷慨悲歌的壮烈,多有如对话家常般的平易;他们渴望情感的表达,但亦留心于人生经验或哲理的总结,这决定了他们的诗作在浓浓的情感韵味之下,仍然深蕴着厚重的用以自警或警世的哲理思索。

---

① 祝允明.怀星堂集·哭子畏[A]卷7,文渊阁本四库全书·集部别集类,第1260册,台北:台湾商务印书馆,1986:465.

1.清新脱俗 贵在自然

从整体风格而言,吴中四才子的诗文基本上属于阴柔之美的范畴,大多崇尚本色和自然,追求一种清新自然的审美意境。吴中四才子中,文徵明与徐祯卿诗风相近,意境清秀明丽,诗意浑融完整,体现着对吴中文学重"韦柳一派"体统观的继承。对文徵明、徐祯卿二人清新雅致的诗歌风调,前辈评论家多有述评。王世贞评文徵明:"如衣素女子,洁白掩映,情致亲人"①,又评其:"傅情而发,娟秀妍雅,出入柳柳州、白香山、苏端明诸公。文取达意,时沿欧阳庐陵。"②王夫之论其:"浩然山人之雄长,时有秀句……近世文征仲轻秀与相颉颃,而思致密赡,骎骎欲度其前。"③钱谦益评徐祯卿:"标格清妍,摛词婉约,绝不染中原伧父槎牙鼻兀之习。江左风流,故自在也。"④王世贞评徐祯卿:"飞天仙人,偶游下界,不染尘俗。"⑤文徵明亦认为祯卿之诗:"高哦隽讽,倦焉如怀。"⑥

这些评论虽说辞不一,但都看到了文徵明、徐祯卿二人诗作清新妙丽、空灵脱俗的一面。文徵明、徐祯卿二人天性淡泊、温和儒雅,生活中较少有激愤不平之气。因此他们对于自然和生活的接受也相对和缓。这种气质反映到诗作中,自然就会生发出一种淡泊雅意、清新明丽之风。文徵明之诗,景情甚协,堪称仙境。如"凉风袅袅青萍末,往事悠悠白日西"(《石湖》);"坐久忽惊凉影动,一痕新月在梧桐"(《闲兴》);"茶磨山前宿雨晴,行春桥下绿波平"(《怀石湖》);"一番春事飞花尽,万里青天宿雾开"(《无月雨晴书事》);"几度扁舟梦中去,不知尘土在天涯。"(《怀石湖寄吴中诸友》)徐祯卿之诗,情寄于景,天然一片。如"深山曲路见桃花,马上匆匆日欲斜"(《偶见》);"已忘世味真堪喜,只欠湖山构草庵"(《野人灯火》);"天气向温春候早,绕盆闲看小游鱼"(《立春前一日过徵明小

---

① 王世贞.明诗评[M]卷3.北京:商务印书馆,1937.

① 王世贞.明诗评[M]卷3.北京:商务印书馆,1937.
② 王世贞.弇州四部稿·文先生传[A]卷83,文渊阁本四库全书·集部别集类,第1280册,台北:台湾商务印书馆,1986:368.
③ 王夫之著.薑斋诗话笺注[M].北京:人民文学出版社,1981:45.
④ 钱谦益.列朝诗集小传[M]丙集.上海古籍出版社,1983:301.
⑤ 王世贞.艺苑卮言[A]卷5,丁福保.历代诗话续编.北京:中华书局,1983:1036.
⑥ 文徵明著.文徵明集·焦桐集序[M].上海古籍出版社,1987:1258.

斋闲咏二绝》）；"人生浮体若飘萍，床头斗酒须自营"（《追和倪元镇江南春词》）。读文征明、徐祯卿二人的这些诗作，似乎是在跟一位隐居高山的君子对话，气息流动之处，一片清新之气。

祝允明、唐寅二人的部分诗作虽也具清新之风，但相比之下，他们似乎更侧重于自然畅达一路。祝允明、唐寅二人天性狂放，反对羁绊，崇尚自由，写诗作文时亦多愿纵性所如、畅所欲言。祝允明曾言："大抵仆之性情，喜流动，便舒放……诗之本于情，岂不然哉！"①明确表示自己欣赏的是流动舒放、任情而言的自然之诗。他在评价唐寅诗作时也表达了与此相似的观点。他认为唐寅之诗："仿白氏，务达情性，而语终璀璨，佳者多与古合"。"务达情性"言外之意即反对人为的干预或压制，顺其自然，一切任凭情感的起伏波动而写诗作文。钱谦益也认为唐寅之作："晚益自放，不计工拙，兴寄烂漫，时复斐然。"②钱氏所言之"不计工拙"正是从侧面反映出唐寅诗作唯任自然的特点。因为要"务达情性"，所以才会在创作时"不计工拙"，因为做到了情感的流动舒放，所以诗文才会有一气呵成的畅快之感。或许是有了这种自然之情的融入，祝允明和唐寅的诗作才会始终充盈着一种流动鲜活的气息。读其诗，亦总会有一种舒畅流动、酣畅淋漓的愉悦之感。

在唐寅、祝允明二人笔下，嬉笑怒骂，皆可成文；在他们眼中，花落水流，皆是自然。如祝允明的《丁未年生日序》《大游赋》《口号三首》《和陶渊明饮酒二十首》《梦游二首》《已巳闰九月十三夜梦中为游山诗》等，皆为纵性所如的洗练畅达之作。此类例作在唐寅的诗集中简直是不胜枚举，任取一篇，便为佳作。如其《叹世》：

> 富贵荣华莫强求，强求不出反成羞。有伸脚处须伸脚，得缩头时且缩头。地宅方圆人不在，儿孙长大我难留。皇天老早安排定，不用

---

① 榻本清歠阁藏帖，转引自陈麦青. 祝允明年谱［M］.上海：复旦大学出版社,1996:85.
② 钱谦益.列朝诗集小传［M］丙集.上海古籍出版社,2008:297.

忧煎不用愁。①

再如《自笑》：

> 兀兀腾腾自笑痴，科名如鬓发如丝。百年障眼书千卷，四海资身笔一枝。陌上花开寻旧迹，被中酒醒炼新词。无边意思悠长处，欲老光阴未老时。②

这就是唐寅之诗的特色：内容上没有壮怀激烈的豪言壮语，没有家国天下的宏大抱负，有的只是市井小民的日常所思和素朴情感。

需要强调的是，本书此处所言唐寅、祝允明二人诗作的自然，不是作为审美对象的自然，更不是语言风格上的自然，而是一种在尊重自我的前提下，于创作中表现出的情之自然，即歌哭笑骂、悲喜愁欢，都听任情绪的指引而做出自然表达，没有虚写伪饰，拒绝无病呻吟。

2. 平易亲切 温婉可亲

弘治十七年（1504），沈周作《落花诗》十篇，文徵明与徐祯卿和之，沈周随之反和之。后唐寅、祝允明等吴门才俊争相唱和，《落花诗》的唱和渐成规模。沈周之作也由起初的十篇增加至三十篇。文徵明在记述这一吴门诗苑的唱和盛况时，也顺便谈到了沈周作诗的心得：

> 或谓古人于诗，半联数语，足以传世；而先生为是不以烦乎？岂尚不能忘情与胜人乎？抑有所托而取以自况也？是皆有心为之而先生不然。兴之所至，触物而成，盖莫知其所以始，而亦莫得究其所以终。其积累而成，至于十于百，固非先生之初意也。而传不传又庸何心哉？惟其无所庸心，是以不觉其言之出而工也。而其传也又奚厌

---

① 唐寅著.唐伯虎全集·叹世[M].杭州：中国美术学院出版社,2002：89.
② 唐寅著.唐伯虎全集·自笑[M].杭州：中国美术学院出版社,2002：89.

其多耶!①

文征明认为,古人作诗之所以能够"半联数语,足以传世",是因为他们有所托,乃有心为之。而沈周作诗却较为随意,兴之所至,触物而成,没有预先的准备和思考,也不考虑是否能够流传千古。而恰恰是因为这种无所用心,使得诗歌反而有一种"不觉其言之出而工"的神妙。其实文征明此处所言"兴之所至,触物而成"的创作境界,不独沈周一人尊尚,吴中四才子乃至多数吴中文人皆尊尚之。

同沈周一样,吴中四才子作诗喜欢随机而发,诗歌在他们手中已如日常生活中的家常便饭,既亲密又随意。生活中的任何一件小事,只要兴会所至,拿起就写,不论工拙。因此其诗作往往会给人亲切平易、温婉可亲之感。我们先尝试从吴中四才子部分诗作的题目中来体会这种亲切的感觉。

祝允明之诗题:《思儿子歌》《饭苓赋》《衰病二首》《病闲》《水诗》《怨诗》《鸡黍词》《黄金篇》《讼风》《秋宵不能寐》《儿子续入对大廷感激因赋》《儿子召试馆职》《卧病》《壬申夏夜不寐》《醉》《山》等。

唐寅之诗题:《睡起》《散步》《独宿》《寻花》《白发》《贫病》《夜坐》《小酌》《吴门避暑》《除夕》《责猫》《爱菜词》等。

文征明之诗题:《乞猫》《乙卯除夕》《冬夜读书》《儿子晬日口占二绝句》《雪后》《除夕》《十三日饮公瑕家见月》《春寒》《夏夜》《十月》《对雨》《独坐》《夜坐》《早起》《不寐》《上元饮王阳湖宅》等。

徐祯卿之诗题:《春》《夏》《秋》《冬》《戏之》《晓思》《五月五日》《日蚀》等。

思念儿子、夜晚难眠、身体不适、吃饭穿衣,读这些诗题,让人感觉像是邻里间的对话家常,亦像是年迈的老者在向儿女们诉说最近的生活状况。话到之处,熟悉而温暖的感觉随之漫延开来。

① 文征明著.文征明集·落花诗序[M].上海古籍出版社,1987:1384.

吴中四才子诗文研究

试观下面的四首诗,让我们再一次细细体味氤氲其中的浓重的家常意味。

唐寅《咏鸡诗》:

> 武距文冠五色翎,一声啼散满天星。铜壶玉漏金门下,多少王侯勒马听。①

文征明《饭蔬》:

> 饭蔬对客分豪气,烧叶读书无苦声。穷鬓甘心莫相笑,有人风雪抱饥行。②

祝允明《癸丑腊月二十四夜送灶》:

> 豆芽糖饼荐行踪,拜祝佯痴且诈聋。只有一船休闲口,烦君奏我一年穷。③

徐祯卿《柳花》:

> 柳花飘荡本无凭,粘住征衫解恼情。转眼春风有遗恨,井泥流水是前程。④

吴中历来便有关注自我人生、生命的传统,这一传统在吴中四才子身上得到了最淋漓尽致的体现。难能可贵的是,在他们那里,这种关注已不

---

① 唐寅著.唐伯虎全集·咏鸡诗[M].杭州:中国美术学院出版社,2002:111.
② 文征明著.文征明集·饭蔬[M].上海古籍出版社,1987:382.
③ 祝允明.祝枝山全集·癸丑腊月二十四夜送灶[M]卷上.上海:大道书局,1935:31.
④ 徐祯卿著.徐祯卿全集编年校注·柳花[M].北京:人民文学出版社,2009:575.

仅仅局限于自我的生活或生命,还扩展延伸到了自然万物身上,花草树木,鸡鸭猫犬,春夏秋冬,皆可引发情思,皆可触手成诗。正是这些身边的事物,使吴中四才子的诗歌在抒情言志外,愈加散发出令人着迷的亲切气息。

### 3. 哲理思辨 内蕴深厚

几千年诗歌发展史证明,那些单为迎合世人口味而创作的肤浅诗作只能流传一时,而那些富有韵味且散发理性光辉的诗篇才能流传久远。吴中四才子的诗作之所以能够为人们所接受并长期喜爱,不仅仅是因为其诗作的清新流利、平易可亲,还因为那些蕴藏于平易外表下的对人生、生命的厚重的理性思索。

相比之下,吴中四才子中祝允明诗作中的哲理意味最为浓厚。他是一个睿智且富有深湛之思的传统士人,其诗作的哲理性更多地停留在人类乃至家国天下层面,是真正意义上的深层次的哲理思索。在祝允明的理想世界中,生命应当具有强度和厚度。他不仅敢于对权威思想的世俗之弊发起攻击,亦敢于怀疑现实世界,于梦境中探究天地人生之玄微。《怀星堂集》中有四首颇具神秘色彩的《记梦诗》,反映的正是祝允明对于现实世界和生命意义的苦苦思索。四首诗作分别为《己巳闰九月十三夜梦中为游山诗》(以下简称《游山诗》)、《梦作月山独步歌》《梦游二首》。试观《游山诗》:

> 春观入西岫,区名意自别。松岚结幽赏,虫鸟弄余悦。花气韵苍沈,树肤落翠雪。天行无尘染,丘卧自云洁。心在道不违,未觉万物裂。三爵已余酣,清心写泉月。①

此处,祝允明为我们描绘了一个充满神秘和诡异色彩的梦中世界。在这个神秘幽幻的地方,虫鸟幽寂灵动,草木纯洁无染,泉月清冷甘醇,一

---

① 祝允明. 怀星堂集・己巳闰九月十三夜梦中为游山诗[A]卷3,文渊阁本四库全书・集部别集类,第1260册,台北:台湾商务印书馆,1986:409.

吴中四才子诗文研究

切显得是那样的静谧而整洁,而支撑这一切的乃是一种无形的神秘力量——"道",即祝允明内心世界坚守的理想化境界。"道"的出现表明,祝允明心中向往的理想境界并非凭空而生、只具想象,而是作为世俗的反面客观存在,是他对于现实命运束缚进行的疏远和自救。

唐寅的诗歌虽取材平易、语言质朴,但其中蕴藏的哲理深意却是不容小觑的。与祝允明瞩目于世界、人生的大哲理境界不同,唐寅多聚焦于市井小民的世俗生活哲理,有些甚至称不上哲理,只可以算是一些世情冷暖的体验或人生经验的总结。如其《世情歌》《焚香默坐歌》《百忍歌》《警世六首》《叹世六首》《避事》《解惑歌》等。仅从诗题上我们便可体味到一种浓郁的理趣意味。其部分诗句:"我观今日之才俊,交不以心惟以面。面前斟酒酒未寒,面未变时心已变"(《席上答王履吉》);"人心不古今非昨,大雅所以久不作"(《怡古歌》);"人生七十古来稀,处世谁能得长久。光阴真是过隙驹,绿鬓看看成皓首"(《闲中歌》)。一针见血地道出了自己对人情世态、世俗众相的清醒认识。

唐寅的《伯虎自赞》一诗,大俗大雅,活泼机趣,充盈着浓郁的哲理韵味:

我问你是谁?你原来是我;我本不认你,你却要认我。噫! 我少不得你,你却少得我;你我百年后,有你没了我。[1]

这是唐寅灵魂与肉体之间的对话。"我"乃肉身,"你"乃灵魂。肉身不可长生,而灵魂却可永存。在这场灵与肉的对话中,揭示出一个极为平常却容易被人忽视的哲理:身体并不等于自己,它只是一个外表的特征,而真正的自己乃是掩藏于身体内部的灵魂。

文征明作为吴中文化意蕴的体现者,性情宽和,不急不躁,其诗更为含蓄内敛。几十年博览群书的学养和人生阅历的磨炼,使其诗作偶尔也

第二章 吴中四才子的共性特征

---

① 唐寅著.唐伯虎全集·唐伯虎自赞[M],杭州:中国美术学院出版社,2002:271.

会迸发出哲理的火花。尽管这种哲理之火花不够热烈璀璨,但足以发人深省。其《子弟》一诗,以咏戏子为由,针砭社会上的假忠假孝,后人评为"足以警世"。《元日书事效刘后村》一诗,从节日期间的假客套、虚礼节谈起,直言不讳地道出了"世情嫌简不嫌虚"的世态。其《冬夜读书》云:

> 故书不厌百回读,病后惟应此味长。千古精神如对越,一灯风雨正相忘。卷中求道深知谬,意外图名抑又荒。束发心情谁会得,中宵抚几自茫茫。①

这首诗是很有哲理意味的。第一二句便意味十足,即重读旧书,如老友重逢,促膝谈心。一本好书,是值得一读、再读、数读的。不求甚解、浮光掠影是读书一法;细读玩味、对话思考,也是不可阙如的读书方式。但"卷中求道深知谬,意外图名抑又荒",一味读书,并不能真正"求道",真正的"道"不一定都在书中。言下之意,求"道",不应仅求诸书,更应当求诸现实生活及自身。

吴中四才子诗中的这些哲理百味,上可触人生社会,下可及世态百相。这些道理,有些看似简单,可许多人穷其一生也未必能够领会。不管是世俗世界的思考,还是生活道理的总结,抑或是世情冷暖的揭示,都是吴中四才子心血的凝结。他们是用"心"来思考或总结这些生命感悟的,是想以此来警示世人从而使其少走或不走弯路的。且不论其哲理的深浅对错,单单就警世这一点而言,就是值得我们肃然起敬的。

### 四、执着、悖离——共同的仕路心态

传统价值趋向的导引、家庭利益的推动、才情甚高的自信,这三个因素决定了吴中四才子在科举之路上强烈的进取心态。从早期的踌躇满志到中期的彷徨痛苦,再到晚期的淡然隐逸,与功名的爱恨纠缠贯穿吴中四

① 文征明著. 文征明集·冬夜读书[M]. 上海古籍出版社,1987:136.

才子的一生。

（一）满头尘土说功名——苦苦的求索

在我国古代以儒学为基石的传统价值体系中，"学而优则仕""达则兼济天下"是古代士人孜孜以求的政治理想。出身好古博雅的尚儒之家，聆听着亲朋师长的谆谆教导，沐浴着古朴而浓厚的习儒之风，与其他士人一样，吴中四才子也未能免俗地选择了科举入仕之路。他们才气过人，诗书文俱佳，但他们的过人才华在科场上却没有得到认可，其科举之途几番受挫、困顿坎坷。

祝允明出世甚华，自幼聪慧。二十岁始赴应天乡试，不第。后凡五试，终为王鏊所取。后"七试礼部，竟不见录"。正德九年（1514）第七次赴会试不第，遂放弃科举，由朝廷选为广东兴宁知县。

文征明出身文脉不断的读书业儒之家。少时，外若不慧，幸晚成。自幼随父辗转南北赴任，读书甚勤。年十九还吴，为邑诸生，就举业，屡试不中。自弘治乙卯（1495）至嘉靖壬午（1522），"凡十试有司，每试辄斥"①（实为九次，弘治十二年（1499）丁父忧未试。），遂罢去。嘉靖壬午（1522），由巡抚李充嗣举荐，领岁贡，进京就吏部试，授翰林院待诏。

唐寅出身"五代植德，人称善士"的商贾之家。"性颖利，不事诸生业。"②在父亲的严命下入庠序，致举业。为诸生十几年，举业无成。二十八岁时，受好友祝允明规劝，倾一年之力研习苦读，第二年高中江南乡试解元。一时声名鹊起，天下重之。次年，进京入春围，却因"科场舞弊案"牵连下狱。被革除功名，贬至浙江为胥吏。唐寅耻不就，遂返乡。

徐祯卿是吴中四才子中唯一一个中进士的"幸运儿"。他出身"门基寝微"的平民之家，但天性颖异。十三四岁时，从邵守斋学章句。迁吴县后，补长洲县学生，开始其科举仕途的第一步。后屡台试不捷，仕进之途

① 文征明著.文征明集·谢李宫宝书［M］.上海古籍出版社,1987:587.
② 祝允明.怀星堂集·唐子畏墓志并铭［A］卷17,文渊阁本四库全书·集部别集类,第1260册,台北:台湾商务印书馆,1986:604.

一再受挫。弘治十一年（1498）乡试落第,弘治十五（1502）年会试下第。弘治十八年（1505）登进士第。

从上面列举的事实可以看出,吴中四才子皆具殊质绝伦之才,却无一不折戟科场,皆屡试不第,却无一不百折不挠。在儒家惯性思维的推动下,他们奋发苦读,虽屡屡受挫,却始终不愿放弃科举入仕的梦想,尽管这种梦想随着他们年龄的增长而日益遥远。比一般士子幸运的是,就在他们感到无助想要放弃之时,君恩却或多或少地降临到了他们的头上。尽管这种君恩的具体表现有所不同,但至少都给他们疲惫的心灵带来了些许安慰。具体表现为:徐祯卿得偿所愿,高中进士;文征明、祝允明谒选领受官职;唐寅获释还家。

（二）欲归吾计留无益——辛酸的悖离

正德九年（1514）,五十五岁的祝允明赴广东兴宁任知县,在任期间政声颇著。正德十二年（1517）,并摄海南县令。正德十六年（1521）,任满考毕,迁应天府通判,督财赋,未几乞归。归吴后,"益事著述,洞观天人。或放浪山水间,悠然乐也"①。在任期间曾作诗云:"世途开步即危机,鱼解深潜鸟解飞。欲免虞罗唯一字,灵方千首不如归。"②公开表示仕途险患,官场习气不合其天性。

嘉靖壬午（1522）,五十四岁的文征明以岁贡生荐试吏部,授翰林院待诏,参与修纂《武宗实录》。《实录》成,例当迁升。或有言曰:宜先谒见当道,事可谐。然徵明拒不往,亦拒绝他人代为说辞,终未获升迁。嘉靖五年（1526）,三次上疏乞归,始得致仕。是年离京返吴。回想三年的仕宦生涯,他感叹道:"五十年来麋鹿踪,若为老去入樊笼。五湖春梦扁舟雨,万里秋风两鬓蓬。远志出山成小草,神鱼失水困沙虫。白头漫赴公车召,不满东方一笑中。"③将一生唯一一次出仕视为"神鱼失水",将官场比

① 王宠.雅集山人集·明故承直郎应天府通判祝公行状[A]卷10,四库全书存目丛书·集部别集类,第89册,济南:齐鲁书社,1997:104.
② 祝允明.怀星堂集·危机[A]卷6,文渊阁本四库全书·集部别集类,第1260册,台北:台湾商务印书馆,1986:446.
③ 文征明著.文征明集·感怀[M].上海古籍出版社,1987:312.

吴中四才子诗文研究

作"樊笼",将致仕视为"出山",厌恶官场、渴望还家的真情实感清晰可见。

唐寅出狱归吴后,遭家庭变故,夫妻反目,兄弟异炊。亲人尚如此冷漠,周围世俗的压力可想而知。未几,决定出游。弘治十四年(1501)"翩翩远游。扁舟独迈,祝融、匡庐、天台、武夷,观海于东南,浮洞庭、彭蠡"①。一年后返乡。弘治十八年(1505),建桃花庵别业。从此日日与诸友沉溺其中,饮酒作画,以度岁月。回想昔日高中解元的荣耀,反思惨遭牢狱之灾的巨痛,他痛下决心:"但愿老死花酒间,不愿鞠躬车马前。"②不羡功名利禄,唯愿终老花酒。此种选择虽叛逆,却自由;虽颓废,却务实。

弘治十八(1505)年徐祯卿举进士。刚入庙堂之门,便迎来当头一棒:"孝宗遣中使问祯卿与华亭陆深名,深遂得馆选,而祯卿以貌寝不与,授大理寺左寺副。"③仅仅因为容貌不佳便被剥夺入翰林的资格,这对于初涉仕途的徐祯卿而言无疑是一种巨大的羞辱。接下来的遭遇更是令人心寒:任职期间,因"失囚"而落职,贬国子监博士。因"不能其职",上书当道求"以亲老求改便地为养"④,又受到当道压制。正德元年(1506),奉命纂外史于湖南,得以游历大江南北。回京后,继续任国子监博士。任职期间,穷困潦倒,过着"蓬门卧病秋潦烦,十日不出生荆棘"⑤的窘困生活。正德六年(1511),因病肺卒,年三十三。

吴中四才子的功名之心、出仕之念不可谓不强烈。为求一纸功名,祝允明七试礼部,文征明十试有司,徐祯卿亦两次落第而不气馁。可十年寒窗苦,一朝入仕途后,他们的为官生涯却异常短暂:祝允明的为官时限约六年,文征明仅三年,徐祯卿亦不过七年便与世长辞。当苦苦求索有所结果之后,在终于可以一展才华、施展抱负之时,他们却毅然决然地选择了

　　① 祝允明.怀星堂集·唐子畏墓志并铭[A]卷17,文渊阁本四库全书·集部别集类,第1260册,台北:台湾商务印书馆,1986:605.
　　② 唐寅著.唐伯虎全集·桃花庵歌[M].杭州:中国美术学院出版社,2002:24.
　　③ 张廷玉.明史[M]卷286.北京:中华书局,1974:7350.
　　④ 王阳明.王阳明全集·徐昌国墓志铭[M]卷25.上海古籍出版社,1992:931.
　　⑤ 徐祯卿著.徐祯卿全集编年校注·答顾郎中华玉[M].北京:人民文学出版社,2009:483.

第二章 吴中四才子的共性特征

离去。这种追求的热烈和离开的决绝所形成的鲜明比对多少让人有些匪夷所思。这里面固然有诸多不为人知的因素,但吴中独特的地域文化环境给予他们的影响应是原因之一。

　　吴中历来便有轻仕乐隐的传统。至明中叶,经济的繁荣带来生计的多样化更为吴人的隐居提供了经济上的保障,隐居已逐渐演变成为一种稳定的地域文化氛围。生于吴中长于吴中的四才子必然会受到此种氛围的影响。文征明、祝允明、唐寅三人归吴后,迅速融入吴中在野文人群体之中,与吴门诸才俊赛饮赋诗、放浪山水。除正常的文化交往之外,他们亦积极地以卖文鬻画的方式参与到商业活动中,如唐寅的"闲来写就青山卖,不使人间造孽钱"的表白;文征明的"将画卖于里巷小人而拒绝贵戚藩王"的事迹。这些买卖所得保障了他们的正常生活。可以说,正是家乡吴中活跃的文化氛围和发达的经济条件为吴中四才子提供了隐逸所必不可少的物质保障,使他们乐于隐逸并能安于隐逸。关于此点,本书第一章:《隐逸与议政——吴中文人之仕隐观》一节中已有详论,此处不赘。

　　此外,吴中四才子的性格因素也应当是造成此一鲜明对比的原因之一,这也正是本书不厌其烦地列数吴中四才子仕宦生涯的种种遭遇而力图阐释的。吴中四才子是真正意义上的性情中人。他们早年对功名的执着和坚韧的追求,晚年对功名的厌倦和决绝的悖离,都是内心深处最真实思想的反映。他们是风流才子,更是满怀真情与真意的至纯至善之人。早年的吴中四才子,意气风发,才华横溢,他们渴望以功名的博取来证实自身的价值,故而倾其全力以求功名,不论失败与挫折,亦不论尴尬与羞辱,只为一纸功名的博取和"一朝登第天下知"的理想的实现。进入政坛后的吴中四才子,心纯似水,热情似火,发自内心地渴望倾一己之心力辅佑帝王,但当他们发现那种鱼龙混杂甚至有些颓废黑暗的场所并不是他们理想的天堂时,他们选择了迅速离开,只为保持心底那份至清至纯的士人良知。他们是真正地按照自己的所思所想生活的正统人士,也是恶束缚、爱自由、拒虚假、尚自然的非正统文人。

　　吴中四才子作为明代中叶吴中地区文人的团体性代表,其人生境遇

吴中四才子诗文研究

是具有普遍意义的。他们执着又悖离的仕宦状态不仅表明了自身的尴尬处境,同时也折射出整个苏州文人群体在日益僵化的社会制度和强大的世俗权势面前不断受挫的状态。吴中四才子只不过是其中才学和人生遭遇反差较大、较具戏剧性的人物。对于那些好古博雅的苏州文人来说,他们或多或少都能在吴中四才子的身上找到自己的影子,这也是吴中四才子之所以在身后有着巨大魅力的关键。

# 第三章
# 祝允明——具深湛之思的疏狂者

祝允明是一个注重思考、沉迷于冥想的哲学家式的文人。他从自己的生命体验出发,凭着敏锐的目光和火热的激情,大胆地挑战程朱遗训,猛烈地抨击迂执空疏的士风,同时又浪漫地阐发出自己的人生观念和救弊之道。他极端重视自我价值,对于生命的自在与舒展有着美好的理想,但这一理想在现实中根本无法实现。这种矛盾导致了其人格的复杂性,而这种人格的复杂性同时又造就了其诗歌的丰富性和深邃性。

## 一、祝允明的家世教养与人生态度

祝允明,字希哲、晞喆。长州(今江苏苏州)人。因右手多生一指,故自号支指生。祝允明生于明英宗天顺四年(1460),卒于明世宗嘉靖五年(1526)。祝允明生于"七世美仁"之家。其父祝瓛,史无记载,大约功名不显。祖父祝灏,正统四年(1439)进士,官至山西布政右参政,政绩斐然。外祖徐有贞,宣德八年(1433)进士,选庶吉士,后因迎立英宗复辟有功,受重用,官至兵部尚书,进华盖殿大学士,封武功伯。后遭宦官曹吉祥、石亨构陷,落职下狱,后获释回乡。

祝允明天赋殊特,"少颖敏,五岁作径尺字。读书一目数行下,九岁能诗,有奇语"①。二十岁,始赴应天乡试,不第。弘治五年(1492),祝允明

---

① 陆粲.陆子馀集·祝先生墓志铭[A]卷3,文渊阁本四库全书·集部别集类,第1274册,台北:台湾商务印书馆,1986:605.

在"五应乡荐"后,终于"裁忝一名"①,为恩师王鏊录取。后京畿会试,他"七试礼部,竟不见录"。遂罢科举而改就谒选。正德九年(1514)赴京就选,授广东兴宁知县。在位期间颇有政声,正德十六年(1521),迁应天府通判,督财赋,未几乞归。

一个人思想观念和个性特征的形成受先天和后天两方面因素影响。先天因素与家世有关,后天因素则与人生经历、社会环境有关。在对待治学、出仕、归隐问题上,祝允明均有不同凡俗的见解和思考,而这一点当得益于其自幼秉承的正统教育和由此形成的广纳博取的治学态度。

(一)治学观

祝允明"出世甚华",内外祖的威望和高寿,对他的成长颇有裨益。祖父祝灏生性乐观,颇善言辞。作文以缛丽自喜,诗歌典赡有情致。外祖父徐有贞称名吴中,年高德劭,"自经史子集百家小说以至天文地理医卜释老之说无所不通,其为文古雅雄奇,有唐宋大家风致"②。在内外二祖的言传身教下,祝允明自幼便刻苦攻读、勤于治学,"覃精发藻,横逸踔厉,超追古昔"③。在"天文地理医卜释老之说无所不通"的治学家风的熏陶下,祝允明不仅苦读儒家典籍,而且广泛涉猎山经地志、稗官野史等杂文,汇百家之学于一身。陆粲记其"游览综群籍,稗官杂家。幽遐鬼琐之言,皆入记览。发为文章,崇深巨丽,横口开阖,茹涵古今"④。不拘一门之学,广阅百家精华,对杂学的广泛涉猎对祝允明的影响颇大。它使得祝允明能够以一种更为开阔和独特的思维来思考世间事物,亦使其诗文创作在平凡的文字表达中增添了更为厚重的底蕴。

---

① 祝允明.怀星堂集·上巡按陈公辞召修广省通志状[A]卷13,文渊阁本四库全书·集部别集类,第1260册,台北:台湾商务印书馆,1986:550.注:凡本文中所引用祝允明《怀星堂集》之处,皆出自台湾商务印书馆1986年出版的文渊阁本《四库全书》集部,别集类,第1260册的《怀星堂集》)

② 吴宽.家藏集·天全先生徐公行状[A]卷58,文渊阁本四库全书·集部别集类,第1255册,台北:台湾商务印书馆,1986:541.

③ 陆粲.陆子馀集·祝先生墓志铭[A]卷3,文渊阁本四库全书·集部别集类,第1274册,台北:台湾商务印书馆,1986:605.

④ 陆粲.陆子馀集·祝先生墓志铭[A]卷3,文渊阁本四库全书·集部别集类,第1274册,台北:台湾商务印书馆,1986:605.

众所周知,读经书、习举业、作时文、登科第在古代社会被视为读书人的正途,但在祝允明生活的成弘年间,一部分吴中文人却反传统而行之,将究心古学、研习古文视为人生正途。吴宽为诸生时曾一度欲放弃举业,专事古学;朱存理、沈周等人则终生不习举业,甘老田园,以古文书画自娱;允明外祖徐有贞,十二岁即攻古文辞,重实用之学。在此种叛逆风气的熏陶下,少年时代的祝允明亦渴望在学习经籍之外研摹古文。他回忆儿时学诗的情景,“九岁出胎疡……命起,就外传。经籍之外,因俾专诵杨伯谦《唐音》。渐旁观诸诗法,雌黄满眼,性情为之移。虽未能抉择,然久而流通泮融矣”①。《唐音》是元代杨伯谦即杨士弘所编的唐诗选集。祝允明从九岁开始即被这“雌黄满眼”的唐人之作所吸引,对古文辞产生了发自内心的喜好。到他二十岁入府学为生员时,古文辞的写作已经相当出色,并因此颇受称赏。其“初在郡学,御史山阴司马垔按直隶,檄郡学又博学能为古文辞者,免课书,更殊礼遇。郡以允明当。垔按吴,允明从诸生中擢行相见礼。侍郎徐公贯尝读允明所为文,数加存问。由是延遇两都,知与不知,莫不曰允明天下士也”②。对杂学的广泛涉猎,开阔了允明的眼界,培养了其作为一个哲学家应有的深邃思致;对古文辞的爱好和写作,形成了允明独特的审美视角,提高了其作为一个文学家应有的理论高度。

渊博的知识储备和深厚的古文根底使祝允明的诗文创作既具思想深度又具文学风采。他“自著有《大游赋》《蚕衣》《浮物》《心影》《吴材小纂》《南游录》等书,共百余卷”③。皆为崇实遗虚、旁征博引的思辨之作。其中《大游赋》一文,系统地阐述了其独具一格的为学、为政观点,涉及古今、天人、礼乐、农商、水利、财赋,等等。论述宏富,长达万余言。《读书笔记》一书虽只有一卷,但却凝聚着祝允明思想的精华,字字掷地有声,句句

① 陈麦青.祝允明年谱[M].上海:复旦大学出版社,1996:19.
② 阎秀卿.吴郡二科志[A],四库全书存目丛书·史部传记类,第90册,济南:齐鲁书社,1996:131.
③ 王锜.寓圃杂记[M]卷5.北京:中华书局,1984:37.

真知灼见。《浮物》与《读书笔记》相似,也是祝允明思想的记录,处处闪烁着智慧的光芒。其他作品如《丁未年生日序》《心影》《祝子罪知录》等,思想激进超前,议论一针见血,颇具震撼力。祝允明作品的成功之处不仅在于深湛辩证的思想,亦在于富艳古奥的艺术风情。明中期,吴中诗风自沈周辈起即带有鲜明的地方特色,内容上多主意,风格以平白俗易为主,创作上多力求自然天成,务去陈言。而祝允明的部分诗歌却一改吴中平白、主意的诗歌风向,"取材颇富,造语颇妍,下撷晚唐,上薄六代"①,为平白俗易的吴中文学注入了一股古朴浓郁之气。祝允明的创作在吴中诸子中影响颇具,甚至因其文风的"深沉棘奥"而使得"吴中文体为之一变"。

由此可见,博学、嗜古的家风和吴中世风的熏陶,使得祝允明自幼便对杂学、古文辞产生了浓厚的兴趣。而对杂学、古文辞的崇尚又进一步影响到祝允明的思想与创作。具体表现为:创作上,一反吴中平白俗易的传统,转而追求一种富艳奇奥的诗风;思想上,一反传统的儒家归隐观念,转而追求一种颇具叛逆色彩的仕隐观。

(二)仕履观

尽管自幼嗜古,对古文辞情有独钟;尽管身处有着深厚隐逸传统的吴中,但高贵的出身和正统的家教,早已使祝允明日后所走的科举入仕之路成为命中注定。优越的家境和二祖的教授使少年时代的祝允明极具优越感。对于未来,他信心百倍,坚信自己在不久的将来定能继承家业,建盖世之功。《述行言情诗》其三云:

> 结发属偶句,舞勺肆篇章。前徵吻羊叔,髫誉追滕王。明明内外祖,公望张辟疆。提剑多教术,童弱企高翔。安知三纪后,栖栖守榆枋。②

从中可以看出祝允明跃跃欲试、渴望一展抱负的雄心和对自我的殷

---

① 纪昀. 四库全书总目提要[M]卷 124. 北京:中华书局,1997:3245.
② 祝允明. 怀星堂集·述行言情诗其三[M]卷 3. 台北:台湾商务印书馆,1986:402.

殷期待。但是事与愿违,在科举一役上,尽管他付出了二十多年的努力,却仍以失败告终,最后只能改就谒选,赴千里之外的微陋之地任知县一职。在为官问题上,祝允明的意趣与一般禄蠹不同。对于怎样做官,怎样做好官,他有着自己独特的思考。《五十服官政效白公》诗云:

> 五十服官政,六十方熟仕。七十乃致政,古今固一致。吾年五十五,始受一县寄。七里剧弹丸,亦有社稷置。夙怀同刘君,今此幸谐志。所忧脚本短,时彫虞易踬。祗应尽素衷,玄鉴不可悖。一区石湖水,渔舟早相伺。①

诗中,祝允明道出了自己的为官志向:一是尽素衷、做好官,不负朝廷、百姓之望;二是功成名就后,隐逸林泉。令人佩服的是,祝允明的为官承诺不仅是形之于言的,也是付之于行的。

知县任上,祝允明忠于职守,尽心尽责。当时的兴宁县民俗不淳,社会秩序混乱,常有强盗啸聚山林,纵火劫掠。祝允明一面礼待百姓,教育引导民风;一面施展计谋,整治盗贼之乱,使得县乡安定,物阜民丰。王宠记曰:"兴宁民尚哗讦,讼碟傍午。公至,惩其一二尤无良者,奸黠敛迹。故多盗,窜处山谷,时出焚劫,为民害。公设方略捕之,一旦,获三十余辈,桴鼓不警。土俗婚姻丧祭多违礼,疾不迎医而尚祈祷,公皆为条约禁止。暇则亲莅学官,进诸生,课试讲解。岭之南,彬彬响风矣。"②

祝允明天性机敏好动。几十年吴中生活的优游放荡,使他早已习惯了适心任性、跌宕不羁的生活方式。为官日久,枯燥单调的官衙岁月让他深感压抑,"今朝也是为官日,白日晴天闭户眠"③。晴天白日,身为在职官员却无事可做,只能闭户高眠,这种无聊懒散的生活是祝允明至所不喜

① 祝允明.怀星堂集·五十服官政效白公[M]卷4.台北:台湾商务印书馆,1986:414.
② 王宠.雅集山人集·明故承直郎应天府通判祝公行状[A]卷10,四库全书存目丛书·集部别集类,第79册,济南:齐鲁书社,1997:104.
③ 祝允明.怀星堂集·广州戏题[M]卷6.台北:台湾商务印书馆,1986:445.

的。官衙生活的苦闷与无聊祝允明尚且可以忍受，但官场内部的黑暗混乱及动辄得咎的从政环境，则是他最难以接受的。他在写给友人的信中言："仆诚不善仕，其故大帅不能克己，不能徇人，不能作伪，不能忍心。视时之仕者若神人然，安能企及之哉！"①态度显明地表明自己天性不适合为官。此类观点，他在《危机》一诗中也曾明确表达过：

> 世途开步即危机，鱼解深潜鸟解飞。欲免虞罗唯一字，灵方千首不如归。②

当发现仕宦生活并非自己所想象的那样美好后，隐逸转而变为祝允明所极力向往的一种理想状态。思亲、思乡成为其此一时期诗歌创作的新主题。在《广州别表弟赵二》一诗中他毫不避讳地倾诉着思乡之情：

> 海边三载试琴才，省问烦君两度来。天阔风鹏嗟转徙，秋深霜雁独飞回。计程驿路过江棹，属买渔蓑挂钓台。别酒多倾也能醉，欢情不似故园杯。③

看到寂寞的小舟来来往往，望着孤飞的大雁南飞北去，想着自己为一己之功名而羁留异地，形单影只，诗人的心绪无限萧索。在思乡之念的侵袭下，一切都变得毫无意趣，即便是平日最喜畅饮的美酒，也因思乡之情的阵阵袭来而变得淡而无味。尽管思乡之情已漫溢得难以抑制，但祝允明在兴宁任上并没有辞官，而是选择了继续留任，这可能与其功成身退的为官志向尚未实现有关。正德十六年（1521），任满考毕，祝允明迁应天府通判，专督财赋。上任不久便挂冠归田。

公正地说，祝允明虽有意用世，亦奔走科举，然而却不是浅薄的功名

---

① 祝允明.怀星堂集·答张天赋秀才书[M]卷12.台北：台湾商务印书馆,1986：533.
② 祝允明.怀星堂集·危机[M]卷6.台北：台湾商务印书馆,1986：446.
③ 祝允明.怀星堂集·广州别表弟赵二[M]卷6.台北：台湾商务印书馆,1986：445.

利禄之徒。他所追逐的并非功名地位,而是一个可以真正施展才华的天地。与家国情怀较为淡漠的唐寅不同,高贵的出身使祝允明与传统的价值体制联系更为紧密。在其心中,"献身政教、之死靡他"的家国情怀更为浓烈。所以他才会在屡试不第后依然履行着身为儒者应尽的职责:勇敢地指斥时弊,猛烈地抨击旧俗;所以他才会在对官场的积弊有着诸多不满后依然坚守官位,直到"任满考毕"才辞官归隐。这种自觉的政治使命感和责任感的背负,应该与其自幼所秉受的正统教育和"七世美仁"的家风熏陶息息相关。

(三)隐逸观

"笃信好学,守死善道。危邦不入,乱邦不居。天下有道则见,无道则隐。"①"道不行,乘桴浮于海"②;"用之则行,舍之则藏"③。这是儒家正统的隐逸观念,也是我国古代士人奉若典范的仕隐准则。对于这种被古代士人恪守了几千年的隐逸准则,祝允明是深不以为然的。几十年隐居吴中的生活经历使其对隐逸有着更为深刻而独特的思考。

祝允明认为,隐逸与政治环境没有任何联系,"极乱可隐,极治亦可隐也"④,"有道可隐,无道亦可隐也"。隐逸,只是一种自我修身的过程,是一种抛弃政治观念、超越主观情感的纯粹的非功利状态。他在《恬隐斋记》中说:

> 人之情,动胜静者十九,静胜动者十一。隐,静之至也。而复何有于恬不恬耳即世下矣,名至静者而犹有不恬,不恬而扰曰隐,妄也。不恬而曰隐者妄,吾固不能忘恬而隐也。不恬而隐者妄,则恬于隐者诚至矣。恬于隐者诚至,而又何有于标著乎?是亦将固其至者而已。欲忘恬而先之者也,故观恬隐之称而知为真隐,知为真忘。恬也者

① 杨伯峻. 论语译注[M]. 北京:中华书局,1960:85.
② 杨伯峻. 论语译注[M]. 北京:中华书局,1960:43 - 44.
③ 杨伯峻. 论语译注[M]. 北京:中华书局,1960:68.
④ 祝允明. 怀星堂集·招隐亭记[M]卷28. 台北:台湾商务印书馆,1986:754.

吴中四才子诗文研究

也,至矣哉!①

在祝允明看来,隐逸绝不意味着在白云松风的沂水畔虚度时日,也不意味着在采菊东篱的田园村庄中待时而动,而是一种超越了是非观念,充分体现出人身自由和舒适的平静状态。不"恬"者,不可隐;非真忘者,不可隐。只有"恬"隐,才是隐者之最高境界。祝允明的这一观点与庄子的隐逸理想颇为相合。庄子曰:

> 悲乐者,德之邪;喜怒者,道之过;好恶者,德之失。故心不忧乐,德之至也;一而不变,静之至也;无所于忤,虚之至也;不与物交,惔之至也;无所于逆,粹之至也。②

此处,庄子将"静"作为隐逸的至高境界。在其虚拟的隐逸世界里,隐者已超越了悲、喜、怒、恶等主观情绪,进入到一个"无所于逆"的舒展自如的自由天地。如此一观,庄子与祝允明的隐逸观何其相似。

其实,祝允明所倡导的是一种与传统隐逸观相对的"世俗化"隐逸观念。传统的"有道则见,无道则隐"的隐逸方式,说到底,既是一种明哲保身的隐逸方式,也是一种待时而动的政治权变;既具有自保的意味,亦具有反抗的色彩。它并没有超脱政治的藩篱,依然以政治作为决定自己行为的准则,因此是一种政治化隐逸。而祝允明所提倡的世俗化隐逸,已彻底摈弃了政治因素,唯任内心的宁静和自在。这与沈周等多数吴人所尊尚的"自由随意,不拘形迹"的市隐思想颇为契合。所不同的是,沈周等人的市隐观并不排斥儒家的政治化隐逸。而祝允明对儒家政治化隐逸的排斥,恰好反映出其独特的思考视角和"好为新奇之论"的思想性格。

---

① 祝允明.怀星堂集·恬隐斋记[M]卷28.台北:台湾商务印书馆,1986:752.
② 王世舜.庄子译注[M].济南:齐鲁书社,1983:284.

## 二、忠实而叛逆的思想性格

祝允明是一个有着深湛之思和缜密思辨能力的文人,其思想具有两面性。他为人蔑视礼教,高调洒脱,但在科举问题上,却终生未能看透,屡考屡败,屡败屡考,终生不悔。他为学深思熟虑,敢为新奇之论,犀利地抨击儒教道学,而自身却未能真正冲破传统礼教的藩篱,内心深处时时谨守礼义纲常和忠孝大节。祝允明曾撰《东南人传》一文,可视为其一生行迹的自我写照,同时也是其复杂思想和强烈个性的最集中表现:

> 东南有一人,其出世甚华,此人近五十而时不能定之。盖轶绝当时,皆不能言之,言其至不似惊众人,众人因绝不识之宜也。知其皮毛而不知其中藏,知其皮毛已,大誉推绝,群而未至。初无知中藏,知中藏固绝可惊,然不异端也。读书学为仕,亦从世格举,不加力务,亦弗矫而去之。寨然卑寒无尤,止而光焉。即此时令长三公,丞一人,弘然建平天下,勋烁百代,无颠折颜色声气,固凝然无毛末易也。以为王公皂隶者一,神圣至贼逆乃万万耳。自周孔竺乾轩老至百流伎,无让不克为者。又始无颛工随女,问教随出之,皆诣冥极也,自亦不识何方得之。时与古人对语,翕然欬至。无一箪食无与于其中。及临财,亦矻矻交于彼,亦不作硁硁苦怪节,为竦人视听,类彼贪夫然。然为人尽掩取去,又无毛末恼。以彼得逾欢虞,宁粥讥翘侮,不肖详勺量,为两曲全之也。宝玉器面掷碎,无一点异色。大略观货贿若营护之者与粪壤一。此诚天予者。由更以贱货病不可强从俗情,视俗情,皱眉睿而去之,然所履有甚于此者。①

此传中,祝允明将行为与内心互为矛盾的自我展现得淋漓尽致:虽表面脱略小节,然内心却所蓄甚厚;虽外在随波逐流,然内心却孤高自标;虽

---

① 祝允明. 怀星堂集・东南人传[M]卷15. 台北:台湾商务印书馆,1986:573.

吴中四才子诗文研究

自觉超凡出尘,却又不愿高傲视人;虽深恶科举,却又不肯放弃科举;虽鄙视传统价值观念,却又汲汲于功名,终生不弃;虽爱财如贪夫,却又视钱财为粪土,自觉清高。多面而真实、孤傲又世俗,这就是祝允明对自我个性的全面剖析。

（一）狂傲不羁与汲汲功名

吴中四才子中,祝允明与唐寅皆负狂名,被目为"玩世自放,惮近礼法之儒"①。关于祝允明放荡不羁的个性,许多史料都有记载。王世贞评其:"为人好酒色六博,不修行检。尝傅粉黛,从优伶间度新声,侠少年好慕之,多赍金游允明甚洽……索其文及书者接踵,或辇金币至门,允明辄以疾辞不见。然允明多醉,伎馆中掩之,虽累纸可得。"②崇尚个性的自然流露,在是非毁誉上不甚在意。钱谦益说他:"每出,则追呼索捕者相随于道路,更用为忭笑资。"③陆粲记其:"得俸禄及四方饷遗,辄召所善客与噱饮歌呼,费尽乃已,或分与持去,不遗一钱。"以致死后"几无以敛云"④。整日沉浸于酒馆妓院,为求一时酒色之欢,不惜挥金如土,甚至落魄到不名一文的地步。祝允明的狂诞真称得上登峰造极了。这种行为上的特立独行在其诗歌作品中也多有反映。如《侠少》《宝剑篇》《咏床头剑》等,情感丰盈,言出机趣,祝允明"简易佚荡,不耐龊龊守绳法,任性自便,目无旁人"的个性跃然纸上。最为著名便是其《口号三首》:

　　　　枝山老子鬓苍浪,万世遗来剩得狂。从此日和先友对,十年汉晋十年唐。

　　　　不裳不袜不梳头,百遍回廊独步游。步到中庭仰天卧,便如鱼子转瀛洲。

---

① 顾璘.国宝新编[A],四库全书存目丛书·史部传记类,第89册,济南:齐鲁书社,1996:537.
② 王世贞.艺苑卮言[A]卷6,丁福保.历代诗话续编.北京:中华书局,1983:1043.
③ 钱谦益.列朝诗集小传[M]丙集.上海古籍出版社,1983:299.
④ 陆粲.陆子馀集·祝先生墓志铭[A]卷3,文渊阁本四库全书·集部别集类,第1274册,台北:台湾商务印书馆,1986:606.

蓬头赤脚勘书忙,顶不笼巾腿不裳。日日饮醇聊弄妇,登床步入大槐乡。①

　　这无疑是祝允明的人生宣言!仕途受阻,为官不得,静坐家中,何事可为?此诗给出的答复是癫狂。不裳不袜不梳头,过一种潇洒无拘,忘怀人事的生活。院中漫步困了,仰头便睡,犹如鱼儿进入大海瀛洲漫游那样畅快。蓬头赤脚,赤身裸体,徜徉书海之中,探究书中精义,沉浸在汉、唐那充满生气的诗词文赋中。这既是一种内在、自然的生活之乐,又是一种夸张、激进的叛逆之乐。顺情适性、畅饮醇酒,坐拥美妇、畅快安眠,这种生活看似潇洒风流、狂诞不羁,然而从"百遍回廊独步游""步到中庭仰天卧"等种种夸张举止中,不难看出诗人孤独而压抑的真实心态。这当中隐藏的无奈和徒劳之苦,正是促使诗人做出种种怪行的内在原因。

　　外在行为往往受到内在思想的控制,促使祝允明做出种种怪诞行迹的乃是其强烈的以自我为中心的内在观念。极端重视自我价值,反对压制个性,是祝允明思想中非常醒目的要素。他曾公开宣称自己:"不能克己,不能拘人,不能作伪,不能忍心。"②认为人生在世,"不逆我道,不反我志,不羞我心,不负我天"③之事方可为之。一切以自我个性之舒展、以自我心境之舒适为标准。在《答张天赋秀才书》中,他也表述了类似的思想:"凡人之质,千科百伦,然而人之生斯世也,古今一也。其支骸口目肤发无不同,奚有于质而独以后先异?"④其潜台词显然是人的个性、气质各不相同,断不可以统一的观念来规定和限制个人的发展。这不仅是对个体价值的公开肯定,而且也在不自觉中暗含了众生平等的进步意识。类似看法,在他的诗歌里还有着更为浪漫的表达。在《和陶渊明饮酒诗》二十首中,他曾发出"遐览天地间,何物如我贵"⑤的反问。在《春日醉卧戏

①　祝允明. 怀星堂集·口号三首[M]卷6. 台北:台湾商务印书馆,1986:447.
②　祝允明. 怀星堂集·答张天赋秀才书[M]卷12. 台北:台湾商务印书馆,1986:533.
③　祝允明. 怀星堂集·答郑河源敬道书[M]卷12. 台北:台湾商务印书馆,1986:538.
④　祝允明. 怀星堂集·答张天赋秀才书[M]卷12. 台北:台湾商务印书馆,1986:533.
⑤　祝允明. 怀星堂集·和陶渊明饮酒诗二十首[M]卷3. 台北:台湾商务印书馆,1986:408.

效太白》中，他写道：

> 春日入芳壶,吹出椒兰香。累酌无劝酬,颓然倚东床。仙人满遥
> 京,处处相迎将。携手观大鸿,高揖辞虞唐。人生若无梦,终世无鸿
> 荒! ①

整首作品充满着唯美的浪漫主义色彩。尤其是"人生若无梦,终世无
鸿荒"一句,读来令人感觉酣畅淋漓。它其实是在宣称:没有"梦"的人生
是枯索的、不自由的! 而人生一世,需要梦想,更需要有为梦想而执着、而
奋斗的勇气和信念。

令人费解的是,就是这样一位行为乖张,睥睨世俗;尊重个性,关注自
我的潇洒士人,却在科举应试之路上辗转奔波了二十年。为求取一纸功
名,他屡败屡考,不惜以牺牲自我个性和青春为代价。一面高呼尊重生命
价值,另一面又在摧残着自我价值,祝允明的这种言行不一与其"不能克
己,不能拘人,不能作伪"之语实不相称。

科举仕进,是知识分子报国荣身、光耀门庭的唯一出路,祝允明也是
朝着这一目标不断努力的。但他的科举之路走得着实坎坷。从弘治六年
(1493)到正德九年(1514),祝允明七赴会试,均不见录。科举的惨败使
其痛感人生之失意无常。他悲哀地写道:"士生三代后,干名本其情。所
叹少可知,科版猎空名。"②他也曾想过放下科举重压,尽情地享受世俗之
乐。其《南歌子·墨菊》一词云:

> 面背东皇剑,心从白帝倾。避炎趋冷久惺惺。谁识一般风味尽
> 多情。索性抛金缕,浑身付墨卿。偎红年少想应僧。又为一生缘分

①　祝允明.怀星堂集·春日醉卧戏效太白[M]卷3.台北:台湾商务印书馆,1986:409.
②　祝允明.怀星堂集·和陶渊明饮酒诗二十首其三[M]卷3.台北:台湾商务印书馆,
1986:407.

第三章　祝允明——具深湛之思的疏狂者

近书生。①

在这首词中,祝允明表达了想要丢下世俗追求,完全沉浸于书籍之中的志愿。但"每看离合悲欢事,却动功名富贵心",功名富贵的难以舍弃还是迫使他一次次迈入科举之门。

正德九年(1514),祝允明会试第七次落第后,终于痛下决心放弃科举。好友施儒曾劝他再试,他婉言拒绝,并言辞恳切地畅谈了自己放弃科举的原因:

> 甲科之方,所业是也。今仆于是,诚不能矣。漫读程文,味若咀蜡;拈笔试为,手若操棘;则安能与诸英角逐乎? 挟良货而往者,纷纷之场,恒十失九。况朽橐钝手,本无所持,乌有得理? 斯亦不俟智者而后定也。又况年往气瘁,支体易疲,寒辰促晷,安能任此剧劳哉? 窗几摹制,尤恐弗协时格。矧于苟且求毕,宁能起观? 劳而周功,何必勉强? 此所谓求之无方也。故求而弗得,弗若弗求。借使以幸得之,尤患行之不易。②

祝允明承认自己是年老体衰的"朽橐钝手",已不能与"诸英角逐",故不想再勉强自己。"求而弗得,弗若弗求",表面看来,他似乎已经断绝了科考应试之念。但他接着却说:

> 不仕无义,度力而趋。乘田委吏,莫非王臣,如曰:"徇放逸之曲,怀猎高尚之浮誉",岂吾心哉? ……仆也上不敢如鬻熊,次不能为嵇康,下又不得如袁甫者乎哉? ③

① 饶宗颐、张璋编. 南歌子·墨菊. 北京:中华书局,2004:421.
② 祝允明. 怀星堂集·答人劝考试甲科书[M]卷12. 台北:台湾商务印书馆,1986:529.
③ 祝允明. 怀星堂集·答人劝考试甲科书[M]卷12. 台北:台湾商务印书馆,1986:529.

吴中四才子诗文研究

鬻熊,祝融氏的后代,九十岁拜见文王,文王尊他为师。祝允明认为自己之才虽比不上鬻熊、嵇康,但足可与袁甫相比。袁甫,晋人,有才气,自言为县宰,曾有名言:"人各有能有不能,譬缯中之好莫过锦,锦不可以为幨;穀中之美莫过稻,稻不可以为蘸。是以圣王使人必先以器,苟非周材,何能悉长黄霸、驰名于州郡而息誉于京邑?廷尉之材不为三公,自昔然也。"①此处,祝允明是以袁甫自比,认为自己虽才能不高,却仍可以为官一方。在他看来,虽然已不能锐意科场,但绝不会放弃谒选为官、济世为民的机会。

一面是自负疏狂、恃才扬己的不羁才子,一面又是汲汲科举、埋首功名的迂腐士人。其狂者品性令人赞叹称赏,其儒者的坚韧又令人深表同情。祝允明就是这样一位具有两面性的人物,而这种行为上的两面性则源于思想上的矛盾性。

(二)抨击权威与恪守儒学

上文已有论述,祝允明赞美自我价值、向往个性舒展,此观念决定了他必然要与压制人性的权威意识形态——程朱理学有一番正面交锋。纵观其一生,对"存天理,灭人欲"的程朱理学的批判最大胆、甚激烈。他指斥程朱尽废圣人之言,认为宋儒言行不一,"理学"是"伪学"。他激烈地批判道:

> (程朱)二子传经之功固大矣……谓先儒之辅可也,谓与先儒并可也……必以为集大成,都废前烈,前无古人,后无来者,后百千年,一守不迁,不知可不可也,亦不知果能如所望否也。②

批判程朱二子尽废前人之言,自成一家之说,却妄图流传百世。出于对程朱二人的激愤,祝允明对深受程朱思想熏陶的宋儒、宋学也进行了批

---

① 房玄龄,等.袁甫列传[A],晋书[M]卷52.北京:中华书局,1974.
② 祝允明.祝子罪知录[A]卷5,续修四库全书·子部,第1122册,上海古籍出版社,2002:592-593.

判,甚至提出了"学坏于宋"这一惊世骇俗的观点:

> 凡学术尽变于宋,变辄坏之。经业自汉儒讫于唐,或师弟子授受,或朋友讲习,或闭户穷讨,敷布演绎,难疑讦讪,益久益著,宋人都掩废之。或用为己说,或稍援他人,必当时党类,吾不知果无先人一义一理乎?亦可谓厚诬之甚矣。其谋深而力悍,能令学者尽弃祖宗,随其步趋,迄数百年不疼不疑而愈固。①

祝允明认为,宋儒为学断章取义,抛开传统注解而直接从经文中附会义理。明代统治者却推崇程朱理学,规定科考命题试士,专取《四书》《五经》,经义主宋儒之说,文用八股。如此一来,传统的经典之说被抛弃,而程朱之学却被堂而皇之地奉为经典,并以此为科考准绳,吸引天下士子攻读这些僵化陈腐之论。此种行为不仅泯灭了士子的个性良知,也使他们的道德人格日趋低下。

祝允明思想上反对程朱理学,对受理学控制的诗文自然也十分不满。他将批判的矛头直指唐宋韩欧为代表的道统文学观,声称:"今称文韩、柳、欧、苏四大家,又益曾巩、王安石作六家者,甚谬误人。"②他认为韩欧等人的文章背离了"秦汉"以来的审美传统,使古文不可避免地走向"中庸"之路。他嘲笑韩愈之文"伤易而近儇,形粗而情霸"③;苏轼之文如"法吏虑囚,怵诱百出,谲辩如流"④;欧阳修之文"逾务纯素,转立孤迥,如人生毕生持丧,终身不被衮绣"⑤;曾巩、王安石之文更是"兽啮腊骨,

---

① 祝允明. 怀星堂集·学坏于宋论[M]卷10. 台北:台湾商务印书馆,1986:510.

② 祝允明. 祝子罪知录[A]卷8,续修四库全书·子部,第1122册,上海古籍出版社,2002:633.

③ 祝允明. 祝子罪知录[A]卷8,续修四库全书·子部,第1122册,上海古籍出版社,2002:637.

④ 祝允明. 祝子罪知录[A]卷8,续修四库全书·子部,第1122册,上海古籍出版社,2002:637.

⑤ 祝允明. 祝子罪知录[A]卷8,续修四库全书·子部,第1122册,上海古籍出版社,2002:637.

吴中四才子诗文研究

126

展转不已,索腴天枯,竟无滋补"①。祝允明不惧数百年来之文学传统,大肆攻击唐宋前贤,其叛逆锋芒,令人生畏,而其用语之狠,亦委实令人惊叹。

除了尖锐犀利地攻击程朱理学及宋儒的陈腐观点外,祝允明还敢于向传统的儒家圣人开战。在他那部富于异端思想的《祝子罪知录》中,还包括这样一些大胆判断,如"汤武非圣人"②;"孟轲纵横流者,不可谓贤人"③;尊庄周为"亚孔一人"④;认为"孔庄一道"⑤等。清人王宏撰评《祝子罪知录》:"其举刺予夺,言人之所不敢言……乃知屠隆、李贽之徒,其议论亦有所自。"⑥把祝允明看成是狂妄放诞、好为惊世之语的屠隆、李贽的先驱。

祝允明批判经典,攻击圣人,敢为天下先的批判精神委实令人佩服。但他毕竟是一个沐浴儒教之风成长的儒门弟子。数十年儒家思想的熏陶,注定了他不可能对古典传统做出根本性的颠覆。在其思想深处,君尊臣卑、忠孝节义等三纲五常之论仍占据一定位置。这从他二十六岁时所写的《读书笔记》一文中就可看出:

> 齐王见颜斶曰:斶前! 斶亦曰:王前! 庄光见光武,卧不起。及共卧也,以足加光武之腹。二子者,高则高矣,然君巨之礼可废乎? 就使在朋友,且不可若是也。盖高而无礼者欤! 以是为训,吾恐无礼于君者有以籍口也。⑦

颜斶、严光,乃是赫赫有名的古代高士。颜斶在齐宣王面前不卑不

---

① 祝允明. 祝子罪知录[A] 卷 8,续修四库全书·子部,第 1122 册,上海古籍出版社,2002:637.
② 祝允明. 祝子罪知录[A] 卷 1,续修四库全书·子部,第 1122 册,上海古籍出版社,2002:526.
③ 祝允明. 祝子罪知录[A] 卷 1,续修四库全书·子部,第 1122 册,上海古籍出版社,2002:530.
④ 祝允明. 祝子罪知录[A] 卷 3,续修四库全书·子部,第 1122 册,上海古籍出版社,2002:562.
⑤ 祝允明. 祝子罪知录[A] 卷 3,续修四库全书·子部,第 1122 册,上海古籍出版社,2002:564.
⑥ 纪昀. 四库全书总目提要[M] 卷 124. 北京:中华书局,1997:1653.
⑦ 祝允明. 读书笔记[A],四库全书存目丛书·子部杂家类,第 83 册,济南:齐鲁书社,1997:770.

亢,宣称"士贵耳王者不贵""生王之头不如死士之陇";严光则不受光武帝荣禄之诱,归隐富春山安享余年。此二人"贵己贱君"的自尊行为,广为历代文人称颂。而祝允明却认为颜、严二高士的举动是"无礼于君"。在他看来,做"高士",必须以严守君臣之礼为前提,所以对君王持轻慢态度的颜阖、严光,绝不值得效法。这种观点,和他自己那"何物如我贵"的豪言相去甚远,反而与朱元璋的态度不谋而合。朱元璋曾在《严光论》里讲道:

> 古今以为奇哉,朕则不然……今之所以获钓者,君恩也……朕观当时之罪人,大者莫过严光、周党之徒,不正忘恩,终无补报,可不恨欤?"①

此外祝允明的这种尊圣崇儒、守礼奉教的观念在其《述行言情》五十首中表现得最为淋漓尽致。这组诗歌体现了祝允明对君王、先人、圣贤认识当中最正统的一面,是其封建正统礼教心态最集中的体现。现列三首观之:

> 昔受皇灵命,结此轩奇姿;一从辞铡璞,雅负遂参差。英光没腾越,皓素变为缁;兹辰起遥想,稚鉴倘还施。但恐时日促,璋琥竟无期;乃知万物贲,治琢当及时。(其一)
> 先人备百行,为仁乃其基。至诚动万物,大孝敷弘规。慈爱无等伦,日月洞肝脾。岂惟天止性,在三道兼师。母氏既圣善,孝敬极壶吴。坤仪绝振古,直当任期姒。煦乳载间慏,春秋望翔驰。(其八)
> 七世美仁里,八叶通德门。五教植本始,百行郁华文。仁义日可见,金玉作庸言。鸡鸣绳准出,举足官徵存。厚趾靡颠丘,长津从冽原。何为末受者,卑垢辱华先。(其九)②

① 钱伯城,等.全明文.第1册.上海古籍出版社,1992:141-142.
② 祝允明.怀星堂集·述行言情诗[M]卷3.台北:台湾商务印书馆,1986:402.

吴中四才子诗文研究

此三首到处充盈着对神圣先人和显赫家世的溢美之词。从隐现于诗中的"大孝、圣善、美仁、五教、皇命、英光、仁义、金玉"等华美惝恍的意象可以看出，祝允明为自己有幸出身高贵门第颇感自豪。他将自我比作"璞"玉，将神圣而慈善的祖先比作"日月"，祖先对自己的教育被尊称为"治琢"。祖先"昔受皇灵命"，既仁爱又大孝，自己则生于"七世美仁"之家，天赋"奇姿"。其家族乃"美仁通德"之门，"五教、百行、仁义"皆日日可见。非常明显，所有这些赞誉都是依经而言、循礼而行的传统说法，都带有非常保守的正统伦理意味。

《述行言情》五十首说明：祝允明——至少在某一个层面上确实是在以一套正统得近乎保守的观念来指导自己的言行。令人感到惊叹的是，被世人目为"狂士"的祝允明，竟然会有如此守旧的思想，在如此的陈词滥调中定位自己的一生。对此，我们不得不叹服：正统思想对人的拘禁，狂者不免也。

（三）心学熏染与传统导向

当祝允明高举古文辞的旗帜对程朱理学大加挞伐之时，王阳明的心学思想也正在明朝大地上如火如荼地蔓延。汤斌有言："姚江之学，嘉隆以来，几遍天下。"[1]在这种举国宗尚"阳明"、畅谈"心学"的大背景下，身处商业发达、思想进步的吴中的祝允明自然会受到影响。

正德初年（1507），王阳明先后在贵州、南京、浙江等地收徒讲学，力倡"致良知""心即理"之论。虽然目前尚缺乏充分的证据说明祝允明与王阳明有着密切来往，但这并不能排除二者有交往的可能。刘凤《续先贤赞》卷四谈及都穆时曾说"杨君谦、祝允明及浙王守仁皆与善"，其中即可见出二人交往的痕迹。试看祝允明一段论述：

> 今儒学之弊，浮华者以词章为事，纯实者亦不过以文义为宗，视

① 转引自傅承洲.冯梦龙与明代哲学思潮[J].南京师范大学学报(社科版),1995(2).

心学则皆罔然。……又知吾心上工夫为本,是当敓本抑末,以斥其言语文字之非可也,而复以心上工夫不是,何自为矛盾欤?①

此处,祝允明借心学概念,对空虚浮华的儒学之弊进行了批判。虽然其所言之"心学"与王阳明的心学理论不尽相同,但王氏学说对他的影响已非常明显,二者对创作主体能动性的强调都是一致的。从这一点上我们可以确认,王阳明的心学思想对祝允明的确产生了一定影响。

王阳明与祝允明皆为"狂者"。祝允明"好为酒色六博""好为新奇之论",敢于"骂圣非孔"。王阳明的狂者气概并不输于祝。他敢于程朱理学之外,独标良知之学,本身就是"狂者"行为。他也乐意以狂者自许,尝谓"吾自南京以前,尚有乡愿意思,在今只信良知真是真非处,更无掩藏回护,才做得狂者,使天下尽说我行不掩言,吾亦只依良知行"②。"狂者志存古人,一切纷嚣俗染,举不足以累其心,真有凤凰翔于千仞之意。"③借"良知之说"把个人意志、主观精神的价值和作用强调到无以复加的地步,更是为"狂者"之"狂"提供理论依据。

在攻击宋儒、批判朱子之学方面,我们能够明显地看出阳明心学与祝允明思想的一致。王阳明认为:

夫学贵得之心,求之于心而非也,虽其言出于孔子,不敢以为是也,而况其未及孔子者乎?求之于心而是,虽其言之出于庸常,不敢以为非也,而况其出于孔子者乎?……夫道,天下之公道也;学天下之公学也。非朱子可得而私也。非孔子可得而私也,天下之公也、公言之而已矣。④

---

① 祝允明.祝子罪知录[A]卷6,续修四库全书·子部,第1122册,上海古籍出版社,2002:605.

② 转引自熊礼汇.略论王阳明对明代散文流派演变之影响[J].武汉大学学报,2001(2).

③ 转引自熊礼汇.略论王阳明对明代散文流派演变之影响[J].武汉大学学报,2001(2).

④ 王阳明著.王阳明全集[M]卷2.上海古籍出版社,1992:232.

凡是同我心中的“良知”相合的便是真道，凡是同我心中的“良知”未合便不能苟同。王阳明以“致良知”之说同孔、孟、程、朱及儒家经典分庭抗礼。反对盲从、迷信孔孟之学，并指斥朱子之学为异端，这在当时的文坛确为振聋发聩之语。

祝允明的观点与此一致：

> 愚谓，《大学》《中庸》终是《礼记》之一篇，孟子之言，羽翼孔氏。然终是子部儒家之一篇耳。古人多有删驳，国初亦尝欲废罢。故愚以为，宜以《学》《庸》还之《礼》家；《论语》并引《考经》同升以为一经；《孟子》只散诸论场为便。诸经笺解传释，今古浩穰，然自昔注疏一定，似有要归。本朝惠制《大全》书，俾学者遵守，亦未尝禁使勿观古注疏诸家也。今习之既久，至或有不知人间有所谓注疏者。愚恐愈久而古昔传经家之旨益至泯灭。故以为宜令学者兼习注疏，而宋儒之后为说附和者，不必专主为便。①

将明朝政权奉为指导思想的宋儒朱熹之说视为一家之言。取消《四书》之名目，认为《大学》《中庸》本是《礼记》中之一篇，《孟子》也只是子部儒家之一篇，都应当回到原著中去，甚至将《孟子》也视为百家中之一家，这种观点在当时真可谓惊世骇俗。如此一观，王祝二人“批圣非儒”的论调简直是如出一辙。

从祝允明有关人性善恶的论述中，我们也可以明显看出王阳明思想的痕迹。在人性善恶问题上，王阳明的观点是“善恶本是一物”，人心有善有恶：

> 盖心之本体本无不正，自其意念发动，而后有不正；故欲正其心者，必就其意念之所发而正之，凡其发一念而善也，好之真如好好色；

① 祝允明. 怀星堂集 · 贡举私议［M］卷 11. 台北：台湾商务印书馆，1986：517.

发一念而恶也,恶之真如恶恶臭;则意无不诚,而心可正矣。①

王阳明认为心之本体无有不正,但其在现实中应物而动所生发的种种意念却有是有非,故而需要用真诚之心来区分善恶。

祝允明的善恶观与王阳明相似,他大胆声言:"孟轲言性善,荀况云性恶,皆非",人性乃"善恶交并":

> 谓皆恶与善与,不然也。有善者也,有恶者也,有善恶并者也。善者则甚少,义姬是也;恶者亦甚少,癸辛是也。并者一而其剂分,彼此侵互为品极繁,由千万至于无算也,古今之贤良中人以至细人是也。②

此处,祝允明把"古今之贤良"也归入"善恶交并者",消泯了凡圣的界限。而这一点又恰与王阳明"满街皆是圣人"的观点不谋而合。

由此可见,阳明心学对祝允明的影响颇深。在举止行迹上,王阳明的狂狷气质为祝允明提供了效法的榜样;在思想观点上,阳明心学为祝允明提供了理论上的支撑。或许正是因为有了王阳明的支持与声援,祝允明才会毫无顾忌地敢行"狂事",喜出"狂言"。

祝允明思想开放且保守,激进且守旧。其开放与激进多受"心学"之启示;其保守与守旧则多源自家族正统教育的熏染。祝允明"出世甚华",文震孟在《姑苏名贤小记》中说祝允明"少为名家子"③。祝允明对于家族的为官传统和长辈的教育向来引以为傲,自言其家族"七世美仁里"④。其祖父祝灏、外祖父徐有贞皆为当世魁儒,又历任高官。祝家自允明以上二世单传,因此他特别受长辈宠爱。他在成年后常常回忆童年

---

① 王阳明著.王阳明全集[M].上海古籍出版社,1992:971.
② 祝允明.怀星堂集·性论[M]卷10.台北:台湾商务印书馆,1986:503.
③ 文震孟.姑苏名贤小记·祝京兆先生[A]卷上,四库全书存目丛书·史部传记类,第115册,济南:齐鲁书社,1997:755.
④ 祝允明.怀星堂集·述行言情诗其九[M]卷3.台北:台湾商务印书馆,1986:403.

吴中四才子诗文研究

受宠的情形:"昔在杕膝下,拊顶称佳儿。珠凤已验文,棋虎亦彰奇"①;"允明幼存内、外二祖之怀膝……师门友席,崇论烁文,洋洋乎盈耳矣"②。这种温情脉脉的教育令祝允明印象深刻。试想,在这种环境熏陶下成长起来的祝允明,怎么可能不接受诸如光宗耀祖之类的训教,又怎能不背负一种沉甸甸的正统责任。"所企自有立,名位岂足期?"③祝允明坦言,功名利禄、声名地位并不是其最终的期许,承继家风、立志建业才是自己真正的人生目标。在诗歌中,祝允明唯恐辱没先人的心态表现得极为强烈。"握志壮室馀,荐名仅乡司。逸足远市肆,永愧英贤规。"④"厚趾靡颠丘,长津从浏原。何为未受者,卑垢辱华先。"⑤他对于自己未能举进士而深感惭愧,这从反面证明了祝允明谨记先祖教诲、唯恐有失的心态。

秉承着先祖教诲、背负着家庭责任的祝允明,不仅要求自己终生谨记并恪守家风遗训,还怀着与先祖相同的心态谆谆教导后人,叮嘱他们要以读书举业为重:

> 自吾以上二世单传,汝若终鲜兄弟,则三世矣。……吾家以善积望乡郡,迨二百年,仕显相袭。天之佑荫过厚,吾等侥幸逾分多类。独惟枝叶单薄,殊为可戚。吾既已老,所望于汝,倍于他情,乃复弥甚,将若之何! 此固自天意,人不与力,然予年至此际,西岫高而羲轮下,局胜悯悯之怀也! 作好官,建勋名,固是门户大佳事,要是次义;只是不断文书种子,至要至要。苟此业不坠,则名行自立,势必然也。⑥

念念不忘家族"仕显相袭"的荣耀,时时刻刻以"沐先祖遗风"为荣。在恪守宗法观念上,祝允明有着比普通士人更为鲜明的执着性;在谨遵家

---

① 祝允明.怀星堂集·述行言情诗其二十二[M]卷3.台北:台湾商务印书馆,1986:404.
② 祝允明.野记[M]自序.北京:商务印书馆,1936.
③ 祝允明.怀星堂集·述行言情诗其三[M]卷3.台北:台湾商务印书馆,1986:402.
④ 祝允明.怀星堂集·述行言情诗其二十二[M]卷3.台北:台湾商务印书馆,1986:404.
⑤ 祝允明.怀星堂集·述行言情诗其九[M]卷3.台北:台湾商务印书馆,1986:403.
⑥ 祝允明.怀星堂集·示缵[M]卷12.台北:台湾商务印书馆,1986:531.

风遗命上,祝允明有着比其他子孙更为强烈的迂执性。作官建名、读书科举,这些曾经背负在祝允明身上的沉重责任,通过他的言传身教,成功地传递到了其后人的身上。

"素无经世怀,学仕本先训。"①可见,推动祝允明在科举征途上颠簸踯躅的力量,更直接地来自列祖列宗的命令。"幼承内外尊长,则以仕学之规并教之,又窃自憙古人志。"②正是秉承了先人的遗训,祝允明才会立志科举,才会在坎坷的科举之路上踽踽独行二十年;也正是秉承了先人的遗训,狂生祝允明才会坚守儒家礼教,才会终生恪守传统士人的思维定式和价值规范。

祝允明的思想复杂而深邃。他肆无忌惮地攻击理学,同时又表现出对礼教纲常由衷的敬畏;他向往人格的独立,同时又谨遵家训,不敢越雷池半步。吴中优越的人文环境和阳明心学的熏陶,使他敢于超越"名教"之外,做"狂事",说"狂言";但"七世美仁"的家族传统的教诲和引导又决定了他思想上的保守,限制了他对自身命运的认识。就这些来说,祝允明到底与明后期带有启蒙主义色彩的文人们有一定距离——虽然以李贽为最突出代表的这些文人同样存在不少弱点乃至自相矛盾之处,但他们主体意识的自觉、叛逆精神的突出,都还是祝允明所不能企及的。在祝允明的思想中,激进与保守在鲜明对立中共存。在今天看来,这种内在矛盾的存在体现着承上启下的特征,是其所处的那个时代难以避免的。

### 三、多元斑斓的诗意世界

祝允明作品数量丰富,种类繁多。其散文潇洒自如,诗词清丽可诵,皆能不依傍门户,自成一家。其诗歌大致可分为四类。述怀诗:此类诗歌虽数量不多,却最能反映祝允明的心态与思想;咏物诗:以咏物言志诗和喻理诗价值最高;写景诗:大多以吴中山水、南下任职期间所见之景为描

---

① 祝允明.怀星堂集·述行言情诗其三十八[M]卷3.台北:台湾商务印书馆,1986:405.
② 祝允明.怀星堂集·上巡按陈公辞召修广省通志状[M]卷13.台北:台湾商务印书馆,1986:549.

写对象,或描写闲怀幽情,或抒发惆怅感慨;酬赠诗:此类诗歌多为应酬往来而作,风格单一,但也不乏情挚感人的肺腑之作。

朱彝尊《静志居诗话》云:"六如居士画,枝指生书,均称绝品。至于诗,逊昌谷二十筹。然如'莫食汨罗鱼,肠中有灵均''小山侵竹尾,细水护松根''麦响家家碓,茶提处处筐''人家低似岸,湖水远于天',置之《叹叹集》中,正自难辨。"①朱彝尊称祝允明的诗歌逊徐祯卿二十筹,似乎有些夸张。我们就祝允明的部分诗作,试作解读,以此欣赏并品味祝允明作品的真实意蕴吧!

(一)细腻多感的心灵倾诉

诗言志,情思溢满胸怀,可发而为诗,发而为歌。作为才子型文人,祝允明的前半生深陷科举泥淖,寸步难行。读书应考之苦和科举失利之痛自然成为其述怀诗所要吟咏的首要题材。除此之外,对自身状态的观照,诸如身染病患、心境变化等也常常进入其述怀言情的诗意取材中。

弘治六年(1493),祝允明进京赴试失利。回想十年寒窗之苦,目睹眼下凄凉的窘境,祝允明悲从中来,放声而歌:

> 十年憔悴苦难禁,一寸书生不死心。纸上逐年添墨字,床头何日有黄金。

这首诗歌饱含着诗人十年寒窗的苦楚,亦纠结着诗人对未来岁月的迷茫。十年岁月,诗人从一个意气风发的少年变成一位容颜憔悴的老者。虽然容颜已衰,身心俱疲,但诗人的进取之心不曾改变;虽然学业与时俱进,文章日益精炼,但诗人的功名举业依然无望。岁岁年年人不同,年年岁岁一床书,这种皓首穷经的苦读岁月何年何月才能结束?"十年憔悴苦难禁"一句,道尽了诗人的尴尬与辛酸,或许只有在纸墨之上,诗人的精神才有安宁之感。

---

① 朱彝尊.静志居诗话[M]卷9.北京:人民文学出版社,1998:241.

三十载坎坷求仕路,换来的是一次次的打击和羞辱。在往来奔波于吴中和京城的日子里,祝允明的心一直在希望与绝望中挣扎。其《和陶渊明饮酒》二十首即是这种挣扎心态的全程记录:

　　　　士生三代后,干名本其情。所叹少可知,科版猎空名。二者齐亡之,何以为此生? 此生幸长存,得失何复惊。陶公但饮酒,千载名自成。①

　　该诗之基调与前一首截然不同。前诗中,诗人仿佛身处黑暗的深渊,看不到出路和光明;本诗中,诗人的心情一下变得轻松起来,他以陶公自比,天真地认为自己在科举失败后,亦能如陶公那样在"一觞一咏"间赢得千载美名。"此生幸长存,得失何复惊",读此句,我们既为诗人超脱于痛苦感到欣喜,亦为他无奈的自我安慰感到一丝辛酸。
　　述怀之诗,通常包含两个方面。一是述一己之情,二是述平生之志。因为长时间屈居下僚、志不得伸,祝允明的述情诗大多牢骚满腹,英雄气短。与此相对,其述志诗却因为对未来充满希望而给人以轻快、明亮之感:

　　　　五十六年行役身,又漂萍叶及初春。柏灯向壁吟残句,江雨敲窗梦故人。莺转上林空倚醉,月生南浦几伤神。还家想得儿童笑,毛发苍浪绿绶新。②

　　正德十年(1515),56 岁的祝允明赴兴宁县任。半生孜孜以求的功名追逐,虽然只得到一个"弹丸"之地的县令一职,但也总算有了结果,他的心情自然是轻松而喜悦的。结尾句中的"笑""新"二字表达出这位科场路上挣扎半生的倦客终能如愿不辱家门的喜悦,这种喜悦滤去了对以往

　　①　祝允明. 怀星堂集·和陶渊明饮酒其三[M]卷 3. 台北:台湾商务印书馆,1986:402.
　　②　祝允明. 怀星堂集·早春江行[M]卷 6. 台北:台湾商务印书馆,1986:444.

艰辛的叹息,亦退去了压在心头几十年的重负和焦虑,其中掺杂了自我价值的充分认定和对于未来政事的天真期待。

明中叶的部分吴中文人脱离了国家政事之忧,更多地关注自己身边之人,身边之事,尤其关注自己的生命。自己身体的健康,自己年岁的增长,自己生命的短暂,都是他们诗歌中常常描写的内容。身为吴中文人之一的祝允明亦是如此。在他的笔下,生活中的任何一件小事、一点感悟、一缕情思,皆可成篇:

> 病闲身懒趣偏长,书策纵横掷满床。医业探寻胜士业,闺房清寂似禅房。青春总误今何及,白昼长闲梦始忙。此境可留终岁月,岂须重觅引年方。①

人在病中,常常会有诸多感悟,诗人更是如此。此诗中,祝允明感触良多。岁月流逝,青春不再,病中的白昼,成了他梦想开始的时刻。在睡梦中,诗人进入了一个难得之境。这个难得之境,其实正是诗人自由天性所钟爱的"桃花源",当然也是其梦寐以求而不可得之所在。在这个美丽的所在,诗人不仅可以尽享舒适,亦可以超越时空将"岁月""青春"留住。从祝允明这首诗中,我们可以看到一种普世的情怀,一种普遍的人类生存困境的真实表现。

不仅生病时的所思所感可以记录到诗歌中,即便是秋夜不寐,听雨声而生的愁思,亦可以以诗歌记之:

> 滴滴丁丁彻夜闻,泪珠千斛总酸辛。此声已是人间苦,更到人间最苦人。

这首诗平易却感人。秋雨声中,诗人彻夜不眠,淅淅沥沥的雨声勾起

---

① 祝允明.怀星堂集·病闲[M]卷6.台北:台湾商务印书馆,1986:448.

心中隐痛,痛苦辗转,欲说不能。唯有将满腹的愁苦之情,诉诸诗歌,聊作宣泄。当然"彻夜""千斛""最苦人"皆属夸饰之词。祝允明一生最大的困顿就是久困场屋,才不得售。正是这种苦痛时时刻刻纠缠着他,让他痛至深,苦至及。

除上面两首之外,诸如湖边垂钓《渔钓》、明月当空《皓月》、秋叶凋零《悲秋》、花开鸟啼《京馆闻莺》、闲居纳凉《闲居》时的所感所想,也都被祝允明信手拈来,写入诗中。这些平凡的、琐细的所感所想,虽然不可能如古典主义诗歌那样发出雄浑刚健之气,但恰恰是这些琐碎心绪,向我们展示了一个真实的祝允明,也正是这些诗歌成为其述怀诗中最有价值的部分。

(二)斑驳庞杂的意象刻画

祝允明思想敏锐而深邃,认识广博而超前。这一特点决定其善于观察并精细地描绘所感所见。在描摹所见之物、表述所思之理上,祝允明的敏锐与精细令人惊叹。在其近千首诗中,咏物诗有近二百首。吟咏的题材相当广泛,既包括风、云、月、露、梅、兰、竹、菊、松、柏、鸡、鸦、鱼、鹅等自然生物,又不乏亭、台、楼、榭、船、舟、庙、堂、琴、棋、书、笔等人文事物。体裁则遍及众体,犹以古体和绝句为多。从所咏之物所包含的意象来看,大致可分三类:一描摹客观实物,唯求毕肖;二吟咏自然风物,托物言理;三声发眼前之物,咏物言志。第一类专注写物,穷形尽相,诗的着眼点并不在于说明道理或抒发情感,而是为了描绘出对象的本来面目,以细致入微的刻画见长。后两种比兴意味较浓,多抒发诗人的豪情壮志、所感所想,从中可见诗人之思想、志向,以丝丝入扣的情感表达见长。

祝允明是一个颇具立体观感的文人,他对建筑物似乎情有独钟。其诗抛弃主观色彩,仅以一个观察者的角度对建筑物进行客观描绘,如《宫观》《金台》《白莲寺》《昆福寺》《昆山清真观》《禅林》《瞻郊坛》《八咏》等。以《禁省》一首为例:

彤华耀芝盖,初旭浮绛缬。紫殿切五云,螭表双嵯峨。千门洞阴阴,天光互明灭。英英凤翼拥,肃肃羽旗列。仙韶忽然奏,鸟兽咸应节。皂囊上玉陛,丹书出金阙。①

诗人运笔不避烦冗,以铺叙的手法,从多个角度对皇家宫苑进行了穷形尽相的描绘。"彤华、初旭、英英、肃肃"等词语,既映衬出皇家宫苑的富丽华美,又凸显出其庄严肃穆之气。

除了以建筑物为吟咏对象外,祝允明也极喜以活泼的笔触描写家居生活中的动植物。如《芙蓉》《水仙》《葡萄》《鸡》《鹅》《鹁鸽》《牵牛花》《牡丹花》《芍药花》等,这些诗作大多抓住所咏之物的某一具体特征展开描写,与上述作品相比,更多了几分神似。

祝允明是一个睿智而善思的文人,他擅长描摹事物,但又不止于描摹。在言说事物的客观状态时,往往将自己的所思所感寄寓其中,阐发人生感悟,这颇类似于后来的哲理诗。在这类诗中,"理"是一种审美化的存在,它植根于诗人的人生体验,以特定的审美感触为契机,并以意象为载体加以呈现。如《戏咏金银》:

顽石污泥隐此身,无才无德信无伦。无端举向人间用,从此人间无好人。②

常人奉为万能之物的金银,在诗人眼中却成了导致人性失德、世风败坏的罪魁祸首。诗人通过对金钱害人的咏叹,阐发自己的人生感悟:不可唯利是图,取应得之财才是生存之道。

再如《上下滩》:

① 祝允明.怀星堂集·禁省[M]卷4.台北:台湾商务印书馆,1986:425.
② 祝允明.祝枝山全集·戏咏金银[M].上海:大道书局,1935:56.

上滩若绿蚁，下滩若驰驶。移转顷刻间，便是人间事。①

　　此诗作于祝允明南下赴任途中，诗中充满了荣辱不定、世事无常的慨叹。看到奔波于水上的小舟，顷刻间由逆流而上转变为顺水而下，诗人想到了自己的命运。科考的屡次失利，似乎已经宣告了入仕之路的断绝。可谒选竟给了他再入仕途的机会。这种命运转换的瞬间性和不可预知性令诗人顿生感悟：人世充满变数，世事自有定理，不可不努力，亦不可过于执着，一切随缘，定会自在安然。

　　刘熙载《艺概》曰："以言内之事，写言外之重旨……不然，赋物必此物，其为用也几何？"②诗歌应担起咏物言志之责。祝允明的咏物言志诗是其诗歌的精华部分。

　　人的情感是复杂的，在不同的情境下会迥然相异。春花秋月，令人气爽；愁云霏雾，劳人神伤。羁臣见舟船而有归隐之念，高士见剑戟而起奋起之意，志士见古迹则发思古之情。祝允明亦是如此，触物而感，形之言语，发为声诗。如《艇子》：

　　　　江南小艇子，能住亦能诗。梁柱无阶砌，门窗即枕帏。坐流看树过，行屋逐风移。试欲作舟史，半生居在斯。③

　　任何人、任何物都可能成为别人羡慕的对象。在这首诗里，小船和船家就成了祝允明羡慕的对象。他细细地描写这种江南小船，它空间很小，却能枕卧，能居住。小船随着风儿走，船家可以枕着流波，欣赏两岸的树木。这是一种视觉效果，也是一种美的享受。他渴望像船家那样，漂泊水上，追逐清风，坐看流云，过一种无拘无束的隐逸生活。此处艇子——清风流云——船家——隐逸，正是祝允明由物言志的思维脉络。

①　祝允明.怀星堂集·上下滩[M]卷6.台北：台湾商务印书馆，1986：450.
②　刘熙载.艺概[M].上海古籍出版社，1978：23.
③　祝允明.怀星堂集·艇子[M]卷7.台北：台湾商务印书馆，1986：457.

再如《宝剑篇》：

> 我有三尺剑，白石隐青锋。一藏三十年，不敢轻开封。无人解舞术，秋山锁神龙。时时自提看，碧水苍芙蓉。家鸡未须割，屠蛟或当逢。想望张壮武，揄扬郭代公。高歌抚匣卧，欲哭干将翁。幸得留光彩，长飞星汉中。①

文人咏剑，多是向往建功立业，表达怀才不遇、经纶难施之憾。祝允明也不例外。此诗先言宝剑的名贵，年代的久远。再言宝剑之神奇与威力，暗喻自身的德行与才干，读来令人心骨开张。在另外一首诗《咏床头剑》中，祝允明也写道："三尺青萍百炼锋，流年三十未开封。藜床且作书生枕，只恐中宵跃卧龙。"②名为咏剑，实为寄怀，以宝剑的披靡无敌映照其急欲一展身手、为国效力的殷切之情。

观物是人非之古迹，感沧海桑田之变幻，最易拨动文人的心弦。一千多年前，陈子昂独登幽州台，抚古追昔，以一首《登幽州台歌》震动天下有志之士的心魂。几百年后，祝允明独登越王台，同样以深沉厚重的吟唱，感动无数志同道合之士：

> 环城三面碧波围，今古楼台满翠微。不见越王惟见佛，木棉花里鹧鸪啼。③

越王台，一在今浙江绍兴府山（又称种山、卧龙山），相传为春秋时越王勾践登临之处。一在今广东广州越秀山，为汉时南越王赵佗所筑。斗转星移，物是人非，在历史的长河中，曾经轰轰烈烈的事件，曾经叱咤风云的人物，如今皆化作残缺不全的遗迹。面对越王台，诗人的情绪高亢而悲

---

① 祝允明. 怀星堂集·宝剑篇[M]卷6. 台北：台湾商务印书馆，1986：424.
② 祝允明. 怀星堂集·咏床头剑[M]卷4. 台北：台湾商务印书馆，1986：444.
③ 祝允明. 怀星堂集·登越王台[M]卷6. 台北：台湾商务印书馆，1986：452.

慨,诗句所蕴藏的沧桑之感扑面而来。读至此,我们不得不感叹:无论是圣人、凡人抑或是儒者、狂者,其内心深处追古思今之幽情是相通的,由古人思己身的自省之感是不变的。

(三)赏心悦目的景象描摹

祝允明一生游历甚广。除家乡吴中地区外,他曾北上赴试,南下为官,从南到北的人生经历让他游历了几乎大半个中国。北上赴试期间,祝允明曾五次沿运河从苏州北上京师。运河两岸旖旎的风光、繁华的商市和纯朴的风情极大地丰富了其人生阅历,并给予了他无限的创作灵感。在南下赴任途中,祝允明对沿途的一切都充满了好奇,诸如登高远眺、旭日初升、薄暮看月、江中行船等景象都被他细心地捕捉下来,精心雕琢成一篇篇氤氲着浪漫气息的诗作。辞官归吴后,卸去了科举名利的压力和负担,祝允明"放浪山水间,翛然乐业",吴中地区的钟山、太湖、包山、昆山等湖山胜景,以及众多的亭台楼阁、寺观园林、灵泉怪石都留下了他的足迹。而几乎每经一地,他均将所见所感诉诸诗篇。粗略地说,吴中胜景和北上南下的游历所见构成了祝允明写景诗的主体部分。

吴中是祝允明的故乡,不仅是籍贯上的故乡,而且是精神上的故乡。与文征明、唐寅等一样,他对家乡虎丘、石湖、支硎山、洞庭湖等名胜倾爱有加。倘徉在故乡的山山水水里,眼中的一草一木都赋予了其无限的创作灵感,几乎每到一处,祝允明都写诗记之、赞之。如《一江赋》《佘侍御游灵岩赋》《吴趋》《溧水官舍》《泛舟登郡西诸山作》《包山》《太湖》等诗作。试析《虎丘》:

> 循麓都来几屐踪,异观灵景正重重。入门始见山和水,汲涧愁惊虎与龙。四面更无林作伴,当头又着塔为峰。尘裙皂衲纷纷满,二竺终无一个逢。①

---

① 祝允明.怀星堂集·虎丘二首其一[M]卷7.台北:台湾商务印书馆,1986:463.

这是诗人捕捉到的一幅虎丘静谧图:美景重重、山水相伴、涧底生花、塔峰独立,一切都显得和谐而美妙。最为精妙的当属"循麓都来几屐踪"一句,在空旷静谧的山景中安排三两行人,更增添了虎丘山之寂静、神秘。与其他诗歌重点叙写虎丘之繁华喧闹不同,祝允明此诗以细腻敏锐的笔触描写虎丘之静、之空,可谓众多"虎丘诗"中难得之佳作。

吴中名山胜景固然美妙,而最能体现吴中风俗特色的,当属其描写乡村风光的诗篇。在这些诗中,诗人笔下的景致,是涂抹了自己情感色彩的景致,仿佛已经由客观的物象转化为主客观结合的意象。如《暮春山行》:

> 小艇出横塘,西山晓气苍。水车辛苦妇,山轿冶游郎。麦响家家碓,茶提处处筐。吴中好风景,最好是农桑。①

此诗写的是吴中暮春时节的农桑景象。诗人路经横塘,看到了踏动水车的辛苦妇人,也看到了乘轿冶游的富家公子。"辛苦妇"和"冶游郎"是一对对立的、不和谐意象,但诗人却无意让这种不和谐发展下去,转而用轻快的笔调描写家家户户的舂麦声、满堤满坡的采茶女。因为在诗人眼中,家乡的风土人情,无论是和谐还是对立,都是安于天命、出于天然的好景致。

祝允明是一位任诞不羁的狂者,同时又是一位心思细腻的"智"者。他情感丰富,心思细密。在北上南下的奔波岁月里,从其笔下流淌出的极少有对名山大川伟岸雄奇的赞叹,多数是对羁旅情思和途中小景的细腻体悟。如花开水流、日出月落、泊船远行等,都是一些与诗人极为贴近的平凡之物、常见之事,都是诗人旅行境遇与审美感受的直接折射。诸如此类的诗作有《舟行汉上薄暮看月作》《京馆登楼眺远》《日观》《自末春入初夏归舟即事》《丹阳晓发》《旅情》《江行》《长途》《途中即景》《看山》《冒冷行役》《太行歌》等。试看《途中即景》:

---

① 祝允明.怀星堂集·暮春山行[M]卷6.台北:台湾商务印书馆,1986:450.

地迥景逾胜,数程无市人。隔篱花晚胚,临水树精神。村犬随船吠,沙禽见客亲。渐看明月上,夕韵想更新。①

该诗描写赴任途中的景色,花的娇羞、树的丰姿、犬的喧闹、鸣禽的活跃,以及即将出现的新奇夕韵,都是一些极小、极细的景象,同时又都是作者愉快心情的写照。再如《秋晚由震泽松陵入嘉禾道中作》(选一):

湖尾横波急,船头转港频。几家危傍水,一木老存身。黄菊看如客,青山坐送人。空舟随处泊,不用择行邻。②

这首诗写得清雅、轻快,清新气息扑面而来。诗人带我们走了一段水路,看到了一幅秋景。此秋景不是衰败、凋残的,而是亲切有味的、芬芳可餐的。秋色美景随船而动,水镇景象显于目前,一切显得是那样静美、和谐。"空舟随处泊,不用择行邻"一句,将诗人的随缘而定、随遇而安的自在情怀表露无遗。

祝允明个性独立,好为狂者之事,喜言新奇之论。这一高标独立的性格决定了其诗作必有不同凡俗之处。这种不凡最为集中地体现在其写景诗中。与一般文人相同,祝允明写眼中之景,抒心中之情;与一般文人不同,祝允明竟然写梦中之景,言梦中所思。如《梦作月山独步歌》:

不惢白日尘,宵赏有灵悦。山蹊任襟入,不必有昔辙。石淙长写韵,风林时落叶。冻狖僵石霜,跃鳞触潭月。山空夜深静,魈鬼时出灭。自非返冥极,谁能畏城阙?③

---

① 祝允明.怀星堂集·途中即景[M]卷6.台北:台湾商务印书馆,1986:449.
② 祝允明.怀星堂集·秋晚由震泽松陵入嘉禾道中作[M]卷6.台北:台湾商务印书馆,1986:448.
③ 祝允明.怀星堂集·梦作月山独步歌[M]卷3.台北:台湾商务印书馆,1986:409.

这种宁静森然的气氛让人顿生毛骨悚然之感。与现实之作不同,在梦境诗中,祝允明仿佛在刻意渲染一种萧索幽暗的神秘氛围。这种氛围对常人而言难免会心生恐惧,但对他来说却是一种灵魂终得解放的神圣所在。在这个神圣所在里,祝允明能够真正地感受到灵悦,甚至感受到"山蹊任襟入,不必有昔辙"的逍遥自在。在他看来,现实世界已经无法容纳自我身心,只能将灵魂深处的愉悦、自由与宁静寄托在神秘世界中,身心才能获得彻底的解脱和自由。事实上,这一美好的神秘所在很大程度上是作为现实的反面而呈现的。

(四)隽永无华的交际酬赠

在祝允明的千首诗作中,交往应酬诗近四百首,多数是以亲朋故旧的赴职、升迁、致仕、归省、寿辰、逝世等为创作素材。其中粗略分为次韵酬唱诗,题物诗,庆贺、悼怀诗等。这些诗篇虽数量众多,但因多为应酬之作,故创作模式化较重,艺术价值相对较低。

在这些纷繁复杂的交际诗中,次韵酬唱诗数量最多,也最为可观。如《次韵郡守胡公太湖二首》《雪后杨礼部邀宴用谢宣城韵分得字》《赠伦解元》《赠王翰林》《神游篇赠黄勉之》《答孙山人寄吟卷歌》《寄谢雍》《简嘉定王令》《答黄鲁曾》《答张掌教再次韵》《次韵郭令虎丘千顷云夜坐二首》等。这些诗作不仅为我们掌握祝允明的人情交往提供了资料,也为我们了解明代文人士夫的生活状态提供了独特视角。祝允明是一个极重情感的性情中人,他的一些与亲朋的次韵唱和诗篇写得深情有致。如《答黄鲁曾》:

> 昔与君子别,朔雪正霏霏。惠音阻良规,叹息避炎威。僵卧怀夙昔,风雨滇凄凄。磊磊井上松,秋菊晚相依。倏忽时候变,星霜迅若飞。①

---

① 祝允明. 怀星堂集·答黄鲁曾[M]卷4. 台北:台湾商务印书馆,1986:420.

在一个朔雪纷纷的冬日，诗人与好友依依惜别。从此，天各一方，彼此牵念，缺少了友人相伴的日子，生活因为思念的缭绕而变得索然无味。看到井边的松树尚有秋菊为伴，而自己却茕茕孑立，孤独的寂寞思绪使诗人顿生无限伤感。"倏忽时候变，星霜迅若飞"，时光飞逝，想到自己很快便能与友人见面，诗人又变得乐观起来，而这种乐观又恰好从侧面印证了对友人的思念之深。全诗虽不着一个"思"字，但诗人与友人之间的"思念"之情却无所不在。

祝允明乃吴门书派的领军人物，书法技艺直追"二王"，在明代中叶的书坛声望极高，亲朋好友、文人墨客皆想请其为画作或扇面题诗。因此祝允明的题画诗数量也颇为可观。如《秋山琴月图》《草阁玩水图》《戴文进风雨归舟图》《唐寅画山水歌》《暮岭归樵图》《题征明写赋赠潘崇礼灌木寒泉大幅》《徵明画一草》《题徵明画》《题钠子诗稿》《题山人藏王舍人竹枝》等。这些诗虽所题对象不同，但诗人却皆能以笔墨和心灵为交流媒介，将诗意与画境巧妙地融为一体，既道出了画的韵味，也表达了诗的内涵。

此外苏州塔观林立，桥梁栉比，园林竞秀，故祝允明对园林台阁、楼堂庭园也多有题咏。如《包山徐氏含晖堂》《友人郊墅》《故福建金宪陈公柞直道祠五十韵》《题汤三城南庄子》《太傅王公款月台》《顾秀才阳山草堂》《遗安堂》《题徐子芳秋庭》等。这些诗多赞美楼阁庭院的清幽雅杰，以此反衬主人气质之高雅、情趣之脱俗，其中不乏新颖之处。但因审美角度单一，部分诗作呈现出模式化倾向。

庆贺、悼怀之作在祝允明交际诗中所占比重较大。庆贺诗如《寿陈史》《寿王贞斋七十》《贺沈君达卿纳宠姬》《贺汤弟迁居》等；挽悼诗如《尚书内相毛文简公挽辞》《吴文定公挽歌词》《哭子畏二首》《挽都良玉》《哭周院判》《哭陆大参》等。这些诗作均是评述人物生平业绩，抒发悲喜思念之情的，色彩较浓。当然其中也不乏情真意切之作。尤以《哭子畏二首》闻名于世：

万妄安能灭一真？六如今日已无身。周山既不容神凤,鲁野何须哭死麟。颜氏道存非谓夭,子运玄在岂称贫。高才剩买红尘妒,身后犹闻乐祸人。①

此诗因周公得凤而国兴、孔子悲世而哭麟两个典故,把唐寅比作"凤"和"麟"——一种无比美好的象征,意谓像这样高尚的人格为世所不容,是世道的不幸。这不仅仅是对唐氏的深刻同情,更是对缙绅社会价值规范的沉痛抗议。

在祝允明四百余首交际诗中,有一个突出的现象值得我们注意,即与僧人交往频繁。祝允明家族世代信佛,自青少年起即常常踏足寺院,与寺僧相友善。"予家故为寺门徒,诸比丘并坐道。二十年来事兴,人怀耿耿。斋食后,释客请作诗,书扇甚多。书后,更少食。到前殿各房院,往往转清胜。堤师诵予十五六岁时所赠诗,如在梦内。"②这种与僧友善、乐居佛寺的行为在诗歌中也多有反映。如《诗人二三子同集宝积寺醉后作》《过佛慧后院见先参政壁题谨续一首》《哭本斋师乔先生》《游福昌次君谦韵赠南公》《游雍熙赠湜公》《赠释敬庵》《秋夜宿贤首义师房》《白莲寺》《峡山寺》等,皆证实了祝允明对寺庙的亲近感及与寺僧的亲密关系。试看《夏日游慈云寺》一诗:

命俦乘暇日,散步入慈云。野气能遥接,秋光自独存。小山侵竹尾,细水护松根。众果都连苑,繁花杂植园。废兴征老衲,文字哭孤孙。却幸重来好,禅床许北轩。③

与僧结缘,爱入禅院,历史上很多文人,特别是失意中、遭贬中的文人,往往如此。祝允明也有不少僧道朋友,也写了不少与寺僧有关的诗

① 祝允明.怀星堂集·哭子畏二首[M]卷7.台北:台湾商务印书馆,1986:465.
② 祝允明.祝枝山诗文集[M].上海:广益书局,1936:9.
③ 祝允明.怀星堂集·夏日游慈云寺[M]卷6.台北:台湾商务印书馆,1986:448.

歌。本诗中的慈云寺像是一方世外桃源，风光秀美，山水相映，竹松掩翠，这里有"野气"，留存着独特的"秋光"，让忙碌于尘世的诗人得到一日闲暇，与老僧人谈谈人事兴衰、谈谈诗文字画。人生旅程中，需要这样的闲暇时光，需要这样的与自然山水、与秋光天籁的交流，而这也正是祝允明家族"故为寺门徒"的原因所在。

### （五）古风浓郁的审美趣味

在吴中习古风尚的熏染下，加之家学祖辈的浸渍秌沃，祝允明自小便淹贯《六经》等古籍，二十四岁便以古文名盛吴中。受此影响，祝允明也把趋古、好古的倾向带到了诗歌创作中，使其诗歌整体上呈现出深邃奇奥、古风浓郁的特色。对此同时代人已有评价。文征明《题希哲手稿》记曰："右应天倅祝君希哲手稿一轴，诗赋杂文共六十三首，皆癸如甲辰岁作。于时君年甫二十有四，同时有都君元敬者与君并以古文名吴中，其年相若，声名亦略相下上，而祝君尤古邃奇奥为时所重。"[1]文征明还曾跋祝允明《沈氏良惠堂铭》，言其："古奥艰棘，读不能句，盖扬子云、樊绍述之流，非昌黎子莫能赏识，真奇作也。"[2]清代俞樾评其："京兆之文，则犟犟独造，犹有古作者遗意。"[3]对古文辞的研习与热爱给予了祝允明诗歌创作上的灵感。他的许多诗作力求艰深古奥，追摹古意、古风，有些诗作的确达到了一定的文学高度。

在祝允明的诗文集《祝允明集略》中，前九卷为诗赋，其中前五卷为赋、乐府、古调、歌行等古体诗作，单从排列顺序上就可看出古体诗作在祝允明创作中的重要位置。不仅古体诗作古风浓郁，即便是近体诗作也极具古韵。如："煌煌双白璧，合瘗南山岗。宛宛两柔荑，为人挈三纲。"（《方列妇诗》）"蹲鸱亦称野人肠，薯蓣还输菽乳良。鐫釜不闻流素汞，堆盘无复截虹肪。"（《思食豆腐》）"彤华耀芝盖，初旭浮绛缬。紫殿切五云，螭表双嵽嵲。"（《禁省》）大量运用古字、奥字、奇字，使通篇诗作尽显古奥之

---

① 文征明著.文征明集.题希哲手稿[M].上海古籍出版社,1987:563.
② 文征明著.文征明集.跋沈氏良惠堂铭[M].上海古籍出版社,1987:1355.
③ 俞樾.祝枝山集序[A].祝枝山全集[M].上海:大道书局,1935:1.

风。相比较而言,祝允明的《述行言情诗》五十首当属古奥诗作之魁首。任举其一:

> 高闳众祥集,泰日百美具。丰屋陵飞霄,崇楼临大路。高斋敞华器,芳皋多嘉树。良畴经迩郭,丽舫泛妍淑。绅杖旦日临,星耀时夕聚。群公尽威仪,百彦尽能赋。图书次雠核,琴瑟铿在御。崇议每征今,幽求竟稽古。卮言蔼兰馥,雄辩激水怒。觞咏富章什,弦吹畅情素。西园继清夜,何愁白日暮。①

全诗用词华丽古朴,颇有汉魏之风。王夫之体会到此点,对此做评价甚高:"结语一句总一篇,又止半句,其宛襮密藻,则自颜延年出,其命意养局,又非延年所逮,直从十九首来。弘、正间希哲、子畏、九逵,领袖大雅,起唐、宋之衰,一扫韩、苏淫坡之响,千秋绝学,一缕系之。北地、信阳尚欲赤颊而争,诚何为邪。"②他认为祝允明此作堪与千秋绝学——《古诗十九首》之风韵相媲美,而祝允明、唐寅等乃汉魏古风的真正继承者,李梦阳等人的文学成就不及祝允明、唐寅。近人胡适也说"明诗正传,不在七子,亦不在复社诸人,乃在唐伯虎、王阳明一派"③。胡适的评价标准也侧重于诗歌的风神气韵和作家的内在气质,与祝允明、王阳明的想法不谋而合。

吴中四才子中,唐寅的诗风以平易浅切、素朴直白著称。他将吴中市井的世俗情感带入诗歌创作中,在语言的运用与意境的创造上唯求俚俗、简洁。王世贞曾论唐寅之诗"如乞儿唱莲花落"。在此我们将唐寅的清浅俚俗与祝允明的深邃古奥进行比较,以求鲜明而直观地凸显祝允明诗风之古朴浓郁。

祝允明《别唐寅》:

---

① 祝允明.怀星堂集·述行言情诗[M]卷3.台北:台湾商务印书馆,1986:402.
② 王夫之.明诗评选[M]卷4.哈尔滨:文化艺术出版社,1997:130.
③ 胡适.胡适古典文学研究论集·王阳明之白话诗.上海古籍出版社,1988:434.

长河坚冰至,北风吹衣凉。户庭不可出,送子上河梁。握手三数语,礼不及壶觞。前辕有征夫,同行竟异乡。人生岂有定,日月亦代明。毛裘忽中卷,先风欲飞翔。南北各转首,登途勿徊徨。①

唐寅《寄郭云帆》:

我住苏州君住杭,苏州自古号天堂。东西只隔路三百,日夜那知醉几场。保叔塔将湖影浸,馆娃宫把麝脐香。只消两地堪行乐,若到他乡没主张。②

一读之下,祝允明、唐寅二人的风格趣尚,可谓泾渭分明。且不论那些艰深古奥的大赋歌行,即使是一首简单的送别诗,祝允明也将其写得儒雅有致、饶有古韵。《别唐寅》一诗情谊深厚缠绵,意境优美淳朴,辞句隽永无华,对好友的惜别之情融合着对人生深深的感喟。王夫之评此诗:"一味从情上写,更不入事,此谓实其所虚。苏武、李陵,不期被祝允明夺去项下珠也。"③王氏认为此诗深得"苏武"诗之精髓,甚至颇有"超苏越李"之处。李陵的《别苏武》:"携手上河梁,游子暮何之。徘徊蹊路侧,恨恨不得辞。行人难久留,各言长相思。安知非日月,弦望自有时。努力崇明德,皓首以为期。"如此一观,祝允明、唐寅二诗在选词用字、意境酝酿上的确颇为相近。但相对于李诗,祝允明诗更得"诗中三昧",其"离情"更具催人泪下的情感魅力。形似"苏李"诗而情感超越"苏李"诗,这就是祝允明学古的成功之处。

比之于祝允明之诗的儒雅古朴,唐寅之诗则疏放、浅近得多。《寄郭云帆》一诗,通篇不事修饰,不计工拙,随口道来,一片天然。读其诗让人感觉诗人仿佛在唱曲,又仿佛在游戏,举手投足间表露的尽是市井小民气

① 祝允明. 怀星堂集·别唐寅[M]卷 3. 台北:台湾商务印书馆,1986:409.
② 唐寅著. 唐伯虎全集·寄郭云帆[M]. 杭州:中国美术学院出版社,2002:62.
③ 王夫之. 明诗评选[M]卷 4. 哈尔滨:文化艺术出版社,1997:132.

息。朱彝尊评唐寅："于画颇自矜贵，不苟作，而诗则纵笔疾书，都不经意，以此任达，几于游戏。①朱氏认为唐寅作诗似"不经意"的游戏，这种说法颇具形象性。的确，阅读唐氏的部分诗作，我们既感受不到汉魏古诗纯朴高古的美感，亦体会不到离别之作深情隽永的雅致，只是感觉到一个书生在自言自语地说唱，或者说是一个落魄于市井的才子在絮絮叨叨地自诉。

祝允明与唐寅的诗风在总体风格上呈现出两极状态。祝允明以艰深古奥为主，而唐寅则以平白俚俗为主。这与二人的出身背景及所受教育不无关系。唐寅"少年居身酷屠，鼓刀涤皿。"②其父为商贾之业，这样的家庭在传统文化方面的基础并不深厚，对唐寅来说，所受传统思想的束缚相对较少；祝允明家庭"以善积望乡郡迨二百年，仕显相袭"，③他自幼受到严格而优越的家庭教育，其学问"贯通百家，纵横群籍"，远比唐寅广博。这些传统文化根底为其进行文学创作提供了条件。他对古典文学的承继表现出的是一种成功而理性的选择，而这则归功于其赖以成长的文化环境给予他的一定重量的荷载。

任何作家的创作不可能呈现出单面风格，祝允明也一样。古奥艰深、古韵醇厚只是其诗歌的主导风格，其部分诗作亦呈现出"平白直易、意浅语俗"的一面。如《癸丑腊月二十四夜送灶》一诗，以俗字常语写民间祭灶神的风俗，全诗生动活泼，极具生活真趣。《嘲雨》一诗中，运用了大量的方言口语，使全诗显示出浓郁的通俗风格与诙谐意味。王世贞讥讽此类诗"如盲贾人张肆，颇有珍玩，位置总杂不堪"。④王氏之评似稍显苛刻，不过祝允明的某些诗作的确平易直白，给人以浅俗之感。但这类诗在祝允明诗集中只占极少部分。

### 四、徘徊于师古与从今之间——祝允明的古文观

祝允明散文中常常出现"古"与"今"的比对，"师古"还是"从今"是

---

① 朱彝尊.静志居诗话[M]卷9.北京：人民文学出版社，1998：247.
② 唐寅著.唐伯虎全集·与文征明书[M].杭州：中国美术学院出版社，2002：220.
③ 祝允明.怀星堂集·示续[M]卷12.台北：台湾商务印书馆，1986：531.
④ 王世贞.艺苑卮言[A]卷5，丁福保辑.历代诗话续编.北京：中华书局，1983：1033.

其散文论述的核心命题之一。祝允明一生以五十五岁罢试就选为界,其古文观也以此为界,呈现出较为明显的前后期变化。祝允明早期力倡古文,二十四岁便以古文盛名吴中,但迫于科举仕进的压力,其对时文亦采取包容接纳的态度;放弃科举后,他开始厌弃时文,复古思想日趋明显,但出于对时人"胶古法而不变"的机械复古的不满,他又提出了"自信以自遂"的师心主张。

（一）奔波功名期:倡古纳今

对古文辞的偏爱和研习,伴随着祝允明的一生。沐浴吴中的习古风尚而长,秉承家学师辈的浸渍指导而学,祝允明自幼便对古文辞情有独钟。他多次在文章中回忆自己儿时醉心古文的情形:"窃自童弱,归诚古贤,游夏祖宗,历朝工匠,黄卷日对,师友周旋。虽挂名黄籍,勉事时学,其实醉心古典,期毕华颠,既而摧颓场屋时文,日疏好古益笃。"①稍稍长成后,他"益闳肆博洽。其于书,自六经子史外,玄诠释典、稗官小说之类,无所不通。"②这种综贯百氏、博览典籍的好学为其日后名声大噪准备了条件。青年时期,祝允明与唐寅、文征明等声景比附,相互唱和。他们以古文写作相砥砺,以古奥深湛的诗文写作激起了吴中文坛的轩然大波。可以说是古文辞造就了祝允明在吴中乃至明代文坛的声名地位。谈及祝允明的古文成就,陆粲盛叹曰:"祝先生由诸生起,覃精发藻,横逸踔厉,超追古昔,盛哉!"③

倡导和写作古文成就了少年祝允明的声望,却无法成就其功名地位。明代科举制度对时文的推崇令祝允明深感尴尬。古文与时文的对立时刻困扰着他,对时文的态度成为其古文辞观念如影随形的问题。与王鏊"力抵时文"、文征明"受命为文"不同,祝允明对待时文的态度在科举功名的

---

① 祝允明.怀星堂集·上巡按陈公辞召修广省通志状[M]卷13.台北:台湾商务印书馆,1986:549.

② 王宠.雅集山人集·明故承直郎应天府通判祝公行状[A]卷10,四库全书存目丛书·集部别集类,第89册,济南:齐鲁书社,1997:104.

③ 陆粲.陆子馀集·祝先生墓志铭[A]卷3,文渊阁本四库全书·集部别集类,第1274册,台北:台湾商务印书馆,1986:605.

促迫下,表现得更加宽容而务实。

对祝允明而言,由科举之阶进入仕途,经邦济世,建业扬名,是其前半生梦寐以求之事。为此二十年间他不顾"年往气瘁,支体易疲",五应乡试,七赴会试,顽强地恪守着传统士子"唯科举是务"的使命。为此他不惜委屈自我,收敛锋芒,皓首穷经于八股程文间。即便酷爱古文,即便已因古文写作闻名乡里,他仍然将此视为人生的第二等事。祝允明三十二岁时作《容庵集序》称:"士之在世,要以建志为重,而声业后之。"①明确指出建志当为士之第一要务,而想建志,就必须进入上层体制内,就必须应科举,作时文。众所周知,祝允明究心古文之学,对古文之研习极为擅长。其实,他对时文的研究也颇有心得。四十五岁时,祝允明欲刻唐张鷟撰《龙筋凤髓判》一书,原因是此书有助于科第举业。"余益思有以助仕学者,谓是书其一也,将取而刻之。"②可见,祝允明对时文的关注并不亚于古学。祝允明不仅倾心于时文举业,对科举制度本身亦是相当关注。在《贡举私议》一文中,祝允明洋洋洒洒地发表了一番关于改革科举制度的言论:

> 愚以为,策场所试,专以政术为便。大抵贡举之设,欲将得才而用之也。致用之道,向已养之。学校令求之矣。今日之求,乃以用为急。而欲知其体,故先以性理道德诸经籍之说察之耳,于是而一得其实。则凡后场诸作,悉是为政之事,贡举之本意也。③

祝允明认为,科举之役,不在于做文章,更不在于空谈性理,而应重在选拔具备实际能力的人才。言下之意,科举应选拔像他这样虽不善时文写作,但德才兼备的士子。这番关于科举取仕法则的言论,恰好反衬出祝允明强烈的用世之心。

---

① 祝允明.祝枝山全集[M].上海:大道书局,1935:14.
② 祝允明.怀星堂集·新刻龙筋凤髓判序[M]卷24.台北:台湾商务印书馆,1986:698.
③ 祝允明.怀星堂集·贡举私议[M]卷11.台北:台湾商务印书馆,1986:518.

罢试科举之前,祝允明对待科举的态度是较为微妙的。他一方面公然地批驳科举之弊,挞伐时文之虚空;但另一方面又汲汲于科举制度的研究,埋首于八股时文的研习。在其《烧书论》中,祝允明详举了二十一类可烧之书,包括"所谓古今人之诗话者,所谓杜甫诗评注过誉者……所谓诗法、文法、评诗论文识见卑下僻缪党同自是者"①等,然举业之书和科举之文被祝允明排除在可烧之外保留下来。从这一点上我们就可以肯定,不管言论上如何评说,祝允明在行动上的确是一位科举制度的忠实践行者。

(二)罢试就选后:厚古薄今

正德九年(1514),祝允明五十五岁,在科举道路上奔波了二十载的他终于心灰意冷,痛下决心,罢试就选。随着科举负担一朝卸去,祝允明对待时文的态度也逐渐明朗起来。放弃科举后,好友曾劝其再试,他在回信中说:"漫读程文,味若咀蜡,拈笔试为,手若操棘。"②坦言自己对待科举已力不从心,程朱之文非其所好。在谈到自己将半生经历付诸科举的原因时,他解释道:"幼承内外尊长,则以仕学之规并教之,又窃自憙古人志。"③迫于尊长的压力,不得已而"勉事时学",而自己真正的志向是"醉心古典"。为进一步表明自己的师古态度,他将时学、古学并列而论,并声言时学不足重:

> 时学在禄之不足誉,其取上第易易。时学最所极,不过在能寻记后世所谓经义,追逐而徇从,稍以利才熟语发之、得之者,自有科举来,何可胜数?此不足重。禄之古学若山海出纳,无所穷际,禄之往取上第,若翰林当最称,去为他官,以此古学达之需如也。④

---

① 祝允明. 怀星堂集·烧书论[M]卷10. 台北:台湾商务印书馆,1986:510.
② 祝允明. 怀星堂集·答人劝试甲科书[M]卷12. 台北:台湾商务印书馆,1986:529.
③ 祝允明. 怀星堂集·上巡按陈公辞召修广省通志状[M]卷13. 台北:台湾商务印书馆,1986:549.
④ 祝允明. 怀星堂集·送王禄之会试诗叙[M]卷27. 台北:台湾商务印书馆,1986:736.

在这篇论述中,祝允明似乎又回到了态度鲜明、言辞尖锐的少年时期。他认为,时文之功用,不过是一些碌碌之人追名逐利的工具,而古文则"山海出纳,无所穷际",当为古今之为学者所学习和效法。

祝允明是一个善于思考的极具社会责任感的文人,对世间事物的存在和发展一向有着自己的独特见解。在对待古今问题上,他虽力主趋古、复古,但在他心中,复古、趋古也是有原则底线的。对于那些取古学之精华、为今所用的复古行为,他极为赞同;而对于那些因袭模拟,剽窃古学的行径,他则深恶痛绝:

> 守分者多疲辞腐韵,无天然之态,如东邻乞一裾,北舍觅一领,错杂装缀,识者可指而目之曰:此东家裾也,此北户领也。是可谓之陋。①

他讽刺模拟守分者的作品是"疲辞腐韵",毫无天然之态。这明显是在批评当时文坛以前七子为代表的抛弃自我、一味复古的空虚文风。

为扭转这种"胶古法而不变"的不良风气,祝允明在复古的前提下,又提出了"古与今之世,竟谁为胜邪?今人不能今,何古人之能古也"②的论点,对古人的权威表示质疑。一面赞古非今,一面却又厚今薄古,为避免时人在古今问题上产生误解,他进一步将"师古"与"师心"并提,认为作文虽要师古,但也要遵从自己内心的需求,即"勿以耳目奴心,守人餖语,偎人脚汗,不能自得。"③他认为真正有价值的创作应该是"撷华搴英,澄泥汰浊,心师手匠,中萌表触,不得自墨而随吐之"。力挺复古的同时又高倡师心之辞。

无论是早期的倡导古文辞,迫于科举压力研习时文;还是晚期的赞古非今、厚今薄古,其实祝允明都是在寻找一个力求调和古今的平衡点。因

---

① 祝允明.祝枝山全集·朱性父诗序[M]卷下.上海:大道书局,1935:12.
② 祝允明.怀星堂集·答史随州[M]卷13.台北:台湾商务印书馆,1986:553.
③ 祝允明.怀星堂集·答张天赋秀才书[M]卷12.台北:台湾商务印书馆,1986:536.

为他清楚地认识到,崇古的意识流传到明代,"今不如古"已经成为不可置疑的常识。明人对自己当时的文化有很强的自卑感,即使是像他这样认识到自我宝贵的士人,也难以摆脱社会群体中这种文化观念带来的压力。而一味效法古人,又必将严重束缚文学的发展,故而在师古之同时,他又提出了从今的主张,其目的无非是提醒作家,在师古与从今之间,二者皆不可固持一端。正如他在《古今论》中所说:"谈者类判古今为歧途,吾恒患之。大校君子多是古而非今,细人多狃今而病古,吾以为悉缪也"。① 其实祝允明所推崇的"师古、师心"的创作观念及传统儒家的理想和审美,已不能承载他们的时代情感。对于这一点,引领时代思潮的思想家王阳明将其归罪于社会的世俗化,祝允明在此问题上也陷入这种思维定式。事实上,从其力求"调和古今"的行为可以看出,并非明代文人失去了对于当下和未来的理想主义精神,而是经典传承给他们的理想已不复可行,而他们却着实因为这种理想的失去而痛苦。

---

① 祝允明. 怀星堂集·古今论[M]卷 12. 台北:台湾商务印书馆,1986:505.

# 第四章
# 唐寅——传统价值规范的叛逆者

吴中四才子中,唐寅是最具才情的一位,同时也是遭际最为坎坷的一位。弘治十二年(1499)的科考舞弊案是他人生的转折点。不幸的遭遇使他有着比其他三子更加丰富和激越的情感,也有着更加充沛、外露的才情。桀骜不驯的性格、纵横驰骋的才气又让他始终在创作中保持着强烈的个性情绪。他以俚俗之语写市民之心的诗文虽不合于其时的主流意识形态,却暗暗地迎合了诗风新变的大趋势,敏锐而忠实地反映出了明中叶社会思潮涌动的新气息。

## 一、唐寅的人生形态

唐寅,字伯虎,后更字子畏,吴县(今苏州市)人,生于明宪宗成化六年(1470),卒于明世宗嘉靖二年(1523),得年五十四岁。唐寅是一个有"过人之杰和高世之才"①的激昂的"进取者",又是一个自卑怨世、但求保身的愤世的"退守者"。他的一生是荣辱参半、多难悲凉的。领解南都、科场蒙冤、逃离宁王府,这是发生在唐寅身上的导致其命运发生重大转折的三件大事。伴随着三件大事而来的是唐寅狂热进取、退守自保、息心敛迹的人生形态的转变。唐寅晚年颓然自放之际,曾说过一句很凄伤而深

---

① 祝允明.怀星堂集·唐子畏墓志并铭[A]卷17,文渊阁本四库全书·集部别集类,第1260册,台北:台湾商务印书馆,1986:605.

刻的话:"后人知我不在此"!① 叙述唐寅的生平,分析唐寅的诗歌,皆为易事,但真正写出他的灵魂却是极难的。

(一)名不显时心不朽——狂热进取阶段

从十五岁(1484)进学到二十九岁(1498)高中解元,是唐寅人生中的狂热进取期。只不过这种进取之念经历了一个从接受规劝的被动进取到出于自愿的主动进取的过程。

唐寅天赋异禀,祝允明言其:"度越千士,世所谓颖者"。② 但少年时代的唐寅却不喜科举文字,似无意于功名。尽管在父亲的严命下入了庠序,他却"一意望古豪杰,殊不屑事场屋。"③所以为诸生十几年一直举业未成。弘治六年(1493)唐家陡发变故,这场痛彻骨髓的家庭灾难成为唐寅抛弃叛逆思想转而立志进取的直接契机。在这一年中,其父、母、妻、子、妹先后去世。一夜之间,唐寅从一个备受关爱的翩翩少年变成一个孤苦伶仃的"老者"。他哀叹道:"凤遭哀闵,室无强亲,计盐米,图婚嫁,察鸡豚,持门户。明星告旦,而百指伺餔;飞鼠启夕,而奔驰未遑。"④亲人接二连三的亡故,使年轻的唐寅深切地感受到死亡的无情与切近。生命的脆弱和生活的艰辛,迫使他不得不思考未来的人生之路。其《白发》诗云:

> 清朝揽明镜,元首有华丝。怆然百感兴,雨泣忽成悲。忧思固逾度,荣卫岂及衰? 夭寿不疑天,功名须壮时。凉风中夜发,皓月经天驰。君子重言行,努力以自私。⑤

淡淡的月光下,清凉的夜风吹过,抚慰着唐寅受伤的心灵。看到白发早生,想到亲人逝去,他怆然百感,泪如雨下。"夭寿不疑天,功名须壮

① 张廷玉.明史[M].北京:中华书局,1974:7353.
② 祝允明.怀星堂集·唐子畏墓志并铭[A]卷 17,文渊阁本四库全书·集部别集类,第1260 册,台北:台湾商务印书馆,1986:604.
③ 祝允明.怀星堂集·唐子畏墓志并铭[A]卷 17,文渊阁本四库全书·集部别集类,第1260 册,台北:台湾商务印书馆,1986:604.
④ 唐寅著.唐伯虎全集·上吴天官书[M].杭州:中国美术学院出版社,2002:218.
⑤ 唐寅著.唐伯虎全集·白发[M].杭州:中国美术学院出版社,2002:15.

时”，潇洒风流的生活固然快慰，但却换不来荣身扬名的举业功名。在唐家衰败之时，身为唐家的长子、长兄，是该乘时进取、考取功名以振门楣的时候了。就在唐寅打算放弃浪子生活而致力于举业时，好友祝允明的规劝进一步坚定了他的决心：

> 一日，余（祝允明）谓之（唐寅）曰：“子欲成先志，当且事时业；若必从己愿，便可褫襕幞，烧科策。今徒籍名泮庐，目不接其册子，则取舍奈何？”子畏曰：“诺。明年当大比，吾试捐一年力为之，若勿售，一掷之耳。”即堵户绝交往，亦不见时辈讲习，取前所治毛氏诗，与所谓四书者，翻讨拟议，祇求合时义。①

在接受了祝允明的劝告后，唐寅便闭门读书，开始了紧张的备考。他作有《夜读》七律一首，真实地记录了这一阶段的生活：

> 夜来欹枕细思量，独卧残灯漏夜长。深虑鬓毛随世白，不知腰带几时黄。人言死后还三跳，我要生前做一场。名不显时心不朽，再挑灯火看文章。②

全诗明白如话，对衰老迫近的恐惧，对博取功名的向往，溢于言表。其中立志苦读以求显亲扬名的用意虽稍显庸俗，但“名不显时心不朽”的决绝仍显出其潇洒脱略的才子本色。

在闭门备考的一年中，唐寅的进取之念是急剧膨胀的。他曾作《贫士吟》十首，在这些诗歌里，我们已看不到为人们所熟悉的风流倜傥的“唐才子”的身影，出现的却是一个为功名举业孜孜以求的“禄蠹”。试摘录两首：

---

　　① 祝允明. 怀星堂集·唐子畏墓志并铭［A］卷 17，文渊阁本四库全书·集部别集类，第1260 册，台北：台湾商务印书馆，1986：604.
　　② 唐寅著. 唐伯虎全集·夜读［M］. 杭州：中国美术学院出版社，2002：88.

第四章　唐寅——传统价值规范的叛逆者

贫士囊无使鬼钱，笔峰落处绕云烟。承明独对天人策，斗大黄金信手悬。（其一）

贫士家无负郭田，枕戈时着祖生鞭。中原一日澄清后，裂土分封户八千。（其二）①

贫士一无所有，窘困落魄，然而一旦身跃龙门，就无所不有了。不仅自己丰足，而且泽及于人，出将入相。这种漫画式的幻想，充分表露出唐寅心态的幼稚和对富贵功名的急切盼望。

弘治十一年（1498）秋，在"钟山龙蟠，石头虎踞"的帝王之都，唐寅迎来了其人生的巅峰时刻。"洗马梁储校寅卷，叹曰：'士固有若是奇者耶？解元在是矣。"②弘治十一年（1498），唐寅举乡试第一。面对这至高的荣誉，作为当事人的唐寅自然欣喜不已。为庆贺自己高中，他连刻三方印章："南京解元"；"龙虎榜中名第一，烟花队里醉千场"；"江南第一风流才子"，高调标榜自己的"解元"头衔。此时的唐寅沉浸在成功的喜悦中，他志得意满，目空一切，在《领解后谢主司》一诗中，他颇为张扬地写道：

壮心未肯逐樵渔，秦运咸思备扫除；剑贵百金方折阅，玉遭三黜忽沽诸。红绫敢望明年饼，黄绢深惭此日书；三策举扬非古赋，上天何以得吹嘘？③

唐寅高调张扬，傲气逼人，字里行间洋溢着成功的自得和喜悦。这其中有对乡试成功的自满，亦有对明年会试的殷切希望。他踌躇满志，仿佛今年的胜利就是明年的预演，蟾宫折桂、状元及第，唾手可得。此时的唐寅，渴求功名、追逐富贵的进取之念已膨胀到无以复加的地步。

① 唐寅著.唐伯虎全集·贫士吟[M].杭州：中国美术学院出版社,2002：113.
② 阎秀卿.吴郡二科志[A],四库全书存目丛书·史部传记类,第 90 册,济南：齐鲁书社,1996：132.
③ 唐寅著.唐伯虎全集·领解后谢主司[M].杭州：中国美术学院出版社,2002：59.

吴中四才子诗文研究

从叛逆不屑功名到听从朋友劝告考取功名再到出于自愿追逐功名，唐寅的进取之念是逐渐增强的。与祝允明、文征明出身世代奉儒、文脉不断的官宦之家不同，唐寅出身市井小民之家，自幼也未尝像祝允明那样秉承"五教植本始"的正统儒教，所以从家世和所受教育上看，他与传统的价值体系没有多少紧密的联系，故而其进取之念应更多地停留在显亲扬名、光耀门楣的层面上，而"虽九死其犹未悔"的家国天下之念则相对较少。而这种进取动机的狭隘性必然会造成其承受挫折能力的脆弱性。

（二）庸庸碌碌我何为——退守自保阶段

从三十岁蒙受冤案到四十四岁入宁王府之前的十五年，是唐寅人生的退守自保期。"科场舞弊"一案，不仅断绝了唐寅繁花似锦的前程，同时也导致了其人生由狂热进取到退守自保的转变。

弘治十二年（1499）初春，唐寅入京赴试，同行的还有江阴巨富徐经。徐经，江阴人，拥田百万，富甲江南，为人豪宕不羁，性格外向，喜欢结交友朋。正是此人，使唐寅卷入了"科场舞弊"一案。关于此案的经过，《唐子畏墓志并铭》中载：

> 己未往会试，时旁郡有富子，亦已举于乡，师慕子畏，载与俱北。既入试，二场后，有仇富子者，抨于朝，言与主司有私，并连子畏。诏驰敕礼闱，令此主司不得阅卷，亟捕富子及子畏付诏狱，逮主司出，同讯于廷，富子既承，子畏不复辨，与同罚。①

受徐经连累，唐寅被逮捕到锦衣卫，严刑拷打，受尽折磨。用他自己的话说："至于天子震赫，召捕诏狱，自贯三木，吏卒如虎，举头抢地，涕泪横集。而后昆山焚如，玉石皆毁；下流难处，众恶所归。"②一个"丰姿楚楚玉同温"的锦绣才子，一个"领解皇都第一名"的解元，一夜之间，从众人

---

① 祝允明.怀星堂集·唐子畏墓志并铭［A］卷17，文渊阁本四库全书·集部别集类，第1260册，台北：台湾商务印书馆，1986：605.
② 唐寅著.唐伯虎全集·与文征明书［M］.杭州：中国美术学院出版社，2002：221.

欣羡、风光无限的巨浪之巅跌落到暗无天日的痛苦深渊,恐惧、悔恨、委屈、苦痛,集于一身,轮番袭来,令其痛断肝肠。

身陷诏狱后,经过多方营救,唐寅被革除功名,释放出狱。弘治十三(1500)年春天,唐寅回到苏州。昔日风流倜傥的才子而今已变得"眉目改观,愧色满面。衣焦不可伸,履缺不可纳。"①落魄的唐寅已经永远失去了功名,可令他寒心的是,"科场舞弊案"使他失去的不仅仅只是功名,尚有和睦的家庭、深厚的友情。先是继室见唐寅落魄潦倒,已无前途,便弃他而去;既而因家计艰难,兄弟不睦,唐寅不得不与其弟"异炊"。就连家中的仆人,对他这个出狱而归的主人也是不予理睬,百般歧视。在《与文征明书》中,唐寅记录了这段凄惨的生活经历:

> 歧舌而赞,并口而称;墙高基下,遂为祸的。侧目在旁,而仆不知;从容晏笑,已在虎口。庭无繁桑,贝锦百匹;谗舌万丈,飞章交加。……僮奴据案,夫妻反目;旧有狞狗,当户而噬。②

现实社会的普遍经验证明,当人的身心遭受重创而又无法从外界社会获得支持时,为求自保,受难者往往会采用各种方法来宣泄或淡化苦闷,而这些方法的采用往往是不自觉的,有时连采取行动的受难者自身也意识不到。唐寅也是如此,其宣泄苦闷借以自保的具体表现如下。

1. 倾诉泄愤

"科场舞弊"一案,令唐寅众叛亲离、受尽羞辱。郁积满腹而又无处觅得安慰的他首先采用的泄愤方式便是用犀利愤激的言语攻击人情、世态,在指责和痛斥的畅快中获得短暂的慰藉。在《席上答王履吉》中,他一针见血地写道:

> 我观古昔之英雄,慷慨然诺杯酒中。义重生轻死知己,所以与人

———————————
① 唐寅著.唐伯虎全集·与文征明书[M].杭州:中国美术学院出版社,2002:221.
② 唐寅著.唐伯虎全集·与文征明书[M].杭州:中国美术学院出版社,2002:221.

成大功。我观今日之才彦，交不以心惟以面。面前斟酒酒未寒，面未
变时心已变。区区已作老村庄，英雄才彦不敢当。但恨今人不如古，
高歌伐木矢沧浪。感君称我为奇士，又言天下无相似。庸庸碌碌我
何为，有酒与君斟酌之。①

　　这是唐寅的负气之语，也是他的泣血之痛。既然社会抛弃了自己，那
么自己也要以同样的方式报复社会。朋友负我，我亦负朋友；世人弃我，
我亦弃世人。不相信亲人、朋友，更不相信生活、命运，相信的只有麻醉自
我的美酒。
　　唐寅的言语控诉并没有仅仅停留在对人生冷暖的指斥上，亦上升到
对功名富贵、神圣权威的痛斥揭露上：

　　　焚香默坐自醒己，口里喃喃想心里。心中有甚害人谋？口中有
甚欺心语？为人能把口应心，孝悌忠信从此始。其馀小德或出入，焉
能磨涅吾行止。头插花枝手把杯，听罢歌童看舞女。食色性也古人
言，今人乃以为之耻。及至心中与口中，多少欺人没天理。阴为不善
阳掩之，则何益矣代劳耳。请坐且听吾语汝：凡人有生必有死。死见
阎君面不惭，才是堂堂好男子。②

　　能言世人所不能言，这就是唐寅的才子气度！敢言世人所不敢言，这
才是十足的才子胆略！诗中，唐寅对心口不一、阳善阴违的当权者进行了
体无完肤的痛骂。"存天理灭人欲"的理学思想在其眼中直如破屣，怪不
得袁中郎评曰："说尽假道学！"
　　对唐寅而言，言语上的控诉和痛斥带来的宽慰毕竟是短暂的，而对空
虚的价值观的添补所带来的安慰才是长久的。故而除言语控诉外，唐寅
也在试图寻找一条新的足以使灵魂获得安慰的解脱之道。

---

① 唐寅著.唐伯虎全集·席上答王履吉[M].杭州：中国美术学院出版社,2002:39.
② 唐寅著.唐伯虎全集·焚香默坐歌[M].杭州：中国美术学院出版社,2002:27.

第四章　唐寅——传统价值规范的叛逆者

163

2.“立言”自励

对深受儒学思想浸染的封建士子而言,科举及第、成德建名,当属人生第一理想,但当实现这种理想的可能破灭时,他们必然会回到儒家的传统教义中寻找新的出路,唐寅也不例外。经过苦苦的思索后,他想到了“三不朽”一说。所谓“三不朽”出于《左传·襄公二十四年》:“太上有立德,其次有立功,其次有立言。虽久不废,此之谓不朽。”历代封建士人都将“立德”“立功”“立言”作为终生追求的目标和理想。在“三不朽”问题上,唐寅是有自知之明的。他深知自己生性放浪,不拘礼法,若论“立德”“寅将捧面而走矣”。① 至于“立功”,他少年时虽崇拜鲁仲连、朱家等布衣之侠,也曾发出过“眼前多少不平事,愿与将军借宝刀”②的感慨,但这也只不过是理想而已。一介书生“筋骨柔脆”,并不能真正地“挽强执锐,为国家出死命”。③ 因此“立功”也与唐寅无缘。那么,剩下的唯一希望就是“立言”了。在《与文征明》书中,唐寅坦诚地谈了自己渴望“立言”垂世的打算:

　　窃窥古人,墨翟拘囚,乃有薄丧;孙子失足,爰著兵法;马迁腐戮,《史记》百篇;贾生流放,文词卓落。不自揆测,愿丽其后,以合孔氏不以人废言之志。亦将矙括旧闻,总疏百氏,叙述十经,翱翔蕴奥,以成一家之言。传之好事,托之高山,没身而后,有甘鲍鱼之腥而忘其臭者,传诵其言,探察其心,必将为之抚缶命酒,击节而歌呜呜也。嗟哉吾卿! 男子阖棺事始定,视吾舌存否也? 仆素佚侠,不能及德,欲振谋策操低昂,功且废矣。若不托笔札以自见,将何成哉?④

书中,唐寅意气风发、信心百倍地诉说了内心的想法。他立志要像孙

① 唐寅著.唐伯虎全集·又与文徵仲书[M].杭州:中国美术学院出版社,2002:224.
② 唐寅著.唐伯虎全集·题子胥庙[M].杭州:中国美术学院出版社,2002:104.
③ 唐寅著.唐伯虎全集·与文征明书[M].杭州:中国美术学院出版社,2002:221.
④ 唐寅著.唐伯虎全集·与文征明书[M].杭州:中国美术学院出版社,2002:220.

吴中四才子诗文研究

膑、司马迁、贾谊那样，虽蒙垢受辱，却身残志坚，"托笔札以自见"，终成"一家之言"。若不"托笔札以自见，将何成哉？"志气昂扬，信心百倍，俨然一副"立言垂世"舍我其谁的架势。何大成评曰："慷慨激烈，悲歌风雅，眼底世情，腔中心事，一生冲宇宙凌海岳之气，奋在几席"！①

理想与现实之间总是有一段遥远且坎坷的路途。在这段布满荆棘的路途上，有的人走得坚毅执着，最终到达终点；而有的人却走得犹犹豫豫，以致半途而废。经过一段时间的发愤著书，唐寅渐渐发现，"立言"并非易事。随着时间的走远，"立言垂世"的火焰在唐寅的内心逐渐熄灭了。谈到放弃"立言"的原因，唐寅是这样解释的：

> 夫太上立德，其次立功，其次立言。寅遭青蝇之口，而蒙白璧之玷，为世所弃。虽有颜冉之行，终无以取信于人；而夔龙之业，亦何以自致？徒欲垂空言，传不朽，吾恐子云剧秦，蔡邕附卓，李白永王之累，子厚叔文之讥，徒增垢辱而已。且人生贵适志，何用刿心镂骨，以空言自苦乎？②

从这段话中可以看出，唐寅认为自己身已被污，无论怎样真诚表白，结果只能是徒增侮辱而已，所以他决定放弃"立言"之念。唐寅的这种解释确有合理一面。但本人认为，这并非根本原因。其根本原因是在一个功利社会中，当"三立"中的"立言"不是作为前二立的补充，而是作为前二立的替代时，往往成为失意者谋求心理平衡的借口，唐寅此时"立言垂世"的愿望，正有着若干酸葡萄的成分，所以只能冲动一时而不能坚持长久。

3.壮游遣怀

"科场舞弊"一案，宣告了唐寅仕途之路的断绝；经苦苦思索而选择

① 何大成.唐伯虎先生汇集序[A]，周道振、张月尊辑校.唐伯虎全集[M].杭州：中国美术学院出版社，2002：529.

② 袁袠.唐伯虎集序[A]，周道振、张月尊辑校.唐伯虎全集[M].杭州：中国美术学院出版社，2002：524.

的"立言"之路,又因前途无望而半途而废。身心无所慰藉的唐寅决定去吴远游。远游似乎是中国封建文人的一大传统。不过大多数文人的漫游,是为了获得社会声望进而打开仕路的通途。而被革除功名的唐寅已无此念,其漫游的主要目的是为了借青山绿水淡化苦闷,驱走郁积。弘治十四(1501)年,唐寅从苏州起航,踏上了千里壮游的第一步。在将近一年的时间里,他"翩翩远游,扁舟独迈祝融、匡庐、天台、武夷,观海于东南,浮洞庭、彭蠡"。① 这次远游历时约一年,足迹踏遍了东南一域的山山水水。在游历福建宝岩寺时唐寅曾题诗两首,颇能代表其远游时的心境:

> 可惜庭中树,移根逐汉臣。只为来时晚,开花不及春。(其一)

> 三通画角四通鸡,天渐黎明月渐低。时序秋冬复孟夏,舟东南北夏东西。眼前次第人都老,世上参差事不齐。若要自家求安稳,一壶浊酒一盏灯。(其二) ②

第一首以石榴花自比,慨叹自己未能赶上春天的悲苦命运,尚带有些许失落和不平之气。第二首语气和心态则相对和缓。通篇皆是作者的自我规劝之语:人生易老,世事多艰,何必太过执着,还是自求安稳,清苦度日吧!"若要自家求安稳,一壶浊酒一盏灯"一句,明显地表明了唐寅对世事沉浮要采取一种冷漠淡然的态度。

从上面的两首诗中我们可以看出,即便是徜徉于自然山水之间,唐寅的心态也是很难做到平静超然的。第二首诗歌似乎说明其内心已归于平静,但正是此诗,让我们看到了唐寅内心的矛盾与痛苦以及其试图劝说自己忘掉过去、正视现实的努力。

———————————

① 祝允明.怀星堂集·唐子畏墓志并铭[A]卷17,文渊阁本四库全书·集部别集类,第1260 册,台北:台湾商务印书馆,1986:605.

② 唐寅.唐伯虎全集[M].北京市中国书店,1985:25.

吴中四才子诗文研究

166

4. 醉卧花酒

周道振、张月尊编撰的《唐伯虎年表》记曰："（唐寅）倦游返里,因病
不复出,托丹青以自娱。频年颓放,落魄愈甚。文征明规劝之,有答文征
明书"①。可见,远游归来后唐寅选择的是一种诗酒沉醉、纵情任性的放
浪生活。作于此时的《一年歌》中清晰地反映了其当时的心境:

> 一年细算良辰少,况又难逢美景何。美景良辰倘遭遇,又有赏心
> 并乐事。不烧高烛对芳樽,也是虚生在人世。②

人生短暂,世事无常,活着已属不易,又何必自寻苦恼,苦苦相逼呢?
还是趁美景良辰、及时享乐吧! 顺应天性,享乐今生,做个潇洒自在的闲
人才是真实在。

弘治十八年(1505),为了寻找一个更好的享乐所在,唐寅筹敛家资
建造了桃花庵别业。桃花庵地处阊门内北城下,由于土地的原因,此地桃
花繁盛。每逢江南三月,群莺乱飞,桃花千树万树,如云如霞,欲烧欲燃,
使人流连忘返。有了这样一个浪漫而温馨的聚会之所,唐寅与好友们终
日隐居其中,肆意畅饮,杯觥交错、长啸高谈。袁袠在《唐伯虎集序》中
说:"（唐寅）筑室桃花坞中,读书灌园,家无儋石而客尝满座,风流文采,
照映江左。"③高朋满座、文采风流,可以想象当时的桃花庵中是何等的热
闹! 对于醉卧桃花、饮酒享乐的歌咏,在唐寅的诗集中比比皆是:

> 桃花坞里桃花庵,桃花庵下桃花仙。桃花仙人种桃树,又摘桃花
> 换酒钱。酒醒只在花前坐,酒醉还来花下眠。半醉半醒日复日,花落
> 花开年复年。但愿老死花酒间,不愿鞠躬车马前。车尘马足显者事,
> 酒盏花枝隐士缘。若将显者比隐士,一在平地一在天。若将花酒比

---

① 唐寅著.唐伯虎全集[M].杭州:中国美术学院出版社,2002:643 – 644.
② 唐寅著.唐伯虎全集·一年歌[M].杭州:中国美术学院出版社,2002:26.
③ 袁袠.唐伯虎集序[A],唐伯虎全集[M].杭州:中国美术学院出版社,2002:524.

车马,彼何碌碌我何闲。别人笑我太疯癫,我笑别人看不穿。不见五陵豪杰墓,无花无酒锄作田。①

醉卧桃花,死而无怨;手握酒盏,傲视车马。此诗无异于一篇宣言,宣告了唐寅身心的彻底解脱。从此他要以酒为友,以花为伴,以标新立异、惊世骇俗之行,追求个性自由了。

唐寅沉迷酒色的行为一定程度上表明,千里壮游并没有解开其苦闷的心结。"科场舞弊"案的伤痛和不能仕进的压抑仍然郁积于心中,所以他才会选择终日沉迷酒色这种近乎自伤的生活方式以求在迷醉中消泯苦痛。其实壮游、"立言"、醉酒这一系列自保行为本身就已表明,平静超然的内心体验和适意自足的生活方式,对此一时期的唐寅而言,仍然是一种遥不可及的奢望。

(三)花中行乐月中眠——息心敛迹阶段

从四十五岁入宁王府旋即返回到五十四岁病逝,是唐寅人生中的息心敛迹阶段。此一时期的唐寅,言谈已不似往日般犀利,心态已变得较为和缓,而导致此一转变的直接原因乃是短短五个月的误入宁藩的经历。

理想就是这样令人琢磨不透,当你满怀希望奋力追逐之时,它离你很远;当你灰心绝望决定放弃之时,它却在不远处向你招手。就在唐寅醉卧桃花坞、平安度日时,宁王朱宸濠向他伸出了橄榄枝,重金聘请他前往南昌,辅助大业。或许是感动于宁王的礼贤下士和知遇之恩,亦或许是内心献身济世、一展抱负的雄心尚未断绝,唐寅不顾文征明的一再劝阻,接受了宁王的礼聘。可是入住宁王府不到五个月,唐寅便觉察出宁王的谋反之心。为了尽早脱身,他佯狂露秽、使酒骂座,遂使宁王对其产生厌恶之心。不久,宁王便放他南归了。《唐伯虎集序》中记载此事曰:"宸濠之谋逆,欲招致四方材名,乃遣人以厚币招,唐寅坚辞,不可,至则阴知将有淮南之谋,虽佯狂以自污。宸濠曰:'唐生妄佣人耳。'乃放归,得免于难"②。

---

① 唐寅著.唐伯虎全集·桃花庵歌[M].杭州:中国美术学院出版社,2002:24.

② 袁袠.唐伯虎集序[A],唐伯虎全集[M].杭州:中国美术学院出版社,2002:524.

这次误入宁藩的经历,使唐寅本已受污的身心又增添了些许灰暗的色调。因为当时宁王在吴中聘请的不止唐寅一人,文征明也在其中。然而文征明委婉地予以拒绝,而唐寅却接受了宁王之聘。所以后人曾针对此事对文征明、唐寅二人做人品高下的评价,其实这并不妥当。

唐寅之所以接受聘请原因有二。一是宁王当时反迹未露。《明鉴纲目》卷五说:"宁王与党羽李士实、刘养正商议,派遣奸细分布水路孔道,封锁消息,扼杀情报。因此,朝廷直到正德十三年才有所闻"①。唐寅受聘乃正德九年(1515),其时宁王"礼贤下士"之名正盛,故而唐寅受聘是全无池鱼之虑的。二是唐寅用世之心未泯。唐寅虽表面放荡不羁,狂傲悖俗,但内心深处始终郁积着一股屈居下僚、抱负难施的抑郁之气。毕竟吴中四才子中,徐祯卿考中进士得以跻身庙堂,文征明、祝允明虽屡试不售,但尚可从正途入功名,或科或贡,皆不失一命。而唐寅乃被革除功名之人,科贡之途已经断绝。所以面对宁王的诚意礼聘,渴望出仕却苦无出路的唐寅必定会抓住这次难得的翻身机会。

由此可见,唐寅投靠宁王乃是在不明真情之时出于一种急于建功立业心理的纯粹之举,并未掺杂任何不良之念。他是怀着满腔的诚意奔赴宁王府的,是发自内心地希望此次入藩之举能够洗刷"科场舞弊"的耻辱的。在前往南昌的途中,他曾挥笔写道:"李白才名天下知,开元主人最相知。夜郎不免长流去,今日书生敢望谁?"②字里行间充满着怀才不遇的压抑和对知遇之人的感恩。《画红拂妓》一诗云:"杨家红拂识英雄,着帽宵奔李卫公。莫道英雄今没有,谁人看在眼睛中。"以红拂自比,将宁王比作李靖,言下之意宁王对他的聘请实乃慧眼识英雄之举。或许正是因为期望太高,所以在发现宁王的"异志"后其失落感才会愈重,以至于就此断绝仕宦之念。在致姜宠书中,唐寅自述离开宁王府的原因为:"所谓兴败而返也。"③此处所言之"兴",实可理解为唐寅希冀有所建树的满腔热

---

① 印鸾章,等. 明鉴纲目[M]. 岳麓书社,1987:120.
② 唐寅著. 唐伯虎全集·题画[M]. 杭州:中国美术学院出版社,2002:460.
③ 唐寅著. 唐伯虎全集[M]. 杭州:中国美术学院出版社,2002:654.

第四章 唐寅——传统价值规范的叛逆者

169

情，而"败"，则可理解为唐寅政治心火的彻底熄灭。在请求宁王放其南归时，唐寅曾作《上宁王》一诗，明确表达了自己已绝入仕之念、唯求安闲度日的决心。诗云：

> 信口吟成四韵诗，自家计较说和谁？白头也好簪花朵，明月难将照酒卮。得一日闲无量福，做千年调笑人痴。是非满目纷纷事，问我如何总不知。①

唯求多福自保，不问政治是非；冷眼笑看人世，一切皆是不知。这既是唐寅对宁王的承诺，也是他对自己后半生处事准则的定位。唐寅承诺如此，践行亦是如此。何良俊的《四友斋丛说》记载："六如晚年亦寡出，与衡山虽交款甚厚，后亦不甚相见。家住吴趋坊，常坐临街一小楼，惟求画者携酒造之，则酣畅竟日，虽任适诞放，而一毫无所苟，其诗有'闲来写幅青山卖，不使人间作业钱'之句，风流概可想见矣。"②

正德十四年（1519），唐寅年满五十。回想前半生的风风雨雨，他手擎酒杯，提笔写就《五十自寿》一诗，此诗既是唐寅对自己前半生的总结，也可以看作是他对自我晚年生活的真实写照。诗云：

> 笑舞狂歌五十年，花中行乐月中眠。漫劳海内传名字，谁论腰间缺酒钱。诗赋自惭称作者，众人多道我神仙。些须做得工夫处，莫损心头一寸天。③

才华横溢而人人艳羡，风流疏狂而不失素志。没有功名利禄的引诱，没有壮心不已的跃动，有的只是花月的陪伴，美酒的畅饮。其实这种平静安逸的晚年生活是最适合唐寅的。因为他的一生太过喧闹，身心太过疲

---

① 唐寅著.唐伯虎全集·上宁王[M].杭州：中国美术学院出版社,2002：63.
② 何良俊.四友斋丛说[M]卷15.北京：中华书局,1959：133.
③ 唐寅著.唐伯虎全集·五十自寿[M].杭州：中国美术学院出版社,2002：80.

急,卸去世俗的压力,安静下来,醉卧在如云蒸霞蔚的桃花坞中,平静而真实地终老此生,对唐寅而言的确是最美好的人生结局。

## 二、生命意识的解读

士人作为社会整体结构中一个独立的群体,从"礼崩乐坏"的春秋时代便正式登上历史舞台,担负起"成教化、助人伦"的历史使命。他们以道自任,游说策对,在"修齐治平"理念的支配下执着而坚定的实现着自我的人生信念与道德操守。在"道统"与"正统"的不断融合与冲突中,力图坚持与维护着济世救国的人生理想与人格尊严的独立。然而现实的颓败与绝望使他们强烈的济世信念与自我价值无法实现,由此导致了其内心的焦灼和对生存意义的深层洞察与不断叩问。从《诗经》中"子有酒食,何不日鼓瑟。且以喜乐,且以永日"[1]的感悟,到《古诗十九首》"昼短苦夜长,何不秉烛游。为乐当及时,何能待来兹"[2]的焦灼,再到唐末诗人"今朝有酒今朝醉,明日愁来明日愁"的苦楚,又到本书所论述的对象唐寅"遇饮酒时需饮酒,青山偏会笑人愁"的无奈。句句透视出"人命促,光阴急"的焦虑意识和及时享乐、抓住当下酒色现实的补偿心态,而促成这一心态的正是"疾殁世而名不称焉"的价值失落感。既然"往者不可追,来者不可邀",那么解决问题的唯一方式便是"所可以居以行乐者,为今日耳"。让自我抱负在美酒饮乐中渐渐泯灭,使自我价值在纵欲任情中得到补偿。历代文人信守"儒道"人本主义道德,但黑暗的现实与修齐治平的人格模式所产生的冲突与悖离,却导致他们产生了进退不得的"二难"心理。出仕与人世的矛盾是在他们心中永恒的情结,也是他们永远解不开的谜团。

### (一)英雄失路的探寻

在放诞中狂傲,在低吟中悲歌,唐寅的一生在文人中具有典型性。内在情感的困惑和生命意识的涌动,渗透于诗歌的字里行间。壮志的难酬

① 雷庆翼.诗经直解[M].上海:复旦大学出版社,1983:345.
② 马茂元.古诗十九首初探[M].西安:陕西人民出版社,1981:97.

使其诗歌中充满了"时光易逝,人岂永存"的紧迫意识;仕途的坎坷导致了其佯狂自污的叛逆方式的选择。理想与现实的矛盾和解决这一矛盾所进行的探求与思考,是其诗作着意表达的主要内容,对世俗享受的执着和永不放弃,是其人生追求的突出特点。

仕途困顿、妻离子散、误入宁藩、贫困交攻,唐寅的一生可谓坎坷。从风流文采、照耀江左的江南奇士,到蹭蹬科场、成为"毕指而唾,夫妻反目,衣食之外,靡有长物"①的落魄之士,是唐寅人生的第一次转折,也是唐寅二十年后仍然不能忘却的尘埋心底的最深伤痕:

> 二十年余别帝乡,夜来忽梦下科场。鸡虫得失心犹悸,笔砚飘零业已荒。自分已无三品料,若为空惹一番忙。钟声敲破邯郸景,仍旧残灯照半床。②

诗人描绘了梦境和现实两幅图画。睡梦中,诗人科场高中,春风得意,贺声一片;惊醒后,陋屋一间,破床一张,寒灯一盏。睡梦中的富贵和现实中的贫寒的对比是如此的鲜明。成功与失败的距离,仅在咫尺;荣华与落魄的转变,只在瞬间。世事无常,生命不定,荣华难保,情何以堪! 此诗作于科场折戟二十多年以后,隐痛尚如此刻骨铭心,思绪尚如此魂牵梦萦,可见科场蒙冤的遭遇对唐寅的震撼之大。

德国著名精神分析学家弗洛姆认为:每个现实的人都面临着两个二律背反:一个是存在的二律背反,即生与死,也就是实现生命潜能的要求与实际上不能全面实现此要求的深刻矛盾;一个是历史的二律背反,即在不同的历史时代也面临着种种矛盾,如共性与个性,一致性与差异性,平等与不平等……这个二律背反是每个现实的人都要面临并且寻求回答的问题。这一背反同样适合唐寅。科场失败后,唐寅于诗中表达了脱离科场束缚后的喜悦:

---

① 唐寅著.唐伯虎全集·与文征明书[M].杭州:中国美术学院出版社,2002:231.
② 唐寅著.唐伯虎全集·梦[M].杭州:中国美术学院出版社,2002:90.

坐对黄花举一殇,醒时还忆醉时狂。丹砂岂是千年药,白日难消两鬓霜。身后碑铭徒自好,眼前傀儡任他忙。追思浮生真成梦,到底终须有散场。①

人生,说到底就是一场梦境。纵然是千年良药,也医治不了衰老的痕迹;纵然是仕途得意,也只不过是为他人空忙一场。功名、富贵、高官、声誉,这所有的人世繁华,皆为虚幻,总有梦醒人散的时刻。还是丢弃这些世俗之物,笑对黄花,举杯畅饮吧!这样才能活得自在轻松,这样才是真实的生活。

明末曹元亮记载唐寅:"日与祝希哲,文征明诗酒相狭,踏雪野寺,联句高山,纵游平康妓家"。② 表面看来,唐寅似乎已摆脱了名利的羁绊,获得了超越自我的精神享受。但检讨一下历史上与唐寅相似的进取之士与狂狷名人,大都是在佯狂自污中透着理性与智慧。他们可以改变对现实的态度和自我的生活方式,但却无法改变应有的人格独立与生命尊严。事实上,表面洒脱的唐寅只是把强烈的用世之心压抑下来,抑制到潜意识之中,而这种潜意识的痛苦与渴望会不由自主地通过其诗歌表现出来:

邻解皇都第一名,猖披归卧旧茅衡;立锥莫笑贫无地,万里江山笔下生③。

此生甘分老吴阊,万卷图书一草堂。秋榜才名标第一,春风弦管醉千场。跏趺说法蒲团软,鞋袜寻芳杏酪香。只此便为吾事了,孔明何必起南阳。④

---

① 唐寅著.唐伯虎全集·叹世六首其三[M].杭州:中国美术学院出版社,2002:94.
② 曹元亮.伯虎唐先生汇集序[A],周道振、张月尊辑校.唐伯虎全集[M].杭州:中国美术学院出版社,2002:528.
③ 唐寅著.唐伯虎全集·阴雨浃旬厨烟不继涤砚吮笔萧条若僧因题绝句八首其五[M].杭州:中国美术学院出版社,2002:109.
④ 唐寅著.唐伯虎全集·漫兴十首其二[M].杭州:中国美术学院出版社,2002:81.

痛苦与幸福的记忆都是难忘的,不同的是痛苦之所以难忘,是因为受伤之深;幸福之所以难忘,是因为不想忘却。人们对某些事情表现出渴望,而这种渴望又不能实现时,往往喜欢诉说有关于这些渴望的一些美好记忆,并通过诉说获得安慰和补偿,而这种诉说反过来恰好能够证明,人们对这些幸福之事的难以忘却。对唐寅而言,高中解元的荣耀是其最难忘的幸福之事,因此这一经历时常会被提及:秋榜第一、春风得意;领解皇都、万人称赞。但科场的胜利如同逝去的流水,一去不复返。所剩的唯一安慰,就是对昔日风光无限的荣誉的追忆和诉说了。可见唐寅的济世之心一直未曾泯灭,他仍然固执地把士人的历史责任与价值操守作为其一生的终极目标。

值得一提的是,对"人生苦短、生命易逝"的感叹是唐寅诗歌中的突出内容,也是其关注和珍惜生命的集中体现。此类诗歌可分以上两类。一类是通过景物的衰荣表现时光的一去不返,这一点与《古诗十九首》关于"人生苦短"的吟唱颇为相似:

> 春来赫赫去匆匆,刺眼繁华转眼空。杏子单衫初脱暖,梨花深院恨多风。烧灯坐尽千金夜,对酒空思一点红。倘是东君问鱼雁,心情说在雨声中。①

漫天春色,须臾凋零;热闹繁华,转眼成空。人与植物相同,有生有死,有盛有衰,而时光的流逝却不因对象的不同而停滞。

另一类则是以质朴的语言直接表达节序的迁移、时间的飞逝给予自身的催促与警示:

> 人生在世数蜉蝣,转眼乌头换白头。百岁光阴能有几,一张假钞没来由。当年孔圣今何在,昔日萧曹尽已休。遇饮酒时须饮酒,青山

① 唐寅著.唐伯虎全集·和沈石田落花诗其十六[M].杭州:中国美术学院出版社,2002:70.

偏会笑人愁。①

    时光如掷梭,转眼华发生;人生百余年,须臾到尽头。岁月蹉跎而生命却依然无着,这种尴尬的人生境遇是感情细腻的唐寅最不愿面对的。他所企慕的是"杀身不顾,立功少年"的风光,惧怕的是"盛世不再,坐壮衰老"的悲哀,而这种悲哀正是来源于他内心深处始终流动着的、不肯停息的济世心潮。对于时间的充分关注与体悟,正是其热爱生命,渴望价值得以实现,以不枉此生的强烈意识的体现。

    从上面的分析可以看出,科场折戟的落败并未击倒唐寅,其内心深处一直涌动着再次出山的意念,希冀有朝一日东山再起,实现平生之志。于是在"礼贤下士"的宁王对其谦卑礼聘时,他慨然允诺了。在唐寅眼中,聘金重礼、高官厚禄并不是其所渴望的,得遇伯乐终于能够一展抱负、实现自身价值才是其最渴望的人生幸事。

    可是事与愿违,宁王的蓄意叛乱宣布了唐寅第二次出山的惨败,幸免于难的恐惧心理彻底浇灭了其心底一直蓄积着的济世火焰。此次铩羽而归,导致了唐寅内心世界的全面塌陷与崩溃。他不得不将投身家国天下的目光收回到自身,重新开始自我人生之路的设计与思考。可叹的是从一开始儒家的求圣理念对于文人们来说便具有极大的悲剧性,即过多地依赖现实环境的支持。他们一旦不为世俗所容,心理的普遍反映便是走向既定人生的反面,或隐世以自守气节;或矢志抗争,以身殉道;或矫首抗俗,随波逐流,在纵欲任情中寻找精神的慰藉。唐寅属于后者中的一员,在经历冥思苦想的大彻大悟后,他选择了诗酒,像其他文人一样,以终日的迷醉来麻木自己对世事的绝望,借此逃避现实世俗的干扰:

    久遭名累怨青衿,不变贫交托素歆。去日苦多休检历,知谅音少莫修琴。平康驴背驮残醉,谷雨花坛费朗吟。老向酒杯棋局畔,此生

---

    ① 唐寅著.唐伯虎全集·叹世六首其五[M].杭州:中国美术学院出版社,2002:94.

甘分不甘心。①

落魄迂疏自可怜！棋为日月酒为年。苏秦抖颊犹存舌,赵壹倾囊已没钱。满腹有文难骂鬼,措身无地反忧天。多愁多感多伤寿,且酌深杯看月圆。②

在这些诗中,再也看不到"一朝欣得意,联步上京华"的自信潇洒,也看不到"眼前多少不平事,愿与将军借宝刀"的慷慨激昂,看到的只是"酒为年""病酒身""向酒杯"的狂醉与颓伤。一醉解千愁,一醉万事休,借酒醉为自己逃避现实寻找一个恰当的理由。游戏人生足矣,人生目标虚无,当下食色才是真实。这是我们从唐寅的诗中所解读出的人生价值理念。很明显,这是仕途失意的文人在以一种变态畸形的方式来面对社会,抗击流俗。同时也是志不得伸的愤懑所引发的强烈的报复心理与叛逆意识的体现。

心理是主体与客体的内化和外化相互交织而形成的一种深层意识,它所表达的是主体独有的行为特征和精神状态。那么掩埋在唐寅佯狂自污行为下的究竟是何种精神状态呢?他是否真正在放纵自我中放弃了士人应有的操守?细细解读唐寅的诗歌,看到的是他虽有"酒醒只向花前坐,酒醉还来花下眠"的纵性任情,却也无奈地低吟出了"书生空白头,三叹横流涕"的心伤;言语上虽有"七尺形骸一丘土,任他评论是和非"的孤介,行动上显示的却是"迷途无枉驾,款款何从将"的无助。由此观之,历经两次磨难的唐寅内心深处始终没有放弃过对人生之路的执着寻找,只不过他找不到合适的出路,因此也就无法使游荡的灵魂得到温暖和归宿。纵然有"杨朱泣路歧,彷徨何所求"的痛苦询问,最终也免不了"无限伤心多少泪,朝来枕上应眼枯"的尴尬结局。明末何大成评曰"唐寅亦尝领袖东南,才能籍甚,不幸坎坷落魄,其胸中块垒郁勃之气,无由自泄,假诸风

---

① 唐寅著.唐伯虎全集·又漫兴十首其三[M].杭州:中国美术学院出版社,2002:84.
② 唐寅著.唐伯虎全集·又漫兴十首其七[M].杭州:中国美术学院出版社,2002:85.

吴中四才子诗文研究·

云月露以泄之"①,这也许是对唐寅当时心态最有力的证明。

科场蒙冤,众叛亲离;出山宁王,险致灾祸。唐寅一生坎坷,历经一世悲伤,最终也没有找到适合自己的社会位置,一直处于"二难悖论"的怪圈中无法自拔,他的思考和求助最终都归于虚妄。但我们却不能因此而否认其诗中所透露出的珍惜时光、热爱生命、重视当下生活的生命意识。渴望时间的永恒,生命的延续,精神的超越,这是每位文人在面对"逝者如斯夫,不舍昼夜"的古训中所萌生的共同的人生理想。但天不变,道亦不变,政统的不可动摇性与道统的绝对依赖性已成为一种不可逆转的社会规律,这是唐寅无法超越的。同时也是唐寅人生困惑的原因所在。

(二)落花意象的无奈

落花是我国文学史上一个极富包蕴性的诗歌意象。面对落花,多情敏感的诗人触目感怀,诉情思于笔端:屈原用"朝饮木兰之坠露兮,夕餐秋菊之落英"(《离骚》)来告白情操;司马相如用"垂条扶辣,落英惜渭"(《上林赋》)来歌颂帝业;陶渊明用"芳草鲜美,落英缤纷"(《桃花源记》)来抒写理想;谢眺用"鱼戏新荷动,鸟散余花落"(《游东田》)来描摹春景。从内蕴上说,落花意味着美好的消残,意味着花容月貌的衰老,往往会引起人们对青春的悲悯和珍惜;从审美范式上说,落花体现出一种阴柔之美,唤起的是人们的悠悠叹息和孤独的哀婉,唐诗宋词将此种审美范式演绎得淋漓尽致。与前朝诗人不同,唐寅敢于开风气之先,以其独特的视角对落花意象进行了全新的解读,一扫其纤弱、缠绵、幽怨、舒缓的朦胧感受,代之为直白、浅显、灰暗、颓伤的审美体验。与前代相较,唐寅笔下的落花少了几分幽幽独泣的悲怨,多了几分直白激烈的悲愤。

1. 怨愤:痛苦心境的宣泄

唐寅对"花"用情颇深,其以"花"为主题的诗作占全部诗作的五分之一,落花在他的笔下充满生命的活力和缠绵的情思。翻开《唐伯虎全集》,阵阵花香,扑鼻而来,有春天的桃花"为问百花开未否? 隔林已见破

---

① 何大成.伯虎外编小序[A],周道振、张月尊辑校.唐伯虎全集[M].杭州:中国美术学院出版社,2002;526.

丹桃";夏天的莲花"凌波仙子斗新妆,七窍虚心吐异香";秋天的菊花"黄菊预迎重九节,短篱先放两三花";冬天的梅花"溪桥突兀田塍裂,雪里梅开梅胜雪"。在这云蒸霞蔚的花海里,唐寅对落花的吟咏显得格外引人瞩目。

弘治十七年(1504)春天,吴门画派始祖沈周因丧子而撰写《落花》诗十首,唐寅、文征明、徐祯卿等皆有和诗。周道振、张月尊所辑校的《唐伯虎全集》收录《和沈石田落花诗三十首》。但根据唐寅每次书写的墨迹,有很多落花诗句与原集中所收的并不相同,显然经过修改。据统计,大异者有四十七首,《唐伯虎全集》将它们编入补遗。① 因而落花诗实际上总共有四十七首,后人评之曰:"柔情绰态,如泣如诉"。②在这四十七首落花诗里,唐寅借花喻人,以花写意。或抒写痛苦遭遇:"春尽愁中与病中,花枝遭雨又遭风";或表达不遇之叹:"多少好花空落尽,不曾遇着赏花人";或哀叹生命之促:"鬓边旧白添新白,树底深红换浅红";或宣泄内心之怨:"和诗三十愁千万,肠断春风谁得知"。

纵观唐寅的《落花诗》,一个最令人难忘的印象便是,虽然咏写落花,但他却对所咏之花的具体形貌、情态并不感兴趣。在前朝诗人的笔下,少不了对落花本身样态的描画,少不了因之而产生的娴静凄美的想象。而唐寅则既不像前人那样饶有兴致地从自然景致中捕捉情趣,也不想充分发挥落花本身的象征作用。对他来说,落花似乎只不过是一个写作名目而已。在这个名目之下,他往往直陈心迹,一边直白地感叹着时光的流转,一边尽情诉说着人生的苦闷和烦恼。前人的吟咏,不管是伤感的、达观的、还是充满情趣的,始终不离自我的小天地;而唐寅一下子就把诗情引到了对外部世界的抱怨上:

　　　黄花无主为谁容? 冷落疏离曲径中。尽把金钱买脂粉,一生颜色付西风①。

今朝春比昨朝春,北阮翻成南阮贫。借问牧童应没酒,试尝梅子又生仁。六如偈送钱塘妾,八斗才逢洛水神。多少好花空落尽,不曾遇着赏花人。②

诗人才华横溢,满腹经纶,但命运多蹇,困于水乡一隅。如花美眷无人赏,满腹高才无人识,这种知音难遇的痛苦让诗人感到生活的无助。因此,聊借落花一吐心中之不快,倾诉一己之幽怨。

在前人的落花诗中,亦有借落花抒幽怨的主题,但表述起来较为委婉含蓄,始终保持一种朦胧的忧伤之美。但在唐寅这里,情况却大为不同了。他一改前人内敛含蓄的表达方式,代之以肆无忌惮地倾诉和毫无隐晦的牢骚,以更直接、更猛烈的手法刺痛读者的心灵:

春归不得驻须臾,花落宁知剩有无。新草漫浸天际绿,衰颜又改镜中朱。映门未遇偷香椽,坠溷翻成逐臭夫。无限伤心多少泪,朝来枕上眼应枯。③

诗中,唐寅直白地倾诉出其内心的压抑和忍受的痛苦。他渴望有所成就,可事与愿违,成功未就,反招灾致祸。这种荒诞的颇具嘲讽意味的遭遇,让其难以接受。郁积的心绪无法排遣,只能在寒冷孤寂的夜晚,独自一人,蜷缩床前,任眼泪横流。此种"孤妻怨妾"式的痛哭方式,用在唐寅这位末路英雄的身上,更具几分悲凉的意味。在此落花意象已形同虚设,无任何象征意义可言,仅仅是唐寅用来宣泄内心苦闷和郁积的一个

① 唐寅著.唐伯虎全集·过闽宁信宿旅邸馆人悬画菊愀然有感因题[M].杭州:中国美术学院出版社,2002:111.
② 唐寅著.唐伯虎全集·和沈石田落花诗其一[M].杭州:中国美术学院出版社,2002:66.
③ 唐寅著.唐伯虎全集·和沈石田落花诗其七[M].杭州:中国美术学院出版社,2002:68.

第四章 唐寅——传统价值规范的叛逆者

因由。

怨愤情绪屡屡爆发,而极度的怨愤,则会演变成对人生极度的失望。于是,唐寅终于压抑不住内心的委屈与怨恨,失声高喊:

> 花朵凭风着意吹,春光弃我竟如遗。五更飞梦环巫峡,九畹招魂费楚辞。衰老形骸无昔日,凋零草木有荣时。和诗三十愁千万,此意东君知不知?①

被狂风催折,被春光遗弃,在唐寅的笔下,落花显得是那样的卑微可怜,一如诗人飘摇无主的命运。草木凋零,有再生的时候,但生命却如同逝去的时光一样,一去不复返了。从本能的自我压抑,频繁的牢骚抱怨,到委屈地失声高喊,唐寅的心灵一次次地经历摧残和蹂躏。其实抱怨也好,牢骚也罢,都是因为"千万愁苦无人知",都是为了"千万愁苦有人知"。他真诚地渴望得到世人的理解,真心地希望能够在世人理解的目光中寻找到自身的价值。可就是这样一个小小的愿望,最终也未能实现。他只能寄希望于后人,在阅读其饱溢着泪水和愤激的《落花》诗时,读懂其"后人知我不在此"的良苦用心。

2. 幻灭:命运无主的归属

众所周知,身怀高才却不被世人接纳和认可的人,往往会产生一种悖离或超越世俗的孤独感,唐寅就是这样。高才无人识,痛苦无人知,牢骚无人理,面对如此尴尬的境遇,他唯一能做的就是回到诗中,与"落花"为伴,向其倾诉孤独,与之共享孤寂。因此其部分《落花诗》总是笼罩着一种萧瑟幽暗、孤寂幽冷的氛围。例如"春风百五尽须臾,花事飘零剩有无""恻恻凄凄忧自惙,花枝零落鬓丝添""控诉欲呼天北极,胭脂都付水东流"。夕阳西下,百花飘逝;笛声幽怨,枝叶零落。清清冷冷,凄凄惨惨,这种百无聊赖的孤寂感让人感到窒息。

---

① 唐寅著.唐伯虎全集·和沈石田落花诗其三十[M].杭州:中国美术学院出版社,2002:73.

长期的孤独得不到合理的宣泄,这种感觉便会压抑下来,久而久之就会演变成一种怀疑自我、否定世界的幻灭意识。唐寅就是如此,长期的孤独无法排遣,他便将这种孤独的心绪变相地转化为对人生事物的否定与嘲弄,借此获得心理平衡:

> 能赋相如已倦游,伤春杜甫不禁愁。醉方头扶残中酒,面对飞花怕倚楼。万片风飘难割舍,五更人起可能留。妍媸双脚撩天去,千古茫茫土一丘。①

此诗中,唐寅塑造了一个颓废的醉酒才子的形象。在我辈心中,落花应当是一种氤氲着伤感气息的美的意境,可本诗的尾联"妍媸双脚撩天去"一句的想象,没有一丝美感,更没有一点情趣可言,真可算是对世俗普遍经验的一种肆无忌惮的嘲弄。至于结句"千古茫茫土一丘",则为全诗加上了格外阴沉的结尾。

此种阴沉颓废的心绪,在《落花诗》中多次出现,有的则直白、清晰地传达出一种幻灭感:

> 春尽愁中与病中,花枝遭雨又遭风。鬓边旧白添新白,树底深红换浅红。漏刻已随香篆了,钱囊甘为酒杯空。向来行乐东城畔,青草池塘乱活东。②

人罹愁病、花遭风雨;头上白发,树底落红,这就是离合悲欢、反复无常的人生。诗作的结尾"青草池塘乱活东"一句,耐人寻味。表面上看诗人似乎充满了对生活的无比热爱,但细细品读后发现,隐藏其中的乃是一种对生活放肆无羁的调侃。诗人似乎不是在细细品味生活的美与趣,而是在尽情地在发泄中寻求短暂的快慰。这背后暗含着一种颓伤的情绪。读者可再品此章:

---

① 唐寅著.唐伯虎全集·和沈石田落花诗其四[M].杭州:中国美术学院出版社,2002:67.
② 唐寅著.唐伯虎全集·和沈石田落花诗其九[M].杭州:中国美术学院出版社,2002:68.

花落花开总属春，开时休羡落休嗔。好知青草骷髅冢，就是红楼掩面人。山屐已教休泛腊，柴车从此不须巾。仙尘佛劫同归尽，坠处何须论厕茵。①

诗人似乎参透了人生，看破了红尘。花开也好，花落也罢，都是自然规律使然；花落厕茵也好，花落仙境也罢，都不值得艳羡或哀叹。从表面上看，诗人已经超越世俗喧嚣，对一切都无所挂心，但透过表层的"豁达"，我们感受到的却是诗人内心痛苦的怀疑。既然花儿最终总是要落的，当初又何必开呢？既然人生的结局是"同归尽"，上天又何必要安排落于"厕茵"与落于"仙境"的不同遭遇呢？从这种根本无从解释的自我叩问中，可以明显地感觉到诗人消极颓废的心绪。

著名的现代日本画家东山魁夷在散文《一片树叶》中说：

无论何时，偶遇美景只会有一次……如果樱花常开，我们的生命常在，那么两相邂逅就不会动人情怀了。花用自己的凋落闪现出生的光辉，花是美的；人类在心灵的深处珍惜自己的生命，也热爱自然的生命。人和花的生存，在世界上都是短暂的，可他们萍水相逢了，不知不觉中我们会感到一种欣喜。②

这段话很精辟，发人深思。东山魁夷的"惊喜"与唐寅的"悲哀"在本质上是相通的。"欣喜"是因为偶遇的感动，而"悲哀"则是源于偶遇后的悲凉。其实在唐寅的世界中，落花即是自己，自己即是落花。他把落花视为知音，与之共悲哀同欢乐。他赞美落花的节操、精神、品格，同时也暗喻自己的人格形象；他借助落花的遭遇，抒发自己的不遇之慨、生命之叹和生之苦闷；他以绚烂的落花作为自己灵魂的写照，借以展示自我自由的人

① 唐寅著.唐伯虎全集·和沈石田落花诗其二十二[M].杭州：中国美术学院出版社，2002：71.
② 转引自陈书良.唐伯虎传[M].陕西旅游出版社，1993：96.

身、独立的品格和不屈的精神。

说到底，唐寅是一个自卑的可怜人。他终其一生都在执着地歌咏落花，希冀用落花的飘逸与绚美来安慰自身的遗憾与失意。唐寅和落花以彼此为镜，从彼此多舛的境遇中，从彼此短暂的生命中，看到了"美"的无常和"生"之多艰，而这也正是唐寅的怨愤、孤独、感伤、颓废的根结所在。

（三）禅灯梦影的栖息

时光是无情的，它将一个个天真烂漫的少年送到生机勃勃的中年，又飞快地使他们进入暮色苍茫的晚年。历经了"科场舞弊"一案的蹂躏，饱受了世态炎凉的冷漠，体味了一无所成的悲凉，晚年的唐寅走向了宗教，希冀从高深玄远的佛家经义中寻求人生的答案。

唐寅喜研佛经，并怀着虔诚地敬意写了《达摩赞》《赞林酒仙书圣僧诗后》《释迦如来赞》《第十二尊半渡波山那迦犀那尊者赞》等。他根据《金刚经》四句偈"一切有为法，如梦幻泡影，如露亦如电，应作如是观"，自号六如居士。他不仅喜欢研磨经义佛典，而且还将佛家的禅理经义引用到诗歌的创作中来。其诗中充满了佛教用语，诸如"贪痴""因缘""轮回""诸行无常""佛""无明""禅""六如"，等等，在诗作中比比皆是。《焚香默坐歌》的诗题即颇具禅意，《一世歌》《一年歌》《叹世》《警世》《慨歌行》《解惑歌》《世情歌》等皆以佛理阐释世态人情、众生百相与自我感悟。"老来思量应不悔，衲衣持钵院门前"一句，虽非实写，亦体现出其对佛教的热衷与痴迷。

佛教从根本上认为现实世界是虚幻的、无常的，万事万物皆由因缘和合而成，均为瞬息万变的幻象，"色即是空，空即是色"，一切空无。人生苦难的根源在于有"生"，只有泯灭生死，消除"无明"，认知空无，才能达到永恒长存的涅槃境界。认识到人生的虚幻空无和无执不定，为帮助世人了悟尘俗、超脱空无，唐寅创作了大量的关于警世劝诫的诗。其中有劝人放宽心性的："都是自家心气生，无亦生生即解脱"；有劝人粪土金钱、重视来世的："富贵百年难守，轮回六道易循。劝君早向生前悟，一失人生万劫难"；有劝人逃离宦海、追求超越的："说有说无皆是错，梦境眼花寻

下落。翻身跳出断肠坑,生灭灭兮寂灭灭"。其中最能体现其佛禅思想的是《醉时歌》:

> 地水火风成假合,合色声香味触法。世人痴呆认做我,惹起尘劳如海阔。贪嗔痴作杀盗淫,因缘妄想入无明。无明即是轮回始,信步将身入火坑。朝去求名暮求利,面诈心欺全不计。上床夜半别鞋子,方悔昨来搬鬼戏。它人谋我我谋它,冤冤相报不曾差。一身欠债还他债,请君嗛铁去拖车。……大梦无凭闲聒聒;都是自家心念生,无念无生即解脱。死生无常系双足,莫待这番重瞑目;人身难得法难闻,如针拈芥龟钻木。自补衲衣求饭吃,此道莫推行不得,拼却这条穷性命,不成些事何须惜?数息随止界还静,修愿修行入真定。空山落木狼虎中,十卷楞严亲考订。不二门中开锁纶,乌龟生毛兔生角。诸行无常一切空,阿耨多罗大圆觉。一念归空拔因果,坠落空见仍遭祸。禅人举有着空魔,犹如避溺而遭火。说有说无皆是错,梦境眼花寻下落。翻身跳出断肠坑,生灭灭兮寂灭乐。①

全诗举事例和讲佛法相互交融,浑融一片。诗从地水风火、假合成形说起,眼、耳、鼻、舌、身、意为"六根",在接触外界色、身、香、味、触、法为"六尘"中,惹起尘劳,纷扰犹如大海,从而堕入"妄想无明",进入新的轮回,于是开始他人谋我,我谋他人,淫盗迭起,冤冤相报的众生相。

值得注意的是,唐寅虽信奉佛教,但我们并不能由此断言其吸纳并执行了佛家的全部思想与教义。在诗作中,唐寅时常将禅学、美女、酒肉、文章交织融合,甚至得意地宣称自己乃"龙虎榜中名第一,烟花队里醉千场",将与妓女周旋、僧徒结队,看作是颇为自豪的人生快事。由此可知,在唐寅的心目中,佛教只是作为超越生死功名、摆脱现实羁绊的一种手段,一种精神空虚的填充物,正是佛理的虚幻为他提供了摆脱痛苦的便捷

---

① 唐寅著.唐伯虎全集·醉时歌[M].杭州:中国美术学院出版社,2002:28.

法门：

> 不炼金丹不坐禅，饥来吃饭倦来眠。生涯画笔兼诗笔，踪迹花边与柳边。镜里形骸春共老，灯前夫妇月同圆；万场快乐千场醉，世上闲人地上仙。①

道义禅理皆不重要，诗文书画亦不挂心。美酒一杯，知己几人，畅快一醉，生命中最实在的还是现世生活的快乐，即酒、食、色的满足与享受。

当然，我们也不能据此就全部抹杀佛教对唐寅的影响。事实上，精研佛学使唐寅能够用一种禅意的眼光看待生活，无论是五彩斑斓的丹青，还是妖娆夺目的美女，在他眼中皆为身外之事，不足以动情，亦不会挂心。对于这一点，其好友文征明最为了解，其《子畏为僧题墨牡丹》七绝云：

> 居士高情点笔中，依然水墨见春风。前身应是无尘染，一笑能令色相空。②

"一笑能令色相空"，佛教哲学能从繁华热闹中看出冷静寂寞，也能从贫困潦倒中享受美好的福祉，这或许就是唐寅钟情于佛教但又不沉溺于其中的原因吧！客观而言，唐寅是聪明的、理智的，他没有将自我完全交于佛理，在佛理中湮灭自我，彻底地断绝红尘，而是始终保持自我人格的绝对独立，并与世俗生活紧密相连。正是这种执着于世俗始终不息的生命意识，为唐寅的诗画创作提供了永不枯竭的动力之源。

一个人的才智、际遇和成就的关系始终是一个谜。从尘世的标准来看，唐寅的一生是坎坷不幸的。他才华过人，天赋异禀，本想跻身仕途，一展抱负，但事与愿违，功名未就便被无情的现实抛到了社会的底层；本想"为一家之言"，立言垂世，但又中途放弃，终日与娼妓为伍，以花酒为伴。

---

① 唐寅著.唐伯虎全集·感怀[M].杭州:中国美术学院出版社,2002:86.
② 文征明著.文征明集·子畏为僧作墨牡丹[M].上海古籍出版社,1987:402.

抛开唐寅对自我一生的评价不论,同时代人皆认为其一生是失败的,连好友祝允明也指责他"不及精谛"①。至于唐寅一生的成败得失,兴衰荣辱,邵毅平先生在《十大文学畸人·唐寅》一文中的观点倒是值得我们借鉴:

> 如果唐寅没有牵入科场案,而是顺顺当当地当了会元,做到了三公六卿;如果他发愤著书,成为明代有名的学者;如果他更为认真地作诗作画,使他的诗画达到更高的水平,那么,他的一生难道会比他实际所过的更有价值吗? 未必。唐寅的一生的主要意义,在于他敢于坦率地追求一种更为自由、更为真诚的生活。他已经达到了封建时代中只有很少数知识分子才能达到的精神高度。至于他的功名是否大,著作是否多,诗画是否工,那都是次要的问题。②

邵毅平先生的寥寥数语便概说出唐寅人生意义的精髓之处。唐寅作为我国古代深受儒家思想熏陶的封建士人,虽然未能献身济世,解民倒悬;虽然未能彪炳史册,成德建名,但是他却为我们展示了一代士人对自由的狂热向往,留下了他灵魂的欢欣和心智的乐趣,这些都是其功名文章和成败得失不可比拟的宝藏。

### 三、从辞采镂金到芙蓉出水——论唐寅诗风的转变

唐寅的诗歌在明中叶的吴中文坛独树一帜。在题材上,他将吴中市井的世俗情感带入了诗歌的创作中,代市民立言,为市民写心,表现出对传统价值观念的嘲讽和批判。在语言的运用和诗歌的内在结构上,不甚讲究含蓄和蕴藉,突破了传统诗学的审美模式,显示出与古典主义诗歌截然不同的面貌。王世贞评其曰:"如乞儿唱莲花落,其少时亦复玉楼金

----

① 祝允明.怀星堂集·唐子畏墓志并铭[A]卷17,文渊阁本四库全书·集部别集类,第1260册,台北:台湾商务印书馆,1986:605.
② 邵毅平.唐寅[A],陈允吉编.十大文学畸人.上海古籍出版社,1989:140-141.

吴中四才子诗文研究

埒。"①祝允明曰："子畏为文,或丽或淡,或精或泛,无常态,不肯为锻炼功。奇思常多而不尽用。其诗初喜秾丽,既又仿白氏,务达情性,而语终璀璨,佳者多与古合。"②钱谦益认为："唐寅诗少喜秾丽,学初唐,长好刘、白,多懊怨之词。晚益自放,不计工拙,兴寄烂漫,时复斐然。"③这些评论虽褒贬不一,但皆鲜明地指出了唐寅前后期诗风的差异。

(一)铺张绚彩的早期诗风

唐寅从少年时代起便不喜举业文字,而与祝允明、都穆、文征明等倡为古文辞。其早期创作"颇宗六朝"④,"尤工四六,藻思丽逸,翩翩有奇气。"⑤如描写豪门贵族奢靡享乐的《金粉福地赋》:

> 绣幕围兮春杯长夜,锦衾灿兮宵灯独旦。别有沙堤,曲通珣岸。黄金建百尺之台,百玉作九成之观,屏裁云母,隔阆风而不疏;梁镂郁金,承朝阳而长烂。珠玑错三千之履,紫丝垂七十之幔。粤若富春,乐彼韶年。河阳之花似霰,宜城之酒如泉。分曹打马,对局意残。织锦窦姬,荐朝阳之赋;卷衣秦女,和夜月之篇。宝叶映蓁履而雅步,银花逐笑靥而同圆。丽色难评,万树过墙之杏;韶光独占,一枝出水之莲。四坐吐茵,无非狎客;两行垂珮,共号神仙。风里擘衣,接金星而灿烂;月中试管,倚玉树而婵娟。青鸟黄鸟,尽是瑶池之佳使;大乔小乔,无非铜台之可怜。单衫裁生仁之杏子,松鬓拥脱壳之蜩蝉。锦袖琵琶,眼留青于低首;金钗宛转,面发红于近前。一笑倾城兮再倾国,胡然而帝也胡然天!⑥

---

① 王世贞.艺苑卮言[A]卷5,丁福保辑.历代诗话续编.北京:中华书局,1983:1034.
② 祝允明.怀星堂集·唐子畏墓志并铭[A]卷17,文渊阁本四库全书·集部别集类,第1260册,台北:台湾商务印书馆,1986:605.
③ 钱谦益.列朝诗集小传[M]丙集.上海古籍出版社,1983:297.
④ 袁褧.唐伯虎集序[A],周道振、张月尊辑校.唐伯虎全集[M].杭州:中国美术学院出版社,2002:523.
⑤ 袁褧.唐伯虎集序[A],周道振、张月尊辑校.唐伯虎全集[M].杭州:中国美术学院出版社,2002:523.
⑥ 唐寅著.唐伯虎全集·金粉福地赋[M].杭州:中国美术学院出版社,2002:6.

《金粉福地赋》是唐寅现存赋作中最长的一首,全诗 1320 字,词艳气畅,一气呵成。此赋为南京某勋族而作,赋名本身也暗示与"六朝金粉"艺术风格的关系。《山樵暇语》记曰:"唐子畏侨居南京日,尝宴集某侯家,即席为六朝金粉赋。时文士云集,子畏赋先成,其警句云:'一顾倾城兮再倾国,胡然而帝也胡然天。'侯大加赏。前句出李延年,后句出诗君子偕老篇。由是称其名愈著。"①赋中所描绘的壮丽的台观,旖旎的韶光,惊艳的娇娃,锦灿的服饰,皆错彩镂金,极铺张藻缋之能事。此赋语言优美而富有韵味,节奏铿锵且婉转流畅,显示出唐寅超凡的才气和娴熟的技艺,其散华流艳的江南才子风韵由此可见一斑。

《金粉福地赋》堪称唐寅追摹六朝的典范之作。除此之外,其他作品如《娇女赋》《咏春江花月夜》《侠客》《陇头》等,皆情浓意畅,文采斐然,从中也可以看出唐寅古韵与丽泽兼具的仿古之风。

唐寅早期创作"宗尚六朝",对此学界已成共识。但有人认为,唐寅模仿六朝,但并未全盘接受六朝。在模拟学习的同时,也保留了一己之风范。众所周知,六朝诗大多讲究词情绚丽,语调铿锵,声情并茂,往往给人以强烈的听觉享受和视觉美感。为了追求此种效果,多数著作存在过于注重形式上的雕章琢句,而忽视表达内容的缺陷。所谓"连篇累牍,不出月露之形;积案盈箱,唯是风云之状"②,说的就是六朝诗"辞采竞繁,而兴寄都绝"的弊病。唐寅学习六朝之作,虽也有强调辞采的一面,但诗作内容亦十分充实,这一点显然与空洞无物的六朝诗作截然不同。前人在评价唐寅六期诗作时显然也陷入了这个误区,即大多喜用"秾丽""奇丽""璀璨"等字眼,来强调其形式上追逐辞采、喜用艳藻的一面,而忽视了其内涵上寄意丰盈、意旨鲜明的一面。其实在早期的诗作中,后期诗作"关注自我、写心抒怀"的特点就已显露端倪,例如:

---

① 俞弁.山樵暇语[A]卷 9,四库全书存目丛书·子部杂家类,第 152 册,济南:齐鲁书社,1996.

② 李延寿.北史[M]卷 77.北京:中华书局,1974:2614.

怅怅莫怪少时年,百丈游丝易惹牵;何岁途春不惆怅?何处逢情不可怜?杜曲梨花杯上雪,灞陵芳草梦中烟。前程两袖黄金泪,公案三生白骨禅。老我思量应不悔,衲衣持钵院门前。①

麝月重轮三五夜,玉人联桨出灵娥。内家近制河汾曲,乐府新诣役邓歌。十里花香通采殿,万枝灯焰照春波。不关仙客饶芳思,画短欢长奈乐何!②

此二诗皆为唐寅早期之作,前一首据阎秀卿的《吴郡二科志》称乃唐寅为诸生时所作,后一首是唐寅于弘治十一年(1498)乡试高中后所作。前一首颇有李商隐之风,梨花、芳草、黄金、白骨四个意象,从表面上看突兀而凌乱,相互间没有任何层递关系。其实,这正是唐寅效仿六朝诗风所力求达到的效果。在这孤立的意象下,蕴藏的是翩翩少年愁肠百转的敏感心绪:逢春惆怅,逢情惆怅,宴饮惆怅,离别惆怅,而"前程两袖黄金泪,公案三生白骨禅",更是人生惆怅的终结。此诗在语言上可称"婉丽""丽逸",颇得初唐遗风,内容上则吐露真情,言之有物。后一首写的是在笙歌阵阵、焰火辉煌的背景下,众人举杯同庆的热闹场面。在意象组合、语言风格、节奏变化上与《怅怅词》基本相同。

唐寅的早期创作深受时人及后代学人赞誉。如袁裒编选的《唐伯虎集》,收录的大多是唐寅模仿六朝的早期作品,顾璘称赞该集所选为"绝诣"。③ 其实,从现存的作品看,唐寅的学六朝之作并不见佳,绮丽有余,但浓烈不足,情感有余,但风韵不足。其诗作的成就主要还是体现在"托兴歌谣"、④"专用俚语"⑤的后期作品中。

---

① 唐寅著.唐伯虎全集·怅怅词[M].杭州:中国美术学院出版社,2002:31.
② 唐寅著.唐伯虎全集·咏春江花月夜[M].杭州:中国美术学院出版社,2002:14.
③ 顾璘.国宝新编[A],四库全书存目丛书·史部传记类,第89册,济南:齐鲁书社,1996:540.
④ 顾璘.国宝新编[A],四库全书存目丛书·史部传记类,第89册,济南:齐鲁书社,1996:540.
⑤ 顾元庆.夷白斋诗话[A],何文焕.历代诗话.北京:中华书局,1981:801.

（二）平白俚俗的晚期诗风

科场舞弊案后，经历了人生的大喜大悲，唐寅的性格也由先前的高调张扬逐渐转变为理性务实。在后期的诗作中，他将目光聚焦于自我和市井，关注本体，关注日常，为自我写心，为市民写意：

> 十朝风雨苦昏迷，八口妻孥并告饥。信是老天真戏我，无人来买扇头诗。
>
> 荒村风雨杂鸡鸣，燎釜朝厨愧老妻。谋为一枝新竹卖，市中笋价贱如泥！①

在窘困的生活面前，没有真正的勇者。唐寅的晚年生活是贫穷而困苦的，为养家糊口，维持生计，昔日傲慢不羁、粪土金钱的风流才子也不得不放下身价，靠卖画鬻字，聊以度日。可以想象，能诗擅画的才子生活尚且如此艰窘，那平民百姓的生活将是何等的艰辛！此诗的成功之处，不仅在于写出了一代才子生活的寒素窘迫，更由此反衬出普通百姓日常生活的艰难困窘。

再如：

> 有灯无月不娱人，有月无灯不算春。春到人间人似玉，灯烧月下月如银。满街珠翠游邨女，沸地笙歌赛社神。不展芳尊开口笑，如何消得此良辰？②
>
> 烟蓑风笠走舆台，邀取群公赴社来。蕉叶共听窗下雨，蟹螯分弄手中杯。能容缓颊邨夫子，戏谑长眉老辨才。酒散不妨无月色，夹堤灯火棹船回。③

① 唐寅著.唐伯虎全集·阴雨浃旬厨烟不继涤砚呪笔萧条若僧因题绝句八首［M］.杭州：中国美术学院出版社,2002:109.
② 唐寅著.唐伯虎全集·元宵［M］.杭州:中国美术学院出版社,2002:74.
③ 唐寅著.唐伯虎全集·雨中小集即事［M］.杭州:中国美术学院出版社,2002:52.

唐寅的后期诗作中,始终氤氲着一股新鲜的气息,这就是市井生活中的世俗情感。在他那里,人们观灯赏月、赛歌祭神、饮酒听雨、打酒撑船等日常生活,不仅都可入诗,而且还写得活泼生动,极富画面感和形象感,读来让人感到一种扑面而来的亲切和自然。

唐寅的后期诗作在内容上,敢于将市民生活引入诗歌创作,歌咏世俗生活的场景和物象,甚至对一些难登大雅之堂的"尺、刀、镜、针""绣床、灯擎、采线"①等也津津乐道。这是唐寅对我国古典主义诗歌传统的重大突破。除内容的突破外,文体和语言方面也有所革新。

在后期诗歌创作中,唐寅力图将诗歌曲词化、民歌化,用语浅近、不避俗语,形成了明显的口语化特色。此种变革一改我国"立象尽意、意在象中"的古典主义审美程式,呈现出弱化意象、直抒胸臆的近代气质。如:

> 一寸光阴不暂抛,徒为百计苦虚劳。观生如客岂能久,信死有期安可逃?绿鬓易凋愁渐改,黄金虽富铸难牢。从今莫看惺惺眼,沉醉何妨枕麹糟?②

> 世事如舟挂短篷,或移西岸或移东。几回缺月还圆月,数阵南风又北风。岁久人无千日好,春深花有几时红。是非入耳君须忍,半作痴呆半作聋。③

没有古奥深邃的典故,也没有千回百转的意境,只是一如说话般倾诉所感所想。只写心中之意,唯认质朴自然。此类作品虽寄意浅显,平白如话,但尚不足以体现唐寅后期作品的俚俗特色,最能见其浪漫风神和浅俗气韵的还是那些随意性很强、一如民歌的歌行体诗作。如《花下酌酒歌》《一年歌》《一世歌》《醉时歌》《解惑歌》《妒花歌》《百忍歌》等。试看《世

---

① 唐寅著.唐伯虎全集·绮疏遗恨[M].杭州:中国美术学院出版社,2002:116.
② 唐寅著.唐伯虎全集·叹世六首其一[M].杭州:中国美术学院出版社,2002:94.
③ 唐寅著.唐伯虎全集·警世八首其二[M].杭州:中国美术学院出版社,2002:95.

情歌》：

> 浅浅水，长长流，来无尽，去无休。翻海狂风吹白浪，接天尾闾吸
> 不收。即如我辈住人世，何荣何辱？何乐何忧？有时邯郸梦一枕，有
> 时华胥酒一瓯。古今兴亡付诗卷，胜负得失归松楸。清风明月用不
> 竭，高山流水情相投，冀芙自晦朔，兰菊自春秋。我今视昔亦复尔，后
> 来还与今时侔。君不见，东家暴富十头牛，又不见，西家暴贵万户侯。
> 雄声赫势掀九州，有如洪涛汹涌，世界欲动天将浮。忽然一日风打
> 舟，短篷绝梗无少留；桑田变海海为洲，昔时声势空喧啾。呜呼！何
> 如浅浅水，长长流？①

从语言上看，整首诗语言通俗，浅易活泼，以快人快语的风格将富贵
难守、荣辱交替的无常人生演绎得淋漓尽致。词中用了不少口语、俗词，
如："浅浅水""长长流""无尽无休""古今兴亡""东家暴富""十头牛"
"洪涛汹涌"等等，皆通俗易懂，如话家常，毫无"温柔敦厚，风流蕴藉"之
感。在表达手法上，直来直去，不讲含蓄，只是随着情感的起伏一泻无余
地表现自己、诉说心声。用词上也没有什么修饰，而是平中见奇，隽永有
味，真正做到了俗中见雅，雅俗共赏。

在我国诗歌史上，我们应该给予唐寅浓墨重彩的一笔。他以畅达为
务，不拘成法，借助新鲜活泼的民歌俚曲，冲决了我国古典主义诗歌传统
的创作规范。他的诗歌不甚求平仄押韵，也不讲究典故规范，只是随己所
愿，想怎样表现就怎样表现。"大率兴寄遐邈，不以一时毁誉重轻为取
舍。"②正是这种"不计得失、不重毁誉"的创作态度，成就了其冲口而出、
浑然天成的独特风格。他横放特出，不拘一格，一扫传统诗风之空洞冷
板，将古往今来寄托文人雅士高妙情思的诗，再一次带入了市井，使文学

---

① 唐寅著. 唐伯虎全集·世情歌［M］. 杭州：中国美术学院出版社，2002：30.
② 祝允明. 怀星堂集·唐子畏墓志并铭［A］卷 17，文渊阁本四库全书·集部别集类，第
1260 册，台北：台湾商务印书馆，1986：605.

作为人学再一次向人性靠拢,把人作为人来写,而不是作为神来写。他的诗歌写人的希望、失望,写人的病苦、享乐,特别是写下层市井细民的感悟、追求。我们从这些俚语俗词中,看到了唐寅把文字拉回到抒写人性本质的渴望,也看到了其力图使诗歌摆脱贵族气回到平民中去的努力。明人顾元庆曾评曰:"解元唐寅子畏,晚年做诗专用俚语,而意愈新。"①此话说得非常恰当,对其中的"新"字,尤可深思。王世贞曰:"先生之始为诗,奇丽自喜,晚节稍放,格谐俚俗,冀托于风人之旨。"②但愿王世贞所言之"风",本意是指民间歌谣,而不是风雅颂的"风"。若能如此,他便是真正体会到了唐寅诗歌的深刻蕴含。

①　顾元庆.夷白斋诗话[A],何文焕辑.历代诗话.北京:中华书局,1981:801.
②　王世贞.弇州四部续稿[A]卷148,文渊阁本四库全书·集部别集类,第1284册,台北:台湾商务印书馆,1986:152.

## 第五章
## 文征明——吴中文化意蕴的体现者

　　文征明在吴中四才子中属于行为最为稳健、中和的一位,然而他在坚持吴中古文辞运动的美学价值方面也是最为坚持和持久的。他的诗文充溢着清雅、飘逸之美,对古典美学价值有着极其细腻的体认,表现出温文尔雅的儒者之风。他的散文不喜即兴的表达,重在追求一种深思熟虑且见解深远的理性呈现,从而呈现出典雅厚重、稳定实用的风格。和其他三子相比,他的创作与吴中士大夫群体有着更加紧密的联系,从而呈现出较强的精英色彩。

### 一、文征明的仕宦经历与性格

#### (一)仕宦

　　文征明,最初取名文壁,字徵明。生于明宪宗成化六年(1470),卒于明世宗嘉靖三十八年(1559)。文氏家族自高祖而上,世代皆任武职,至其曾祖父文惠(字孟仁)始读书业儒,教授乡里,自此文脉不断。祖父文洪(1426—1479),字功大,为成化乙酉举人,为沫水县学教谕。父文林(1445—1499),字宗儒,号交木,举成化壬辰进士,除永嘉令,改知博平,诏还朝,补南京太仆寺丞,官至温州知府,以疾卒于官。

　　文征明享年九十,一生没有遭遇什么重大的人生变故。婚姻爱情上,他二十三岁与昆山吴愈第三女完婚,夫妇琴瑟和谐,生活美满;艺术追求上,唐寅、祝允明、徐祯卿三才子诗文书画各有擅长,而文征明则是诗、文、书、画全能(人称"四绝")①;声誉地位上,晚年的文征明声名誉满东南,"主风雅之盟者三十余年"。② 在平淡而漫长的生命历程中,不可不提及的便是其充满坎坷和艰辛的漫漫求仕之旅。

幼年的文征明,外若不慧,生而外椎,七岁始能立,十岁始能言。但父亲文林却对他爱护有加,曰:"儿幸晚成,无害也。"③并充满信心地认为"此儿他日必有所成,非乃兄所及也。"④文林知博平县及补南京太仆寺时,皆携之赴任,教读甚勤。在父母的关爱下,文征明"稍长,颖异挺发",⑤"读书务稽古人之德,自能得师"。⑥

文征明和其他三才子一样,性格中也具有狂的一面。但与其他三才子偏于行为处世之狂不同,徵明之狂表现在试图以学问为凭借、以科举为阶梯,建功立业、出人头地的宏图大愿上。少年文征明蓄有大志,他在《寂夜一首(效子建)》中云:"我思何郁伊?欲举莽如丝。少壮不待老,功名须及时。男儿不仗剑,亦须建云旗。"⑦意气风发、跃跃欲试,急待一展抱负、显身留名的愿望清晰可见。可是,从弘治八年到嘉靖元年,徵明十应乡试而不售,(实为九次,弘治十二年丁父忧未试)遂罢去。僵化地作文,被动地应试,一次次的落第,一次次的打击,早已凭借诗画技艺闻名乡里的文征明默默忍受着科举带给他的痛苦,抑或是耻辱。二十七年间的应试、不中,把他从一个雄心勃勃的青年变成了两鬓斑斑的半百之人,这期间的委屈辛酸只有他一个人独自承受。在《谢李宫保书》中,他无奈地说道:"自弘治乙卯抵今嘉靖壬午,凡十试有司,每试辄斥。年日以长,气日

<hr/>

① 王世贞所作《文先生传》云:"吴中人于诗述徐祯卿,书述祝允明,画则唐伯虎,彼自以专技精诣哉……文先生盖兼之也。"
② 钱谦益.列朝诗集小传[M]丙集.上海古籍出版社,1983:300.
③ 王世贞.弇州四部稿·文先生传[A]卷83,文渊阁本四库全书·集部别集类,第1280册,台北:台湾商务印书馆,1986:368.
④ 黄佐.将仕佐郎翰林院待诏衡山文公墓志[A].文征明集[M].上海古籍出版社,1987:1629.
⑤ 张廷玉.明史[M]卷287.北京:中华书局,1974:7362.
⑥ 黄佐.将仕佐郎翰林院待诏衡山文公墓志[A].文征明集[M].上海古籍出版社,1987:1629.
⑦ 文征明著.文征明集·寂夜一首(效子建)[M].上海古籍出版社,1987:5.

益索。因循退托,志念日非。非独朋友弃置,亲戚不顾,虽某亦自疑之所谓潦倒无成、龌龊自守,骎骎然将日寻矣。"①

嘉靖二年(1523),54 岁的文征明经李充嗣举荐入朝,授翰林院待诏。李充嗣的举荐,重新燃起了他心底本已熄灭的入仕火焰。是年秋,文征明北上入京。初任待诏时,他激情高涨,渴望有所建树,以不负举荐之恩。他在《郁裕州忠节诗》中言道:

> 仓皇战守强撑之,力尽孤城竟死之。不谓真卿能备寇,终然南八是男儿。尘昏何处归辽鹤?月黑空山叫子规。不负平生忠孝志,故人亲勒墓前碑。②

以"征战沙场"的将士自比,希冀自己能够像他们那样助君王、建奇功。"不负平生忠孝志"一句,将其感念皇恩、立志报国的决心表露无遗。

文征明人品纯正,宽厚温和,才华横溢。温婉的性情和满腹的才华使他很快便名扬翰林院。《文征明年谱》记载:"(文征明)一时名士皆为倾倒,比于唐之王维,宋之米芾,户外屦常满。尤为林俊所重,间日辄折简邀之,曰:'座何可无此君也'"③。任职翰林院,文征明有幸得见天子容颜,并时常领受天子的恩赐,对此他感恩戴德,一一写诗记之。如《进春朝贺》《观驾幸文华听讲》《庆成宴》《实录成赐燕礼部》《端午赐扇》《赐长命探缕》《实录成蒙恩赐袭衣银币》等。但好景不长,这种受礼遇、被恩宠的日子并没有维持太久。翰林院待诏为从九品官。《明史》记载:"翰林院,待诏六人,从九品,不常设,待诏掌应对"。可见,文征明在翰林院的地位是相当低的。对此,他也很不自信地自问:"潦倒江湖今白发,可能供奉殿东头?"④虽然被举荐为官,但他毕竟不是进士出身,功名上的缺憾使其常

---

① 文征明著.文征明集·谢李宫宝书[M].上海古籍出版社,1987:588.
② 文征明著.文征明集·郁裕州忠节诗[M].上海古籍出版社,1987:290.
③ 周振道、张月尊.文征明年谱[M].上海:百家出版社,1998:344.
④ 文征明著.文征明集·午门朝见[M].上海古籍出版社,1987:290.

吴中四才子诗文研究

常遭受同僚的讥讽,甚至有人讥其为"画匠"。谢肇淛云:"当征仲在史局,同事太史诸君皆笑其不由科目,滥竽木天。"①王世贞亦云:

> 待诏……以荐起,与修国史。北人同官局者从待诏丐画,不以礼,多弗应。辄流言曰"文某当从西殿供事,奈何辱我翰林为!"待诏闻之,益不乐,决归矣。②

在人才济济的翰林院,面对进士出身的衮衮诸公,而自己屡试不第的伤疤却一次次被人揭开,这种尴尬的处境让文征明虽身居庙堂,却如坐针毡。庙堂生活的失意使其渐生倦鸟归林之感。其《思归》云:

> 终日思归不得归,强驱羸马着朝衣。岁寒空负梅花约,客舍频看社燕飞。儿子遥怜更事少,故人久讶得书稀。何当便买扁舟去,笠泽东头有钓矶。③

挂念儿子,想念故友,对家乡的刻骨思念时时萦绕心头。诗人渴望回归故土,但官职在身的束缚又令其"终日思归不得归"。他希望自己能够像飞翔的燕子那样,来去自由,不被羁绊;亦渴望自己能驾一叶扁舟,如仙人般逍遥于江湖,安享太平和清闲。

嘉靖五年(1525),文征明三次上疏乞归,终得致仕。辞官归乡后,文征明广收门徒,稍后一辈,如蔡羽、王宠、黄省曾等皆"依以为重,事之甚勤",他"亦善接引,随所长称之。"④据《文征明年谱》载,受文征明直接影响的文氏后裔,能书善画者,达四十余人。与文征明交游的同辈文士及晚

---

① 谢肇淛. 五杂俎[M]卷15. 沈阳:辽宁教育出版社,2001:331.

② 王世贞. 弇州四部稿[A]卷155,文渊阁本四库全书·集部别集类,第1281册,台北:台湾商务印书馆,1986:498.

③ 文征明著. 文征明集·思归[M]. 上海古籍出版社,1987:313.

④ 刘凤. 续吴先贤赞·文壁传[A]卷11,四库全书存目丛书·史部传记类,第95册,济南:齐鲁书社,1997:207.

生后辈多达二百人。古往今来，多少科举中式之人在历史长河中湮没无闻，而文征明虽然在科举之途上坎坷不达，但却最终在文坛上名垂不朽，成为吴中艺术天空一颗耀眼的星辰，这也不失为一种补偿吧！

（二）性格

钱谦益认为文征明乃"温温恭人"①，文嘉言其"谨言洁行，未尝一置身于有过之地"。② 二人之论，大体符合实际，但尚不全面。文征明性格中不仅具有"温和"的一面，亦具有"耿介"的一面。公正地说，"和而介"才是对文征明性格比较公正而全面的认识。

文征明性格温和，人品纯正，个人生活相当严谨，为人处世声誉极高。古代文人狎妓乃平常之事，特别是在经济文化发达且世风激进的明中叶，狎妓纳妾之风甚盛。祝允明、唐寅等，皆有不少风流韵事传世，而文征明却终生不曾纳妾，亦不曾狎妓。黄佐称其"平生足迹未尝一涉邪侠之馆。"③《唐伯虎全集·轶事》记载："（祝允明、唐寅）偕徵仲同游竹堂寺，伯虎先嘱近寺妓者云：'此来文君，青楼中素称豪侠，第其性猝难狎，若辈宜善事之。'妓首肯，已密伺所谓文君者，两公乃故与徵仲道经狎邪。伯虎目挑之，妓固邀徵仲，苦不相释。徵仲怅然曰：'两公调我耳'，遂相与大笑而别。"④如此端庄持正，洁身自好，难怪祝允明赞"文君乃真秀才也"。⑤

吴中四才子中，文征明的口碑和人缘最佳，其他三才子皆心服之，皆愿向其袒露心扉、畅谈心事。唐寅与文征明为挚交，但唐寅更愿视其为师，"非词伏也，盖心服也。"⑥祝允明长文征明十一岁，对文征明的品貌才学亦极为推重，赞其："奇珍不横道，颛为宗庙用。"⑦徐祯卿佩服文征明的

---

① 钱谦益.列朝诗集小传[M]丙集.上海古籍出版社,1983:300.
② 文嘉.先君行略[A],周道振辑校.文征明集[M].上海古籍出版社,1987:1623.
③ 黄佐.将仕佐郎翰林院待诏衡山文公墓志[A],周道振辑校.文征明集[M].上海古籍出版社,1987:1633.
④ 唐寅著.唐伯虎全集·轶事[M]附录三.杭州:中国美术学院出版社,2002:568.
⑤ 文嘉.先君行略[A],周道振辑校.文征明集[M].上海古籍出版社,1987:1619.
⑥ 唐寅著.唐伯虎全集·又与徵仲书[M].杭州:中国美术学院出版社,2002:224.
⑦ 祝允明.怀星堂集·送徵明计偕御试[A]卷4,文渊阁本四库全书·集部别集类,第1260册,台北:台湾商务印书馆,1986:418.

人品才华,简直到了无以复加的地步。他认为文征明有五处优势常人难及:"大雅特介,吾孰与子? 议论英发,吾孰与子? 诗藻工绝,吾孰与子? 书画精丽,吾孰与子? 闻见博洽,吾孰与子? 五者皆弗如也。"①

人品纯正,宽厚温和是文征明性格的一面,不畏权势、风骨铮铮乃文征明性格的另一面。主要表现为:

1. 秉操弥坚 ,持身以正

文氏先世家业并不丰厚。祖父文洪只做了三年多的沫水县学教谕。文林又是风岸峻峭的人物,除二子奎、壁之外,另有庶出子嗣。在分家后,徵明功名无就,仅靠笔墨维持生计,难免有捉襟见肘、青黄不接之时。他四十岁时写有《寄陈以可乞米》②诗,其中云:"零落交游怀鲍叔,遗巡书帖愧真卿;谋身肯信贫难忍,食指其如累不轻。"陈以可是徵明的学生陈淳的父亲,富有家财。文征明不止一次向其借贷。尽管生活已窘迫到不得已向人借贷的地步,但文征明却依然坚守着自己的处世原则。他自定书画三不应:"一诸王国,一中贵人,一外夷"。③ 宁愿靠借贷生活,也不愿屈身权贵,为"五斗米"折腰。外表谦和,内在耿介,这便是文征明的真正性格。

2. 刚正不阿 ,不畏权势

张璁与文林很早就有来往,文征明也早就认识他。后来,张璁得势,想让文征明依附于他。可文征明不愿攀附权势,拒绝与张璁为伍。《明史·文苑三》记载:"先是,林知温州,识张璁诸生中。璁既得势,讽徵明附之,辞不就。……欲徙徵明官。徵明归益力,乃获致仕"。④ 文征明自尊守志、不阿权贵之事在《文征明年谱》中也有记载:"徵明致仕后,凡部使者行部见过者,徵明即于厅事拜谢,更不诣官衙。凡有馈遗,悉却不受。过客造请,亦向不至河下报谒。嵩(严嵩,时礼部尚书)曾过吴来访,

---

① 文征明著. 文征明集[M]. 上海古籍出版社,1987:1671.
② 文征明著,周道振点校. 文征明集·寄陈以可乞米[M]. 上海古籍出版社,1987.210.
③ 王世贞. 艺苑卮言[A]卷6,丁福保辑. 历代诗话续编. 北京:中华书局,1983:1044.
④ 张廷玉. 明史[M]. 北京:中华书局,1974.7362.

徵明不为破例。"①不论是面对当朝阁老，还是赫赫政要，文征明不卑不亢，皆以平常心视之。这种不肯阿附权贵、通达持正的品性不仅令同时代人佩服，亦令我辈后学钦佩之至。

3.忠节守义，富有远见

正德年间，朝政混乱，奸佞当道。武宗朱厚照不理国事，沉溺于游玩享乐。江西宁王朱宸濠见朝政倾危，遂起谋逆之心。为求得能人异士相助，他不惜卑辞厚币，四方搜罗奇才贤能。文征明、唐寅皆在其搜罗之列。面对宁王的征聘专使和聘书，文征明谢曰："既见书，当有回启，不若不见之为愈也。"②后来宁王事败，文征明悠然于事外，而唐寅却因不听劝阻，出山辅助宁王（抵达后不久，旋即脱身还吴）而险遭杀身之祸。顾元庆《夷白斋诗话》记载此事："衡山文先生徵明有《病起遣怀》二律，盖不就宁藩之征而作也。词婉而峻，足以拒之于千里之外。"③

正直为人是文征明一生的追求，他曾说："便宜于己者勿为，文是即礼义廉耻也，循是而行，某虽不至于圣贤，亦可以寡过矣。"④可以说，文征明在处世为人方面获得了极大的成功。虽然他的济世之志因为仕途不达而未能实现，但是人生本就得有得有失，求仁得仁，夫复何怨？

## 二、"和"的性格的诗意呈现

文征明寿至九十，主吴中文柄数十年，著作颇丰，然在中国古代诗歌史上实不得归入大家之列。钱谦益曰："（文征明）与祝希哲、唐伯虎、徐昌国切磨为诗文，其才稍逊于诸公，而能撮诸公之长。"⑤牧斋此论，大体符合实际。文征明之诗在四人中似无特长，既无允明之奥，也无唐寅之俗，亦无祯卿之清。徵明所作之诗，大多写其日常生活之事。温厚和平，

---

① 周振道、张月尊.文征明年谱[M].上海:百家出版社,1998.
② 黄佐.将仕佐郎翰林院待诏衡山文公墓志[A],周道振辑校.文征明集[M].上海古籍出版社,1987:1633.
③ 顾元庆.夷白斋诗话[A],[清]何文焕辑.历代诗话.北京:中华书局,1981:799.
④ 黄佐.将仕佐郎翰林院待诏衡山文公墓志[A],周道振辑校.文征明集[M].上海古籍出版社,1987:1633.
⑤ 钱谦益.列朝诗集小传[M]丙集.上海古籍出版社,1983:305.

随缘而赋。单从诗歌艺术上讲,价值并不高。但从诗歌内涵及意象的塑造上讲,却有独到之处。

考察明中叶文学产生和发展的时代思想、文化背景,梳理文征明诗文涵盖的内容和艺术特色,我们能够得出一个结论,那就是:

首先,文征明诗文独立于程朱理学的思想樊篱之外。他的诗文,特别是文,虽然中规中矩,但绝不囿于僵化的成见,决不与陈腐思想苟同。

其次,文征明的诗文不与世俗文学风潮同流,不盲目地与"前七子"的文学主张相呼应,保持了自己较为独立的创作个性和文学品格。

最后,文征明诗文创作处在较为自由、开放的状态,具有平和冲淡的色彩,内容多为日常生活。这与其平和淡泊、宽厚温和的个性不无关系。

（一）丰沛的内涵 温婉的情致

文征明一生笔耕不辍,著作颇丰。诗作共有 2690 首,按所咏题材,大致可分为山水田园诗、述怀伤情诗、题画品评诗三类。山水田园诗,或写游地风物、或写山林胜景,充满了长林丰草、岩栖高卧的闲适和不慕富贵、淡薄洒脱的超逸。述情伤怀诗,或写科举屡败的失意,或写为官不顺的失落,或写回归田园的渴望,弥漫着诗人用世不遂的淡淡幽怨和归隐难成的落落寡欢。题画品评诗,有客观描摹书画的诗作,但多数为借题画之名,抒怀寄情之作。

公正地说,本人将文征明两千多首诗作简单地划分为山水田园诗、述怀伤情诗、题画酬赠诗三类,并不十分严谨,也不能涵盖其诗作的全部内容。如此分类,只是想通过简单地梳理概括,通过几首小诗的品评解析,力图窥探文征明人生的几个侧面,以便更好地了解和把握诗人的多样生活和复杂心绪。

1. 山水田园的讴歌

虽然文征明曾花费三十年的时间汲汲于科举,且屡考屡败,但功名的失落并没有影响其赏游山水的兴致。在其歌咏山水的篇篇佳作中,尽管有时会不由自主地萌生出几分由科举失意而萌发的淡淡愁绪,但从整体意绪上看,高雅潇洒的隐逸之乐和闲适之情还是其赞叹并歌咏的主要方面。其山水诗多写乡野小景和隐逸情怀,诗风大多疏淡清雅、温正平和。尽管身处前七子汹涌澎湃的"求复古、倡风骨"时代浪潮中,但他却不为复古主义格调所囿,诗风亦不逐时而变。如七律《荆溪道中》:

> 扁舟十里下荆溪,落日苍凉草树低。绝巘凝辉知如雪,晚风吹水欲流澌。行逢曲渚常疑断,遥听荒鸡近却迷。一片沙鸥明似雪,背人飞过野塘西。①

驾舟于日暮溪上,悬崖峭壁沐浴着晚霞。溪水曲曲折折,让人疑心流水就此中断。远处的鸡鸣,刚刚还能听到。船走近了,却看不到"荒鸡"的影子。诗尾两句,极具声色,洁白的沙鸥,扑啦啦从行人背后飞向野塘西边,这种色彩与动感的逼真描绘顷刻间使诗歌增色不少。本诗写景如画,用语雅丽,清江十里尽收眼底,沙鸥野塘,饶具情韵。

文征明性格雅顺,生性淡泊。喜素淡,不喜浓烈;喜清净,不喜喧嚣;喜乡村,不喜闹市;喜渔隐,不喜从政。作为这一性格的反应,其山水诗作中常常透溢着一种淡淡的隐者情怀,氤氲着一股类似"桃花源"般的清净之气:

> 渔翁老去头如雪,短笠轻获舟一叶。百项鱼虾足岁租,十只鸬鹚足家业。横笛朝冲柳外风,浩歌夜弄波心月。不嫌湖上有风波,世路风波今更多。②

头白如雪的渔翁是文征明笔下常见的隐者形象,本诗描绘的便是渔翁老者清旷天然的自足生活。诗中的隐者,家当可谓少矣。短笠一个、轻舟一叶、鸬鹚十只、横笛一支,如此简单的家当,渔翁却感到由衷地知足。试想一下,在清淡如水的夜晚,一个鹤发童颜的老者,在月光的映照下独

① 文征明著.文征明集·荆溪道中[M].上海古籍出版社,1987:368.
② 文征明著.文征明集·题渔隐图[M].上海古籍出版社,1987:89.

坐小舟,平静地吹着手中的横笛,脸上荡漾着从容自足的表情,这将是一幅怎样的画卷啊!当然,文征明并没有一味地描写隐居生活的乐趣,诗中也提及了隐居生活的苦恼:岁租、湖水风波,但这些苦恼在诗人看来,与世路风波和官场险患相比,是何等的微不足道啊!

文征明仕宦时间极短,其毕生可以说是在家乡吴中的悠游生活中度过的。他爱极了家乡的湖光山色,对一草一木、一山一石都充满了深情。在他的笔下,家乡的景色总是那样的明丽秀美、华美清俊。如《闵川八咏之万贯晴川》:

> 江上春潮落,晴川带渺茫。中流分树色,斜日送苹香。断雁迷千里,荒鸡自一乡。晚云归别浦,依约见帆墙。①

春潮、晴川、树色、斜日、雁阵、晚云等构成了一幅有动有静、有声有色、有近有远的画面,蔚为大观。此诗可以说是文征明山水诗的第一类代表,这类诗通篇展现的都是诗人眼中的景物,我们几乎看不到诗人的身影,也没有抒情性的语言。而诗人的各种情绪,均通过目之所及的景物进行抒发,是寓情于景的典型作品。

从以上三首诗中可以看到,文征明的山水诗作有两个特点,一是描写的对象多为乡野小景,如山坞人家、楼阁小桥、静湖小溪,而非高耸突兀的名山大川。抒写的风格也是清秀飘逸,娓娓道来,而非慷慨潇洒,高歌欢畅。二是诗作虽注重写景,但亦重抒情。其诗和畅典丽、温文尔雅的风格不仅是对自然风物的概括,也是对生活于其中的士大夫精神面貌的呈现。

2. 述情伤怀的低吟

文征明的一生是稳定平淡、波澜不惊的。他没有唐寅科场受诬的奇耻大辱,没有祝允明背负家族使命求取功名的压力,亦没有徐祯卿幼年丧母、遭父恶的孤独忧郁。与多数士人一样,少年意气的文征明对科举是抱

---

① 文征明著.文征明集·闵川八咏之万贯晴川[M].上海古籍出版社,1987:106.

第五章 文征明——吴中文化意蕴的体现者

203

有积极态度的。他坚信凭借自身的才华，一定能够一举成名。如《顾孔昭侍御起告北上》云：

> 心逐江流百折东，青山不似圣恩隆。著书偶作周南滞，替笔还收柱下功。行李自囊新草疏，都人争识旧乘骢。老成摧抑时情异，犹持台端论独公。①

再如《靖海元功》一诗：

> 谁云赤子不烦征？须信王家有应兵。明主已隆装相命，边人先识范公名。饶渠固磊攻皆克，凡此奇功断乃成。要使愚民知改辙，不妨京观筑长鲸。②

这两首诗非常明显地反映出文征明渴望建功立业、报效君王的儒者心态。其实，这才是其最本真的心态。文征明饱览群书，广拜名师，为的就是有朝一日能够得到"圣恩隆"和"柱下功"。其后来所萌生的辞官归隐之念，其实都是在遭遇失败、受到打击或目睹现实无望后做出的不得已的抉择。

在文征明的一生中，唯一萦绕心头令其无法释然的便是功名的失落。三十年的苦苦追索，三十年的失意寥落。科场之痛，如同一把利刃，插在他的心头，使一向平淡温和的诗风偶尔也发生转向，漫溢出一种不可名状的忧伤。如《金陵客楼与陈淳夜话》：

> 卷书零乱笔纵横，对坐寒窗夜二更。奕世通家叨父执，十年知己愧门生。高楼酒醒灯前雨，孤榻秋深病里情。最是世心忘不得，满头

---

① 文征明著.文征明集·顾孔昭侍御起告北上[M].上海古籍出版社,1987:151.
② 文征明著.文征明集·靖海元功[M].上海古籍出版社,1987:184.

尘土说功名。①

每次读这首诗,总会有种莫名的触动,莫名的辛酸。文征明为人平和含蓄,很少直言心中感受。而此诗却一反常态,直白地喊出了内心懊恼的心绪。写作此诗时,他已经在科举道路上遭遇了六连败。从自信满怀到忧伤失落,从再次失意到痛苦尴尬,从孤独落寞到懊恼愤激,文征明的心灵一次次地遭受着蹂躏。而考场的残酷,却没有因为这个已颇具声望的"自恋人"的苦吟而有丝毫改变。失意的文征明,只能怀着满腹的才华和抱负,在遭受失败后,一次次地踏上回家的江船。

文征明54岁以贡生资格入翰林为待诏,总算争得一命。若说文征明与此命一无所谓,可能也不符合事实,在某些正式场合他还悉录官名全称。但是在经历了官场生活的种种无奈与不堪后,目睹了同僚间的诸多争斗和倾轧后,他的志向逐渐由君王天下转变为田园故乡:

> 天上楼台白玉堂,白头来做秘书郎。退朝每傍花枝入,燠直遥闻刻漏长。铃索萧闲青琐静,词头烂漫紫泥香。野人不识瀛洲乐,清梦依然在故乡。②

身处官衙,却有局外人之感。"白头来做秘书郎"一句,道尽了徵明的辛酸和尴尬。他厌倦了这种"白头秘书郎"的枯燥生活,渴望回到朝思暮想的故乡。

文征明的诗歌词气平和,少作慷慨激昂之语。以上所列举的几首诗歌,虽不能尽显文征明的所感所思,但单从这些只言片语的诉说中,也不难看出其心灵跃动的些许轨迹。

3.酬赠题画的抒写

文征明一生交游广泛。从前辈的沈周、吴宽、王鏊等,到同辈的祝允

---

① 文征明著.文征明集·金陵客楼与陈淳夜话[M].上海古籍出版社,1987:164.
② 文征明著.文征明集·内直有感[M].上海古籍出版社,1987:298.

明、唐寅、徐祯卿、都穆等,再到稍后一辈黄省曾、袁袠、陆师道等,皆与之交往颇深。所以,其酬赠诗数量颇为可观,约占全部诗作的三分之一。如此数量庞大的酬赠诗作,若详加介绍实属不易。此处仅选其与唐寅、祝允明、徐祯卿的唱和之作加以介绍,算是窥豹一斑。

唐寅与文征明性格迥异。唐寅敏感自傲,徵明醇厚谦恭;唐寅脱略大度,徵明谨言慎行。两人虽个性迥异,但却友情深厚。唐寅道:"寅稚冠之岁,跌放不检约。衡山文壁与寅齿相俦,尚好不同,外相方圆,而实有埙篪之美。"①"埙篪"一词源于《诗经》:"如埙如篪"。毛传:"言相和也"。文征明对唐寅知之甚深,如《简子畏》:

> 落魄迂疏不事家,郎君性气属豪华。高楼大叫秋筋月,深幄微酣夜拥花。坐令端人疑阮籍,未宜文士目刘叉。只应郡郭声名在,门外时停长者车。②

"落魄""豪华""大叫""拥花",文征明真不愧为唐寅的知己,简单的八个字便将唐寅的性情刻画得活灵活现。"落魄"一词,写出了唐寅科场案后处境的艰难和生活的窘迫;"豪华"写出了唐寅意气豪迈、狷介疏狂的性格;"大叫"写出了唐寅生性慷慨,不拘小节的习性;"拥花"写出了唐寅生性风流、纵情酒色的情状。八个字里,虽暗含对唐寅的批评,但亦含有对其不羁个性的倾慕和赞赏。读诗的前四句,我们尚不能确定文氏对唐寅的情感态度,在后四句中,文氏的态度便鲜明地体现出来了。阮籍乃"竹林七贤"之首要人物,敢于以蔑视礼教、纵诞放任的姿态,公然表示对阴谋篡权的司马懿父子的反感。刘叉乃唐代诗人,为人豪放热情、刚直任侠。文氏此处将唐寅与此二人并举,其对唐寅的赞誉之情是不言而喻的。

文征明与祝允明在交往中讨论较多的是书法问题,文征明对祝允明的书法技艺由衷叹服。其《次韵答希哲见怀兼乞草书》云:

---

① 唐寅著.唐伯虎全集·送文温州序[M].杭州:中国美术学院出版社,2002:227.
② 文征明著.文征明集·简子畏[M].上海古籍出版社,1987:129.

墙外车音寂不闻,闲缘谁解病中纷?凉风著意吹芳树,落日含情咏碧云。高谊乍违黄叔度,清篇先枉沈休文。秋来定有临池兴,拓得鹅群倘见分。①

诗人卧病家中,苦闷寂寥。回想昔日的友人,都如秋叶般凋零逝去,心生无限感慨。谁来解除心中的忧愁呢?诗人想到了风华气度如先贤般的祝允明。本诗颈联、尾联连续用典,夸赞祝允明书法堪与黄叔度(东汉名士)、沈约、王羲之比肩,并婉转地提出索取书法的要求。整首诗歌语言含蓄,情感真挚,平淡如水的君子之情荡漾在诗句之间。

文征明与徐祯卿之间的唱和之作多为日常过往言谈的记录,乍看平淡无常,细品却情真意浓。如《立春前一日昌国过访停云馆同赋》二首:

其一

绕阶寒色淡晴辉,一榻寥寥对掩扉。日午隔帘闻笑语,东家儿女看春归。

其二

自是与君还往熟,新年三辱过茅堂。贫家无物淹留得,两壁图书一炷香。②

第一首简单勾勒,便描绘出一幅恬淡自然的生活画面和平安静谧的乡村小景。第二首诗平白浅直,如话家常,最后一句乃点睛之笔,写出友人徐祯卿清心寡欲的生活和宁静淡泊的风韵。这两首小诗皆情感真挚,

---

① 文征明著.文征明集·次韵答希哲见怀兼乞草书[M].上海古籍出版社,1987:182.
② 文征明著,周道振点校.文征明集·立春前一日昌国过访停云馆同赋[M].上海古籍出版社,1987:388.

语言淡然。诗人与徐祯卿之间的情感，也如小诗一样，平淡中含韵味，自然中见真情。

文征明的画多题诗，诗情画意，融合无间，被时人誉为诗书画"三绝"。其题画诗就题材内容大致可分为：山水类、花卉类、隐趣类。其山水类作品贵在淡泊无痕，飘然洒脱。山涧鸣泉，湖山草庵，白云茅舍，灵峰烟雨，是人间之境，又非人间之境，是人间烟火，又不似人间烟火。它是画境，也是心境，更是诗人画家心灵的高洁之境。如《题画》《题秋江图》《题曹云西山水卷》《题完菴山水图》《湖山新霁图》等。其花卉类作品贵在寓情于物。明写花木，实写自我。往往借松、兰、竹、梅等高雅花木，表白自身操守之高洁。如《墨梅》《画竹》《白牡丹》《题墨兰》《梅竹》《梅花水仙》二首等。隐趣类作品贵在意境之脱俗，情趣之高妙。呈现于读者面前的往往是高涧寒泉，穷岩疏树，但隐藏于其后的却是诗人避世离俗、息心隐机的真实意图。如《题画》《题渔隐图》四首、《题倪云林水竹居图》《桃源图》《题高彦敬寒窗幽逸图》《题半隐堂》等。关于文征明的题画诗，本书第二章：《高妙的论艺题诗》一节中亦有论述，可参看之。

对文征明诗歌的艺术风格的评价，历来褒贬不一。"褒"者多欣赏其诗风的轻秀雅淡。王夫之曰："浩然山人之雄长，时有秀句；而轻飘短味，不得与高、岑、王、储齿。近世文征仲轻秀与相颉颃，而思致密赡，骎骎欲度其前。"①陈田亦云："衡山诗，余谓和平蕴藉，于风雅为近，奚必以模宋范唐，自矜优孟衣冠耶？"②"贬"者多讽刺其诗风的纤弱清浅。如王世贞曰"如衣素女子，洁白掩映，情致亲人。第亡丈夫气格。"③顾起纶认为："其文恬雅整饬，诗亦从实境中出，特调稍纤弱。"④对"文风、诗风"的评价，历来都是"仁者见仁、智者见智"，没有固定的标准。本书在综合前人论评的基础上，也想谈谈对文征明诗风的体会。

① 王夫之著，戴鸿森笺注. 薑斋诗话笺注[M]. 北京：人民文学出版社，1981：45.
② 陈田. 明诗纪事[M]丁签卷 11. 上海古籍出版社，1993：34.
③ 王世贞. 明诗评[M]卷 3. 商务印书馆，1937：23。
④ 顾起纶. 国雅品[A]，丁福保辑. 历代诗话续编. 北京：中华书局，1983：1109.

文征明是儒家传统道德的坚守者,是一个恪守儒学传统、遵从儒门道义的温文尔雅的儒者。在其诗歌中,我们看到的不是一个因怀才不遇而怨天尤人的行为狂者;更不是一个因遭遇不公便愤世嫉俗的精神弱者,而是一个屡屡受挫而不悔、随缘自适的普通文人,一个随遇而安、不温不火的谦谦君子。受此影响,其诗歌创作遵循了"陈情托物"的传统,几乎不涉时事政治题材,充分体现了性格中"和"的一面。

　　1.温婉平和　淡雅轻秀

　　俗语有言:文如其人。文征明的诗风一如其温稳随和的性情。他早期学诗从陆游入手,后学习晚唐,诗风温正和平,娟秀妍雅。王世贞注意到此点,评其:"如仕女淡妆,维摩坐语;又如小阁疏窗,位置都雅,而眼境易穷。"①王氏肯定了文诗的"雅",但也不无遗憾地指出其诗在境界上不够开阔。

　　文征明诗作的淡雅清秀,此一特点与唐寅之作稍加比较,就可显露无遗。唐寅的诗文更多地迎合和适应了明中叶苏杭一代的市民意识,与现实生活的联系更为紧密。其行文风格与风流放诞的个性互为表里,浪漫不拘、奔放自然。如《叹世》《警世》等诗作,诗意素朴,语出自然,喜怒哀乐的色彩强烈,有王勃、阮籍、左思、李白之风。如《画菊》:

　　　　锦里先生日晏眠,客来高论坐无毡。酒资尽在东篱下,散贮黄金万斛钱。②

　　菊花,高雅脱俗,清韵天然。但在唐寅的笔下,菊花也沾染了世俗的意味。看到金黄雅丽的菊花,唐寅想到的竟然是世间俗物"黄金",并进而联想到"酒资"。此种联想世俗意味浓厚,但又不失天真之趣。"高论""酒资""万斛钱"等语词,尽显诗歌朴实无华之风。

　　再看文征明的《题画菊》:

---

　　①　王世贞.艺苑卮言[A]卷5,丁福保辑.历代诗话续编.北京:中华书局,1983:1034.
　　②　唐寅著.唐伯虎全集·画菊[M].杭州:中国美术学院出版社,2002:454.

透纸离离见墨花,细香团玉沁霜华。江南五月严无奈,别有凉风属画家。①

文征明笔下的菊花,一如文征明其人,温文尔雅、淡泊脱俗。"细香团玉沁霜华"一句,写尽了菊花的含蕊欲放、温润娇美之态。特别是"凉""沁"二字,读来顿感丝丝清爽之气,如此妙语,非淡泊纯净、清高出俗之高士不能写出。

读书历来被称为文人雅事,特别是夜晚读书,更添几分高逸之气。但如此高雅之事,在唐寅的笔下却雅味全无。其《夜读》云:

夜来欹枕细思量,独卧残灯漏转长。深虑鬓毛随世白,不知腰带几时黄。人言死后还三跳,我要生前做一场。名不显时心不朽。再挑灯火看文章。②

此种雅事到了文征明的笔下,雅气顿显。如《冬夜读书》:

故书不厌百回读,病后惟应此味长。千古精神如对越,一灯风雨正相忘。卷中求道深知谬,意外图名抑又荒。束发心情谁会得,中宵抚几自茫茫。③

唐诗中,我们看到的是一位求名心切的书生;文诗中我们看到的是一位静夜读书的雅士。唐诗中,我们感受到的是发愤立志、除此无它的决绝与奋进;文诗中我们感受到的是淡泊无求、唯求读书的谦顺与平和。唐寅中,"细思量、死后三跳、看文章、做一场"等词使人颇感无复拘检、随意不羁;文诗中"千古精神、卷中求道、束发心情"等词,令人顿觉清爽秀逸、舒

①　文征明著.文征明集·题画菊[M].上海古籍出版社,1987:402.
②　唐寅著.唐伯虎全集·夜读[M].杭州:中国美术学院出版社,2002:88.
③　文征明著.文征明集·冬夜读书[M].上海古籍出版社,1987:136.

吴中四才子诗文研究

适轻松。

文征明与唐寅在诗作风格上似乎呈两极状态。文征明一味求淡、求雅；唐寅一味求俗、求浅。此一差别，既有审美视角不同的因素，亦有性情品格迥异的原因。需要说明的是，此处将唐寅与文征明并列，并无评判二人诗风孰优孰劣之意，只想借唐寅诗作之俗，来凸显徵明诗作之雅。

2. 情感真挚　温婉动人

文征明之所以能够以一介布衣身份主盟吴中文坛三十年，并不仅仅因为其诗书画文皆擅的卓荦文采，还因为其高尚人品的感召力。朱彝尊盛赞文征明："人品第一，书、画、诗次之"。① 在人际交往、待人接物上，文征明通达持正，重情重义。特别是在交友上，他不论年长年少，仕进与否，只要意气相投，皆与之推心置腹，真诚相待。在其诗集中，以"怀"字命题的念友诗不可胜数。如《病日愁坐有怀陈淳》《怀玄敬》二首、《夜坐闻雨有怀子畏次韵奉简》《停云馆燕坐有怀昌国》《怀吴文定公》《怀次明》《宿相成有怀石田先生》《有怀刘协中》《秋夜不寐有怀钱二孔周》《枕上闻雨有怀宜兴杭道卿》《上巳日独行溪上有怀九逵》《与许彦明夜话有怀王钦佩赋寄》《怀九逵》《过张秋追怀武功先生遗迹》《秋夜怀昌国》《宿江浦有怀定山先生》《春日怀子重履约履仁》……仅从这些诗作的题目中，我们便可以想见文征明待友之心是何等真挚。友人远别，他因不舍而洒泪："二十年来谁在者，白头挥泪读题名。"（《张夏山輓词》）友人不至，他因失落而叹息："纸窗寒浅未梅花，有约不至空自嗟。（《待孔周不至》）友人远居，他因思念而苦闷："题诗欲写深知意，感觉悲多思乱生。"（《怀玄敬》）友人落第，他因同情而嗟叹："嗟哉昔恶闻，零落今同焉。"（《不寐》）友人逝去，他因悲伤而痛哭："何必西州方感恸，居闲常自涕潸潸。"（《哭匏菴先生》）。单从这些诗句中，我们便可知晓文征明是何等重情重义，是何等以"真情"待人！

文征明与恩师沈周感情极深，沈周不仅是其恩师，亦是其诗友、书友、

① 朱彝尊.静志居诗话［M］卷11.北京：人民文学出版社,1998：304.

画友。《文征明集》中写给沈周的诗作约有十多首。如《初夏次韵答石田先生》《病中次韵答石田先生》《奉陪吕太常沈石田游虎丘次韵》《次韵答石田梅雨后言怀之作》《和答沈石田先生落花诗十首》等。品读这些诗作,时常会被荡漾于字里行间的浓浓真情所感动。沈周去世后,文征明悲伤不已,《哭石田先生》云:

> 不堪惆怅失瞻依,手把图书梦已非。文物盛衰知数在,老成凋谢到公稀。石田秋色迷寒雨,竹墅风流自稀晖。未遂感恩酬死志,此生知己竟长违。①

友人已逝,但诗人却不愿接受这个事实。手持友人书卷,独坐友人别墅,回顾友人笑貌,不久悲从中来,涕泗横流。"未遂感恩酬死志",友人的恩情尚未报答,但已"此生长违"了,对诗人而言,这是何等残酷的事实!"不堪惆怅""秋色寒雨""梦已非",这些辛酸的语词字字动人心魄,夺人泪水。

秋天,草木凋零,万物萧瑟。秋天的夜晚,更因丝丝寒气的侵袭而令人备感孤独。每当秋夜降临,文征明对友人的想念便愈加浓烈。其《秋夜不寐有怀钱二孔周》:

> 客散西堂夜悄然,修筠凉吹供清眠。疎萤纨扇秋无赖,浅水红蕖月可憐。侍女银杯摇雪乳,谁家玉笛唱婵娟。意中憶得城东阙,孤鹤翩翩骨有仙。②

酒宴罢去,人散夜静。秋风袭来,凉意阵阵。此等良辰,正好安眠。但诗人却因挂念友人而难以入眠。静夜中,飘来阵阵笛声。想必是仙风道骨、仪态翩翩的友人,在遥远的城门东阙,在清风、明月的陪伴下,吹奏

① 文征明著.文征明集·哭石田先生二首[M].上海古籍出版社,1987:208.
② 文征明著.文征明集·秋夜不寐有怀钱二孔周[M].上海古籍出版社,1987:137.

的一曲清音雅乐吧！此诗虽无一字言"思"，但却句句见"思"意。

在文征明看来，人品的高尚高于一切、盛于一切。文征明73岁高龄时，自白做人格言曰：

> 乐易以使人之亲我。虚己以听人之教我。恭己以取人之信我。自检以杜人之议我。自反以息人之罪我。容忍以受人之欺我。警悟以脱人之陷我。奋发以破人之量我。逊言以免人之晋我。静定以处人之扰我。从容以待人之迫我。游艺以备人之弃我。直道以伸人之屈我。洞彻以解人之疑我。量力以济人之求我。弊端切须勿始于我。凡事无但知私于我。圣贤每存心于我。①

此格言，字字见义，句句存真，文征明真乃胸襟坦荡之真丈夫也！"文如其人"，其人如此，其诗作又岂能不如此？清代书画家秦祖永曾言："予观《甫田集》，清真古淡，诗品之高，与画品同。千百年后，挹其清芬，有余慕焉。"②秦氏所言切中肯綮，读徵明之诗，不仅要品其辞藻字句，更要感其真情，学其品行。文征明诗歌之真谛正在于此！

3. 含蓄蕴藉 平和内敛

读文征明的诗作，往往有这样的体会：初读之时，淡而无味；但细细揣摩，便觉意味无穷。其诗给人一种不疾不徐的冲淡平和之美。诗中的情思细密，含而不露，又处处散发着含蓄蕴藉之美。即便身处愁苦万端之境，其倾诉也是娓娓道来，适可而止。如《拨闷》：

> 春色三分过一分，书生愁绪乱如云。一般清昼啼黄鸟，不似楞伽寺里闻。③

---

① 文征明著.文征明集·格言[M].上海古籍出版社,1987:1307.
② 秦祖永.七家跋印 蒋仁跋[A],周道振辑校.文征明集[M].上海古籍出版社,1987:1679.
③ 文征明著.文征明集·拨闷[M].上海古籍出版社,1987:1084.

写作此诗时,文征明七试应天、落败而归不久。回想起不久前的又一次落第,看着眨眼间便匆匆而逝的春光,他懊恼不已,直言"愁绪乱如云"。此种直白内心情感的诗作在文征明诗集中实属少见。但即便是直白之言,与唐寅"四更中酒半床病,三月伤春满镜愁",①祝允明"牛车百两春雷过,愁压幽燕地轴偏"②之语相比,已属蕴藉平和了。或许是感到直言愁绪有所不妥,诗人随即将笔锋一转,转而描写黄鸟,并借用黄鸟叫声不如在寺庙中动听一事,来反衬自己纷乱的心绪。如此一观,全诗含蓄蕴藉之风格立显。

文征明"不就宁藩之征而作"的《病起遣怀》二律,词婉而峻,堪称含蓄意蕴诗作之表率。诗云:

> 潦倒儒官二十年,业缘仍在名利间。敢言冀北无良马,深愧淮南赋小山。病起秋风吹白发,雨中黄叶暗松关。不嫌穷巷颜回辙,消受炉香一味间。③

踽踽老者,困顿科场三十年,却仍未获功名。如此"不才"之人,也只能满含"深愧"效法颜回,终老家乡了。全诗对是否接受征聘只字未提,但拒绝之意却十分明显。虽不言"拒",但拒意已明;虽表面含蓄,但内藏风骨,这就是文诗的成功之处。

文诗含蓄之风的最大体现是,在某些诗作中他从不直面读者,而是将自我隐藏起来,用"幽人""闲人""幽意"等形象为自己代言,借此表达某种难以言传的心绪。关于此点,本书在下一章节中将着重论述,此处不赘。

(二)独特的意象 精神的代言

"幽人""石湖""扁舟"是文征明诗作中出现频率最高的三个意象。

---

① 唐寅著.唐伯虎全集·又漫兴十首其八[M].杭州:中国美术学院出版社,2002:85.
② 祝允明.怀星堂集·卢沟桥[A]卷6,文渊阁本四库全书·集部别集类,第1260册,台北:台湾商务印书馆,1986:442.
③ 文征明著.文征明集·病中谴怀二首[M].上海古籍出版社,1987:246.

"幽人"意象体现的是其两种不同的价值观冲突：一是出仕之心与归隐之念的冲突；二是岁月蹉跎与功业未就的冲突。"扁舟""石湖"意象则是一系列游览、雅集等闲适生活的沉淀，是文征明理想生活模式的一种象征，是与其平和宽容的性情、博雅淡泊的人生情怀息息相关的。

1. 幽人意象

赏读文征明的诗歌，我们会发现一个特点：许多诗的叙述者（也就是诗句后面的言说主角）是以"幽人"的形象出现的。如："山深无车马，独有幽人度。幽人何所从？白云最深处。"（《题画》）"薄晚北风微，幽人启朱户。"（《岁暮雪晴山斋小诗十章》）"幽人眷迟暮，静息藏晏温。"（《感兴一首》）"幽人被酒夜不眠，揽衣起坐垂堂前。"（《夜坐》）"仙源近远不可穷，却有幽人在山泽。"（《题画》）"归来烟月篇章富，乞与幽人得细看。"（《游资庆寺》）有时候，"幽人"偶尔也以"闲人""幽意"的形象出现。如："小舟依渡不施桡，正似闲人远事嚣。"（《写闲舟图寄葛汝敬》）"白发岂堪供世事，青山自古有闲人"。（《致仕出京言怀》）"愿言领幽意，况复酬心知。"（《陈氏池亭纳凉》）"幽人""闲人""幽意"其意有相近、相通之处，皆用来指代一位隐藏于诗文背后絮絮诉说心怀而不愿露面的人物。之所以用"人物"一词而不用"高人""孤者"等来定义，是因为"幽人"的指代对象是随诗风的不同而有所变化的。试看下面几首佳作：

> 百丈苍山倚暮寒，仙源无路欲通难。晚来过雨添飞瀑，只好幽人隔岸看。天外青山半有无，江流万里月明孤。夜深偶感曹瞒迹，却被傍人作画图。[①]

此幽人是一位孤独的"思考者"。百丈苍山，暮色笼罩，寒意沁凉，大雨成瀑，本来难以寻觅的仙源更难到达了，此时的"幽人"只好隔岸观景。江流浩荡，明月孤悬，青山若有若无，幽人看到了些什么？又想到了些

---

① 文征明著. 文征明集·题画[M]. 上海古籍出版社，1987：403.

什么？

> 高居寂历雁村前，中有幽人抱枕眠。见说常贫妨道味，从教小病养闲缘。三旬闭户桃花雨，一味安心柏子烟。安得祓除将艇子，横塘新水绿娟娟。①

这里的幽人是一位三旬闭户的"病人"。他渴望身体能尽快痊愈，以便能登舟揽胜，唯恐辜负了那旖旎炫彩的桃花雨和涓涓流淌的横塘水。"安得祓除将艇子"，一个"安"字，写尽了幽人内心的焦灼。

> 寒日晶晶晓溜声，中庭快雪一宵晴；墙西老树太骨立，窗里幽人殊眼明。想见渔蓑无限好，怪来诗思不胜清；江南残腊相将尽，会看门前春水生②。

此诗中的幽人是一位乐观的"智者"。残雪仍存，寒风阵阵，幽人却已经在畅想春天垂钓的乐趣了。因为他明白：虽然老树尚未生芽，仍孤立于冷风之中，但是残冬将尽，春水将涨，一个生机勃勃的春天就要降临。

> 问讯幽人白下踪，若为清世不相容。几回对月思玄度，安得披云见士龙。落日横塘折杨柳，秋风南浦梦芙蓉。相思满目烟波远，吟到新诗手自封。③

此处的幽人是一位深具哲思的"高人"。静谧之夜，清月当空，幽人徘徊独步，或许是思索未来出路，亦或许是参悟玄言佛理，其内心平静而适意。结尾"烟波""满目"两个意象，清幽朦胧，寄意深远，直接将幽人和

① 文征明著.文征明集·怀次明[M].上海古籍出版社,1987:203.
② 文征明著.文征明集·雪后[M].上海古籍出版社,1987:338.
③ 文征明著.文征明集·寄许仲贻[M].上海古籍出版社,1987:351.

读者带入了辽远、空旷的天地。

2. 石湖意象

文征明笔下的石湖,是自然之湖、家乡一景,也是其胸中之湖,情感之水。其诗集中,记石湖之游、咏石湖或怀想石湖的诗词 30 余首。石湖,仿佛成了文征明山水情结的代名词。如《石湖》:

> 石湖烟水望中迷,湖上花深鸟乱啼。芳草自生茶磨岭,画桥横注越来溪。凉风袅袅青萍末,往事悠悠白日西。依旧江波秋月堕,伤心莫唱夜乌栖。[1]

芳草和花朵随季节而逝,就像悠悠往事和石湖的烟水,既清晰又模糊,既切近又遥远。秋天来了,凉风起了,鸟的叫声也悲伤起来。在流连山水、寄情风景的时候,诗人的惆怅一如恼人的秋雨,挥之不去。这种惆怅,有不能为国家一展雄才、忽忽老去的愁闷,也有作为一个普通人面对时光不再的慨叹。"依旧江波秋月堕",一个"堕"字,把诗人面对时光流逝的焦虑与苦闷,写得淋漓尽致,让人不禁想到"人生代代无穷已,江月年年只相似"的无奈意境。

在文征明的眼中,石湖不是静止不变的,而是千变万化的,是值得一游,再游,反复游的人间仙境。如《陪蒲涧诸公游石湖》:

> 杜若洲西宿雨过,行春桥下长蹎芜。青松四面山围寺,白鸟双飞水满湖。故垒春归空有迹,扁舟人远不堪呼。相看不尽兴亡恨,落日长歌倒玉壶。[2]

诗的前四句寥寥几笔便勾勒出石湖秀美的景象。宿雨过后,湖水涨满,草木茂盛,青松绕寺,白鸟双飞。后四句着重抒情,春天归去,友人也

---

① 文征明著.文征明集·石湖[M].上海古籍出版社,1987:263.
② 文征明著.文征明集·陪蒲涧诸公游石湖[M].上海古籍出版社,1987:255.

即将离去,怅然之感不觉袭上心头。草木枯荣,季节更迭,人间兴亡,时间飞逝,这种种恼人的愁绪只能通过长歌和美酒来消解了。

文征明对石湖的钟爱是不受地域、时空的限制的。身在吴中,可游石湖;羁留京城,亦可在梦中游石湖。只身独往,可游石湖;结伴而行,亦可游石湖。天气晴朗,可游石湖;细雨霏霏,亦可游石湖。如《暮春雨后陈以钧邀游石湖遂登治平》:

> 贪看粼粼水拍堤,扁舟忽在跨塘西。千山雨过青犹滴,四月寻春缘已齐。湖上未忘经岁约,竹间觅得旧时题。晚烟十里归程路,不是桃源也自迷。①

雨后的石湖,青翠欲滴,别具风情。诗人携友登扁舟一叶,且行且游。这叶扁舟似乎速度较快,正在欣赏粼粼碧波拍打堤岸的诗人,不知不觉已经来到塘西。远望千山,青翠欲滴,四月春雨,美景满眼,让人仿佛置身世外桃源。即使不是桃源,也让人流连忘返,情痴意迷。

文征明具诗画双绝之才。其名画《石湖图》上亦刻有《石湖泛月》诗:"爱此陂塘静,扁舟夜不归。水兼天一色,秋与月争辉。浦近青山隐,沙明白鹭飞。坐来风满鬓,不觉露沾衣。"诗中有石湖,画中有石湖,诗人的心中亦有石湖。石湖之美,之静,之幽雅,不仅使诗人如痴如醉,亦令读者驻足踟蹰。

3.扁舟意象

在文征明的诗中,"扁舟"意象也是俯仰皆是。据粗略统计,《甫田集》中先后出现了 24 次。如《致仕出京言怀》《暮春雨后陈以钧邀游石湖遂登治平》《陪蒲涧诸公游石湖》《张夏山挽词》《太湖》《答彭寅之见赠》《三月晦日登上方》等诗作中皆出现扁舟意象。"扁舟",在诗作中,既是一个客观存在的旅行工具,亦承载着诗人深厚而复杂的万种情思:

---

① 文征明著.文征明集·暮春雨后陈以钧邀游石湖遂登治平[M].上海古籍出版社,1987:206.

竹西箫管玉参差,柳外楼台舞陆离。落日芜城非故国,春风后土有荒祠。锦帆烟月千年梦,禅榻情怀两鬓丝。二十四桥何处是,扁舟西去不胜思。①

眼望西去的小舟,诗人的思绪越过千年。那小舟仿佛是有灵性的,它引领着诗人的目光,回望扬州历史的繁华与沧桑,阴霾与晴空。"扁舟",在此成为一条纽带,横跨四代,牵系着诗人的离愁别绪,亦熏染着诗人的怀古幽情。

不尽金陵晤语情,扁舟重见阖闾城。江湖动是经时别,雨雪仍看岁晚行。涉世与君俱老大,劳生何苦事声名。只应献赋心犹壮,西北青云是玉京。②

故人乘一叶扁舟,来去匆匆。年岁日长,本应雅居乡间,享受福禄。可友人仍在为了食禄、声名而奔波,人生何苦!联想至此,诗人发出了"劳生何苦事声名"的慨叹。这叶"扁舟",承载着诗人和友人的友情、希望、祝福,还有隐隐的忧虑。

江梅千树绕楞伽,记得临行尽著花。青子熟时应忆我,绿阴成处正思家。听莺此际堪携酒,烧竹何人共煮茶。几度扁舟梦中去,不知尘土在天涯。③

这首诗表达的应是诗人只身在外的感受。诗人独居异地,怀念故乡和友人,亦思念家乡的梅子与美酒。家乡的梅子该成熟了吧,因为临行

———————————
① 文征明著.文征明集·扬州[M].上海古籍出版社,1987:286.
② 文征明著.文征明集·陈鲁南将赴试南宫过吴中访别赋诗送之[M].上海古籍出版社,1987:260.
③ 文征明著.文征明集·怀石湖寄吴中诸友[M].上海古籍出版社,1987:290.

前,已是满树着花。故友饮酒品茗、谈天说地之时,也许能够想起"我"吧?这种种询问皆反衬出诗人日甚一日的思乡情怀,以至于在梦境之中,诗人亦频频登舟启程,浑然忘却在尘土飞扬的远地。此处的"扁舟"承载的是深深的思念和孤独。

4.精神代言

幽人、石湖、扁舟,这三个时常隐现于诗作中的意象,既是文征明爱好志趣的反映,也是其精神心态的写照。三种意象,分别代表着诗人三种不同的人生追求,记录并暗藏着诗人进退出处的心态变化轨迹。

细读文征明的诗歌发现,其"幽人"意象多出现于弘治初至正德初,也就是其二十岁到四十岁之间。此一时期,正好是其思想、创作的形成期,也是其个性最为复杂、凸显的时期。一方面他渴望入仕,在君王的赏识和恩宠下施展抱负、立功成名;另一方面,科举考试的一败再败使他信心丧失、心愧身辱;与此同时,吴中传统的隐逸思想每天都熏染着他,使他时时都会萌生放弃科举、归隐终老之念。这三种思想混合纠结在一起,激荡着文征明复杂的内心。他渴望借助诗笔,一吐心中块垒,但含蓄内敛的天性却让他羞于直白地言说内心的真实想法,于是"幽人"便成为他多种身份的代言人:面对痛苦和挫折时,他便成了孤独的思考者,思考科举屡屡受挫的原因,思考家国大事的成败得失;面对困扰和迷惑时,他便成了聪明的智者,预测着未来世事的发展动向,表现出洞悉一切事物的能力;面对名山胜水时,他便成了悟道的高人,谈玄说无,尽情地诉说隐居之乐。

文征明自称幽人,应含有一种对自己"边缘人"角色认证的意识。他的这种时而欢喜、时而忧虑的矛盾心绪,其实就是两个自我的冲突。隐居乡间时,规劝着自己忘却世事,甘于平淡,做个平心静气的"幽人",而"心存天下"的心思却促迫自己不自觉地朝世俗的价值目标(如功名)前进。这种冲突可能就是导致文征明诗中"幽人"意象不断隐现的主要原因。当然,文征明天性淡泊,行为处世喜含蓄内敛,不喜直白表露,这也是其运用"幽人"意象的一个原因。

与"幽人"意象背后复杂的心态相比,"扁舟"与"石湖"意象所反映的心态便简单得多了。扁舟,其音形义,天然地具备诗的美质,自然也就成为历代诗人皆愿歌咏的对象。从唐人刘长卿的"扁舟傍归路,日暮潇湘深";到宋代苏轼的"驾一叶之扁舟,举匏樽以相属";再到文征明的"二十四桥何处是,扁舟西去不胜思",皆可窥见"扁舟"的影子。在这些诗句中,"扁舟"已经从一个单纯的物象转变为一种精神的载体。它与诗人的情感融化为一体,赋予了诗歌一种或潇洒飘逸、或清冷淡远、或幽怨惆怅的特有情韵。而这种特有情韵往往会产生一种"意在言外"的功效而使诗歌增色不少。

文征明性情温顺,但他并不是一个坚守陈旧道德教条的人,他的感情同样是丰富而活跃的。只不过他善于控制和调节自己的感情,将自己隐藏起来,避免与社会规范发生直接的冲突,性格也不是很强烈,所以表现在行为层面,就显得温恭谦和。一如石湖的风光,既丰富多彩、美丽媚人,又和谐清淡、娴静温柔,不带明显的刺激感。这种微妙的相似,大约就是文征明迷恋石湖的原因吧!

其实,无论是"幽人"还是"扁舟""石湖",既有代言的意义,亦凝结着深切的思绪,维系着浓浓的真情。在文征明的思想深处,它们已经不再是简单的物象或者符号,而是一种超越了物质的精神的依赖,一种超越了精神的文化的积淀。

### 三、"介"的性格的文意呈现

"文以载道",是道统文学观的基本观点。文征明的散文创作集中体现了对这一创作规范的继承。其散文一改诗歌"怨而不怒"的宽容温和,变而为"意气甚盛"的揭露与批判,展现出性格中"介"的一面。如果说文征明之诗"妥贴温顺"①的话,那么其文则是"法度森严,言词典则"②。周道振先生辑校的《文征明集》中,共收录文征明散文 416篇,多数为题跋、墓志铭、阡碑、传、叙、记、赞等。按内容大致可分为:指

---

① 何良俊撰. 四友斋丛说[M]卷 26. 北京:中华书局,1959:237.
② 何良俊撰. 四友斋丛说[M]卷 26. 北京:中华书局,1959:212.

第五章 文征明——吴中文化意蕴的体现者

221

斥时弊类、送别追怀类、赠答应酬类。本书此处仅阐释第一类，因为此类的行文风格一改诗风的淡雅平和表现为犀利尖锐，充分体现了文征明性格中"介"的一面。

（一）褒扬忠义 鞭挞奸邪

一个具有济世安民情怀的儒者，不可能两耳不闻窗外事。他总要把自己的目光投向风云变幻的时代和社会，总要倾听市声民愿。即使常年浸染于翰墨，以诗书画自遣的文征明也是这样。他虽身在乡野，但关注的目光却从未离开过庙堂。对于官府的一政一策，官员的升迁贬斥，他都了然于心。可贵的是，他的这种关注之情并没有仅仅停留在听闻言说的层面，而是敢于反映在文学作品中并鲜明地体现出自己的爱憎。对于那些风骨铮铮、为民请命的正直官员，他极力褒扬；而对于那些祸国殃民、为害一方阉宦奸佞，亦给予了毫不留情地批判。

在《周康僖公传》[①]中，他塑造了一位敢说敢做、政绩卓越的官员周伦，并斥责了宦官乃至皇上的荒唐行径。

周伦清正廉洁，爱民如子。他在新安修沟渠堤坝，赈济灾民，解决了百姓的吃饭问题。"湮废者浚而通之，乃道民灌溉，教之树艺。邑故有粟无稻，至是稻连阡陌。民知稻食，而地无不辟矣。"他不仅关注百姓的衣食住行，还很重视百姓的教育感化。"兴修学舍，集生徒肄业其中，亲为讲授。文教聿兴，邑以大治。"身为百姓的父母官，周伦关心民瘼、勤政爱民；身为君主的臣子，周伦以道自命、尽职尽责。在上书言政、指斥时弊时，他气势凌然，毫无胆怯之色：

> 时孝皇宾天，内朝日设斋醮，僧徒杂集，上下纠纷。公上言新政之初不宜崇尚异教，宫掖禁地不宜异类阑入。又以北敌充斥，边关多警，奏免各处守臣进香。因条陈《备边六事》，大要言多事之余，帑藏空虚，不可不究。边储方急，不可不足。居庸、紫荆等关，白羊潮河诸

① 文征明著.文征明集·周康僖公传［M］.上海古籍出版社,1987;665.

徼,密迩京邑,不可不为之备。至于人材用舍,漕运虚实,皆当今所急,不可不谨。

从这一段可以看出,当时朝廷迷信盛行,而武备松弛,国库空虚。周伦以言官身份,加以指斥,并拿出了切实的措施,忠贞体国之心可昭日月。这样一位好官员,却被宦官刘瑾构陷罢官。这当然事出有因:

太监李兴提督山陵,言者论其侵刻訾谩。有旨,下公(周伦)勘问。公尽法探,竟得其侵渔赇事诸不法,按劾抵罪。时武宗初政,喜公不畏权势,特赐宝钞羊酒以旌其直。寻被旨阅实边关。闻父病疹乃移疾归省。抵家而父亡,遂解官持服。时逆瑾用事,京朝官在告不得逾年,逾者罢叙。公业已与告,不得言守制,竟坐逾期致仕。

这段文字中虽然没有明说李兴与刘瑾的关系,但是可以看出周伦不畏权势,依法办事,得罪了太监一伙。刘瑾处心积虑谋求报复,终于以"归省逾期"为借口,迫使其致仕。这种直言宦官干政、迫害忠良的行文风格的确大胆犀利。

本文中最可称道之处,是周伦对皇帝"久不视朝,事多怠驰"的讽谏:

更乞鉴天心眷顾之隆,体地道效灵之实,益加修省,以答神贶。且言《春秋》不书祥瑞,书有年者纪异也,不以为祥也。非不书祥,恐因祥自懈耳。此孔子教万世之道也。时武庙在御久,颇怠于政,故因以讽之。

义正词严,铿锵有力!这是周伦之语,亦是文征明之语;这是周伦的心之所想,亦是文征明的心之所忧。文中文征明称周伦性格"外宽和,而中实介辨",实为夫子自道。

在《送周君还吉水叙》①中，文征明对"大有功德于民"的已故工部尚书周文襄大加褒扬。赞其："公以干才，掺富民之术以拓赋财之源"，"恩泽系民心，功业在史官"。从本文中，我们可以看出文征明内心对民生的极大关注。他反对"因循自恕"，以"取持重博大之名"的明哲保身的行为。认为此种行径对国家和百姓不负责任，"祸之所遗，岂独一身一家而已哉。"他认为官员就应该"有所建树"，有所革新，即使因此"下诏狱，镌两阶"，亦是"古之所谓持重博大者""所谓奇士"。

（二）批判科举 尊重人才

文征明"家世服儒"②，科举仕进当然是顺理成章之事。而"以亲命选隶学官"③后，"凡十试有司，每试辄斥"④。科举之路之所以如此不顺，并不是因为其薄才寡能，而是因为他对科举程文"中心窃鄙焉"。⑤睿智的思致再加上困顿场屋三十年的亲身经历，使他对科举的危害有着更为深刻的认识。

嘉靖二年（1522），巡抚李充嗣举荐文征明入岁贡，文征明感慨万端。在《谢李宫保书》中，他态度鲜明地提出了科举摧残人才的观点：

> 公卿不荐士久矣，非独今之时然也，而今之时为甚。岂今之为公仰者皆不复有是心哉？势有所不行也。何也？科举之法行也。科举之法行，则凡翘楚特达之士，皆于科举乎出之。于是乎有以功业策名者，有以文章著见者，有以气节行能见称于时者。问之，皆科目之士也。其间亦有不出此者，然而鲜矣。此岂科目之学为能尽之？世之所尚者在是，上之所用者在是，是以有志事功、有志文章、有志节义行能者，皆俯焉求合有司之尺度，以求自见于世也。⑥

① 文征明著.文征明集·送周君还吉水叙[M].上海古籍出版社,1987:435.
② 文征明著.文征明集·谢李宫宝书[M].上海古籍出版社,1987:587.
③ 文征明著.文征明集·上守溪先生书[M].上海古籍出版社,1987:581.
④ 文征明著.文征明集·谢李宫宝书[M].上海古籍出版社,1987:587.
⑤ 文征明著.文征明集·上守溪先生书[M].上海古籍出版社,1987:581.
⑥ 文征明.文征明集·谢李宫宝书[M].上海古籍出版社,1987:587.

国家运作,首重人才,科举之设,旨在选才。而科举运作之实际,不但没有起到选拔人才的作用,相反却造成了对人才的压制。原因是为"求合有司之尺度"考中功名,天下才士唯科考是务,终日汲汲于八股制艺,以至将修身养性、究真求实之学风抛弃殆尽。而科目之外的人才举荐更加困难,因为真有道德学问者不愿邀名自显,而得选者"多是立异徼名,工言无实之人,柳子所谓士之贼也"。汲汲于功名者多利禄之徒,得到举荐者多邀名不实之"贼",如此一来,士风岂能不败坏颓然?

在《三学上陆冢宰书》中,文征明历数了自八股取士制度建立以来,科举和贡举的变化,陈述了在科举的利诱下众多文人"白首青衫,羁穷潦倒,退无营业,进靡阶梯,老死塘下,志业两负"①的凄惨景象,表达了对这些文人"可痛"结局的深深同情。在结尾处他恳切地希望陆公"能不惜一举手振袂之劳",恢复洪武旧制,岁贡二人,"使得士子得沾涸辙之恩,而仕路无复贴竿之叹,则岂特区区乡里与有荣泽,皇天下斯文之幸也。"②

在《上守溪先生书》,文征明说自己"惟章句是循,程式之文是习",积极准备应考,却屡试皆无所成。制义文章虽无所成就,但饯送悼挽之应用文章却颇受称赏,以至出现了"遂相率走求其文,往往至于困塞"的局面。同为一人,在制义文章与应用文章的成就上却判若两人。此种情形,对八股取士标准的合理性进行了无言的讽刺。

(三)反对虚谈 崇尚实学

明代学者多尊崇朱熹性命之学,张口言"性",闭口言"命",以至于形成了脱离实际、一味空谈的虚妄之风。对声势浩大的心学思潮,吴中人亦颇有从之者。而文征明则坚守吴中传统不弃,对空虚的性命之学,则敬而远之,尤其对高谈性命的世风至所不喜:

> 近时学者或厌其卑近,而游心高远。于凡语言文字,礼乐刑政之属,一切以为支离糜烂,为不足为,而惟座谈名理,标示玄邈,以为道

---

① 文征明著.文征明集·三上陆冢宰书[M].上海古籍出版社,1987:585.
② 文征明著.文征明集·三上陆冢宰书[M].上海古籍出版社,1987:586.

在是矣。而推究厥用,不知其所以立言立事,与夫致身效用,于昔人何如也?①

对"游心高远""坐谈名理"之宋儒深为不满,认为他们的行为乃"不知其所以立言立事"之举。与反对虚谈相对,文征明重视实学,对周旋于翰墨却擅长实学的王鏊甚为佩服:

> 惟公之学,本欲见之行事,属以记载为职,周旋于文词翰墨之间者三十年,未尝有兵民钱谷之寄,时或因事一见,而其高才卓识,亦自有不可得而掩者。弘治末,火筛寇边,上备边八议。正德初,论时政四事,会去国不果上。今上登极,复进《讲学》《亲政》二篇。其他如《国故》、如《食货》、如《拟皋言》、如《教太子》,皆卓然经世远图。惜乎不究厥用。②

文征明对王鏊的褒扬实际上表明了自己的才学观。满腹文章、侃侃而谈的文人士子,不应只擅作诗写文,亦应明晓国家经济治理之道。言下之意,科举取士不应只看八股文章之优劣,亦应关注士子是否具备经世致用之才能。

在《晦菴诗话序》《重刊旧唐书叙》《何氏语林叙》等文章中,文征明对空谈心性的浮靡世风亦有指斥。如《晦菴诗话序》中:"夫自朱氏之学行世,学者动以根本之论,劫持士习。谓六经之外,非复有益,一涉词章,便为道病。言之者自以为是,而听之者不敢以为非"。③ 一针见血地指出,在朱熹的批注成为科考典范后,人们只重引经据典而忽视现实真理的社会通病。言词沉痛、恳切,发人深省。

吴中学人一般不肯为偏激之论,学术上持兼取众长的态度。文征明

① 文征明著.文征明集·长洲县重修儒学记[M].上海古籍出版社,1987:495.
② 文征明著.文征明集·太傅王文恪公传[M].上海古籍出版社,1987:664.
③ 文征明著.文征明集·晦菴诗话序[M].上海古籍出版社,1987:469.

涵养于吴中传统风习之中，性情温和，不喜激切之论。但在其书、叙、传、记等体裁的散文中，爱憎鲜明之言、好恶激切之论却四处可见。此种情形恰好为我们全面了解文征明乃至吴中文人群体提供了一个全新的角度。秉承儒家传统教义成长起来的每一位士人，大都以政治事业为第一生命，为自己的终极价值之所在。因而在创作中主要抒发的是政治情怀。正如章学诚所说："夫诗人之旨，温柔而敦厚，主文而谲谏，言之者无罪，闻之者足戒，抒其所愤懑。而有裨于风教之万一焉，是其所志也。因是以为名，则是争于艺术之工巧，古人无是也。故曰：古人之言，所以为公也，未尝矜于文辞，而私据为己有也。"①文征明作为明代中叶"轻仕乐隐"的吴中文人的典型，尽管在诗歌创作中较多地关注自身，关注生命，但在"主文而谲谏"的散文创作中，他却从未放弃过对家国天下的关注，从未放弃过一个正统文人应有的坚持与操守。这一点，是文征明身为一个正统士人的创作底线。文征明——作为吴中文化意蕴的典型体现者，他的文学操守，体现的正是吴中文人群体共同的文学操守。

① 章学诚.文史通义·言公[M]卷2.北京：中华书局，1994：169.

# 第六章
# 徐祯卿——文学"情"素的坚守者

　　在明中叶的文坛上,徐祯卿的身份较为特殊。他是"吴中四才子"之一,同时又是"前七子"复古派成员之一。作为明代诗坛的"麟凤芝宝",徐祯卿的诗作以自我对社会人生的独特体验,展现了富有强烈情感色彩的内心世界,不仅具有鲜明的地域色彩,而且亦具有自身秉性所赋予的丰富的情感流向。其诗论打破了"格调"与"情感"的对峙局面,开辟了"因情立格"的古典美学新范畴,是明中叶诗歌理论的重大创新。

## 一、生平与诗歌创作

　　徐祯卿,字昌榖,一字昌国,号东海散人。生于成化十五年(1479)。世籍洛阳,先世徙吴中常熟。十五、六岁时,由常熟双凤迁苏州,随父寓郡城(今属江苏苏州)。徐祯卿祖上既非官宦,亦非富商,乃平民之家。《吴郡二科志》称其"资颖特,家不蓄一书,而无所不通。"[①]文征明称他:"才性特高,年甚少,而所见最多。"[②]徐祯卿年十七始入举子试,然两试不第,乃至于父子关系恶化。二十三岁登乡荐;二十七登进士第,授大理寺左寺副。任职期间因"失囚"而落职,贬国子监博士。正德元年(1506)春,奉命纂外史于湖南,离京后游历大江南北。回京后,继续担任国子监博士之

---

　　① 阎秀卿.吴郡二科志[A],四库全书存目丛书·史部传记类,第90册,济南:齐鲁书社,1996:135.
　　② 文征明著.文征明集·焦桐集序[M].上海古籍出版社,1987:1258.

职。正德六年(1511),因肺病而卒,年三十三。

对徐祯卿一生的轨迹,王阳明概括为:"昌国之学凡三变,而卒乃有志于道。早攻声词,中乃谢弃;脱淖垢浊,修形炼气;守静致虚,恍若有迹。道几朝闻,遄夕仙逝。"①阳明之言,大体符合实际,但尚有不足之处,即此一分类混淆了生平经历与文学创作两个截然不同的概念。鉴于徐氏生平短暂(33 岁病卒)和诗文创作集中于早中期的特点,本书将其生平和诗文创作放在一起进行考察,以诗文为线,通过对诗作的分析展现其短暂的生命历程。

徐祯卿的诗文创作大致分为三个阶段:1.吴中时期:拟古与言情。可分为模拟诗、述怀诗和山水诗三类,交织于其中的是"哀与乐"的情愫。作为古文辞运动的健将,少年的徐祯卿创作了大量模拟六朝的诗作,辞藻华丽,神情绮美。述怀诗主要表达了他求取功名的愿望和困于场屋的无奈。山水诗描写了吴中景色的明秀清丽和超绝尘凡,洋溢着浓郁的欢愉气息。2.入仕初期:述志与表情。此一阶段的诗歌可分为政治诗、述怀诗、别离诗,纠缠于其中的是"进与退"的迷惑。政治诗阐述了对糜烂朝政的担忧与抨击;述怀诗和别离诗传达出对遭遇不公的不平与愤懑以及由此生发出的幽怨叹息。3.入仕后期:觅道与托情。认识到朝政的每况愈下和程朱理学的日渐崩溃,后来的徐祯卿放弃了作为一个儒者旷世济民的执着,转向了对自我生存价值与生命意义的找寻,托身于道教,皈依于"心学"。

(一)吴中时期:拟古与言情

徐祯卿游于斯学于斯的吴中,物产丰饶、尚欲奢靡。思想自由张扬,文化多彩斑斓;百姓安居乐业,文士优雅从容。徐祯卿结交的吴中前辈,如沈周、杨循吉等;同辈如祝允明、唐寅、文征明等,皆以诗书画艺擅名一时。徐祯卿与这些吴门才俊"居止暱近,相与竞欢密乐,缔金石之盟"。②在宽松的文化氛围中,他们才气奔放,崇尚自由,与扼杀才情的程朱理学格格不入;他们身在学校,学习时文,却心游典籍,钻研古文。徐祯卿倜傥

---

① 王阳明.王阳明全集·徐昌国墓志铭[M]卷 25.上海古籍出版社,1992:931.
② 徐祯卿.新倩集[A],徐祯卿全集编年校注[M].北京:人民文学出版社,2009:794.

潇洒、不苟流俗的个性也于此时形成。他在《复文温州书》中云："某质本污浊,无干进之阶,不谐时态,所以不敢求哀贵卿之门,蹑足营进之途。退自浪放,纵情自如,南山之樗,任其卷曲。"①立志摒弃功名富贵,过一种退自浪放、纵情自如的自由生活。可以说,弘治十八年(1505)之前的吴中时期,是徐祯卿人生中的潇洒快意期,也是其诗歌创作的青涩模拟期。这一阶段的诗作,钱谦益激赏其"散花流艳",②而王世贞却贬抑其"有才而无学"。③ 公正地说,此一时期除学习六朝的诗作尚有模拟的痕迹外,其他作品感情真挚深沉、诗风清冷灵秀,艺术价值不菲。

1. 模拟之作

书法家的成长和成熟,都要经历一个临摹法帖的过程。对诗人而言,这种"临摹"迹象,有人清晰,有人模糊。但可以肯定的是,有所师承和取法,几乎是必然的现象,天才式的、起手不凡的创作是极少见的。在徐祯卿的创作生涯中,也存在一个蹒跚学步和取法乎上的阶段。

徐祯卿少年时代与唐寅等倡为古文辞,创作模拟六朝,散花流艳,绮丽至极。早期模拟之作直接指明仿效对象的共有九首,仿效的分别是萧子显、何逊、庾信、谢朓、陆厥、谢灵运,前五人均为南朝诗人,谢灵运是东晋诗人。他们的诗作都有情致幽微、语句流转、音韵和谐、辞藻华美的特点。从中我们也不难窥见徐祯卿当时的审美志趣。这九首诗是《拟萧子显春别曲四首》《效何逊咏倡家》《效庾信作》《拟谢朓邯郸才人嫁为厮卒妇》《诵陆厥李夫人歌效其体咏汉武》《学谢灵运赋华子冈诗赠赵建昌》。下面,我们分别以何逊④、庾信⑤、谢朓⑥为例,介绍一下他们的诗歌特色,同时也大体描述一下徐祯卿在模拟阶段,所钟爱和力图达到的诗歌艺术

---

① 徐祯卿著. 徐祯卿全集编年校注·复文温州书[M]. 北京:人民文学出版社,2009:665.
② 钱谦益. 列朝诗集小传[M]丙集. 上海古籍出版社,1983:301.
③ 王世贞. 艺苑卮言[A]卷6,丁福保辑. 历代诗话续编. 北京:中华书局,1983:1045.
④ 何逊(? -518),字仲言,南朝梁诗人. 东海郯(今山东郯城)人. 诗作"永明体"的影响,讲究声律,某些作品比沈约等人更接近成熟的近体诗.
⑤ 庾信(513—581)字子山,南阳新野(今属河南)人. 与徐陵一起任萧刚的东宫学士,为宫体文学的代表作家. 他们的文学风格,世称"徐庾体".
⑥ 谢朓(464—499)字玄晖,陈郡阳夏(今河南太康县)人. 南朝齐著名诗人. 时与谢灵运对举,亦称小谢,为"竟陵八友"之一.

境界。

何逊的诗作,擅长抒写离愁别绪及描绘景物。诗歌特点为:情景交融,寓情于景。往往寓目即书,看似信手拈来,毫不费力,但情真意切,读后令人难忘。如其《咏娼妇》:

> 暧暧高楼暮,华烛帐前明。罗帷雀钗影,宝瑟凤雏声。庭花枝上发,新月雾中生。谁念当窗牖,相望独盈盈。①

娇柔的美人,华丽的修饰,氤氲的氛围,这些意象的叠加使人顿生千般思绪,万种柔情。在这柔缓平静的叙述中,亦可想见美人因相思而生的幽幽凄怨之态。

再看徐祯卿的模拟之作《效何逊咏倡家》:

> 帘栊秋未晚,花雾夕偏佳。暗牖通新竹,虚堂闻落钗。浙浙乌楼树,明明月坠杯。相思不可见,兰生故绕阶。②

"花雾""落钗""兰生"这些词都让人产生旖旎的联想,这是适合娼家的色调;而"暗牖""虚堂""乌楼"这些空间概念,又让人想到寂寥、落寞的氛围。在如此的色调和氛围之中,相思似乎也笼罩上了一层香艳绮美的意蕴。对照何逊的美人相思之作,不能不说徐诗学得逼肖。

庾信的诗歌创作道路有类于徐祯卿。以四十二岁出使西魏为界分为两个时期。前期在梁,作品多为宫体性质,轻艳流荡,富含辞采之美。羁留北朝后,诗赋大量抒发了怀念故国乡土的情绪和身世飘零的感伤,风格也转变为苍劲、悲凉。庾信早期作品甚为讲究声律,诗风富艳刻镂而不见

---

① 何逊.何水部集·咏娼妇[A],文渊阁本四库全书·集部别集类,第 1063 册,台北:台湾商务印书馆,1986:698.

② 徐祯卿著.徐祯卿全集编年校注·效何逊咏倡家[M].北京:人民文学出版社,2009:535.

雕琢痕迹。代表作《和咏舞》:

> 洞房花烛明,燕余双舞轻。顿履随疏节,低鬟逐上声。步转行初进,衫飘曲未成。莺回镜欲满,鹤顾市应倾。已曾天上学,讵是世中生。①

此诗描写的是女子舞蹈时的形态。"莺""鹤""燕"等象征性意象尽显舞女之高贵优雅;"顿""转""进"等形象性动词尽显舞姿之优美轻宛。结尾一句,是诗人对舞女精湛舞艺的进一步的评价和赞叹。

下面是徐祯卿的《效庾信作》:

> 绮梁文桂刻,椒壁石脂漫。镜床雕孔雀,窗箔织青鸾。斜牖银河转,空庭白露团。梨花初浴雾,竹影尚低寒。不知纨帐里,谁复梦怀兰。②

本诗展现的是闺中女子的缱绻情怀。"绮梁""文桂""椒壁""镜床"等意象,精巧细致,繁复华艳,直令人眼花缭乱。接下来的"银河""白露""梨花""浴雾"等景致,也是纯净明澈,美不胜收。这种同类事物相互叠加的做法,造成了视觉上的强烈冲击。此诗在语词之华丽、氛围之轻艳上丝毫不亚于庾信之作。但相比之下,庾信之作在绮艳之外更具轻盈灵动之气,而徐氏之作则因辞藻堆砌过多而略显生涩。

谢朓现存诗二百多首,其中山水诗成就最高。其诗作观察入微,描写精细逼真,风格清俊秀丽,一扫玄言余习。除山水诗外,其他题材的诗作也颇具风韵,构思新颖,富有情致。如其《咏邯郸故才人嫁为厮养卒妇》:

---

① 庾信.庾子山集·和咏舞[A]卷3,文渊阁本四库全书·集部别集类,第1064册,台北:台湾商务印书馆,1986:437.
② 徐祯卿著.徐祯卿全集编年校注·效庾信作[M].北京:人民文学出版社,2009:539.

生平宫合里，出入侍丹墀。开笥方罗縠。窥镜比蛾眉。初别意未解，去久日生悲。憔悴不自识，娇羞余故姿。梦中忽彷佛，犹言承讌私。①

此诗描写颇合人情。宫女生长于宫廷，习惯了衣食无忧的优裕生活，不解生活之艰辛。嫁为人妇，天长日久方知友情之珍贵，生活之不易。"梦中忽彷佛"一句，一语多意，在对比中写出了"故才人"对往日生活的怀念和对当下生活的失望。

下面是徐祯卿《拟谢朓邯郸才人嫁为厮卒妇》：

靡靡辞掖庭，殷勤谢故媛。今朝一羽捐，宿昔千金选。自怨恩命薄，不恨红颜贱。夜雨长蘼芜，秋风入团扇。那忍见可怜，脱钗市玉燕。②

在秋风秋雨的日子里，宫女辞别掖庭和姐妹，被嫁为厮卒妇。从此与君恩断绝，与宫廷告别。离别的相思令人伤感，但更令人伤感的乃是宫人别后生活的窘迫与辛酸。综合而论，徐祯卿、谢朓二诗皆写出了"故才人"嫁为人妇后生活的凄苦，对宫人命运之不幸皆有同情之意。不同的是谢朓诗的笔触更为细腻逼真，人物形象更为鲜活可感，诗意真实而富有韵味。徐祯卿诗则抛开细节和形象刻画，侧重于描写别后的离愁，更愿意抒写或酝酿一种幽怨孤独的凄清氛围。此一点可能与徐祯卿生性纤弱、内向沉潜的个性有关。

从上面的比较可以看出，徐祯卿早期的模仿之作在诗歌的意境创设、行文风格上与原作颇为相合。所不同的是，徐祯卿诗为力求形似原作，过

---

① 谢朓. 谢宣城集·咏邯郸故才人嫁为厮养卒妇[A]卷5，文渊阁本四库全书·集部别集类，第1260册，台北：台湾商务印书馆，1986：645.
② 徐祯卿著. 徐祯卿全集编年校注·拟谢朓邯郸才人嫁为厮卒妇[M]. 北京：人民文学出版社，2009：538.

多地重视华丽辞藻的堆砌,如此一来,反而使其诗失掉了应有的灵动神韵而略显滞重。当然,对于刚刚步入诗坛还处于蹒跚学步状态的徐祯卿而言,写诗如此,已属难能可贵。

除这九首明确标出模拟对象的诗作外,徐祯卿诗作中还有一些篇目,以古题古事作为依托,虽时有创新发挥,但总体上还是保留了旧作原有的内涵与基调。如《从军行》其一:"从军去国心千里,远梦经年不到家。老望乡关怜泪尽,西风吹恨过龙沙。"与王昌龄的《从军行》之一:"关城榆叶早疏黄,日暮云沙古战场。表请回军掩尘骨,莫教兵士哭龙荒。"在意象选择、氛围酝酿、语词的运用上如出一辙。其他作品还有《从军行》二首、《结客少年行》《将进酒》《榆林少年行》《塞上曲》二首、《王昭君》二首、《湘中曲》二首、《夜夜曲》二首、《关山月》三首等。

2. 抒怀之作

徐祯卿生于平民之家,祖上也未见有功名显赫者。因此求取功名、光耀门楣也就不再是他个人的事情,而是整个家族努力和为之奋斗的目标。对于家世不显,门第衰微,徐祯卿一直耿耿于怀,以致在为其长子起名"继元"时也寄予了这样的用意:"吾恶吾母烈之不扬而门基之寝微也,庙祀之不修而坟墓之芜秽也。……夫元为乾始,赋于人则为仁,繇仁而承家,以宏先业,以保令名。"①因此,在少年徐祯卿的生活中,科举应试几乎是他乃至是其家庭首要的生活目标。且不论任性狂放,呼酒拥妓这样的放浪之事,即便是正常的科举落第也是不被家族允许的。《吴郡二科志》载:"屡台试不捷,父恶之。"②可以想见,少年徐祯卿身上所担负的科举压力何等沉重。

弘治十一年(1498)秋,徐祯卿落第返乡。追忆昔日埋首苦读的艰辛岁月,想起家中老父翘首期盼的目光,他悲愁难抑,提笔写就《秋怀》

① 徐祯卿著.徐祯卿全集编年校注·大息名继元叙[M].北京:人民文学出版社,2009:683.
② 阎秀卿.吴郡二科志[A],四库全书存目丛书·史部传记类,第 90 册,济南:齐鲁书社,1996:135.

一首：

> 秋光如客去匆匆，孤馆重阳病酒中。明月一番萧索处，梧桐叶上
> 捣衣风。①

重阳佳节，本是合家团圆、兄弟携手登高的喜庆日子，而诗人却因落第而无颜返乡，孤身羁留馆驿，独自饮着残酒。本想借酒消愁，没想到酒入愁肠愁更愁，反而大病一场。"秋风""病酒""萧索""孤馆"，这几个极具伤感意味的意象与诗人郁积的心情杂糅在一起，酝酿出一种凄苦已极的悲索氛围，此情此景，情何以堪！

有一个现象值得注意，四才子中唯有徐祯卿一人中进士，其科举之路相对顺意，落第次数较少（仅弘治十一年、弘治十五年两次），但他对科举失败之痛的吟叹却最为剧烈，甚至到了世人多"病其多悲忧感激之语"的地步。造成徐祯卿如此在乎科举成败的原因，并不仅仅是因为家族的压力，还因为其对自我的过高期许。弘治十五年（1502）徐祯卿会试不第，面对生命中的又一次失败，他再也无法释怀，失意悲愤之情与其"宁沈幽以独媚，肯与凡卉合争辞荣"（《海云院山茶歌赠邵廉使》）的孤傲自负相联，低吟出一首首惹人泪下的凄苦之词："岁华并我荒无赖，视已茫茫耳半聋。"（《暮春感怀》）"飘零涕泗春光尽，寂寞英雄杯酒中。"（《与杜三饮》）"功业残碑何代阡，文章腐纸几人传"。（《偶成》）这其中有泪水、叹息，亦有怀疑、幻灭。这种科举之痛对徐祯卿而言不是短暂的，而是根深蒂固的，以至于一年以后，他依然念念不忘失意的委屈与凄苦：

> 惊时抚事两茫茫，蟋蟀何情亦感伤？渐觉中年衣杵急，已同衰鹤
> 病魂长。浮生扰扰蛾投烛，百岁营营蚁聚粮。今日悟来还自笑，前头
> 辛苦倩谁偿？②

---

① 徐祯卿著.徐祯卿全集编年校注·秋怀[M].北京：人民文学出版社，2009：17.
② 徐祯卿著.徐祯卿全集编年校注·枕上[M].北京：人民文学出版社，2009：135.

《徐祯卿全集编年校注》注云：（该诗）乃弘治十六年病中所作。漫漫秋夜，蟋蟀鸣叫，病中的诗人无法入睡，想一想走过的艰辛而曲折的求仕之路，看一看当下落寞窘困的生活，不觉长叹声声，茫然无凭。人们在世营生，如蚂蚁聚粮，蝇营狗苟，忙忙碌碌，为生存和更好的生存而战斗不息，而结果却往往事与愿违。人到中年，身心渐疲，该是放弃奔波开始自由生活的时候了，可"前头辛苦倩谁偿"？放弃还是坚持，执着还是悖离，诗人的内心犹豫反复，矛盾重重。

　　长路漫漫的备考生活，枯燥而单调。片刻的休息与安宁，对徐祯卿而言都是难能可贵的：

　　　　冥然一炉香，安闲觉味长。风云看别鹄，歧路叹亡羊。白饭营菘菜，青山梦草堂。中年应稳卧，重浣洛尘裳。①

　　《徐祯卿全集编年校注》注云：（该诗）作于弘治十三年秋。弘治十三年，应是徐氏在家备考的日子。日夜苦读，前途未卜，诗人特别渴望安闲度日。熏香一炉，白饭一碗，只要内心安宁，再清淡的日子也觉滋味绵长。

　　徐祯卿早期的吴中生活虽然潇洒快意，但在科举的重压下其内心也是充满了郁积和苦闷的。他是一个热爱并崇尚自由的人，但家庭和自我的期许却让他深陷科举泥淖，进退维艰。他深知，自己所选择的道路是一条离自由越来越远的歧路，也深知这条未来之路必定充满了艰辛与坎坷，但压力和虚荣的促动却让他无法停止下来。不管未来如何，他只能被动地走下去。其实，这种难以左右自我命运的痛苦又岂徐祯卿一人具有，在生活的惯性和世俗的荣誉面前，此一痛苦，绝对多数人都无法幸免。

　　3. 写景之作

　　生活多苦难，所以人生是需要有所寄托的。这种寄托可以是亲情、友情；可以是物质、事业；亦可以是书籍、理想。而少年的徐祯卿则将寄托放

　　①　徐祯卿著. 徐祯卿全集编年校注·安闲［M］. 北京：人民文学出版社，2009：66.

置于山水,希冀在明丽山水的徜徉中,冲走满腹郁积,获得喜悦轻松。

弘治十六年(1503),徐祯卿与文征明游历太湖两洞庭山酬唱而作《太湖新录》组诗,这是其吴中时期山水诗的代表作。此组诗充溢着对秀美江南、高山大川的赞美、依恋,恨不能与之长相厮守的浓烈情愫。如《登飘渺峰》:

> 灵峰俊伟插吴天,鹿道斜通密草间。波溟遥疑下方雨,烟明微见隔州山。药苗细染云丝碧,石鬐重生雉尾斑。尘骨未仙留不得,刚风吹冷布袍还。①

此诗乃《游洞庭西山诗》八首中的一首。诗叙云:"太湖诸山多奇秀,两洞庭为之魁焉。"但因山路崎岖难行,"非夙有山水奇癖,不能畅然忘险一游"。因此生于吴地的"骚客墨卿","有终生不识洞庭者"。接着,诗人说自己并非"荒于山水者,然每闻人道洞庭之胜,则又以不获一游为叹"。于是决心一游,但见高入天际的山峰,曲曲弯弯的小道,琪花瑶草,珍稀野鸟,如烟雾霭,如此美景让诗人如堕仙景。美景让人流连,却不能长久观赏。因为冷风吹来,布袍难以御寒,凡俗之人毕竟难比仙人,还是速速返回为妙。此一结尾颇具幽默意趣。

再如《宿静观楼》:

> 峰掩晴窗水映帘,便留三宿不虚淹。闲云爱客长陪榻,微月窥人直下帘。昏籁静来闻扰扰,灯花始自落纤纤。知君诗学多新益,亲到眉山谒子瞻。②

这是《奉和徵明游洞庭东山诗七首》之一。静观楼是王鏊父亲致仕后在洞庭畔所筑别业,常与亲戚故旧觞咏其间。此地山水清嘉,让人不忍

---

① 徐祯卿著.徐祯卿全集编年校注·登缥缈峰[M].北京:人民文学出版社,2009:128.
② 徐祯卿著.徐祯卿全集编年校注·宿静观楼[M].北京:人民文学出版社,2009:140.

骤离,故留宿者颇多,诗人亦在其列。闲云爱客,微月窥人,在这人声渐稀、灯花跃动的静谧之夜,诗人念友之情顿生:那远方的友人(文征明)身体是否康健,诗艺应当日益精湛了吧!它日有幸相逢,必会聆听赐教。此诗融情于景,情致悠远,寄托遥深,乃徐氏早期山水诗中难得之佳作。

山水虽美,景致固佳,却终究无法根除心灵之创伤。内质纤弱、身世飘零的徐祯卿,始终无法做到在山水泠然的良辰美景中释怀。他终难做到唐寅、祝允明那样的洒脱与放浪。故而,无论怎样清丽的景观在其笔下总带有挥之不去的低婉幽怨。如《落日望江口》云:

> 青山落日大江滨,一棹轻风破浪银。京口暮鸡乡语闻,秣陵烟草客愁新。琴书淹滞存虚橐,岁月驱驰有倦身。直就前桥渔火宿,酒旗孤负唤行人。①

大江、轻风、破浪,气象阔达;青山、落日、渔火,意境高远;绿、红、白,色泽鲜亮。此诗整体上有一种“大气象”,尤其是首尾句,而中间四句却突然变得气力不继,这与诗人抑郁难遣的愁思密切相关。空有才华,却不得施展。一年年赶考,徒费钱粮,囊空如洗。一年年落第,愧对家人,身心俱疲。科举失意之痛总是在诗人稍感轻松之时突然来袭,令其感到窒息般压抑。“直就前桥渔火宿,酒旗孤负唤行人。”郁积之情既然无法排解,那就搁置一边,姑且举杯痛饮吧!

徐祯卿吴中时期的山水之作,虽然偶尔会因科举失意之苦的侵扰而略具苦涩意味,总体基调还是明丽清新、乐观昂扬的。其他山水之作尚有《次宝应》《海云院山茶歌》等,亦足可观。

(二)入仕初期:述志与表情

弘治十八年(1505 年)乙丑,二十七岁的徐祯卿终于得中进士,迎来了生命中的转捩点。可是,还没来得及举杯庆贺,他便领受了当头一棒。

---

① 徐祯卿著.徐祯卿全集编年校注·落日望江口[M].北京:人民文学出版社,2009:107.

吴中四才子诗文研究

《明史·列传》:"孝宗遣中使问祯卿与华亭陆深名,深遂得馆选,而祯卿以貌寝不与。授大理左寺副。"①仅仅因为貌丑,便不得入翰林。君主的鄙视和同僚的嘲笑来得太快,让志气满怀的徐祯卿一时难以招架。"世降道凉,好色贱德,新台废耻,谷风见黜。②貌丑的羞辱成为徐祯卿内心挥之不去的阴影。令他意想不到的是,这种仕途的挫折和打击仅仅只是个开始。

1. 家国情怀

几翻科举之路的挫败与展转,徐祯卿终于得偿所愿,跻身庙堂。进士及第的荣耀燃起了他体内蓄积已久的强烈的济世心火,强烈的经邦济世、建功立业的雄心在他的体内燃烧。他在《将进酒》中言:"男儿运命未亨嘉,张良空槌博浪沙。秦皇按剑搜草泽,竖子来为下邳客。一朝崛起佐沛公,身骑苍龙被赤鸟"③化用张良辅佐刘邦成大业的典故,表白自己献身朝廷、报效君王的决心。但奸佞当道的混乱朝廷并没有给官职低微的他任何机会。满腔的报国之志无处施展,满腹的治国之略无处言说,无奈的徐祯卿只能借助于诗笔,在创作的天地里品评时政,评是论非。

徐祯卿情感丰盈,极易动情,这一性格特点亦体现在其政治态度中。与其他诗人直指时弊,直言诉说不同,他是以一个文人、知识分子的目光看待政治的,他笔下的政治不是枯燥的、呆板的、酷虐的,而是有情味的,有人性的、悲天悯人的:

> 榆台高以临匈奴,匈奴之罪当夷。战不利,师被围。师被围,士无粮,渴无浆。拔剑仰天诀,壮士饿死亡。弃尸不保,蹂藉道傍。嗟尔从军之人,行不来归奈之何,心伤悲。④

---

① 张廷玉.明史[M]卷286.北京:中华书局,1974:7350.
② 徐祯卿著.徐祯卿全集编年校注·丑女赋[M].北京:人民文学出版社,2009:648.
③ 徐祯卿著.徐祯卿全集编年校注·将进酒[M].北京:人民文学出版社,2009:440.
④ 徐祯卿著.徐祯卿全集编年校注·榆台行[M].北京:人民文学出版社,2009:216.

榆台之战发生在弘治乙丑（1505）年，鞑靼入侵，明朝官兵抗战不力而败。这首《榆台行》明白如话，没有言说什么宏大的政治抱负，也并不关注战役失利的后果，唯将笔触聚焦到身处险境的将士身上，写出了他们的饥渴，他们的绝望，他们的牺牲。结尾以"行不来归奈之何"的动情反问，倾泻出自己的满腔愤懑与同情。全诗虽未明言对当朝的不满，但字里行间渗透出的讽刺与斥责之意却颇具力度。诸如此类的诗作还有《从军行五首》《出师颂》等。

以荒淫好乐著称的明武宗，与其父孝宗崇儒尚文有着明显不同，他在位十六年，"始宠刘瑾，继嬖江彬、钱宁，花畦豹房，盘游无度，九门黄店，中禁围营。威武自号将军，塞门或称家里。"①徐祯卿不满于武宗的昏庸荒诞，作《拟古宫词》七首讽之：

君王无事日临戎，鞚鞁亲调白玉弓。千骑红袍齐扈跸，臂鹰遥出建章宫。（其一）

千场搏戏未言回，鱼钥重重向暮开。遥听云中催羯鼓，君王何处打球来。（其二）②

君王日日"临戎"，云中常响"羯鼓"，如此盛况却并非演武操练，而是架鹰狩猎、打球玩乐。"千场搏戏未言回"，徐祯卿一语道尽明武宗弃朝政于不顾、沉溺玩乐的恶习。其余五首写武宗宠幸宦官，耽于女色，终日歌舞饮宴，花天酒地。语浅意切，"词旨沉郁"，③尤见批判现实的力度与深度。

武宗朝初期，宦官刘瑾当国，常以残酷刑法折磨正直之臣，身为大理寺副的徐祯卿，深恶刘瑾一党陷害忠良之举，作《猛虎行》一诗讥讽刘瑾。

①　陈田.明诗纪事[M]丁签卷2.上海古籍出版社,1993:97.
②　徐祯卿著.徐祯卿全集编年校注·拟古宫词[M].北京:人民文学出版社,2009:428.
③　顾璘.国宝新编[A],四库全书存目丛书·史部传记类,第89册,济南:齐鲁书社,1996:538.

清人龚立本《松窗快笔》云:"逆瑾当国,辄以虐刑锻炼朝士,(祯卿)公为大理寺副,多所平反。又作《猛虎行》,遂得罪。"①诗中斥骂猛虎:"尔胡不仁至此为:棱牙锯齿,食人之肝。拒骨而撑尸,膏血布川谷。"诗人告诫"嗟尔行路人,猛虎当关慎莫行,思我父母多苦辛。"最后诗人慨叹道:

> 吁嗟!猛虎白额,狸斑而黑文。何不渡河而去,从彼豺狼群。城中咆哮竟夕闻,吾将诉汝于泰山君。猛虎行,且莫歌。泰山之君奈若何。②

语词犀利,极尽讥讽之能事,生性纤弱的徐祯卿在讨伐奸佞上真可谓侠肝义胆、铁骨铮铮。但"泰山之君奈若何",诗人虽有心杀贼,却无力回天,唯一能做的只能是以笔代刃,口诛笔伐这些祸国殃民的奸佞阉宦,聊以抒发愤懑之情。《明史》所谓的"坐失囚,贬国子监博士",大约是徐祯卿不满刘瑾"以虐刑锻炼朝士"③而对囚犯网开一面,遂受到打击。此诗表明:无论从文字领域的口诛笔伐上,还是现实领域的正面斗争上,徐祯卿都表现出了一个正直臣子应有的胆略和气骨。

除反映时政、指斥时弊的诗作外,徐祯卿还以冷静的笔触记录了朝廷发生的重大事件:弘治乙丑年(1506)五月,孝宗崩。徐祯卿作《大殡词》:"蓬莱阁下千官哭,一代山河十八年。"十一月,"钦天监进正德元年大统历,上御奉天殿受之,遂赐之文武群臣,颁行天下。"徐祯卿记此事作《奉天殿颁历》,欢呼:"改革因天造,幽深契鬼神。元年开万世,此日赍群臣。"热切盼望新皇继位,朝政气象一新。武宗正德元年,新皇祭祀太庙、天地,徐祯卿分别作《恭阅太庙祭器》《郊祀礼成退而有作》《人日柬李员外出陪郊祀》等诗记之。这些诗作记录史实详实准确、冷静客观,颇具诗史意味。

---

① 龚立本.松窗快笔·名绩第三[M].清同治 13 年刻本.
② 徐祯卿著.徐祯卿全集编年校注·猛虎行[M].北京:人民文学出版社,2009:453.
③ 龚立本.松窗快笔·名绩第三[M].清同治 13 年刻本.

## 2. 壮游情怀

正德元年(1506)，二十八岁的徐祯卿奉命赴湖湘编纂外史，开始了一次途经"江汉之波，沅湘之流，洞庭之湖，云梦之泽"①的壮游。足迹所至，皆赋诗以记，先后写下了《入沛》《淮阴》《彭蠡》《在武昌作》《将发夏口》《与江夏尹饯于舍人黄鹤楼》《夜泊浔阳》《晓下庐山》《嘉禾道中》《桐庐濑中》《渡江》《湘中曲》《浙江驿下作》《汉阳逢嵌人》《于武昌怀献吉无事韵》《避雨五老峰下》等诗篇。这些记游诗篇与吴中时期的山水诗作相比，凄苦幽怨之风丝毫未减。所不同的是，此时之幽怨已由先前的一己之感伤上升为忧国忧民之层面；由先前不得入仕的苦闷转而为如何抽身隐退的思索。试看《入沛》：

> 落日偏草色，游子入沛乡。如何缅兹土？能令心慨慷。道逢守津吏，问客来何方。一为陈风俗，三叹久傍徨。前者贰尹家，会客具酒浆。遣吏出市物，吏私入己囊。尹讯卑以纡，吏言优以张。回身赴入河，尹慑亲扶将。矫矫鸷悍风，重忿复轻亡。由来英雄气，傥荡出芒砀。余听此言立，侧想大风章。抚剑一为歌，春宇无精光。原野厉长飙，飞鸟不遑翔。瞿瞿蟋蟀叹，凄恻感陶唐。②

此诗较长，叙事和抒情兼具。沛，刘邦故土也。诗歌讲述了在少尹家见到的一件事，并通过此事反映出沛地之风土人情。少尹怀疑"出门市物"之人中饱私囊，小心讯问，闻者大感委屈，要投河自尽，吓得少尹赶紧好言相劝。由此，诗人开始感叹沛地"重忿轻亡"的"鸷悍风""英雄气"。在诗人眼里，沛地的芒砀山中，是出倜傥英雄的地方，是能使人疏泄郁积、心生慷慨的神圣所在，而诗人来此地的目的正是为此："如何缅兹土？能令心慨慷。"但"三叹久傍徨"，诗人希望在此地疏泄心胸的目的似乎没有达到。毕竟心中郁积已久的心结是不会因为环境的一时改变而轻易消解

① 徐祯卿著.徐祯卿全集编年校注·重与献吉书[M].北京:人民文学出版社,2009:711.
② 徐祯卿著.徐祯卿全集编年校注·入沛[M].北京:人民文学出版社,2009:283.

吴中四才子诗文研究

的。"凄恻感陶唐",结尾处诗人借对古昔纯朴生活的追忆和缅怀,侧面表达出对当下生存状态的失望与不满。此诗一洗吴中诗风常见的清风温婉,颇有北地诗歌的洒脱彪悍之气。

其《彭蠡》云:

> 茫茫彭蠡口,隐隐鄱阳岑。地涌三辰动,江连九派深。扬舲武昌客,兴发豫章吟。不见垂纶叟,烟波空我心。①

彭蠡,是鄱阳湖的又一名称。目睹汹涌澎湃之浩浩水势,连绵不断之隐隐山峦,若隐若现之远航风帆,诗人不禁感慨良多,诗兴大发。"兴发豫章吟",豫章,汉郡邑,地名。《乐府诗集·相和歌词·豫章行》:"《乐府解题》曰:陆机'泛舟清川渚',谢灵运'出宿告亲密',皆伤离别,言寿短景驰,容华不大。傅玄《苦相篇》云'苦相身为女',言尽力于人,终以华落见弃。亦题曰《豫章行》也。"②博闻强记的徐祯卿对陆机、傅玄、谢灵运应该不陌生。此处,他正是要借助历史典故,希冀与古人同悲戚,诉心中之忧愁,泻心中之垒块。

徐祯卿敏感而多思,自然界的任何细微变化他皆能敏锐地捕捉到,哪怕是一雁之鸣叫、一叶之凋零,已足以令他悲情满怀,并在诗作中给予带有主观色彩的反映。如《在武昌作》:

> 洞庭木叶下,潇湘秋欲生。高斋今夜雨,独卧武昌城。重以桑梓念,凄其江汉情。不知天外雁,何事乐南征。③

洞庭湖畔,落叶纷纷而下,秋天将至。诗人独居武昌官衙,倾听秋雨淅沥。夜色茫茫,不禁思念故土,想念亲朋。大雁南飞,为的是躲避北方

---

① 徐祯卿著.徐祯卿全集编年校注·彭蠡[M].北京:人民文学出版社,2009:308.
② 转引自范志新.徐祯卿全集编年校注[M].北京:人民文学出版社,2009:308-309.
③ 徐祯卿著.徐祯卿全集编年校注·在武昌作[M].北京:人民文学出版社,2009:322.

的寒冷,此乃人尽皆知之事。可诗人却明知故问:"不知天外雁,何事乐南征。"此一设问更加表现出诗人心底的孤苦与游移。

奉王命出使,赏山游水,询民访俗,本是人生快意之事。但无论是真义纯朴之民风,还是汹涌浩瀚之江水,都无法赶走徐祯卿心中莫名的郁积:"心有怀兮不得将,仰视鸿鹄兮双飞翔,江汉逝兮激流长,涉河梁兮独仿徨"。①这种郁积可能来自对腐败朝政的绝望,也可能来自对无望前途的迷茫:"进不能扬眉于天下,退不能甘心于丘壑,徒放情于江海之间,抗志于宇宙之表"。②生活仿佛跟徐祯卿开了一个玩笑:不得入仕幽怨,幸得入仕亦幽怨;困顿于庙堂悲苦,放逐于山水亦悲苦,这种回环往复、进退出处的伤感幽怨成为徐祯卿诗作中不变的音符。

3. 离别情怀

宦海飘零,四海为家,分离聚合之事在所难免。尤其是在徐祯卿效命的正德一朝,朝政混乱,阉宦当道。奸佞受重用,直臣被贬谪已属司空见惯之事。徐祯卿生性内敛且易感伤,情感深挚且易动情。日常生活的细枝末节皆能引其沉思,动其愁肠,更何况这种分别离散的"别离之伤"。在其诗集中,离别的伤感如同一张用忧郁织成的大网,笼罩在字里行间,令读者且读且辛酸,且读且感伤。

正德元年(1505)春,徐祯卿南下湖湘,奉王命编纂外史。就要踏上漂泊之旅,雁鸣声声,芳草凄凄,在浓厚的别离氛围中,他挥笔写就《留别都城诸同志二首》:

> 对酒忽不乐,怅然怀别离。别离结中劳,眷彼长路岐。茸茸郊河树,暧暧关门祠。伫望潇湘水,先与秋风期。鸿雁云中来,嗷嗷使人悲。怀哉尔方集,怅矣予当辞。③

① 徐祯卿著. 徐祯卿全集编年校注·泽之蒲歌[M]. 北京:人民文学出版社,2009:273.
② 徐祯卿著. 徐祯卿全集编年校注·重与献吉书[M]. 北京:人民文学出版社,2009:711.
③ 徐祯卿著. 徐祯卿全集编年校注·留别都城诸同志二首[M]. 北京:人民文学出版社,2009:265.

吴中四才子诗文研究

十里长亭下,与同僚把酒道别,心怀不舍,言谈不免因惆怅而哽咽。送别的酒,也因这别离之情的侵扰而喝得淡而无味。想想日后的漫漫长路,经春至秋方能抵达南方;看看眼前熟悉的诸友,此日一别后就只能在思念中把酒言欢了,此情此景,如何不令人悲戚怅惘?

　　古往今来,登高赋诗,饮宴别离,情怀都不免凄然。但细细品读徐氏的别离诗会惊喜地发现,其中一些送别诗亦会抛弃悲戚而具有一种洒脱之风:

> 　　未有干戈地,能令栋宇全。乾坤余壮观,荆楚郁山川。鹤唤寥天迥,江深禹庙前。舟樯控南北,节镇此旬宣。令尹乘时暇,使君同祖筵。炎蒸飘不到,虚爽境何偏。乃继登临迹,空怀作者贤。风烟一回首,今古共凄然。握手将安适,经秋未拟旋。迢迢沙际月,遥忆桂阳船。①

　　《徐祯卿全集编年校注》云:该诗作于正德元年秋。该诗所记乃诗人同江夏尹一同在黄鹤楼饯别于舍人。博大的浩然之气和幽深的惜别之情弥漫于诗中。诗的前八句皆介绍黄鹤楼所处的位置和环境。黄鹤楼地处江汉平原东部,鄂东南丘陵余脉起伏于平野湖沼之间,龟蛇两山相夹,江上舟楫如织,黄鹤楼天造地设于斯。历代名士崔颢、李白、白居易、贾岛、陆游都先后到此游乐,吟诗作赋。崔颢的"黄鹤一去不复返,白云千载空悠悠"一句已成为千古绝唱。或者是有感于黄鹤楼的旷远潇逸,亦或是有感于古人别离时的慷慨潇洒,徐祯卿此诗一改往日的幽怨悲凄,而颇具洒脱之风。"风烟一回首,今古共凄然。"这种超越一己之情怀而与古今士人同悲慨的大度与洒落,对徐祯卿而言实属难得。

　　(三)入仕后期:觅道与托情

　　七年的入仕生涯,徐祯卿过得很不顺遂。先是因"貌寝"遭歧视,不

---

　　① 徐祯卿著.徐祯卿全集编年校注·与江夏尹饯于舍人於黄鹤楼[M].北京:人民文学出版社,2009:320.

得馆选(不得再参加庶吉士的考试选拔),后又因"失囚"罚奉、遭贬。原本与李梦阳等诸子相互提携,酬唱诗文,但这种心灵的慰藉也很快因李梦阳的下狱而消泯。官场的挫败和圣命的不眷,壮志的难酬和理想的破灭,种种遭际和不公使徐祯卿萌生归隐之意:

> 阮生婴组缫,陶子去东皋。简性轻物务,牵役使心忉。缅余沈中疢,偃息悦蓬蒿。嘉荐忝章句,虚劣愧时髦。虽释负担勤,所患职司劳。案牍殊停滞,觚管间时操。昨者铨衡召,辞谢未云遭。绵薄惧遗愆,绳宪安可逃。履贵常近辱,执要思戒挠。古人亦何求,抱关窃所饕。申诚周任言,写心输素毫。将贻沮溺哂,无为谢徂薅。①

正德六年,吏部召授廷尉,徐祯卿因病不赴。该诗以阮籍、陶潜隐逸林下拒赴王命之典故,婉转地表达出自己的归隐之志。因为"所患职司劳",又不想再忍受"履贵常近辱"的羞辱,所以他要效法采菊东篱的陶渊明挂冠归田,过一种"偃息悦蓬蒿"的适意生活。其实,对于不谙官场世故的徐祯卿而言,抛弃无聊的工作,离别低微的官位,到乡村山野间耕读为生,未尝不是人生的快意之事。

但"将贻沮溺哂,无为谢徂薅"的潇洒快意对徐祯卿而言,终究只是一个梦想。徐祯卿内质纤弱,敏感多思,这种个性决定了他在归隐问题上不可能有祝允明、文征明那样的决绝。在乞归之念被当道"目为好异,抑之"后,徐祯卿所能做的只能是"徘徊桂树凉飚发"②,在苦闷彷徨中徒发无奈之慨了。"进不能扬眉于天下,退不能甘心于丘壑",徐祯卿仿佛陷入了进退维谷的窘境。在彷徨无助之时,"一日讽诵道书,若有所得……

---

① 徐祯卿著.徐祯卿全集编年校注·太宰召补职被疾不赴斋中作[M].北京:人民文学出版社,2009:525.
② 王阳明.王阳明全集·徐昌国墓志铭[M]卷25.上海古籍出版社,1992:931.

于是习养生。……遂究心玄虚，益与世泊。"①"久之，遂雅意神仙之事"。② 道教的修心养生之法，似乎为他开启了一扇寻求安慰和追求新生的大门。

徐祯卿的宗教情结由来已久。早在弘治十年秋的诗作《文章烟月》中，他便流露出对宗教生活的向往："会待此心消灭尽，好持齐钵礼毗耶。"入仕后，寄身宗教以求超脱的意识亦时有流露："浮踪共逐浮云散，散发佯狂任所之。"（《醉后答李子》）"予今入衡山，访道蹑飞梁。倘遇洪崖子，遥传紫汞方。与君变白发，携手共徜徉。"③（《答沈休翁所问因成赠章》）"弱算寄舢翰，中岁慕沈玄。"（《酬赠方周二子》）这些诗句皆透溢出一种入山寻道、飘忽玄元的仙化意味。

关于徐祯卿慕道术求长生一事，王阳明的《徐昌国墓志铭》记曰："有道士自西南来，昌国与语悦之，遂究心玄虚，与世淡泊，自谓长生可必。"④《徐祯卿年谱简编》亦记录此事：正德四年腊月，宴李道士房，有《宴李道士房》诗。其诗曰：

> 爱君聃耳后，潇洒入玄宗。腊月留人醉，桃花宿酝浓。真图披海岳，秀色揽云松。何日金丹就，青宵降赤龙。⑤

此诗较为明确地表明，徐祯卿晚年接道流，思慕道术。聃耳，老子也。玄宗，道也。赤龙，刘向《列仙传》："陶安公善冶，有雀止冶上鸣曰：'安公，安公，冶与天通。七月七日，迎女以赤龙。' 至时，安公果骑赤龙而去。"徐祯卿亦希望自己能够像陶安公那样，有朝一日金丹练成，得道成仙。此一说法在当今世人看来实属无稽之谈，但在迷茫无助的徐氏眼中，

① 王阳明. 王阳明全集·徐昌国墓志铭[M]卷 25. 上海古籍出版社,1992:931.
② 黄宗羲. 明文海[A]卷 369,文渊阁本四库全书·集部总集类,第 1457 册,台北:台湾商务印书馆,1986:283.
③ 徐祯卿著. 徐祯卿全集编年校注·答沈休翁所问因成赠章[M]. 北京:人民文学出版社,2009:325.
④ 王阳明. 王阳明全集·徐昌国墓志铭[M]卷 25. 上海古籍出版社,1992:931.
⑤ 徐祯卿著.徐祯卿全集编年校注·宴李道士房[M].北京:人民文学出版社,2009:494.

无疑是一条解脱现实苦痛的终南捷径。

## 二、内心世界的"情"音"悲"曲

《谈艺录》是徐祯卿论诗之专著,颇受时贤推重,全文三千字左右。文虽不长,但却集中了徐祯卿全部的诗学精髓,在中国诗歌批评史上占有重要地位。徐祯卿论诗,以情为宗旨。他认为:"夫情能动物,故诗足以感人。"①诗之所以能打动人,并给人以美感,精髓之处在"情"。《谈艺录》中有一段十分精彩的关于"情"的论述,堪称字字珠玑:

> 情者,心之精也。情无定位,触感而兴,既动于中,必形于声。故喜则为笑哑,忧则为吁戏,怒则为叱咤。然引而成音,气实为佐,引音成词,文实与功。盖因情以发气,因气以成声,因声而绘词,因词而定韵,此诗之源也。然情实眇眇,必因思以穷其奥;气有粗弱,必因力以夺其偏;词难妥帖,必因才以致其极;才易飘扬,必因质以御其侈,此诗之流也。由是而观,则知诗者乃精神之浮英,造化之秘思也。②

在这段话中,徐祯卿揭示了"情"与诗歌创作的内在关系,而且极有见地地指出"情者心之精也"以及诗为"精神之浮英,造化之秘思"。这是对"情"最准确、最深刻的揭示。可以说,一个"情"字,贯穿了《谈艺录》的始终。或许是由于写作《谈艺录》时所受到的启发,或许是生活经历所给予的启示,亦或许是情之所至而生发的感喟,在现实诗歌创作中,徐祯卿成为其"情"论的第一个忠实践行者。他将对情的体验和感悟尽情地挥洒到诗作中,将一个"情"字进行了淋漓尽致地演绎。与《谈艺录》中直白地表"情"不同,在创作诗歌时,徐祯卿将浓烈的化不开的"情思"作为整体背景隐藏于诗后,将全部的情感体验:孤苦无依的哀叹之情,沉郁愤懑的失意之情,无法超脱的生命之情,融化于诗歌的字里行间,无一字着

---

① 徐祯卿.谈艺录[A].徐祯卿全集编年校注[M].北京:人民文学出版社,2009:764.
② 徐祯卿.谈艺录[A].徐祯卿全集编年校注[M].北京:人民文学出版社,2009:760.

"情"，却处处见"情"。

《徐昌穀全集》共存诗522首，细细地梳理这些诗作发现，无论是早期还是中期的诗歌创作，徐祯卿皆将内心的孤独幽怨、离愁悲索宣泄于其中，对家人的关爱和埋怨，对友朋的珍惜和追怀，对君王的希望与绝望，皆涌动在诗歌的字里行间并生发出一股莫名的伤悲。"忽见黄花倍惆怅，故园明日又重阳。"（《济上作》）"衡阳声断雁回踪，南国飘零烟莽中。"（《追录旧作》）"他乡对家酝，愁绝为谁倾。"（《中秋夜不见月兼邀储太仆不至》）就是这些动人心魂、夺人泪水的深情表白，酝酿汇集成徐氏诗歌化解不开而又挥之不去的幽怨之风。

（一）孤苦无依的身世之叹

徐祯卿自幼纤弱多病，《国宝新编》形容他："神清体弱。"①十二岁丧母带给他难以抚平的心理创伤，虽历经多年，仍然无法释怀。对早逝的母亲，他写有多篇怀念之作。《先母讳日二首》，以泣血之笔抒发对母亲的哀思。文征明读后深为感动，怅然而叹："平生自谓坚如铁，肠断徐卿泣母篇。"②此外《清明郊外即事》《先母讳日》《孙生夜话》等，也皆为寄托哀思之作，情胜于词，让人唏嘘动容。幼年丧母，实属可怜，而其后的父子失和则更加重了其精神负担。徐祯卿少攻举业，却"屡台试不捷，父恶之"。祯卿有一颗赤子之心，对父子失和，深以为憾，常哀叹道："桥梓之间，正须和协，今而及此，诚为可痛。且处囊脱颖，君子之常，何至蓬矢步乎?"③因感而成的《叹叹集》"多悲忧感激之语。④ 与父亲情感的恶化让失去母爱的徐祯卿更感凄冷孤独。亲情的逝去与决裂，多病的折磨与纠缠，使少年的徐祯卿根本无法像唐、祝、文那样，在交游唱和的悠闲中尽情地享受，在明山秀水的安慰中潇洒地释怀。无论怎样的良辰美景和人生乐事，都驱

---

① 顾璘.国宝新编[A]，四库全书存目丛书·史部传记类，第89册，济南：齐鲁书社，1996：538.

② 文征明著.文征明集·书昌国忆母亲后[M].上海古籍出版社，1987：395.

③ 阎秀卿.吴郡二科志[A]，四库全书存目丛书·史部传记类，第90册，济南：齐鲁书社，1996：135.

④ 文征明著.文征明集·焦桐集序[M].上海古籍出版社，1987：1258.

赶不走根植于内心深处的"浮梗漂萍、无以为藉"的自伤情怀。

亲情的缺失已属憾事,而对持身严正的徐祯卿而言,补充这一情感缺憾的唯有友情。吴中时期,与唐寅、文征明等"时日不见,辄奔走相觅"的亲密友情,给予了徐祯卿莫大的安慰。但随着弘治十八年的去吴北上,特别是在其改弦易辙投奔李梦阳麾下之后,他与唐、文等吴门才俊的友情便日渐疏远,《迪功集》中未见怀念唐、文等人的诗篇,似乎可以证明此点。虽吴中友人渐少,但他与京都诸子的情谊却日渐深厚,特别是与李梦阳"清宵燕寝,则共衾而寐"①的深厚友情,令独居京城的徐祯卿深感温暖。但好景不长,正德元年(1506),李梦阳被刘瑾"矫旨谪山西布政司经历,勒致仕",徐祯卿也于是年春南下。李梦阳的离去对徐祯卿打击极大。在分别的日子里,他先后写下多首怀念李梦阳的诗作,如《赠别献吉》《九日期登大慈恩寺阁不果寄献吉》《寄献吉》《过乔侍郎省中因怀献吉》等。分离的脚步并没有就此止住,随着李梦阳的被迫致仕,大批友人亦纷纷被贬谪、遣散。自弘治十七年冬(1504)入京到正德元年(1506),时交三年,由徐祯卿亲自送别的友人便已达数十位,记之于诗歌的有《留别边子》《送友人》二首、《留别都城诸同志二首》《送萧若愚》《送许补之还丹徒》《送王诞敷之官长沙》《送范静之迁威州五首》《送徐生之金陵》《送边子出刺卫辉五首》《送耿晦之守湖州》《送唐季和谪毂城》《送庐陵杨二尹》《送友》《送盛斯徵赴长沙》《送周梦良令临朐》《赠别献吉》等。"自古多情伤离别",短时间内竟要承受如此众多的离别,这种别离的伤感怎能不令生性敏感多情的徐祯卿肝肠寸断?

人的情感是需要有所寄托的,人是需要有所依靠的,可在徐祯卿的生命之中,"三年之内,亲友零落,各寄一方。"②能让他依靠的亲人在哪里?能让他寄托情感的朋友又在何处?

(二)沉郁愤懑的失意之情

吴中四才子中,唯一中进士的便是徐祯卿。在同辈眼中,他是幸运

---

① 徐祯卿著.徐祯卿全集编年校注·答献吉书[M].北京:人民文学出版社,2009:706.
② 徐祯卿著.徐祯卿全集编年校注·答献吉书[M].北京:人民文学出版社,2009:706.

的,因为在那个以是否获取功名、是否考中进士为评价标准的时代,徐祯卿算得上是一个合格且应受尊重的士人。可是,有幸荣登庙堂的徐祯卿,其仕宦生涯却充满了坎坷险难。王阳明言其:"按大理寺左寺副,居久之,郁郁不得志,乞徙南便地。而会以失囚,改国子监博士。"①在大理寺副任上,郁郁不得志,想徙南又不被当道允许,反而被惩罚性地降职为八品国子监五经博士。在那高官赫赫的庙堂之上,身居八品官职的徐祯卿似乎被遗忘或边缘化了。受罚遭贬,随之而来的是俸禄的骤减。在经济繁华的天子脚下,八品俸禄根本不能维持全家的生活,甚至连温饱都保证不了。在《答顾郎中华玉》一诗中,徐祯卿描述了自己降职后的落魄生活:

> 昔居长安西,今居长安北。蓬门卧病秋潦繁,十日不出生荆棘。牵泥匐匐入学官,马瘦翻愁足无力。慵踈颇被诸生讥,虚名何用时人识。京师卖文贱于土,饥肠不救齑盐食。去年作吏在法曹,月俸送官空署职。床头一瓮不满储,囊里无钱作沽直。归来困顿不得醉,儿女荒凉妇叹息。今年调官去懊恼,苦笑先生禄太啬。釜中粟少作糜薄,白碗盛来映肤色。丈夫但免沟壑辱,日饮藜羹胜羊肉。平生富贵亦何有,羸躯幸自弛耕牧。但愿时丰民物安,官府清廉盗贼伏。人歌鼓腹厌粱菽,先生虽病甘苜蓿。一朝雷雨濩亨衢,坐见诸公执中轴。先生翛然卷怀退,茆斋归向南山卜。②

该诗明白如话,传递出几个更要信息:迁居、罚奉、贬官、贫穷,徐氏一家的生活清苦且艰窘。十年苦读,一朝称臣,但俸禄所得微乎其微,以至于还要让妻儿忍受饥寒之苦。"归来困顿不得醉,儿女荒凉妇叹息",目睹此番情景,对于一个堂堂七尺男儿来说,内心该是怎样的愧疚、自责和失落啊!

---

① 王阳明.王阳明全集·徐昌国墓志铭[M]卷25.上海古籍出版社,1992:931.
② 徐祯卿著.徐祯卿全集编年校注·答顾郎中华玉[M].北京:人民文学出版社,2009:483.

仕途上的失意与生活上的清苦,尚能忍受。最让徐祯卿无法忍受的是:阉宦当政,滥杀直臣,且这种杀身之祸随时可能波及自身。正德元年,李梦阳代户部尚书韩文起草《代劾宦官状疏》。此疏九月上呈,十月韩文率廷臣力争。不料刘瑾也于十月入司礼监,得知此事后大为震怒,"勒罢公卿台谏数十人,又指内外忠贤为奸党,矫旨榜朝堂"。以"五十三人党比,宣戒群臣"。① 李梦阳自然在五十三人之列,"瑾深憾之,矫旨谪山西布政司经历,勒致仕。既而瑾复摭他事,下梦阳狱。将杀之,康海为说,乃免"。② 在这场血雨腥风的反阉宦斗争中,徐祯卿虽未列"五十三人之列",但身为"前七子"之一,又与李梦阳交往密切,很难说刘瑾不会因李梦阳之事而迁怒于他。正德二年(1507),李梦阳自京师返河上(河南府陕州之北,古大梁之墟),筑草堂而居。徐祯卿寄信慰问,言谈间提及此事仍不免惊心惕励:

> 昔闻已卜扶沟庐,为复还从河上居。嵩云洛日迥在眼,鼍沫蛟涡愁故墟。一掬那传少陵泪,经年不见茂阡书。荒村豺虎眠难稳,好共沧江学钓鱼。③

诗中,徐祯卿由衷地劝慰李梦阳安于隐居,过一种嵩山安眠、洛水垂钓的潇洒生活。因为他清醒地认识到,"豺虎猖獗","其性难稳",刘瑾一党随时都有反扑噬人的可能。"荒村豺虎眠难稳"一句,既是徐祯卿对李梦阳安危的担忧与忠告,又何尝不是对自己身处险恶环境的痛切感受!

因相貌丑陋而不得重用;因天性善良而获罪罚俸;因俸禄微少而不能赡养妻小;因庙堂斗争而惕励惊心。这种庙堂生活对徐祯卿而言已毫无意义可言。功名,官位,或者说前途,在徐祯卿的眼中只不过是一种虚拟的符号,没有任何希望的光亮,附着其上的,只是一些失落或者绝望的

① 张廷玉.明史[M]卷16.北京:中华书局,1974:201.
② 张廷玉.明史[M]卷286.北京:中华书局,1974:7347.
③ 徐祯卿著.徐祯卿全集编年校注·寄献吉[M].北京:人民文学出版社,2009:364.

叹息。

（三）无法超脱的生命之痛

仕途无望,归隐受阻,进退不得的徐祯卿只得投身道教,希冀道家的
金丹养生之术能够给他带来解脱。但"持精运气以求难老"的道家长生
之术,非但未能给他带来解脱,反而使其多病的身躯更为虚弱。一次偶然
的机会,徐祯卿得遇心学大师王阳明,在王氏"良知"之学的感召下,弃道
家学说而投身王氏门下。宋仪望《徐迪功祠记》载,徐祯卿晚年与王阳明
交,"语及圣门易简之旨,遂翻然大悟"。① 王阳明称"昌国之学凡三变,而
卒乃有志于道"。②

正德五年(1510)十一月,王阳明至京师,在得知王阳明"亦尝没溺于
仙释"后,徐祯卿"喜驰往省"。此时的他正雅意于仙道,准备和王阳明讨
论"摄行化气之术"。王阳明《徐昌国墓志铭》云:

> 正德庚午冬,阳明王守仁至京师。守仁故善数子,而亦尝没溺于
> 仙释。昌国喜,驰往省与论摄形化气之术。当是时,增城湛元明在
> 坐,与昌国言不协,意沮去,异日复来,论如初。守仁笑而不应,因留
> 宿,曰:"吾授异人五金八石之秘,服之冲举可得也,子且谓何?"守仁
> 复笑而不应。乃曰:"吾臞黜吾昔而游心高玄,塞兑敛华而灵株是固,
> 斯亦去之兢兢于世远矣。而子犹余拒然,何也?"守仁复笑而不应。

徐祯卿侃侃而谈的摄行道化之术,并没有得到王阳明的肯定。王阳
明的"笑而不应",有一种"悟道者"对初学者包容且赞赏的意味。他并不
想以一己之感悟,使眼前这位痴迷于"仙道"的友人再次陷入精神迷途。
但在徐祯卿的一再追问下,王阳明阐释了令其耳目一新的"良知"之学:

---

① 黄宗羲.明文海［A］卷369,文渊阁本四库全书·集部总集类,第1457册,台北:台湾商
务印书馆,1986:283.
② 王阳明.王阳明全集·徐昌国墓志铭［M］卷25.上海古籍出版社,1992:931.

于是默然者久之，曰："子以予为非耶？抑又有所秘耶？夫居有者，不足以超无；践器者，非所以融道。吾将去知故而宅于埃盍之表，子其语我乎？"守仁曰："谓吾有密，道固无形也；谓吾谓子非，子未吾是也。虽然，试言之。夫去有以超无，无将奚超矣？外器以融道，道器为偶矣。而固未尝超乎！夫盈虚消息，皆命也；纤巨内外，皆性也；隐微寂感，皆心也。存心尽性，顺夫命而已矣，而奚所趋舍于其间乎？昌国首肯，良久曰："冲举有诸？"守仁曰："尽鸾之性者，可以冲于天矣；尽鱼之性者，可以泳于川矣。"曰："然则有之。"曰："尽人之性者，可以知化育矣。"昌国俯而思，蹶然而起曰："命之矣！吾且为萌甲，吾且为流澌，子其煦然属我以阳春哉！"数日，复来谢曰："道果在是，而奚以外求！吾不遇子，几亡人矣。"然吾疾且作，惧不足以致远，则何如？"守仁曰："悸乎？"曰："生，寄也；死，归也。何悸？"津津然既有志于斯，已而不见者逾月，忽有人来讣，昌国逝矣。①

    二人就解脱之道进行了深入的辩论。在论及如何忘身世外，与道谐一时，王阳明向徐祯卿道出了他心中的"秘道"：物各有其"性"，人亦然。真正要做的不是求诸"丹药"等这些身外之物，而是抛开一切外在规定，返归自身，遵从天性，顺应本然，与道同一，只有这样才能超越利害得失的纠缠，体会到鸢飞鱼跃的自在畅快，感悟到超越一切俗世苦难的平静和超然。领教王阳明的"秘道"后，徐祯卿发出了"吾不遇子，几亡人矣"的慨叹。他似乎接受了王阳明的"心学"主张，欲从良知之学中寻找生命归宿。可事与愿违，仅仅数月，徐祯卿便与世长辞。

    论及徐祯卿生前接受心学的原因，范志新的解释颇为中肯："当时政治空气令人窒息，……复古运动的领袖人物李梦阳、康海、何景明等相继去京，群龙无首，祯卿宦途受挫，究心玄虚，搞垮了身体而冲举无望，急于寻找生命归宿，这些都是祯卿接受阳明学说的缘由。更重要的是阳明学

---

① 王阳明.王阳明全集·徐昌国墓志铭［M］卷25.上海古籍出版社,1992:931.

吴中四才子诗文研究

说是以批判程朱理学的面貌出现的……这就与徐祯卿固有的反理学的意识,有共同的思想基础,故而诗人临终前接受王学是很自然的。"①范氏的解释一语中的,"寻找生命归宿",这就是徐祯卿晚年信道觅仙、谈心论性的原因。

　　徐祯卿的一生"行与时忤,文与古溯。"②少年不幸的身世和自幼多病的身躯,带给了他太多的幽怨心绪;科举道路的多舛和宦海生涯的不遂,使他本已幽怨的心绪更加郁积。亲人满屋,却无一知心;身居庙堂,却无一力可为;回归田园,却无一事可欢。这所有的一切,成为徐祯卿于苦闷中不停地找寻生命真谛的动力之源。从诗歌创作到政治寻求,从投身道教到心学归隐,徐祯卿次次求索却屡屡受挫。道家的长生之术未能帮他摆脱肌体的重负,反而使多病的身躯更加虚弱;王阳明的"心学"虽暂时帮他摆脱了苦闷,获得短暂的超脱,但身心的安顿,名利的遗忘,对他来讲,毕竟是一件"不可辨"的难为之事。肉体与精神的双重压迫与折磨,使年仅 33 岁的徐祯卿,在饱尝生命之痛后,与他的孤苦、他的愤懑,他的痛苦、亦同他的抱负一起,都悄然离去。

### 三、"化"与"守"的交响——关于徐祯卿北上后诗风的"改趋"问题

　　钱谦益对徐祯卿北上后的诗作有如下评价:

> 　　登第之后,与北地李献吉游,悔其少作,改而趋汉、魏、盛唐,吴中名士颇有"邯郸学步"之诮。③

　　钱谦益的这种"改趋"的说法,包涵着对以李梦阳为首的北方文学和以四才子为首的吴中文学的本质差异的模糊认识。王世贞亦赞同钱氏之

　　① 范志新.徐祯卿全集编年校注[M]前言.北京:人民文学出版社,2009:8
　　② 郑善夫.少谷集·祭徐昌穀文[A]卷 13,文渊阁本四库全书·集部别集类,第 1269 册,台北:台湾商务印书馆,1986:174.
　　③ 钱谦益.列朝诗集小传[M]丙集.上海古籍出版社,1983:301.

说:"(徐祯卿)追举进士,见献吉始大悔改。"①此二说一出,众家评论家多受影响,均认为徐祯卿受李梦阳影响后诗风发生"改趋"。如朱彝尊云:"迪功少学六朝,其所著五集,主靡靡之音。及见北地,初犹倔强,……一继而心倾意写,营垒族旗,忽为一变。"②郑善夫《迪功集跋语》曰:"二十外稍厌吴声,一变遂与汉魏盛唐大作者驰骋上下"。③《明史》载:"既登第,与李梦阳、何景明游,悔其少作,改而趋汉魏盛唐。"④以上评说确有合理的一面,但我们在赞同之时,也应看到徐祯卿对李梦阳意见的接受也是有限的,所谓"忽为一变""悔其少作"等说法,未免有失妥当。其实,徐祯卿"改而趋"的过程中,亦或隐或显地表现出吴中文学的资质和习尚,其对吴中文学本土风韵和"江左风流"的才子特性的保留也是十分明显的。

(一)北上诗风的渐变

当徐祯卿于弘治十八年(1506)考中进士以吴中诗人的身份进入京师时,李梦阳领导的复古运动已经如火如荼地开展起来。早在徐氏入京之前,李梦阳就对他倾慕已久:"仆西鄙人也,无所知识,顾独喜歌吟,第常以不得侍善歌吟忧。间问吴下人,吴下人皆曰:吾郡徐生者少而善歌吟,而有异才。盖心窃往之。"⑤入京后,李梦阳极力援引徐祯卿加入"前七子"阵营。在生活上,李梦阳与之朝夕相处,友情甚笃。黄省曾记载:"吴下徐昌毂,少综铅堑,作赋海滨,既而释褐紫庭,与先生缔金马之交,每闻品论,辄终夜不寝,以思改旧,可谓奋厉焦苦矣。"、⑥文学创作上,积极与之交流沟通,切磋辩论。皇甫涍说徐祯卿结识李梦阳后"日苦吟若狂,毋

① 王世贞.艺苑卮言[A]卷6,丁福保辑.历代诗话续编.北京:中华书局,1983:1045.
② 朱彝尊.静志居诗话[M]卷10.北京:人民文学出版社,1998:263.
③ 郑善夫.郑少谷集·迪功集跋语[A]卷16,文渊阁本四库全书·集部别集类,第1269册,台北:台湾商务印书馆,1986:174.
④ 张廷玉.明史[M]卷286.北京:中华书局,1974:7351.
⑤ 李梦阳.空同集·与徐氏论文书[A]卷62,文渊阁本四库全书·集部别集类,第1262册,台北:台湾商务印书馆,1986:563.
⑥ 李梦阳.空同集[A]卷62,文渊阁本四库全书·集部别集类,第1262册,台北:台湾商务印书馆1986年版,1986:572.

吝荣訾，卒所成就，多得之李子。”[1]对于李梦阳的青睐与器重，徐祯卿甚为感动，并给予了积极地回馈。《迪功集》中写给李梦阳的诗文有 11 首之多。特别是《於武昌怀献吉五十韵》，首首都饱溢着对李梦阳的崇敬、担忧与思念之情。可见两人交往之密切，友情之深厚。“近朱者赤，近墨者黑”。从常理判断，主张各异却彼此仰慕的两人，在朝夕相处间相互影响并随之有所转变，应该是极为自然的事，只不过改变的多少可能会因双方声名、地位的高低而有所不同。对李何二人言，徐祯卿受李梦阳的影响较大，变化也更鲜明。

与李梦阳交游后，发生在徐祯卿身上最明显的改变是政治热情的激增。吴中时期养成的那种悠游享乐的习尚渐次被日益增长的家国使命感所代替。李梦阳豪气干云，爱恨分明。对他而言，个人的心境、命运早已与国家的运事、帝王的德行纠缠在了一起。君主贤明、朝政清明之时，他意气风发，充满信心，哪怕是得罪了朝廷贵胄也无所畏惧；君主昏庸、朝政黑暗之时，他上书直谏、痛斥奸佞，哪怕深陷囹圄也在所不惜。在他的心目中，国家的强大与隆盛高于一切，臣子的气节与风骨盛于一切。正因为如此，他才会念念不忘“盛唐诗歌”气象，终日汲汲于“汉魏风骨”的倡导。与这样一位爱国义士朝夕相处，隐藏于徐祯卿心底的爱国激情势必会被点燃。而激情的燃烧必然会反应在诗歌创作中且使诗风发生相应的变化。

徐祯卿此一时期的诗歌创作，着意淡化了吴中时期擅长并推崇的六朝诗风，对汉魏诗风及汉代文学极为欣赏，表现出前七子模仿汉魏盛唐的倾向。如《猛虎行》《苦寒行》《鹞雀行》等诗篇，皆模仿汉魏乐府；而《将进酒》豪气奔放，气韵沉雄，甚得太白之风；《从军行》苦悲苍凉，词奇句美，亦与龙标比肩；其他如《燕京四时歌》《拟古宫词七首》《长安曲》均具盛唐气韵，博雅浩荡，这些作品皆刻意追求格调高雅，气象豁达，颇具风骨。

---

① 黄甫涍. 黄甫少玄集 · 徐迪功外集序[A]卷 23，文渊阁本四库全书·集部别集类，第 1276 册，台北：台湾商务印书馆，1986：649.

诗风的影响毕竟是有限的,精神上的影响则是久远的。积极关注时政,敢于指斥时弊,是徐祯卿北上后思想最明显的转变。如《杂谣四首》,揭露阉宦当道的混论朝政,反映边防日益虚弱的现实;《拟古宫词》,讽刺武宗的荒淫好乐,批判当政者贻误战机,导致战事失利;《猛虎行》,揭露政治的黑暗,描写了刘瑾等宦官的凶残;《平陵东行》《榆台行》《战城南》等作品,描写官府对百姓的压榨、军队强抢民才的暴行以及百姓的深重苦难等等。作为一个铁骨铮铮的高雅之士,徐祯卿在诗歌创作中自觉地贯彻了李梦阳所倡导的"以我之情,述今之事"的观点,指斥时弊,揭露社会腐败与弊端。所涉内容的广泛性、真实性和完整性,完全可以看作明中晚期社会众生相的剪影。最为后世称道的当为《猛虎行》:

> 上山晨采樵,下山逢猛虎。深林丛薄不可度,熊貔巉岩兮向我怒。虎欲食我,低头据地而长号,使我心悲泪如雨。舍中无人,言父与妻。爨下又无食,使我孤儿啼。拔剑前致词,尔胡不仁至此?为棱牙锯齿,食人之肝,拒骨而撑尸,膏血布川谷,鸟衔其肉,倒挂东南枝。恻恻草野中,行哭声正悲,娇女行采桑,道逢野虎搏食之。沧浪之天更不慈,猛虎瞑目若摇思,便复舍我置道旁。我欲东归河无梁,绵绵邈邈思我故乡。嗟尔行路人,猛虎当关慎莫行。思我父母多苦辛。吁嗟!猛虎白额,狸斑而黑文,何不渡河而去,从彼豺狼群城中。咆哮竟夕闻,吾将诉汝于泰山君,猛虎行,且莫歌,泰山之君奈若何![①]

此诗采用歌行体,行文中融入了对话成分,借用人所熟知的旧典"苛政猛于虎"来构思尖锐的政治主题,以"猛虎"象征迫害忠义的刘瑾一党,夸张而形象地表现出在奸佞打击下正直士人遭受的苦难。与祯卿前期作品对照,此诗极具代表性地显示出题材内容和表现艺术两方面的变化。

客观而言,徐祯卿北上后诗风的确发生转变,这种转变一方面是因为

---

① 徐祯卿著. 徐祯卿全集编年校注·猛虎行[M]. 北京:人民文学出版社,2009:453.

李梦阳对其复古思想的灌输,另一方面则是因为徐祯卿对李梦阳人格上的敬佩和欣赏。身处政治斗争激烈的京畿地区,耳闻目睹李梦阳等忠臣义士的爱国壮举,徐祯卿的思想、价值观等势必会有所改变。俗语有言:"言为心生",如果不是发自肺腑的深有感触,仅靠李梦阳的指导或机械模拟,徐祯卿是写不出如此众多的形神兼具的诗作的。当然,李梦阳对其影响是客观存在的,但这仅仅只是促使其诗风变化的一个因素,我们决不能夸大这个因素而忽视了徐祯卿自身的主观能动性。"凡三十三夜不寐而沉思之",[①]徐祯卿对李梦阳思想的接受是经过认真思考的,是有选择地吸收,而非一味地接受。

(二)吴中风韵的保持

李梦阳之所以要复古格,提倡"向上一路"的真正意图就是要恢复古典主义诗歌的政治传统,为国家政治服务。其复古有着鲜明的功利意味和成德建名、忠孝大节的色彩。而在吴中文人那里,诗文就是为日常生活,甚至是为私人生活服务的。因此,李梦阳对吴中文学颇为不满,公开批之为"靡""工巧"。对于李梦阳的批驳,徐祯卿的态度是:"我虽甘为李左车,身未交锋心未服。顾予多见不知量,此项未肯下颇牧。"[②]这表明令徐祯卿折服的是李梦阳的个人魅力,而非其复古理论。对于李氏的复古之论,徐祯卿可能会有所接受,但并非全盘接受。否则,他就不会被李梦阳指责为"守而未化"。

上文已介绍过,徐祯卿北上后,国家使命感激增,创作了大量反映时政题材且颇具风骨的诗作。但这并不妨碍其在其他题材中呈现其江南才子的风流底色。换句话说,徐氏可能从未想过要抛弃吴中风韵,只是因为吴中风韵不太适合展现风云变幻的时政内容而被暂时搁置而已。所以,在《将进酒》《观舞歌》《醉时歌》等描绘歌舞饮宴的诗篇中,其"江左风流"的才子个性会再一次鲜明地体现出来,甚至还出现了"风流讵及吴才

---

① 黄鲁曾.续吴中故实记[A],四库全书存目丛书·史部传记类,第 89 册,济南:齐鲁书社,1996:25.

② 朱彝尊.静志居诗话[M]卷 10.北京:人民文学出版社,1998:263.

狂"这样以风流和才气自许的诗句,绮丽香艳的程度丝毫不逊色于早期的六朝诗作。如《观舞歌》:

今夕何夕灯满堂,金钗夜舞华瑟旁。香风拍袂红霞举,玉腕矢高凌虚翔。飘飘云步荡轻珮,八莺协律鸣锵锵。花柔玉软两无力,宛转应节随低昂。蟠身蹲伏龟鹤息,延颈直跱螭龙长。明珠圆转盘四角,新莲袅娜波中央。繁歌急调相迫促,紫燕双入虚帘忙。粉脂凝汗朱颜发,明月空梁添素光。座中豪客燕赵产,快赏一举连十觞。吴才虽不胜杯酌,能握绮笔挥词章。聊酬一曲当缣素,清婉不让溢阳郎。溢阳涕泗苦不足,风流讵及吴才狂。①

此诗紧扣题目,对女子姣好的容貌、欢庆的场面进行了传神的描摹。明眸玉腕,相映成趣;舞步轻盈,婀娜多姿;歌声清丽,婉转悠长,直让人心荡神摇。这种绮丽温婉之风与"梨花初浴雾,竹影尚低寒"②之类的早期诗风如出一辙,而与李梦阳所倡导的激越雄放之风则相去甚远。

再如《庐山》:

豫章山水郡,庐岳此深蟠。吴楚开雄镇,东南表巨观。中天浮黛色,百里暧晴峦。……瑶草幽难掇,青莲秀可餐。赤城虚瀑布,彭蠡更波澜。禹迹于兹盛,崇功振古刊。壮怀凌绝顶,倦鸟息飞翰。霄汉心何有,沉冥性所欢。将修梵门术,欲上羽人坛。净社花垂白,名岩灶覆丹。昔贤非不达,于道自相安。爱胜真忘返,遗荣亦未难。聊须偃松竹,遂可挂缨冠。祇为怀佳侣,淹留独寐叹。③

此首山水诗颇具谢灵运诗作风貌。景色描写细腻逼真,气韵畅达,将

---

① 徐祯卿著.徐祯卿全集编年校注·观舞歌[M].北京:人民文学出版社,2009:102.
② 徐祯卿著.徐祯卿全集编年校注·效庾信作[M].北京:人民文学出版社,2009:539.
③ 徐祯卿著.徐祯卿全集编年校注·庐山[M].北京:人民文学出版社,2009:314.

庐山风光进行酣畅淋漓的描摹。在写作技法上,直叙较为明显,用词古雅华丽,此点与谢灵运如出一辙。而且诗尾以道家思想作结,与谢灵运"玄言的尾巴"的写作风格颇为一致。此诗俊朗飘逸,格调清雅,细品之下,不仅六朝气息甚浓,且具有李白山水诗的潇洒意蕴。可见,徐祯卿北上后非但没有抛弃散花流艳的六朝文风,甚至对清艳飘逸的初唐诗歌的优点亦有所保留。

其实,徐祯卿北上诗作中时显吴中风韵这一问题,古代诗论家已有过论述。胡应麟认为:"弘正间,诗流特众。然皆近逐李、何,士选、升之、近夫,献吉派也;华玉、君采、望之、仲鹠,仲默派也。昌谷虽服膺献吉,然绝自名家,遂成鼎足。"①沈德潜《说诗晬语》云:"徐昌釜大不及李,高不及何,而情朗清润,骨相嵌崟,自独能尊吴体。"②平心而论,徐祯卿后期诗作中虽保持"吴中风韵",但真正成功的作品并不多。与唐、祝诗作相比,气韵犹存但深度不足。

(三)"改趋"问题之我见

1. 改变并非改趋

在关于徐祯卿前后诗风的探讨上,我们应当承认的事实是:徐氏北上后诗风的变化是必然的,而吴中风韵的持守也是客观存在的。不论是吴中风韵的绮丽华艳,还是北地风情的雄厚质朴,都只是徐祯卿一人因所处环境或所见所感不同,而于诗歌创作中给予的不同反应。我们之所以如此热衷于讨论两种诗风的优劣异同,是因为自明中叶的王世贞起,到其后的钱谦益、郑善夫、陈田一辈,皆愿将这两种诗风进行对立的比对,非此即彼,此优彼劣,其实不然。之所以如此是因为他们皆忽视了一个至关重要的因素:"吴中"与"北上"并非对立关系,改变并不意味着该趋。

徐祯卿北上诗风的变化并不意味着对吴中风韵的改趋。北上后,身处风云变化的政治中心,亲眼所见阉宦奸佞种种祸国殃民的恶行劣迹;耳闻目睹那些为君王、为正义而引发的烈烈争斗,徐祯卿必然会有所触动而

---

① 胡应麟.诗薮[M]续编卷2.上海古籍出版社,1979:364.
② 沈德潜.说诗晬语[A],王夫之.清诗话.上海古籍出版社,1999:547.

第六章 徐祯卿——文学「情」素的坚守者

记之于诗。而绮丽淡雅的吴中风韵根本不适合表现此类题材。而李梦阳所倡导的汉魏古文中那种高亢的风骨气韵,恰好与徐祯卿此时的所感所想相契合。于是,大量记录时政且质朴雄浑的诗作随之写出,而吴中风韵则因不合于时而被隐藏并暂时搁置。但是,一时的隐藏并不等于彻底的改趋。在某个合适的机会,那种根植于心底或者说与生俱来的吴中风韵依旧会重现光辉。其后期诗作中表露出的鲜明的才子韵味就证明了这一点

2. 两者本质相通

徐祯卿之所以支持并参与李梦阳之复古运动,有一个更为内在的原因,那就是他的复古理念与李梦阳的复古观在本质上是相通的。国学大师钱基博曾经注意到这一点:"徐与李学诗途径不异。"徐祯卿早年受古风熏陶,少时"拟古人赋",①"词旨沉郁,遂闯晋宋之藩,凌猎曹魏,长宿惊叹,称为'文雄'。"②诗歌创作上"汉魏五言,莫不合作。"③创作于吴中时期的《谈艺录》更是态度鲜明地体现出此点。

徐祯卿在《谈艺录》中高标汉魏古诗,力主《诗》《骚》和汉魏诗歌为诗之极界。他说:"魏诗,门户也,汉诗,堂奥也。入户升堂,固其机也。"④他指出:"(汉诗)虽规迹古风,各怀剞劂,美哉歌咏,汉德雍扬,可为《雅》《颂》之嗣也。"⑤认为:"魏氏文学,独专其盛,然国运风移,古朴易解。曹、王数子,才气慷慨,不诡风人,而特立之功,卒亦未至。故时与之暗化矣。"⑥肯定了慷慨激昂的建安风骨,并肯定了"风"的路子。事实上,正是得李梦阳之助,徐祯卿才得以借中原刚健之力,一变吴声软靡,而趋高格雅调。

其实改变也好,改趋也罢,这些都不是最重要的。在徐祯卿身上,我

---

① 徐祯卿著.徐祯卿全集编年校注·与刘子书[M].北京:人民文学出版社,2009:664.
② 顾璘.国宝新编[A],四库全书存目丛书·史部传记类,第89册,济南:齐鲁书社,1996:538.
③ 文征明著.文征明集·焦桐集序[M].上海古籍出版社,1987:1258.
④ 徐祯卿.谈艺录[A].徐祯卿全集编年校注[M].北京:人民文学出版社,2009:762.
⑤ 徐祯卿.谈艺录[A].徐祯卿全集编年校注[M].北京:人民文学出版社,2009:755.
⑥ 徐祯卿.谈艺录[A].徐祯卿全集编年校注[M].北京:人民文学出版社,2009:756.

们最应该肯定和学习的一点是：作为一种区域性的文学，应当介入整个时代的文学潮流，对于其他地区先进的文学观念和艺术表现，更应该借鉴吸收。徐祯卿正是树立了这样一种典范。他的贡献不在于取得了多高的创作成就，也不在于首次对接了南北文风，而在于树立了一种文学范式，一种文学类型。正是这一范式或类型的导引，吴中后劲如黄兴曾、蔡羽、袁袠等才得以纷纷北上，展现吴中风韵的同时吸收中原文学营养，从而促进了南北文学真正意义上的融合。

# 第七章
# 吴中四才子的市民意识及散曲创作

明中晚期,随着城市的繁荣和商品经济的发展,新兴的市民阶层开始崛起。他们的生活理想、道德标准、人生追求,愈来愈表现出与传统儒家文化的异趣。在意识形态领域,长期居于绝对权威地位的"程朱理学"也出现了某些松动,"陆王心学"一派则流光溢彩,在"吾心即良知"之说的推动下,一股文艺复兴式的人文主义思潮兴起并日益高涨。与经济和意识形态领域的变动相适应,城市中也出现了一种与传统儒家文化迥异其趣的市民文化。

## 一、市民意识的渗透

弘正间,明王朝的发展进入中期。政治的相对安定使业已恢复生机的城市经济更加繁荣。经济的发展使人们的生活欲求日益膨胀。统治阶级的贪欲不断增长,奢靡之风日炽,伴随而来的是士人心态的改变和商人阶层的崛起,而作为明代道德信条的"程朱理学",则在腐败政治和膨胀欲望的双重激荡下,走到崩溃的边缘。代之而起的是以"心即理""知行合一"为信仰的阳明心学。商人作为一股新兴的社会力量,利用其强大的物质优势,广泛地渗透于社会政治、经济生活之中,有力地冲击着儒家关于"重本抑末""崇义绌利"的传统思想。历史似乎迎来了一个不同寻常的时刻,传统价值与新兴势力的冲突与颠倒使人们感到惊愕和迷茫、焦躁和兴奋。

在商品经济发达及其观念形态深深渗透到社会思想领域的情况下,

吴中四才子诗文研究

文学创作必然同市民意识发生关系,而戏曲、小说这一类面向市井读者的文学样式当然更鲜明、生动地反映了市民阶层的生活情趣。弘治年间,北京岳家书坊精刊王实甫《西厢记》,据刊者所言"今市井刊行,错综无伦"①。嗣后,大学士丘濬认识到戏剧"人人观看,皆能通晓,尤易感动人心,使人手舞足蹈,亦不自觉"②,随作《五伦全备记》。在小说方面,显宦李瀚为《隋唐志传通俗演义》作序,序中云:"罗贯中所编《三国志》一书,行于世久矣,逸士无不观之。"③

由此可见,一种崇尚俗文化的观念正在广泛传播并逐渐渗透到世人的日常生活中。与此相应,经济高度发展、俗文化土壤丰沃的吴中地区,早已领天下风尚之先,表现出对市井文化和世俗文学的浓厚兴趣。吴中四才子便在这股世俗文化大潮中扮演了极为重要的角色。在与市井社会的接触中,他们尽情地欣赏并精心创作出了大量雅俗共赏的世俗文学作品。

祝允明常与曲友"相与举杯歌啸,命童子拨絃度拍,以乐青春。"④他在《重刻中原音韵序》中说:"余也好乐,故尝自负知音",并慨叹无人精于曲韵。⑤ 文征明"最喜童子唱曲,有曲则竟日亦不厌倦。"⑥都穆的《南濠诗话》记载:"近时北词以《西厢记》为首,……予阅《点鬼簿》,乃王实甫作,非汉卿也。实甫元大都人,所编传奇,有《芙蓉亭》《双蕖怨》等。"⑦都穆少年时代便与四才子结为好友,曾共同倡导古文辞运动。他对《西厢记》的喜爱和肯定自然会影响到四才子对戏曲的态度。另外,四才子也十分热心收罗小说,陈继儒《藏说小萃序》:"余犹记吾乡陆学士俨山、何待诏柘湖、徐明府长谷、张宪幕王屋,皆富于著述,而又好藏稗官小说,与吴

---

① 王德信.新刊大字魁本全相参增奇妙全相注释西厢记[A]五卷,古本戏曲丛刊·初集.
② 邱濬.新刊重订附释标注伍伦全备忠孝记[A],古本戏曲丛刊·初集.
③ 黄霖,韩同父.中国历代小说论著选.上册.南昌:江西人民出版社,1982:109.
④ 祝允明.怀星堂集·潜庵游戏引[A]卷24,文渊阁本四库全书·集部别集类,第1260册,台北:台湾商务印书馆,1986:706.
⑤ 祝允明.怀星堂集·潜庵游戏引[A]卷24,文渊阁本四库全书·集部别集类,第1260册,台北:台湾商务印书馆,1986:704.
⑥ 何良俊.四友斋丛说[M]卷18.北京:中华书局,1959:157.
⑦ 都穆.南濠诗话[A],丁福保辑.历代诗话续编.北京:中华书局,1983:1359.

第七章 吴中四才子的市民意识及散曲创作

265

门文(征明)、沈(周)、都(穆)、祝(允明)数先生往来,每相见,首问:'近得何书?'各出笥秘,互相传写,丹铅涂乙,矻矻不去手。"①

在与市井社会的接近中,四才子对俗文学的热衷,不仅体现在对戏曲与小说的热爱上,而且还更多地体现在诗文中渗透出的浓郁的市民意识上。此处所探讨的市民意识,主要指其商业观念和享乐形态。

(一)享受之乐

吴中素号繁华,百姓从事经营活动和非农产业居多。王士性《广志绎》说:"毕竟吴中百货所聚,其工商贾人之利又居农之什七,故虽赋重而不见贫"②。许多吴中文人家族都有商业背景。比如王鏊是中国十大商帮之一的洞庭东山商人的后代,他的曾祖父王彦祥在元末"斩草莽,披瓦砾,与诸子戮力治生,数年而家业大倡"。③ 吴宽的父亲吴融也是"稍长即善治生……府君既以勤俭谨畏,拓其家以大"。④ 四才子及其祖上也有以商业经营为生者,收入相当可观。如唐寅是"其父广德,贾业而士行"。⑤ 唐寅的亲家王宠也自称"家本酤徒,生长尘市"。⑥徐祯卿"家世军籍,其父移居郡城经商"。⑦ 文征明虽未出身商家,但其友朋子弟却多从贾经商者,如王宠、袁裦⑧、陈束⑨、何良俊⑩、皇浦汸⑪等。

崇物尚利的商业大环境,熏陶了四才子良好的商业意识。据俞弁《山樵暇语》载,正德年间,"江南富族著姓,求翰林名士墓铭或序记,润笔银

① 陈继儒.晚香堂集·藏说小萃序[A]卷2,四库禁毁丛书·集部别集类,第66册.
② 王士性.广志绎[M]卷2.北京:中华书局,1998;32.
③ 马学强.钻天洞庭[M].福州:福建人民出版社,1998;32.
④ 吴宽.家藏集·先考封儒林郎翰林院修撰府君墓志[A]卷61,文渊阁本四库全书·集部别集类,第1255册,台北:台湾商务印书馆,1986;574.
⑤ 祝允明.怀星堂集·唐子畏墓志并铭[A]卷17,文渊阁本四库全书·集部别集类,第1260册,台北:台湾商务印书馆,1986;604.
⑥ 王宠.雅集山人集·山中答汤子重书[A]卷10,四库全书存目丛书·集部别集类,第89册,济南:齐鲁书社,1997;113.
⑦ 殷晏梅.短促的生命歌吟[D].曲阜师范大学硕士学位论文,2002.
⑧ 参见黄佐.泰泉集·封承德朗行部福建司主事袁公墓表[M]卷51.清康熙21年刻本.
⑨ 参见李开先著,路工辑校.李开先集·後冈陈提学传[M]卷10.北京:中华书局,1959.
⑩ 参见顾璘.息园存稿·华亭何隐君墓志铭[M]卷5.明嘉靖17年刻本.
⑪ 参见皇甫汸.皇甫司勋集·张季翁传[M]卷51.台北:台湾商务印书馆,1986.

动数二十两,甚至四五十两"。<sup>①</sup> 李诩在《戒庵老人漫笔》中记载:"唐子畏曾孙思和家有一巨本,录记所作,簿面题二字曰:'利市'。……马怀德言,曾为人求文字于祝枝山,问曰:'是见精神否?'俗以取人钱为精神,曰:'然'。又曰'吾不与他计较,清物也好'。问何清物,则曰:'青羊绒罢。'"<sup>②</sup>唐寅将书画润笔记为"利市",祝允明以润笔为"精神",看似玩笑,但都说明他们看重经济利益,而不是单纯的人际交情。这与明初官僚文人热衷仕途政事以及官场交际的方式有着明显不同。但正是这种思想观念及商业行为的存在,保证了四才子独立的经济来源,使他们在政治失利后,尚能尽情地享受逍遥林下的自在生活。

市民意识的核心是对现世生活的各种欲求,乃至对人生命本身的肯定。主要表现为:崇尚物质利益,追求现世享乐;追求个人自由,反对个性抑制;重视个人生活欲求,轻视传统礼法束缚。四才子虽然不是商人,但市民意识的这些特点在其诗歌中却均有流露。其中,最为明显的体现即为:追求"现世享乐"的人生观念。

唐寅宣称:"人生贵适志,何用刿心镂骨,以空言自苦乎!"<sup>③</sup>以此否定了儒家"得志与民由之,不得志独行其道"(《孟子·滕文公下》)的"心忧天下"的社会参与意识及历史使命感,背离了传统文人的价值取向。"万场快乐千场醉,世上闲人地上仙"(《感怀》);"年老少年都不管,且将诗酒醉花前。"(《老少年》)将荣辱富贵、功名利禄抛诸脑后,以追求享受和人生适意为其生活目标与最终归宿。类似这样的诗句,在其他三子的作品中也是比比皆是。

如文征明《过履约》:

浪迹归来意渺茫,思君今日上君堂。厌看流俗求同志,喜对时羞

① 俞弁. 山樵暇语[A]卷9,四库全书存目丛书·子部杂家类,第 152 册,济南:齐鲁书社,1996:68.
② 李诩. 戒庵老人漫笔[M]卷1. 北京:中华书局,1982:16.
③ 袁袠. 唐伯虎集序[A],周道振、张月尊辑校. 唐伯虎全集[M]. 杭州:中国美术学院出版社,2002:524.

是故乡。白发持螯能几醉？黄花在眼即重阳。马蹄不到阑干曲，日暮江楼数雁行。①

徐祯卿《将进酒》：

> 人生遇酒且快饮，当场为乐须少年，何用窘束坐自煎。阳春岂发断蓬草，白日不照黄垆泉。君不见刘伶好酒无日醒，幕天席地身冥冥。②

在这些诗作中，没有建功立业、放眼社会的宏大理想，也没有怀才不遇、屈居下僚的悲郁愤懑，有的只是凡俗之人对世俗生活的愿望与理想。"为乐少年、醉酒赏花"；"遇饮且饮、逢醉且醉"，这些生活中最普通、最潇洒的事情成为其理想生活的全部。

（二）忧生之嗟

追求现实享乐，本是我国古典文学传统中非常普遍的题材。四才子追求现实享乐的可贵之处在于，他们敢于冲破宋儒伦理纲常的束缚，从沉沉相因、毫无生气的思想形态中脱颖而出，承认并追求生活的意义和生命的价值。其伟大之处在于，通过宣扬食色的本能性和享乐的合理性，来自觉地抗拒礼法社会共认价值对个人生命的强迫。而他们对现实享乐的自觉追求和生命价值的高度体认，源于一种共同的忧生意识：人生短促，生命可贵。

所谓忧生意识，即忧生命之脆弱易摧，叹人生之短促易逝。它作为社会思潮中的一股巨流，从文人的笔下深沉流出，不仅反映出他们对那个时代和社会的特殊感受，亦透露出丰富的人文信息。这种忧生之嗟中蕴含着人的觉醒、文学的觉醒以及对人性呼唤的积极意义。

这种忧生观念渊源极深。早在先秦，孔子即云："逝者如斯夫，不舍昼

① 文征明著.文征明集·过履约[M].上海古籍出版社,1987:269.
② 徐祯卿著.徐祯卿全集编年校注·将进酒[M].北京:人民文学出版社,2009:440.

夜"(《论语·子罕》)。建安时期,曹操曰:"对酒当歌,人生几何? 譬如朝露,去日苦多。慨当以慷,忧思难忘。何以解忧,唯有杜康"(《短歌行》),流露出对人生苦短的感叹。《古诗十九首》中此种感叹不可胜数:人生忽如寄,寿无金石固(《驱车上东门》);所遇无故物,焉得不速老(《回车驾言迈》);人生寄一世,奄忽若飘尘(《今日良宵会》)。晚唐的一些诗作也流露出这种情绪:"今朝有酒今朝醉,明日愁来明日愁"(罗隐《自遣》);"有国有家皆是梦,为龙为虎亦成空"(韦庄《仁元县后》)。及至元末,文人屈居下僚,仕宦无门,只好将生命消磨在浪子风流、赏歌买酒之中。元散曲中叹老嗟悲、神仙道化之音比比皆是,而文人们亦常以诙谐之笔聊寄生命无常之悲。如卢挚[双调]《蟾宫曲》中所说,百岁光阴,"风雨相催,兔走乌飞,仔细沉吟,都不如快活了便宜"。

　　至明一代,对"生命苦短"和"忧生之嗟"的慨叹在四才子的作品中俯拾即是。如唐寅"说有说无皆是错,梦境眼花寻下落;翻身跳出断肠坑,生灭灭兮寂灭灭。(《醉时歌》)祝允明的"人生岂有定,日月亦代明。毛裘忽中卷,先风欲飞翔"(《别唐寅》);"时运无长荣,清商多恶音。悲音一何苦,壮士有远心"。(《秋怀》)文征明的"富贵亦何物? 未老已自怜。暧哉昔恶闻,零落今同焉"(《不寐》);"仰屋愧尘浮,俯睐影依依。人生良有命,何独令心悲! (《寂夜》)徐祯卿的"岁月难为贫贱留,江山入梦鬓丝秋"(《岁月》);"大抵缁尘易白头,五川声利使人愁"。(《大抵》)生命短暂,人生无常,功名富贵,转眼即逝,人生的多舛和生命的无常使诗人顿觉生之脆弱。既然"追思浮世真成梦,到底终须有散场"(唐寅《叹世》之三),那么何不抛开世俗的束缚与枷锁,不再以负道救世为己任,任情纵乐,寻求精神和肉体的解脱与快适。可以说,四才子作为中国历代文人士大夫的代表,享受着世俗的欢乐,经受着心灵的刻骨痛楚。他们游戏人生,尽管生活充满苦痛;他们笑看世俗,尽管生命充满艰辛。此时,儒家学说对他们的约束已无能为力,他们可以毫无顾忌地赤裸裸地抒发自己内心深处与常人一样的欲望和企盼。于是,及时行乐便成为他们忧生意识的直接产物。

吴中四才子和历代失意文人们一样,渴望社会的接受与承认,但庙堂的压力和社会的抛弃却迫使他们退隐林下,于走投无路、迷惘无奈之际开始向往纵情享乐,即使他们的生活是那样的困顿和艰辛。也正因如此,他们的享乐思想才包含了更多辛酸的泪水,才使人们对他们寄予深深的理解和无限的同情。同时,他们的这种享乐意识又因为深沉的忧生之叹增添了更多悲剧色彩。

## 二、曲场才子的歌吟

明朝开国以降,朱元璋的人才选拔和任用制度直接抑制了明初散曲的发展。明制规定,"府州县学诸生,入国学者乃可得官,不入者不能得也"。因此,生于明而长于明的一代仕子,自幼便面对着功名利禄的巨大诱惑,在"修齐治平"的传统人生之路上锐意进取,耻于词曲之道。由此造成了曲坛从洪武到成化一百二十年间"最寂寞的时期"。

文学发展史证明,任何文学体式的发展与繁荣都不是偶然的现象,在繁荣现象的背后,必然存在促使其成为偶然现象的必然力量的存在。成化、弘治年间,江南经济之发达居全国之首。经济的发展和物质的繁荣引起社会风气由俭而奢的转变,人们不论贫富,皆以"舞文饵笔,乘坚策肥"[①]为时尚。同时,竞华逐奢的环境和开放激进的世风为文化艺术的发展提供了多元化的空间,"以文人为主角的社会文化模式逐渐取代了以贵族为主角的社会文化模式"[②]。在这种世俗化大潮的冲击下,明代散曲在沉寂百年后于江南地区迎来了发展的第一个高峰期。以"四才子"为代表的词场才子陆续登上"曲坛"。他们继往开来,耳濡目染江南歌舞繁华之地的奢靡世风,以疏离政治的态度,在青楼红袖间以曲应歌,打破了明初曲坛长达百年之久的沉寂,带来了明代散曲的初步复兴。

新兴思潮的兴起和乐隐乐闲风气的熏染,使四才子欣赏和创作散曲

---

① 陈瑞. 明代中后期社会生活中越礼逾制现象探析[J]. 安徽史学,1996:2.
② 郭英德. 传奇戏曲的兴起与文化权力的下移[J]. 中国社会科学,1997:2.

吴中四才子诗文研究

的热情空前高涨。《六如先生外集》载,唐寅与祝允明等曾在"雨雪中作乞儿鼓节唱[莲花落]",他们"浪游维扬,极声妓之乐"以致"赀用乏绝"①。(唐寅)失意科场后,"筑室金阊门外,日与祝希哲、文徵仲诗酒相狎,踏雪野寺,联句高山,纵游平康妓家,或坐临街小楼,写画易酒,醉则岸帻浩歌"②。甚至带着徐经家的"优童数人","驰骋于都市中",令"都人属目"。③ 其对散曲之钟情与痴迷可见一斑。四才子中,祝允明对散曲的热情尤为浓烈。徐复祚《曲论》中记载:"(祝允明)为人好酒色六博,不修行检,常傅粉墨,从优伶间度新声,侠少年好慕之"④。阎秀卿《吴郡二科志》云:"允明……屡为杂剧,少年习歌之。"⑤他们不仅爱好散曲,而且还创作了大量雅俗共赏的佳作。因四才子多"以曲应歌,成篇之后,随手付与歌儿,故易于散失"⑥。所以关于四才子散曲作品的记载文献相对较少,大多散见于《南宫词纪》《群音类选》《吴歈萃雅》《太霞新奏》《昔昔盐》《吴骚合编》等曲作总集之中。目前记录最全的是谢伯阳的《全明散曲》:唐寅小令五十、套数二十、复出套数三;祝允明小令一二、套数一、复出小令五、套数四;文征明小令三、套数七、复出小令四、套数二。这些作品既有文人精致闲雅的情思,又有符合市民审美情趣的通俗情味,雅与俗熔炼得恰到好处,其艺术构思与意向也不乏令人玩味的精彩之处,赢得了晚明曲论家们的广泛赞誉。王骥德《曲律》所列十八人,吕天成《曲品》所举明散曲上品二十五人,唐、祝二人均在其内。王世贞认为:"吾吴中以南曲名者,祝京兆希哲,唐解元伯虎,郑山人若庸。希哲能为大套,富才情而多驳杂。伯虎小词翩翩有致。"⑦清初苏州曲坛李玉将他们与郑虚舟、梁

① 唐寅著.唐伯虎全集·轶事[M].杭州:中国美术学院出版社,2002:566.
② 曹元亮.伯虎唐先生汇集序[A],周道振、张月尊辑.唐伯虎全集[M].杭州:中国美术学院出版社,2002:528.
③ 蒋一葵.尧山堂纪事.续修四库全书本.
④ 徐复祚.曲论[A]附录,中国古典戏曲论著集成.北京:中国戏剧出版社,1982:243.
⑤ 阎秀卿.吴郡二科志[A],四库全书存目丛书·史部传记类,第90册,济南:齐鲁书社,1996:131.
⑥ 赵义山.明散曲发展历程之重新认识[J].中国社会科学,2006:1.
⑦ 王世贞.弇州四部稿[A]卷152,文渊阁本四库全书·集部别集类,第1281册,台北:台湾商务印书馆,1986:457.

辰鱼并称,并认为他们的散曲堪比"诗际盛唐",乃是"无以复加"的"于斯立极"之作。

(一)主闺情的题材导向

吴中四才子能诗善画、精通音律。又身处于江南风流繁华之地,常常出入歌场、流连市井,其作品既有才子风情,也有浪子习气,内容上体现出以下特点:

1. 闺阁之作

吴中四才子基本上都是专作南曲的作家。他们的散曲多是为舞台演唱而作,因而市井气息较浓,题材多数以迎合市民欣赏情趣的艳情与闺情为主,具有青楼文学的某些特征。诸如"风情""闺情""闺怨"等题材,在他们的曲集中占比重较大。此类作品用细腻的笔法表达了处在爱情中的女子的情思和愁绪,情趣淳雅,韵味悠长。如文征明《秋闺·黄莺儿》:

孤镜画愁眉,未凝眸,泪已垂。悔当初拆散鸾凰配,如今未归,芳心付谁?总是题红叶空自流水。隔天涯,愿君如旅雁,万里向南飞。①

此曲从旁观者的角度切入,侧面刻画了一个思念恋人的少女形象。良辰美景之下,她独自一人,双目含泪,追悔往昔。回想和恋人在一起的美好时光,越发感到忧愁和无奈,唯有在心中默默祈祷,希望能与心上人早日相见。此处,作者运用了大量的绮丽华美的意象,如"红叶""水流""旅雁""芳心"等,来烘托女主人公的"痴"和"愁"。

再如祝允明南《南吕七犯玲珑》:

金风透锁窗,不禁罗袖凉。秋来怕上危楼望,举目总堪伤。衰柳垂寒雨,败荷擎晓霜。击叮当。帘前马响,最恨今宵更漏,一似去年

---

① 文征明著.文征明集[M].上海古籍出版社,1987:1244.

吴中四才子诗文研究

长。看银河之女怨牛郎，怨嫦娥一样情惆怅。从来孤雁，传书故乡，缘何今日，浑无半行。怨是恩情薄，非干路渺茫。芙蓉老，菊蕊黄。潇潇风雨又重阳，越越减容光。①

　　此曲在人物形象的刻画和心态细节的捕捉上尤为逼真和传神。作者从多个角度细致刻画了一个闺中女子的情思和感觉。"最恨今宵更漏"一句，表现出处在恋爱中的少女的痴情与幸福。"举目堪伤""减容光"两个词语的运用，更是传神地写出了痴情女子的怀念与相思之苦。

　　从总体风格而言，四才子的青楼闺阁之作大都表现出一种华艳之风、富贵之气，这可能与明中叶散曲创作中心南移而受江南轻靡华艳的地域文化熏染有很大关系。由此而观，明晚期梁辰鱼、沈璟等香艳曲风的盛行，四才子的闺阁艳曲实已导夫先路了。当然，四才子的散曲作品中也不乏清丽之作，如唐寅南《商调·黄莺儿》：

　　　　细雨湿蔷薇，画梁间燕子归，春愁似海深无底。天涯马蹄，灯前翠眉，马前芳草灯前泪。魂梦迷，云山满目，不辨路东西。②

　　此曲跳出了传统闺阁题材香艳绮靡之风的藩篱，呈现出一股如空山新雨后的清爽气息。特别是"蔷薇""翠眉""细雨"等几个意象的运用，更为此曲增添几分清新爽利之气。梁乙真谓唐寅之曲"多香奁体，不脱'绮丽'的作风"③，可谓中肯。

　　四才子的闺阁之吟，不论是华艳的还是清丽的，多数是他们出入青楼、依红偎翠之时的应歌之作，所以应世媚俗之气在所难免。他们的这些曲子，或写女性的风流妩媚，或写女性的相思别愁，前者受浪子狎客的欢迎，后者能触动青楼女子的真实内心，因此，他们的曲子在当世颇为盛行。

　　① 谢伯阳.全明散曲.济南：齐鲁书社，1994：775.
　　② 唐寅著.唐伯虎全集［M］.杭州：中国美术学院出版社，2002：206.
　　③ 梁乙真.元明散曲小史［M］.商务印书馆，1998：352.

第七章　吴中四才子的市民意识及散曲创作

而这也正是明中叶江南才子之曲盛极一时并得以广泛流播的原因之一。

2. 咏物之作

花卉草木和春夏秋冬四时景色是四才子散曲热衷歌咏的对象。花卉草木之曲在四才子曲集中虽为数不多,但其闲适之情,清雅之趣,恬静之美,绝不亚于闺情之作。如文征明的《题花》曲,此曲是以十二首曲子和尾声组成的大套曲,分别描述了杏花、牡丹、荷花、石榴花、桂花、菊花、梅花、水仙花八种花卉。如下面两首:

> 遍东篱香浮三径,露华浓妆点金英。满头须插乌纱称,切休辞满泛金尊。(《油葫芦·菊花》)①

> 岁寒时孤芳满庭,月中仙洛水佳人。虽然不比琼林胜,一般与冰玉争清。(《油葫芦·水仙》)②

第一首曲子歌咏高雅脱俗之菊花。此曲抓住了菊花幽香浮动、色泽明艳的特点,借以描绘菊花的高洁与美丽,同时衬托出诗人自身隐逸超然的情怀。第二首曲子将把水仙与洛水佳人作比,突出了水仙花的白皙和纯洁,赞美了其严寒独放的不屈品质。

文征明在诗文集中亦多次以梅、兰、竹、菊等为题写诗作文,而这些景物在中国古代往往是来喻君子之德的。其实在作者的内心深处,景物与人早已融为一体。梅、兰、竹、菊既是自然之花卉,也是自我身心的写照。景物之高洁映衬人物之高雅,人物之淡泊体现景物之淡然。咏物之作,名为写物,实为夫子自道。

春夏秋冬四时之景的歌咏也时常隐现于四才子的散曲创作中。此类作品虽题为咏景,但却并非纯写景色,时常也掺入一些闺情之怨和自伤情绪。如唐寅的《步步娇》四时套曲,广为时人称道,祝允明的"《金落索》四

---

① 文征明著.文征明集·八声甘州套数·题花[M].上海古籍出版社,1987:1251.
② 文征明著.文征明集·八声甘州套数·题花[M].上海古籍出版社,1987:1252.

景词,为时脍炙"①。试看祝允明《金络索·春景》:

> 东风转岁华,院院烧灯罢。陌土清明,细雨纷纷下。天涯荡子,心尽思家,只见归人不见他。合欢未久难抛舍,追悔从前一念差。伤情处,恨恨独坐小窗纱。只见片片桃花,阵阵杨花,飞过了秋千架。②

此散曲既有对春意盎然的景色描写,亦有对柔情缱绻的恋情感悟。此类情景交融的表达方式既丰富了散曲的情感意蕴,又扩大了散曲的创作空间。这种以情景交融的笔触写春、夏、秋、冬四时之景的创作模式被后世众多传奇作家仿效,从而固定成为南仙吕入双调的常见联套格式。汤显祖就曾套用此一格式创作了著名的《牡丹亭·游园》套。

3. 叹世之作

吴中四才子的散曲作品,除闺阁、咏物等题材外,尚有少量的悲悯自伤的叹世之作。尽管这类题材在他们的散曲中所占比重较少,但因为其中掺杂了作者自身真实的感受,从而使浅白俚俗著称的散曲增添了几分真实和厚重之感。试看唐寅《双调·对玉环带清江引》《叹世词》:

> 极品随朝,疑是倪宫保。百万缠腰,谁是姚三老?富贵不坚牢,达人须自晓。兰蕙蓬篙,看来都是草。鸾凤鸱枭,算来都是鸟。北邙路儿人怎逃,及早寻欢乐。痛饮百万觞,大唱三千套,无常到来犹恨少。(之二)

> 暮鼓晨锺,听得人耳聋。春燕秋鸿,看得人眼朦。犹记做孩童,俄然成老翁。休逞姿容,难逃青镜中。休使英雄,都堆黄土中。算来不如闲打哄,枉自把机关弄。跳出面糊盆,打破酸斋瓮,谁是惺惺谁

① 任讷. 曲谐[A]卷四,任中敏编. 散曲丛刊. 上海:中华书局,1930.
② 谢伯阳. 全明散曲. 济南:齐鲁书社,1994:776.

懵懂。（之四）①

此二曲主要是在渲染英雄失路的落寞之感,曲中利用众多事例来表述内心的郁积与苦痛,功名、富贵、物质、金钱,在作者看来都是"尘土荒草",已无任何追求的价值和意义。但"北氓路儿人怎逃"一句,又明显表明作者根本无法忘却这些世间俗物,因而才会不断地重复着"看透式"的自我安慰,诉说着颇具虚无色彩的自劝之语。此曲语言畅快直接,抒情酣畅淋漓,作者明显地继承了元散曲抒"忧生之嗟"的传统题材和技法,抛开一切束缚,直白胸中之郁积磊块,令读此曲者"无不酸鼻"。王骥德谓"诗不如词,词不如曲,故是渐近人情",又谓"快人情者,要毋过于曲也。"②从此曲观之,骥德之言不诬也。

闺阁、咏物、叹世,是四才子散曲创作中的主要题材。但不论何种题材,他们所展示的仍是我国古代传统文人的普通情怀。他们的声色之乐,他们的郁积愁苦,他们的叹世虚无,都没有脱离传统文人的生活范式,正因为如此,他们的作品展现出来的思想意蕴也仍存在许多传统的东西。也就是说,在直白表意的散曲的外在形式下,表达的仍为传统诗词的情感境界。

（二）求雅化的艺术追求

从上面的分类中我们可以看到,四才子之曲不同程度地表现出对于现实政治的疏离以及对于世俗文章的轻视。在他们的生活中,忠君忧国、成德建名的使命和理想似乎遥不可及,慷慨悲歌、高古雄浑的诗文气势离他们太遥远。在他们的笔下,雅致清新的意向表达、情景相生的词话倾向、丰富感人的言情色彩,才是他们共同的艺术追求。四才子散曲作品的艺术风格体现为:

1. 词化倾向

吴中四才子生于南国,习染于江南人文与自然的秀美风韵,他们很自

① 唐寅著.唐伯虎全集［M］.杭州:中国美术学院出版社,2002:204 - 205.
② 王骥德.王骥德曲律［M］.长沙:湖南人民出版社,1983:11.

吴中四才子诗文研究

然地承续了元曲中张可久、乔吉的词化倾向,其散曲的风格已接近于词的特质。这主要体现在情景相生的表现手法上和言不尽意、意在言外的语言特色上。在他们笔下,散曲几乎承担着和词体一样的任务,完成着和词体一致的使命,成了抒发个人情怀的载体。如唐寅【商调·黄莺儿】《咏美人浴》:

衣褪半含羞,似芙蓉怯素秋,重重湿作胭脂透。桃花在渡头,红叶在御沟,风流一段谁消受。粉痕流,乌云半軃,撩乱倩郎收。①

此曲无论是句式的整饬,词语的雅洁,还是闲雅的情思,隽永的韵味等,都与传统的婉约词较为相似。这种题材与表现手法的运用,极容易使人们联想到北宋的婉约词作。

试比较祝允明下面两首作品:

一杯别酒阑,三唱阳关罢。万里关山,两下相牵挂。念奴半点情,与伊家。分付些儿莫记差:不如收拾闲风月,再休恋朱雀桥边野草花。无人把凄凄芳草,随君到天涯。准备着夜雨梧桐,和泪点长飘洒。(南【商调·金络索】《闺情》)②

碧天黄日挂寒晴,桂花零,菊花明。点检重阳,风物满江城。有约可人登眺去,人不至,念空生。且凭新酒泼愁情,酒还醒,意还萦。作么有条良计可调停。思计未成成独坐,心万里,月三更。(【江城子】《戊申重九》)③

前首写闺中女子的思夫之情,后一首写失恋女子的孤独落寞,若仅仅从语言风格、意象运用等方面看,已经很难分清哪首为曲、哪首为词了。若从

① 唐寅著.唐伯虎全集[M].杭州:中国美术学院出版社,2002:208.
② 谢伯阳.全明散曲.济南:齐鲁书社,1994:775.
③ 饶宗颐、张璋总纂.全明词.第二册.北京:中华书局,2004:421.

"准备着""且凭""分付些儿"等俚语的运用、词意的直白、语言的爽快等方面来看,两首作品均可视为曲作,但实则前者为曲,后者为词。由此可见,祝允明的写情之曲,与其写情之词在文风、用词、立意上已趋于相似。其散曲和词作均处于一种写曲似词、写词似曲、词不雅而曲不俗的中间状态。这种状况,在明中叶散曲创作家那里较为常见。正如学者赵义山先生在谈到散曲的词化倾向时所说的那样:"这类作品,如果撇开音乐,单就文学一端而言,曲发展到这一步,也就与词合流了。因此,可以说,明中叶词曲合流的倾向,在成、弘时期的词场才子曲家们手中已经表现得相当突出了。"①

当然,四才子的散曲作品也并非全都呈现出雅致的词化倾向。在部分作品中,尚保留散曲应有的平白浅俗、慷慨洒落的本真之风。如祝允明南《南吕七犯玲珑·四时题情》:

> 新红上海棠,猛然情惨伤。前春有个人共赏,今日在何方。早把春心荡,免教人断肠。细思量,谁真谁谎。自古佳人薄命,怨杀断头香。想桃花也会念刘郎,恨远山无计留张敞。花阴月影,看看过墙。朝云暮雨,谁觉夜长。捱得今宵过,明朝又怎当。莺儿对,燕子双。飞来飞去为谁忙,偏不到他行。②

以传统散曲的评价标准而言,这首曲是当行本色的,浅切、直白、俚俗。开篇劈空而下"猛然"二字,出人意料,何来此情?作者直白作答:前春有个人共赏,今日在何方。进而又言"自古佳人命薄,怨杀断头香",这种情感的浓烈程度,感情的浮动强度,以及语言的直白显豁,皆为传统散曲典型的表达手法。此曲若放置于相同题材的元散曲之中,亦属上乘之作。

---

① 赵义山.论词场才子之曲与明中叶散曲之复兴[J].河北师范大学学报,2003:11.
② 谢伯阳.全明散曲.济南:齐鲁书社,1994:775.

## 2. 言情倾向

政治的疏远往往会带来作品"言志"倾向的消泯,而对世俗生活的亲近势必伴随"言情"色彩的丰盈。四才子之曲,在风姿绰约的人物和幽香浮动的意象描写中融入了大量的、丰富的个人情感。这种情感既包含单纯的男女爱恋之情,又蕴涵着作者本人抑或是作品主人公复杂的身世之感和生命之叹。正是这一特征的存在,使素来以浅白俗易著称的散曲超出了其本身的娱乐消遣性质,而变得内涵深刻起来。如祝允明的《八声甘州·咏月》套曲,文征明的《啄木儿套》,唐寅的《南商调集贤宾·失题》两首等。以唐寅《北双调对玉环带清江引·叹世词》为例:

> 春来春去,白头空自挨。花落花开,朱颜容易衰。世事等浮尘,光阴如过客。休慕云台,功名安在哉。休想蓬莱,神仙真浪猜。清闲两字钱难买,苦把人拘碍。人生过百岁,便是超三界,此外别无他计策。①

功名富贵、佛老仙道在这类作品中都被淡化,作者大多先以淡远清冷的景物渲染氛围,然后是略带忧伤心境的人物的融入,最后是景与情的交融,将自我满腔的柔情与哀婉之绪慢慢传达出来。王骥德的《曲律》称"小令如唐六如、祝枝山辈,斐亹有致"②,王世贞称"伯虎小词,翩翩有致"③。所谓"有致",笔者认为正是指其超越了散曲浅白俗化的本质,将作品的内蕴扩大,达到既"情寓于中"而又"意在言外"的状态,耐人寻味,拥有"不尽"之意。

谢榛在《四溟诗话》中曾这样说过:"作诗本乎情、景。景乃诗之媒,情乃诗之胚。合而为诗。"④以景衬情、情景交融是我国古代诗歌创作的

---

① 唐寅著. 唐伯虎全集［M］. 杭州:中国美术学院出版社,2002:204.
② 王骥德. 王骥德曲律［M］. 长沙:湖南人民出版社,1983:219.
③ 郭绍虞. 中国历代文论选(第三册). 上海:上海古籍出版社,1980:113.
④ 王骥德. 王骥德曲律［M］. 长沙:湖南人民出版社,1983:219.

重要命题,也是诗歌之妙的一个重要因素。而这种传统的诗歌创作技法在四才子的散曲中也得到了广泛应用。如祝允明《南吕·梁州序》《咏雪》套曲:

一蓬飞絮,半窗冻雨,空林花落残枝。随车逐马,银杯缟带相追。那更银堂玉垒,鸟道茫茫,白占三千里。冰弦空有调,少人知,剩有寒光匣剑随。(合)寒风剪,冰沙细,关山道阻迷归骑。游子泪,满征衣。【前腔】光摇银海,影分玉署,凝望迢迢无际。风号云冷,津亭人倦长堤。那更寒鸦饥鸟,古树残更,聒噪声偏碎。画楼人怅望、远帆归,肠断河桥酒旆飞。(合)梨花落,明月夜,恨翩翩乱洒迷归骑。香阁泪,满寒衣。【前腔换头】恨皇都春树云迷,恨貂裘风尘归计,正相逢野水寒堤。生怕飞来双鬓,白向人头,容易添憔悴。从来迁客恨、在天涯,不道蓝桥陷马蹄。(合)家国梦,孤蓬夜,青山茅屋人归未?梅影瘦,月痕低。【前腔】是谁家金屋珠围,更红裙玉楼沉醉,向绣帘密洒偏宜。喜见堆堆积积,玉树银花,犹恨消容易。朝来开宴赏,夜还迟,几阵温香拥翠眉。(合)箫鼓乐,欢娱夜,红炉况醉人归未?嫌漏短,恨更催。【节节高】癫狂柳絮飞,暮云低。江天黯黯彤云蔽,孤舟系。小大声,荒村吠。人踪短径知何处,鸟飞断绝迷深树。梦中蝴蝶怕惊魂,满头风雪羞归去。【前腔】孤山压几枝,去还迟。断桥残雪黄昏雨,冰花细。玉镜低,银光泻。残灯几点悬渔舍,疏钟隔树闻清夜。灞陵得句视冲寒,谩吟白雪空归去。【尾声】长安尽道丰年瑞,谁知我穷途客舍,怕杀你孤馆凄凉带雪归。①

这篇套数虽题为《咏雪》,但作者却意不雪,通篇并不正面描写雪景。"雪",在此处只是作者表情达意的工具,是烘托主人公内心复杂情感的一个外在象征。在这个外在象征的掩盖下,作者着意要表达的乃是游子

① 谢伯阳. 全明散曲. 济南:齐鲁书社,1994:781.

思归和怨妇思夫的情感主题。首曲描写路途受阻的游子徘徊于雪中的落魄潦倒,次曲转写思妇盼夫的焦灼和担忧之情,从"游子泪"到"香阁泪"的情感表达,既形象地传递出游子、思妇的愁苦之情,亦使全曲蒙上了一层忧郁凄苦的氛围。第三曲再一次描写游子功业未成而天涯飘零的迟暮之恨,第四曲则笔锋陡转,转而叙写他人"金屋珠围""玉树银花"的合家团圆的热闹场面,在一冷一热、一喜一悲的鲜明对比中愈发凸显游子孤身一人、飘零他乡的凄凉之感。第五、六两曲再次将笔锋收回,继续描写游子的孤独与落寞。尾曲以"穷途客舍""孤馆凄凉"做结,再次点明全篇萧索悲凉之旨。全篇七支曲子,较少直言雪景却又处处不离雪景。"雪",在此处既是一个言说背景,又是一个作者用来烘托旅情之苦、反衬相思之痛的情感催化剂。在作者转折分合、往还自如的写作技法的驾驭下,旅情和雪景互相交融渗透,达到了完美的统一。此曲语言精致凝练,无俗语,无衬字,有清雅之美,无浮华之弊,乃明代套数中的上乘之作。王世贞《曲藻》谓"希哲能为大套",此言不谬也。

其实,散曲写作讲求以景衬情之技法在元代后期清丽派散曲中已经有所表现,如张可久、乔吉等人的散曲作品。发展到明代中叶,经过四才子等曲作家的进一步加工提炼,这种技法便运用得更加娴熟自如了。

3. 雅化倾向

吴中四才子之曲代表了明代中后期散曲雅化的一种发展倾向,这不仅表现在创作时意象选取的雅致上,同时也表现在内容构成、意境营造的典丽、脱俗上。在意境的营造上,他们喜欢选取那些清丽淡雅的意象,善于利用意象的朦胧性来烘托主题,以婉转的措绘取代直白的铺排,以含蓄之致代替露骨之情。如唐寅《南商调·黄莺儿》:

> 秋水蘸芙蓉,雁初飞山万重,行人道路佳人梦。朝霜渐浓,寒衣细缝,剪刀牙尺声相送。韵叮咚。谁家砧杵,敲向月明中。①

---

① 唐寅著.周道振、张月尊辑校.唐伯虎全集·南商调·黄莺儿[M].杭州:中国美术学院出版社,2002:207.

秋水、芙蓉、飞雁、朝露、伤春、寒衣,这些伤春悲秋的传统词体主题被移植到散曲中,与曲意杂糅显得情真意切、动人心弦。透过这些表层的意象,人们能够强烈地感知到女主人公对远行恋人的苦苦等待与相思。此曲之妙在于,全曲不写一个"思"字,却通篇弥漫着浓浓的"相思"之情。人物的情绪已经逸出了意象的表达范围,其佳处并不在于意象表面,而是在于给人们带来的联想和想象,不仅有感情的融入,而且有韵味的传达。

再如文征明《题情·山坡羊》:

> 春染郊原如秀,草绿江南时候。和烟衬马满地重因厚。堪醉游,残花一径幽。乌衣巷口还依旧。燕子归来人在否?添愁,桃花逐水流。还愁,青春有尽头。①

散曲作为长短句,适当加入一些工整的对句,不仅能增强散曲的整齐之美、音乐之美,而且可以使行文更显儒雅。文征明此作便具有这个特征。首句对仗工稳,结尾两句虽字数不同,但却因对偶方式的运用,读来使人感觉朗朗上口。其实,四才子及明中叶诸家之散曲之所以给人以雅致清丽之感,是与作家对仗、排偶等修辞手法的熟练运用分不开的。

客观而言,在明散曲发展的进程中,四才子是具有承上启下作用的过渡时期的重要作家,他们上接元代乔吉等清丽派曲家的萌芽之势,下启明后期沈璟等华艳派曲家的燎原之态。他们的作品既继承了前辈的对传统曲作的新变,也启发了后世曲家在新变基础上的创新和开拓,同时,他们在曲作中所体现出的一系列标新立异的特征和别具一格的个性,如在曲词相融方面的积极贡献,在曲的词化和词的曲化方面的创新等,也鲜明地标榜出了自己在明代曲史上的独特位置,为散曲的发展提供了多种可能性和创造性。

与元代曲家和同时代康海、王九思等曲家相较,吴中四才子为代表的

① 文征明著. 文征明集[M]. 上海古籍出版社,1987:1242.

词场曲子词较少有仕途受阻而报国无门的牢骚愤懑，也较少有对前途绝望而求远遁的落寞与孤独，最多有一点科场失意的不平之叹。他们不是乱世的隐者，而是盛世的逸民或清客，他们是在太平年间出入歌楼，寄情声色，享受着艺术也享受着现实人生的一个文人群体。也正是由于此种原因，他们的作品题材较为稳定单一，没有逸出才子之曲的范围。但他们对散曲"雅化"与"词化"的自觉追求，对"言情""有致"的自觉认同，不仅形成了自己的鲜明风格，同时也推进了散曲本身的发展变化，使散曲在历经百年困顿、苦无出路的境况下获得了新的生机和活力，为正嘉时期散曲名家腾涌、佳篇叠出的巅峰时代的到来奠稳了根基。

# 结　语

　　研究吴中四才子,必须要面对并承认一个不争的事实:在明中叶的文坛上,吴中四才子的创作成就的确不能与古典主义优秀作家相提并论。但是,他们在创作中表现出的勇气和胆略、认识和见解、取向和特色,以及由此引发的生命意义和思考,却是值得我们挖掘并进行深入探究的。

　　在明代历史上,吴中四才子有着独特的地位。作为明中叶区域文学的代表人物,他们不惧威权思想之强硬,不顾一己身份之卑弱,为争取人性和文学创作的自由,敢于向禁锢人们思想几百年的程朱理学发起猛烈反击。他们尊重人性,肯定情欲;他们尊重文学,重视自我,在"开口言程朱,闭口谈六经"的明中叶文坛上呼喊出了时代的最强音。

　　吴中四才子的可贵之处在于,他们并没有仅仅止于批判,而是在批判的同时提出了可供世人遵行的切实可行的"真情"路线。在思想和文学创作领域,他们力主"真实",力倡"真情",将尊重自我之"情"作为立身处世的唯一标准。如祝允明的"喜流动、便疏放",文征明的"唯性情之真"、徐祯卿的"情本一贯"。这些对"情"的倡导和崇尚,为随后而起的各文学流派提供了理论上的导引:如唐宋派的"夫诗者,出于情而已矣",性灵派的"要以出自性灵者为真诗耳",汤显祖的"世总为情,情生诗歌"。完全可以说,作为明中期向晚明过渡的代表性人物,在社会和文学思潮新变的浪潮中,吴中四才子无疑是时代的先行者。

　　胡适在《王阳明之白话诗》中说:"明诗正传,不在七子,亦不在复社

吴中四才子诗文研究

诸人,乃在唐伯虎、王阳明一派。"胡适此言真乃至理名言,一语言中有明一代诗歌之精华所在。以四才子为代表的吴中文学,选择的是与古典主义文学传统相对的另一条道路,即世俗化之路。创作上,他们不再以依附帝王的政治功业为自己唯一的人生价值归宿,而是转而关注自己和家乡的生活状况,注重自身日常生活的感受,甚至沉醉于世俗情感的享受。这种舍家国天下,取生活日常的创作取向,成了吴中文学乃至明代文学最具特色和价值的部分。

以往论明代文学与社会思潮,往往只注意到"前后七子"等文学各派、王阳明"心学",以及由它衍生出来的左派王学,而对吴中四才子所起的作用则重视不够,这是非常遗憾的。实际上,吴中四才子完全可称得上是徐渭、李贽、屠隆一辈的先导,称得上是晚明重真情、重个性思潮的先行践履者。

在吴中文坛上,他们的声音或许相对微弱,但他们的创作及理论却在各方面给予了后辈学人以指导。正是有了他们的努力付出和推波助澜,才得以诞生那率真得近乎狂放、斑斓得令人目眩的晚明时代。